Le médecin de Cape Town

Du même auteur

L'Amour, en théorie
Rivages, 2015

E. J. LEVY

Le médecin de Cape Town

Traduit de l'anglais (États-Unis)
par Céline Leroy

ÉDITIONS DE L'OLIVIER

Les personnages, lieux et situations décrits dans ce livre sont imaginaires ou utilisés de manière fictive : toute ressemblance avec des personnages ou des événements existants ou ayant existé ne serait que pure coïncidence.

L'édition originale de cet ouvrage a paru chez Little, Brown and Company en 2021, sous le titre : *The Cape Doctor*.

ISBN 978.2.8236.1668.2

Pour Margaret Ann Bulkley et James Miranda Barry,
quels que soient leurs noms

« *Ex Africa semper aliquid novi.* »

Pline l'Ancien,
Naturalis Historia, VIII/42

« Si je devais écrire l'histoire de ma vie,
le monde entier serait scandalisé. »

Caterina Sforza

« Combien de temps cette vie posthume
va-t-elle durer ? »

John Keats

Ce qui suit est une œuvre d'imagination. *Le Médecin de Cape Town* s'inspire de la vie de James Miranda Barry (né Margaret Anne Bulkley vers 1795 à Cork, en Irlande), illustre médecin du XIXe siècle. La vie du Dr Barry inspirant autant les romanciers que les biographes depuis longtemps, ce livre doit beaucoup à leur travail (et plus encore à la biographie exhaustive parue en 2016, *Dr. James Barry: A Woman Ahead of Her Time*). J'ai changé le nom des protagonistes pour les besoins de la fiction.

Je me suis efforcée de rendre compte précisément des faits qui composent la vie extraordinaire de Margaret Bulkley et du Dr Barry. Leur histoire est vieille de cent cinquante ans, mais nous savons ceci : Margaret est devenue James Barry en 1809 afin de poursuivre des études de médecine à la faculté d'Édimbourg alors inaccessible aux femmes. Suite à ses excellents résultats, James Barry est entré comme chirurgien dans l'armée, a servi au Cap, sur l'île Maurice et en Jamaïque, se hissant finalement au rang d'inspecteur général. Dandy, duelliste, séducteur, le Dr Barry était très proche de Lord Somerset – le puissant gouverneur du Cap, un aristocrate charmeur et controversé –, au point qu'ils ont été accusés de sodomie, un scandale qui a défrayé la chronique au sein de la bonne société du Cap et de Londres. Nous savons également que Barry a été le premier à pratiquer une césarienne avec succès en Afrique. Et nous savons que le « thanatopracteur » qui s'est occupé de Barry à son décès a rapporté que le médecin était « une femme parfaitement formée » dont le corps montrait les signes d'une grossesse.

Barry n'a pas laissé de testament mais des instructions (des décennies plus tôt alors qu'il était gravement malade), par lesquelles il demandait à ne pas être dévêtu après sa mort, sans plus d'explication. Les biographes ont émis des hypothèses peu probantes à propos de ce choix, mais il ne nous est quasiment rien parvenu des pensées intimes de Margaret ou de James. Nous reste l'imagination.

CHAPITRE UN

Le fils fortuné

Elle est morte pour que je puisse vivre. Margaret. Je lui dois la vie. Il ne se passe pas un jour sans que j'y pense. Sans que je pense à elle. Puisqu'il ne se passe pas un jour sans que je pense à lui.

Elle est morte pour que je puisse vivre, mais n'est-ce pas le lot des femmes ? De se sacrifier comme l'a fait notre Seigneur, nous dit-on. Rares sont ceux qui parlent du sacrifice de Marie, bien sûr ; il semble aller de soi. Devenir une martyre est le sort réservé aux mères et à leurs filles. On n'en demande pas tant aux garçons, sauf en cas de guerre. Si bien que, naturellement, ayant eu le choix, j'ai choisi d'être un fils. Ayant le choix, qui refuserait ?

Il y a tant de choses que nous tardons à découvrir. Par exemple qu'il n'est jamais trop tard. C'est Benjamin Franklin, l'ambassadeur des États-Unis, qui en parle le mieux : « Je veux vivre afin de voir comment tout cela va finir. » Comme nous tous. Je m'en rends compte depuis la position que j'occupe désormais – quel que soit ce lieu, ces limbes de l'imagination ou des faits (qui sait vraiment ?). Je vois que ma vie sera scandaleuse et source d'inspiration. Charles Dickens s'intéressera à moi, ainsi que Mark Twain, et même le médecin Havelock Ellis ; je serai une énigme que des générations tenteront de déchiffrer. Une énigme que je tente de déchiffrer ici.

Quand je n'étais encore qu'un jeune garçon, on m'a expliqué que pour se lancer dans un récit, il fallait commencer par le commencement et continuer jusqu'à la fin, ce à quoi je vais m'appliquer. La question, bien sûr, est de savoir où tout a commencé. Où les histoires commencent-elles ? Quel est le point de départ de celle-ci ? La fin, hélas, est toujours bien trop prévisible.

Mais pour comprendre mes débuts, vous devez comprendre la fin de Margaret.

Même s'il y a fort longtemps que je ne l'ai vue – plus d'une ou plusieurs vies –, je garde d'elle un souvenir précis ; aujourd'hui, elle s'apparente à un écho, une idée qui m'a traversé l'esprit autrefois, un rêve. Mais pendant des années, je l'ai vue dans le miroir, qui me regardait avec mes yeux bleus. Et dans une église à Cork se trouve un registre paroissial où il est mentionné que le deuxième enfant de Mary Ann et Jeremiah Brackley fut baptisé un jour de début avril, première fille de nos parents, Margaret Brackley, un nom disgracieux pour un début peu prometteur.

Jamais ceux qui croisèrent Margaret Brackley dans sa petite enfance n'auraient pu se douter qu'elle était destinée à devenir une héroïne (du moins est-ce ainsi que Jane Austen l'aurait peut-être présentée si elle avait été informée de sa venue au monde aux alentours de 1795). Sa condition, ses parents, et jusqu'à sa personne et son tempérament jouaient en sa défaveur à parts égales. Son père était un prospère marchand de fruits et légumes à Cork, ni rustre ni pauvre, un homme respectable, bien qu'il s'appelât Jeremiah, et qui n'avait jamais été beau. Sa fille aînée, Margaret, possédait une silhouette frêle et gauche, une peau cireuse, des cheveux blond vénitien indomptables et des traits sans envergure. Quant à son esprit, il ne semblait pas beaucoup plus propice à l'héroïsme. Elle préférait de loin les chiens aux poupées ; n'avait aucun goût pour les travaux d'aiguille, les livres, le dessin ou les bals. En résumé, rien dans l'apparence de Margaret n'aurait pu la désigner comme l'héroïne de cette histoire ou d'une autre. Enfin, elle souffrait du pire défaut imaginable à la fin du XVIIIe siècle comme en d'autres temps : elle était née fille.

À ma naissance, mon oncle le peintre Jonathan Perry, membre de la Royal Academy, était déjà fort célèbre à Londres. (Il se faisait désormais appeler Perry, un nom proche de celui de la branche maternelle de la famille, mais qui sonnait davantage anglais ; un changement nécessaire s'il voulait se fondre parmi les puissants.) Depuis notre confortable salon provincial de Cork, la vie de mon oncle m'évoquait un conte de fées ou une légende aussi lointaine que celle du roi Arthur et de ses chevaliers. J'ignorais qui était Sir Joshua Reynolds ou Edmund Burke, ses amis, mais j'en savais assez pour que leur nom m'impressionne, pour deviner qu'ils étaient des hommes importants à la façon dont ma mère parlait d'eux comme de parents fortunés. Quand j'appris que mon oncle appartenait à la Royal Academy, je crus à tort qu'il était de sang royal et que je deviendrais peut-être prince (même si à l'époque, je dus espérer devenir princesse).

Mon oncle serait sans doute resté une figure mythologique dans le bestiaire de mon enfance – pas plus réel à mes yeux qu'un satyre ou un sphinx – sans la coûteuse faillite de mon frère qui nécessita que nous nous rendions à Londres pour réclamer de l'aide. Il aurait été plus convenable que mon père fît le voyage pour implorer mon éminent oncle de nous porter assistance, mais, assailli par les créanciers, il ne pouvait quitter le pays sans risquer de croiser le chemin des geôliers et finir à la prison pour débiteurs. Même s'ils ne se fréquentaient plus depuis longtemps, frère et sœur avaient été proches dans leur jeunesse, de sorte que ma mère finit par prendre la plume. Ou, plus exactement, ses mains tremblaient tant à l'idée de rédiger cette missive que c'est moi, qui n'avais alors que neuf ans, qui m'en chargeai.

À cette époque, mon oncle me semblait appartenir à la famille d'Ovide qui surgissait ces dimanches après-midi où mon père s'asseyait avec nous à son bureau, fenêtres ouvertes sur le jardin clos, les abeilles bourdonnant paresseusement dans les pommiers en fleur et l'air chargé du parfum musqué des lilas, tandis que nous nous penchions sur sa vieille grammaire latine et les textes romains qu'il concevait comme un antidote à la messe catholique de ma mère. Ces leçons étaient surtout données au profit de mon frère aîné, mais Tom n'était pas fait pour les études ; il préférait regarder par la fenêtre et jeter des brindilles aux lapins dans les fourrés, si bien qu'il nous stupéfia le jour où il annonça son intention de partir faire son droit à Dublin.

Mes parents étaient ravis qu'un fils d'épicier puisse s'élever au rang de notaire ou d'avocat, devenir un homme qui a du bien et une réputation. Si mon frère ne tarda pas à être détourné de ses études par une jeune femme de bonne famille – Miss Ward –, mes parents ne perdirent pas espoir pour autant ; ils lui firent don de presque tout ce qu'ils possédaient pour qu'il puisse acheter une ferme et fonder un foyer à la hauteur de la belle alliance qu'il venait de nouer. Cependant, mon frère n'avait pas l'habitude de travailler dur. Son intelligence considérable avait été émoussée par un sérieux manque d'application et il développa une arrogance et un attachement mesquin au rang ; il devint cruel à force de se sentir tout à la fois fort de son bon droit et peu méritant. Échouant à faire fructifier ses affaires à la ferme, il s'empressa d'hypothéquer ses terres et se retrouva rapidement endetté. Bientôt la ferme fut grevée de droits de gage et les créanciers frappaient à sa porte en même temps qu'à la nôtre pour réclamer les sept cents livres que nous n'avions pas. C'est ainsi qu'au début du printemps 1804, à cause des échecs de mon frère, je fis la connaissance de cet oncle auréolé de succès auprès de qui ma mère, poussée par le désespoir, venait chercher de l'aide.

Je ne sus jamais exactement pourquoi le lien s'était rompu – entre ma mère et ce frère qui avait été son préféré, qu'elle avait observé nuit après nuit tandis qu'il veillait tard pour dessiner à la lueur d'une chandelle, ce frère qui lui avait fait la lecture quand ils étaient enfants. Je sais seulement qu'ils avaient été très proches, puis qu'ils ne s'étaient plus adressé la parole pendant près de quarante ans. Il partit pour Dublin, puis Paris, Rome et Londres, où il rencontra des hommes illustres – le philosophe Edmund Burke et le célèbre Dr Johnson –, avant de se faire un nom.

Je soupçonnais mon père de les avoir séparés ; il jugeait cet attachement indigne de la condition de ma mère qu'il imaginait – à l'instar de la nôtre – bien supérieure, en quoi il commettait une erreur monumentale ; il considérait que mon oncle exerçait une mauvaise influence sur elle puisqu'il était peintre *et* radical. (De ces deux tares, la première était la pire.) Mon père trouvait inconvenant d'avoir un artiste dans la famille, même célèbre ; il n'avait pas plus d'estime pour lui que pour un consommateur d'opium ou un aliéné, un défaut dont il ne pouvait pas tenir ma mère responsable mais dont il estimait qu'il valait mieux la tenir éloignée.

Mon père avait presque quarante ans quand il rencontra ma mère. C'était un homme cupide, barbu et gras, même si ma mère disait de lui qu'il était (si ce n'est vraiment beau) robuste et d'une ambition louable. Je voyais en mon frère le jeune homme que mon père avait dû être – plein d'entrain, doué d'aisance et de clairvoyance, prompt à reconnaître la valeur des choses. Mon père n'avait besoin que de jeter un coup d'œil à un cheval pour deviner son poids et son prix ; il en allait de même pour les terres et les dames. En épousant ma mère, une jeune femme éduquée et séduisante qui avait des biens, il avait réussi. Il s'assurerait que son fils fasse encore mieux.

Même si elle ne l'a jamais dit, je crois que ma mère imaginait qu'en l'épousant, elle sauvait l'âme protestante de mon père.

Elle possédait une intelligence vive, tempérée par la curiosité et le scepticisme, une femme loyale et constante dont la religion était le seul vice significatif : elle était obstinée et lucide sauf lorsqu'il s'agissait de l'Église. Elle commettait cet unique péché de la personne pieuse : elle se flattait d'être de connivence avec le salut. Sa dévotion était, comme l'amour de son frère pour la peinture, une affaire d'esthétique : de même qu'elle appréciait la beauté d'un point de croix réussi ou d'un ourlet exécuté à la perfection, elle aimait voir les choses bien faites, quels qu'en soient le but ou la finalité. Mais sa foi était également teintée de mélancolie, d'un faible pour les causes perdues non dépourvu d'affectation.

Il m'arrivait de penser que si le catholicisme avait régné sur l'Irlande dans sa jeunesse au lieu d'être assiégé, elle n'y aurait vu que de la superstition et l'aurait rejeté ; c'était précisément à cause des traitements injustes subis par les catholiques qu'elle était loyale ; elle avait un penchant naturel pour les perdants. Ce qui expliquait peut-être son attirance pour mon père. De vingt ans son aîné, il dut lui faire l'effet d'un homme au milieu d'une bande de jeunes garçons. En le regardant disposer fruits et légumes dans les caisses en bois sous la marquise du magasin, dans des barriques et des paniers, elle avait frissonné malgré le soleil de voir ses grandes mains nues épousseter la terre sur le pied délicat d'un navet, son pouce caressant délicatement la peau ferme d'une pomme bien mûre.

Elle me raconta tout cela et davantage encore alors que nous voguions vers Londres au début du mois de juin 1804 – par ce récit entre histoire du soir et souvenirs, elle souhaitait peut-être me faire comprendre qui était mon père et la tendresse qu'elle avait éprouvée pour lui à l'époque. Ou faire renaître ces sentiments en elle.

Mon oncle n'avait pas répondu à notre première lettre envoyée deux mois plus tôt ; nous n'avions aucun moyen de savoir s'il l'avait reçue puisque l'adresse que nous avions était d'une précision incertaine. Si bien qu'en juin, sur les ordres de mon père, nous étions parties pour Londres afin d'obtenir l'assistance du célèbre frère de ma mère. L'idée de contacter mon oncle venait de mon père, mais une fois sur le navire en route vers l'Angleterre, ma mère avait mis au point son propre plan.

La capitale anglaise – au moment de notre débarquement sur les quais au sud du pont de Londres – était un rugissement, une cacophonie. Mâts, navires et vaisseaux de toutes sortes hérissaient le large fleuve vert qui empestait les égouts, les poissons morts et la pourriture. Ma mère pressa un mouchoir sur son nez pour faire barrage à l'odeur pestilentielle, mais le bruit me heurta davantage, un mur sonore pareil aux vagues d'un vert sombre qui se brisaient à Ballycotton. Les roues des charrettes et des équipages ainsi que les sabots des chevaux claquaient sur les pavés ; on entendait les talons des femmes sur les trottoirs, les cris des marchands qui vendaient oignons et lapins, œufs et anguilles, poupées, livres, mort-au-rat et porcelaine ; il y avait les aboiements des chiens et les notes des flûtiaux, les airs mélancoliques des vielles à roue.

Alors que nous nous éloignions des quais à bord d'un fiacre, la puanteur du crottin de cheval remplaça celle du fleuve et conféra à la ville surpeuplée une plaisante atmosphère d'écurie de campagne, alors même que les rues grouillaient d'une foule comme je n'en avais jamais vu à Cork. À cette époque, Londres était une ville d'enfants ; de petites personnes de sexe et d'âge indéterminés filaient devant les carrioles, esquivant les roues, visibles le long des berges tels des insectes s'activant sur une bouse – j'appris plus tard qu'on les surnommait *alouettes des bourbiers* – pour en retirer du tissu et du métal, un rappel du sort qui nous attendait peut-être ma sœur et moi si nous échouions dans notre mission.

À peine étions-nous installées que ma mère me fit aussitôt ressortir ; elle pensait que le mieux était de m'envoyer sur-le-champ chez mon oncle dans Little Castle Street sans nous annoncer, pour ne pas lui laisser le temps de se dérober j'imagine. Il était connu pour son caractère d'ermite et tristement célèbre pour sa versatilité. (Ma mère ne pouvait pas y aller elle-même, me dit-elle ; s'il la reconnaissait, il risquait de ne pas nous recevoir, mais je la soupçonnais d'avoir honte de faire l'aumône. Elle était belle, intelligente, et encore fière.)

Avant de quitter Cork, elle avait pris la précaution de faire imprimer des cartes de visite et, à cet instant, elle m'en remit une après avoir inscrit mon nom sous le sien d'une écriture soigneuse pour que je la présente à la domestique qui m'ouvrirait, au cas où mon oncle se serait absenté, et ainsi lui faire comprendre que nous étions des gens civilisés, rompus aux usages du monde. Cette carte de visite était un objet magnifique avec ce papier épais couleur ivoire arborant le nom de ma mère ; je passai le pouce dessus, le respirai. Je me demandai si c'était pour les payer que la bague de ma mère avait disparu. Une bague de famille qu'elle portait à l'index. Contre des rectangles de papier. Une perte parmi tant d'autres. Elle m'intima de vérifier s'il y avait d'autres cartes sur le manteau de la cheminée et de mémoriser les noms imprimés dessus. Tout juste armée de la nécessité, d'une carte de visite et d'un lien de parenté – une monnaie d'échange dévalorisée, j'en avais conscience malgré mes neuf ans –, je partis à la rencontre de mon oncle.

À mon arrivée, le numéro 36 de Little Castle Street semblait inhabité. Les carreaux des fenêtres du rez-de-chaussée étaient cassés, les volets clos et la porte ainsi que les murs éclaboussés de boue. Quand je m'étais engagée dans la rue, une bande de garçons était attroupée devant la maison ; ils criaient, pointaient du doigt les fenêtres de l'étage jusqu'à ce qu'un agent les disperse. Je m'enquis de la cause du tapage et on me répondit que la maison était occupée par un vieux sorcier ou un Juif (cela restait à déterminer) vivant dans une « solitude contre-nature » pour mieux s'adonner à quelque mystère impie. J'espérai m'être trompée de maison.

En m'avançant vers la porte, je remarquai que la cour était jonchée de squelettes de petits animaux, d'un crâne de chien, d'os à moelle, de vieux papiers, de fragments de cerceaux parmi d'autres jouets, et de projectiles divers et variés qui avaient été lancés sur la propriété. Le cadavre d'un chat reposait sur le rebord de la fenêtre du petit salon et dégageait une écœurante odeur douceâtre.

J'hésitai avant de frapper. La porte était mouchetée de boue, une plume collée dessus, peut-être maintenue par des excréments. Puisque personne ne répondait, je toquai plus fort. Je sursautai quand elle s'ouvrit telle une gueule béante ou une crypte dans un roman gothique d'Horace Walpole.

« M. Perry vous attend-il, Miss ? »

La fillette qui avait ouvert était à peine plus âgée que moi, mais sa peau fine et flasque lui conférait l'aspect fragile et anxieux de ceux qui ne mangent pas à leur faim.

« Je suis sa nièce », dis-je en répétant ce que ma mère m'avait appris.

Elle ne proposa pas de prendre ma carte.

« J'y dirai que vous êtes passée.

– Savez-vous où je pourrais le trouver ? »

Je posai une main gantée sur la porte pour l'empêcher de la refermer.

« Il est pas là.

– L'affaire qui m'amène est de la plus haute importance. »

La fillette plissa les yeux en direction de la rue avant de me jauger.

« Vous êtes de la famille, vous dites ? »

J'acquiesçai.

Elle hésita mais, peu disposée à argumenter, elle céda aux brimades, y compris à celles infligées par une autre enfant, comme le font les personnes sur qui pleuvent les coups. À moins qu'elle n'eût pitié de moi. Elle ouvrit davantage la porte pour me laisser passer.

« Je vois pas de mal à vous mettre au petit salon. Vous pouvez attendre si c'est ça que vous voulez.

– Je vais attendre. »

Ce que je fis. La pièce m'enchanta malgré la froide pénombre qui y régnait, l'odeur de poussière et de térébenthine, même si elle n'était pas aussi belle ni confortable que l'avait été la nôtre à Cork, avant que mon père ne vende nos plus beaux meubles aux enchères. Le petit salon de mon oncle regorgeait d'objets surprenants – des tableaux empilés et d'autres accrochés aux murs jusqu'au plafond, à peine visibles dans l'obscurité, et des curiosités qui invitaient à être touchées : le crâne d'un animal, les moules en plâtre d'une tête de cheval, d'un bras et d'une jambe, des esquisses au fusain. Ses tableaux représentaient des silhouettes difformes et torturées, comme j'imaginais les âmes tourmentées en enfer quand ma mère nous emmenait à l'église.

J'attendis un quart d'heure, peut-être une ou deux heures ; je dus m'assoupir après ce long voyage car je n'entendis pas la domestique partir et fus réveillée par le fracas d'un orage.

Il entra comme une rafale de vent du nord, sa voix tonitruant depuis l'entrée.

« Que le diable l'emporte ! Où est donc passée cette chipie ? *Sibyl !* Où a-t-elle mis mes affaires, parbleu ? Chaque fois qu'elle fait le ménage, elle les cache. La semaine dernière il m'a fallu deux jours pour retrouver l'esquisse sur laquelle je travaillais. *Deux jours.* »

Une autre voix me parvint, une cadence que je ne reconnaissais pas, les mots arrondis et chaleureux, comme ces fermiers qui parlaient l'ancien dialecte des villages entourant Cork, même si là, on aurait plutôt dit un genre de français, celui de la femme du boulanger originaire de Calais.

« … il est vrai que la révolution n'est pas née d'un changement de gouvernement mais d'une évolution de la pensée et des sentiments des hommes.

– Tu prêches un converti. J'ai traité de ce point dans un cours à l'Académie. Pour ce que ça a servi.

– Je ne doute pas que cela a été utile. Lord Basken est impatient de lancer une souscription en ton nom.

– Vraiment ? Dans ce cas, il ferait bien de se dépêcher avant que je ne meure de faim. »

Pendant toute la traversée jusqu'à Londres, j'avais répété le discours de présentation qu'avait préparé ma mère puisque personne ne serait là pour le dire à ma place. Mais lorsque les deux hommes entrèrent dans le petit salon, la surprise fut telle que je ne pus articuler un mot. Je reconnus tout de suite mon oncle d'après l'autoportrait que j'avais vu. Il avait le visage de ma mère, le mien.

Mon oncle épluchait son courrier et il leur fallut un moment pour remarquer ma présence. L'homme de grande taille me vit le premier.

« Un cadeau de ta domestique ? » demanda-t-il.

Il était affublé d'une épaisse chevelure blanche ; des favoris encadraient un visage large et plaisant. Il avait la peau et les yeux foncés. J'avais beau être une enfant, je savais qu'il était d'une beauté peu commune.

« Comment diable cette créature est-elle entrée ? demanda mon oncle.

– Grâce à votre domestique, monsieur, répondis-je en me levant.

– Vous êtes de sa famille ?

– Non, monsieur. De la vôtre. »

Le bel homme partit d'un éclat de rire. Donna une tape sur l'épaule de mon oncle.

« Félicitations, Jonathan. Il semblerait que tu sois père.

– Absolument pas. De quoi s'agit-il ? Explique-toi avant que je n'appelle un agent. »

Dans ma peur, j'oubliai tout à fait mon discours, bégayai que je venais de Cork, expliquai rapidement qui j'étais et comment j'étais arrivée jusqu'ici. Je ne dis pas pour quelle raison.

Je n'étais qu'une frêle fillette à l'époque, une enfant à l'allure de lutin, pâle et trop petite pour mon âge.

« Quel genre de nymphe des bois avons-nous là ? demanda le grand homme en s'approchant. Aurais-tu fait venir l'un des célèbres farfadets de ton pays, Jonathan ?

– Je ne suis pas un farfadet, dis-je, piquée par sa condescendance. Je suis une enfant. »

Il sourit.

« Et quel âge as-tu, chère enfant ? demanda-t-il en s'accroupissant devant moi pour me regarder dans les yeux.

– Dix ans. »

Il haussa un sourcil. Ma taille devait suggérer autre chose.

« Neuf ans un quart », avouai-je.

(Plus tard, les historiens débattront de ce point pour savoir si j'avais neuf ans cet après-midi-là à Londres, ou quatorze, si ma naissance remontait à 1790 ou 1795. Est-ce si important ?

« Ne me jugez pas à mon âge, mais à la sagesse que je vous montre », a écrit Ménandre.)

« Je suis le général Fernando de Mirandus », dit l'homme en inclinant la tête, comme si j'étais censée connaître ce nom ou comme s'il était fier de le porter. « Enchanté. » Il se releva.

« Merveilleux », dis-je.

Le général Mirandus eut l'air amusé.

« Un merveilleux enchantement ?

– Votre nom. En latin. Le général Merveilleux. »

Il rit.

« Tu parles latin, petite ? »

Je n'en connaissais que quelques mots, ce que mon père m'avait enseigné les dimanches après-midi, si bien que ce que je dis ensuite nous étonna tous les deux : « *Homo sum, humani nihil a me alienum puto.* »

J'ignorais pourquoi les mots du dramaturge romain m'étaient venus à l'esprit. Je savais seulement qu'ils sortirent de ma bouche et que le général sembla s'en réjouir. Il rit de m'entendre citer Térence : « Je suis un homme, et rien de ce qui est humain ne m'est étranger. »

« Eh bien, c'est un prodige, Jonathan, dit-il en se tournant vers mon oncle. Ta petite nièce est un prodige.

– Moi aussi, j'étais un prodige, déclara mon oncle en se dirigeant vers la vitrine derrière lui à l'autre bout de la pièce. C'est ce que Burke disait de moi. Désires-tu un verre de porto ? »

Il remplit deux verres.

« Mais c'est un miracle », insista Mirandus en m'observant comme si j'étais une espèce de fée.

Je devinais qu'il ne parlait pas seulement de mes modestes connaissances.

« Elle a reçu quelque enseignement. Voilà tout. De nos jours, éduquer les filles fait fureur.

– Et c'est bien normal », déclara Mirandus.

Mon oncle vida son verre, s'en servit un autre.

Mirandus s'accroupit à nouveau devant moi.

« Qu'est-ce qui t'amène, mon enfant ? »

Les mots de ma mère me revinrent : « Je suis venue parler à mon oncle. En. Privé.

– Parle donc », dit mon oncle en se laissant tomber dans un fauteuil sans m'inviter à m'asseoir.

Galant, le général poussa une banquette vers moi et inclina la tête pour indiquer que je pouvais m'y installer. Je restai debout face à mon oncle, préférant le regarder droit dans les yeux. Il étendit les jambes sur la banquette et je me retrouvai à contempler les semelles de ses bottes crottées.

Je m'étais imaginé qu'un homme s'intéressant à la beauté et capable d'en produire serait beau lui-même ; je fus choquée de le trouver grossier, vaniteux et belliqueux, comme si tout son charme avait été englouti dans les tableaux accrochés jusqu'au plafond ou appuyés contre les murs. Sans lui en laisser une once.

Mais cela me facilita la tâche. Eût-il été aimable que je me serais sentie obligée par sa gentillesse ; en n'en montrant aucune, il m'autorisait à éprouver mes sentiments réels : du dégoût pour lui et ma condition.

À ce moment-là, je ne compris pas la détresse de mon oncle et la pris pour de l'antipathie à mon égard ; je ne savais pas qu'il avait été récemment renvoyé de la Royal Academy – pour avoir critiqué les professeurs, s'être permis des « digressions inconvenantes » lors de ses cours, autrement dit, pour avoir cherché querelle aux puissants, le genre de combat que l'on gagne rarement –, le premier artiste de l'Academy à qui cela arriva (et le dernier pendant plus de deux cents ans).

Il avait été blessé bien au-delà de sa fierté. Pendant des années, l'Académie lui avait versé un salaire et commandé des fresques. Ses revenus n'étaient désormais plus assurés. Il cherchait désespérément de l'argent, était tenaillé par la peur. Mais ce premier entretien m'apprit une leçon importante : la vulnérabilité peut prendre les traits de l'arrogance et du dédain. Les origines nobles de ma mère ne nous avaient pas été d'un grand secours depuis la ruine de mon frère ; mon oncle me montrait autre chose : on pouvait masquer la peur sous la belligérance. J'en serais peut-être capable, moi aussi.

Mon oncle aurait sans doute répondu à la lettre de ma mère s'il avait été en meilleure posture, malgré leur éloignement qui durait depuis plusieurs décennies, ne serait-ce que pour le plaisir de rabaisser un membre de sa famille ; par son geste généreux, il aurait souligné le dénuement dans lequel se trouvait sa sœur. Mais il ne pouvait se permettre un tel affront. Comme nous, il avait faim. Mais contrairement à nous, en tant qu'homme, il disposait de moyens honorables pour préserver sa place dans le monde.

Cette demeure avait beau m'apparaître majestueuse, remplie de toutes sortes d'objets fascinants, il lui manquait l'élégance modeste de notre maison à Cork. Je remarquai alors que les lampes et la cheminée n'étaient pas allumées et qu'une fenêtre était recouverte d'un pan de toile cirée pour dissimuler un trou dans le carreau. Je ne fus pas la seule à le voir.

« Que s'est-il passé ? demanda Mirandus, traversant la pièce jusqu'à la fenêtre.

– C'est un des voyous du quartier, dit mon oncle.

– Il a tapissé ta fenêtre ?

– Cassé le carreau. En jetant une pierre.

– Ces enfants seraient-ils tories ?

– Des monstres. Ils me prennent pour un nécromancien. Les enfants sont de répugnantes créatures. »

Le général se tourna vers moi : « Toi mise à part, bien sûr. »

Sa fureur initiale retombée, mon oncle ne fit pas davantage attention à moi ce jour-là. Je me rendis chez lui une demi-douzaine de fois au cours de l'été, mais ne parvins jamais à éveiller sa curiosité. Je dirais même que son intérêt déclina au fur et à mesure que celui du général croissait.

« Laisse donc cette petite dîner avec nous, Jonathan, finit par proposer le général. Cette pauvre enfant semble à moitié morte de faim.

– Ai-je proposé de dîner ? demanda mon oncle d'un air absent. J'imagine qu'il le faut. Pourquoi ne pas aller à côté, sur Wardour Street ou chez Brook ?

– Ce n'est pas un endroit pour une enfant.

– Justement. » Il se tourna vers moi au cas où je n'aurais pas compris. « C'est bien aimable d'être venue me rendre visite.

Mais ta mère doit se ronger les sangs. Il est temps d'aller la retrouver. »

J'étais bien consciente qu'il ne m'inviterait pas à dîner, bien consciente aussi de la faim qui me nouait l'estomac. La nécessité est une chose laide. Je ne m'en rendais pas encore compte, mais elle avait aussi rendu laid mon oncle pourtant si beau.

Je regardai le général. Il feuilletait un livre sur la table, se gardant d'interférer, comme si reprocher à mon oncle sa grossièreté était une grossièreté en soi.

« Bien sûr, *mon oncle* », dis-je. Je crus le voir tressaillir. « Je n'oublierai pas votre courtoisie. »

Lorsque je jetai un regard vers lui, le général m'observait avec une expression indéchiffrable.

« Laisse-nous te trouver un fiacre, dit-il.

– C'est très aimable, monsieur, mais je ne pourrai pas le payer.

– J'imagine que ta mère ne t'en voudra pas d'accepter un cadeau si modeste. »

Mon oncle parut choqué.

« Accepter ? Qui le propose ?

– Moi, répliqua froidement le général.

– Cette enfant est manifestement venue à pied, asséna mon oncle en désignant mes bottines d'un mouvement de tête. Elle peut tout aussi facilement rentrer à pied.

– Mon oncle a raison, monsieur.

– Une enfant ne devrait pas traîner dans les rues à cette heure.

– Les rues *grouillent* d'enfants à cette heure, rétorqua mon oncle.

– Si elle rentre à pied, dit le général, je l'accompagnerai. »

Mon oncle et moi ne nous attendions pas à cette réponse : je ne pouvais imaginer pire mortification que d'être raccompagnée comme une petite vagabonde.

« Je vous remercie de votre générosité, monsieur, mais cela n'est pas nécessaire, vraiment…

– Bon, bon », fit mon oncle avant de sortir chercher un fiacre.

Mon oncle finirait par devenir mon plus grand bienfaiteur – en me donnant mon nom et ma vie même –, mais ce fiacre resterait le seul cadeau qu'il me ferait sciemment.

On serait tenté de dire que ce moment fut décisif, qu'il m'aiguilla vers Le Cap, la chirurgie, l'armée, le scandale, Lord Somerton, vers tout ce qui s'ensuivrait. Mais ce genre de moment existe-t-il ? Qu'est-ce qui fait un homme, une vie ? Quelle part jouent le nom et la parenté, l'éducation ou cet accident qu'est la naissance ? Quel choix nous est laissé ? Pour combien comptent le libre arbitre et le destin, le croisement de ces trajectoires aussi mystérieuses que nous l'apparaissait alors l'électricité ? Il est facile aujourd'hui de se retourner sur son passé et d'affirmer : *C'est cette rencontre qui scella mon avenir, qui mit un terme à la vie de Margaret pour donner naissance à Jonathan.*

À l'instant même où j'y cède, l'examen rétrospectif me laisse sceptique ; l'entreprise semble dérisoire puisque le temps ne peut revenir en arrière et que le souvenir tient plus souvent du fantasme complaisant que du fait. Je préfère la méthode scientifique. Observation, hypothèse, examen des preuves. Examiner les preuves est le but que je me suis fixé ici.

Au cours de ce premier été à Londres, je n'eus qu'une seule vraie conversation avec mon oncle. Je ne me rappelle plus en quelles circonstances, même s'il ne fait aucun doute qu'elle fut provoquée – comme à chaque fois – par ma mère qui insistait pour que je prie mon oncle de mettre notre maison de Cork à mon nom. La maison revenait à ma mère, mais elle appartenait à mon oncle puisque, en tant que catholique, ma mère ne pouvait en être propriétaire. Elle voulait protéger ce bien de mon père. Je me rendais donc chaque semaine chez mon oncle et m'humiliais à demander ce qu'il nous refusait – mettre l'acte de propriété à mon nom. Je me souviens de l'angle de la lumière qui se déversait par les fenêtres, des particules de poussière qui dessinaient dans l'air les lames évanescentes d'un éventail de dame, une brume tannique ; je regardais un livre de peinture ouvert sur la table encombrée du salon quand mon oncle entra dans la pièce. « Qu'est-ce que tu regardes ? » aboya-t-il. Je reculai, croyant qu'il allait me réprimander ou me frapper, mais il me rejoignit et se mit à me parler des tableaux. Il ne me donna pas d'explication comme ma mère aurait pu le faire – en me racontant les récits bibliques représentés – et parla plutôt du travail de l'artiste. « Tu vois les muscles ici, sur l'avant-bras de Marie ? La lumière qui arrive de la droite ? La façon dont elle change en tombant sur l'enfant ? » Il m'expliqua que pour Marie, c'était un homme et non une femme qui avait servi de modèle, un cadavre écorché. Peut-être essayait-il de me choquer, mais j'étais captivée. « Vois comme il prend son temps », dit-il. Il s'exprimait sur un ton presque affectueux. Mon oncle et son beau regard pénétrant si semblable à celui de ma mère.

« Le génie, dit-il enfin, c'est une patience infinie. » Il me raconta ce que Michel-Ange avait dit à son élève – un garçon sublime qu'il ne cessa de dessiner, qu'il immortalisa comme mon oncle espérait l'être par le biais de la toile et de la peinture : « Travaille, Antonio, travaille, Antonio, travaille, Antonio, et ne perds pas de temps. » Il referma le livre. À croire que cette exhortation s'adressait à lui. « Tu connais le chemin de la sortie. » Il tourna les talons sans plus un regard et regagna son atelier à l'étage.

À notre départ de Londres, trois mois plus tard, alors que nous n'avions plus un sou en poche et n'étions pas parvenues à faire transférer la propriété de notre maison ni à obtenir le moindre soutien financier, ma mère tint absolument à laisser une carte de visite chez mon oncle avant de rejoindre les docks, comme il était *de bon ton**[1] de le faire, une carte sur laquelle elle avait inscrit les lettres *PPC* bien proprement au dos – une abréviation, m'expliqua-t-elle, qui signifiait *pour prendre congé** –, comme si mon oncle était un gentleman, comme si cela lui importait.

La situation devint désespérée à notre retour en Irlande, même si au début, la chance sembla tourner en notre faveur.

1. Les termes et expressions en italique suivis d'un astérisque sont en français dans le texte. *(Toutes les notes sont de la traductrice.)*

Mon père était d'une jovialité inhabituelle à notre arrivée à Cork et les retrouvailles furent étonnamment tendres. Voir ma petite sœur Juliana et notre père nous accueillir à la porte du cottage de Water Lane fut un bonheur après ces mois passés dans la puanteur de Londres où la pluie était noire et tachait de gris les manteaux blancs après une promenade matinale et où l'air même brûlait les narines.

Après des embrassades précipitées, quelques questions sur notre voyage et la joie de nous voir revenir saines et sauves, nous pénétrâmes dans le salon ; mon père serra les mains de ma mère dans les siennes et dit : « Nous sommes sauvés.

– Je crains que non, répondit ma mère qui se dégagea en douceur pour retirer son manteau. Jonathan ne nous aidera pas. La vue de sa pauvre nièce sans défense n'a pas suffi à l'attendrir. » Ma mère posa une main sur mon épaule. « Cet homme a un cœur de pierre.

– Peu importe, dit mon père. La réponse est sous nos pieds. Tout autour de nous. »

Il écarta les paumes à l'instar de notre prêtre quand il parlait de la grâce de Dieu tous les dimanches, juste avant la quête. Le temps d'un instant, je crus que mon père était devenu croyant pendant notre absence. Notre vie avait été mise sens dessus dessous ; tout semblait possible. Ma mère le regarda comme s'il avait perdu la raison.

« Tu vendrais la maison ? Le toit au-dessus de nos têtes ?

– Je ne la vendrais pas. Pas vraiment. On la mettrait seulement en gage jusqu'à ce que Tom se remette en selle.

– Il refuse », dit ma mère en jetant ses gants sur une table, sans préciser si elle parlait de mon frère ou de mon oncle. « *Je* refuse. »

Ma mère s'approcha du feu comme si la conversation était terminée.

« Je lui écrirai, continua mon père, ou irai à Londres moi-même. Je rédigerai une reconnaissance de dette à l'attention des créanciers avant de partir pour les rassurer.

– La maison est notre seul bien.

– C'est justement pour cette raison que nous devons nous en servir pour rembourser ce que nous devons. »

La voix de mon père était étrange et rassurante, suppliante, une voix que je ne lui avais jamais entendue auparavant.

« Je ne sacrifierai pas ma maison pour…

– *Ta* maison ? »

Le ton familier était revenu, aussi cinglant qu'un coup de trique.

« La maison appartient à mon frère, dit-elle. Je suis censée en hériter.

– Elle m'appartiendra donc. Aurais-tu oublié que nous sommes mariés ?

– Aurais-tu oublié que tu as des filles en plus d'un garçon ?

– Notre fils s'occupera de nous et de ses sœurs.

– Tom ne s'occupe que de lui-même et de son confort. Il dilapidera tout si on le laisse faire ; il mettra ses sœurs à la rue. Et nous avec. »

Je me tenais sur le seuil du salon, à côté de ma sœur, assez près pour voir la mâchoire de notre père se contracter, un muscle tressaillir dans sa joue comme chaque fois qu'il était face à un fermier dans l'incapacité d'effectuer la livraison promise.

« Par Dieu, c'est moi qui vous y mettrai si tu me désobéis. C'est une affaire qui doit se régler entre hommes.

– Tom a déjà tout dilapidé, et tu voudrais lui en donner plus ? »

Ma mère me fit signe d'avancer d'un geste impatient et commença à tirer sur les nœuds de mon manteau et de mon bonnet.

« Tu feras ce que je te dis », asséna mon père en venant vers nous, d'un ton qui me donna la chair de poule.

« Je ferai ce que me dicte ma conscience, dit ma mère.

– Je suis ta conscience.

– Dieu est ma conscience. Tu n'es qu'un homme et pas des plus grands, qui plus est. »

J'entendis le coup avant de voir ma mère valdinguer. Quand je levai les yeux, la paume de mon père était levée, prête à frapper de nouveau ; je ne sais pas si c'est l'expression de ma mère ou la mienne qui l'arrêta. Il baissa la main, comme vaincu, et sortit en bousculant ma sœur.

Au cours des mois suivants, leurs disputes se firent de plus en plus fréquentes et cruelles. Ma sœur et moi nous habituâmes au bruit de la porcelaine brisée et des coups, des chaises renversées. Nous étions au lit et écoutions l'orage qui grondait en dessous. Juliana était plus accommodante que moi, plus tendre, raisonnable et patiente : il était évident qu'elle avait hérité de l'intelligence fine de notre mère et avait le désir d'en faire bon usage. Elle inventait des façons toujours plus efficaces de tenir la maison, d'économiser sans entamer notre confort. Mais même elle n'arrivait pas à apaiser la rage de mon père.

Il s'avéra qu'en notre absence, alors qu'il attendait le transfert de propriété, mon père avait hypothéqué la maison. Il implora ma mère de comprendre sa position, affirmant que s'il revenait sur sa parole à présent, il passerait pour un menteur et un idiot. Ma mère rétorqua qu'en agissant de manière prématurée, c'était déjà le cas.

Mon père parla de lancer une action en justice contre mon oncle, de partir aux Antilles pour rembourser la dette, mais en dehors des percepteurs, il y avait peu de passage à la maison. Mon frère s'était installé dans la famille de sa femme après avoir perdu la ferme, mais son épouse et lui ne tardèrent pas à revenir chez nous quand la belle-famille refusa de leur apporter son soutien. Mon père se comportait avec eux comme Lear rendant visite à ses filles, tout en sollicitude et docilité tandis que ma sœur et moi tenions le rôle des domestiques. Ma mère faisait s'entrechoquer les casseroles et tomber les plateaux, renversait de la soupe au dîner, maladroite à force de colère, et un soir, prise de fureur, elle déclara qu'elle préférerait mourir plutôt que de laisser sa maison de famille aux créanciers.

En janvier, nous étions à la rue, ma mère et moi – expulsées non pas par les créanciers, mais par mon père qui avait pris le parti de mon frère. Ma sœur Juliana était restée pour leur servir de femme de chambre. J'espérais qu'ainsi, elle serait en sécurité. Nous séjournâmes quelques semaines chez M. Penrose, un mandataire et ami d'enfance de ma mère ; nous écrivîmes à mon oncle sans jamais obtenir de réponse si bien que, fin février 1806, nous partîmes une fois de plus pour Londres.

Je répugnais à cette traversée et à ce trajet en voiture qui engloutiraient les derniers bijoux de ma mère et tout notre courage. Là-bas, nous n'avions nulle part où vivre ; pas d'amis, pas de famille en dehors de l'oncle Jonathan qui pouvait difficilement prétendre à l'un ou l'autre de ces statuts. Mais nous ne pouvions rester à Cork comme je le souhaitais car – ainsi que ma mère me l'expliqua – tout travail que nous pourrions effectuer serait au profit de mon père puisque les revenus d'une épouse appartenaient à son mari selon la loi et la coutume. Nous risquerions de mourir de faim, dit-elle, et le bénéfice de notre labeur ne nous reviendrait pas ; la seule solution était de retourner à Londres. Ma mère et moi partirions seules mendier l'aide de mon oncle – s'il transférait à mon nom la maison dont elle devait hériter, les créanciers ne pourraient pas s'en emparer. Sans cet unique bout de papier, nous étions perdues.

Nous arrivâmes à Londres après une traversée difficile due au temps hivernal et découvrîmes la ville étouffée par le brouillard, une brume jaune suffocante dissimulant le soleil blafard. Ma mère semblait indifférente au froid et aux remugles d'égout et d'écurie. Elle trouva un fiacre sur les quais pour nous conduire directement chez mon oncle. Nous fûmes alors ballottées à travers les rues puantes et encombrées, passant devant les librairies et les vitrines de boutiques aux lourdes enseignes, les cafés, les brasseries et les tavernes, les bibliothèques ambulantes, les petites églises en brique et les marchés, avec en surplomb le gigantesque dôme scintillant de la cathédrale Saint-Paul ; des porteurs à chaise transportant des passagers bien habillés croisaient des gentlemen qui étaient peut-être avocats ou médecins, des chanteurs et des mendiants, pendant que les valets de pied s'accrochaient à des chariots bruyants dans les rues congestionnées par toutes sortes de marchands – les laitières et les crieurs publics, les rémouleurs et les vendeurs à la criée qui proposaient huîtres, poisson et pommes. Nous atteignîmes enfin la porte étroite de Little Castle Street à laquelle pendait une couronne au bout d'un ruban noir, accompagnée d'un simple avis confirmant les pires craintes de ma mère : mon oncle était mort.

« Nous sommes sauvées, dis-je en pensant à l'héritage.

– Nous sommes ruinées », dit ma mère.

Elle se laissa tomber sur la malle contenant les maigres possessions que nous avions transportées depuis Cork. Le mariage et la religion l'empêchant de posséder de la terre, son héritage irait à mon père, m'expliqua-t-elle, nous laissant seules et sans ressources.

Si notre famille avait été protestante, avec une fille aînée même modestement dotée, ma mère aurait pu la marier à un jeune homme plein d'avenir si ce n'est fortuné. Mais les chances de faire un bon mariage étaient très faibles. Au mieux, ma mère pouvait espérer la placer comme gouvernante dans une bonne famille, une situation peu lucrative, mais assez respectable pour rassurer ma mère, et raisonnablement sécurisante ; Margaret recevrait un petit salaire pour subvenir aux besoins de sa mère et de sa sœur, et, avec le temps, peut-être pourrait-elle nouer une union sans prétention avec un puîné, un vicaire ou, si elle avait de la chance, un pasteur ou un notaire.

Je n'avais aucun désir de me marier et partageais l'aversion de mon oncle pour les enfants – le premier des nombreux traits que nous avions en commun, découvrirais-je –, mais les options étaient limitées pour une jeune fille de Cork, sans père, ni frère, ni fortune, ni foi pour lui donner de la valeur. Les rues de Londres en étaient la preuve puisque des milliers de prostituées les parcouraient ou racolaient sur les pas de porte, un rappel de ce qui attendait une fille de la campagne sans perspectives.

L'annonce du décès de mon oncle ne tarderait pas à parvenir à mon père à Cork, accompagnée de la demande de mise en vente de la maison, et nous n'aurions plus d'autre choix que de rentrer.

Il ne nous fallut pas longtemps pour comprendre que si nous voulions survivre, nous devions nous débarrasser de Margaret. De moi, donc.

Ma mère se releva et frappa à la porte, espérant trouver la domestique et collecter quelques souvenirs de famille, peut-être passer la nuit, mais il s'avéra que la maison bourdonnait d'hommes d'âge indéterminé vêtus de manteaux sombres qui arpentaient les pièces comme des ordonnateurs des pompes funèbres, peu désireux ou incapables de renseigner ma mère ou de lui offrir la moindre assistance. Nous allions partir quand j'entendis une voix familière provenant du vestibule, me tournai et aperçus le général Mirandus qui s'entretenait à la porte avec la domestique qui nous avait ouvert. À son expression, je n'arrivais pas à dire s'il était heureux ou consterné de nous voir. Les deux années écoulées avaient été éprouvantes ; peut-être étions-nous méconnaissables.

Ma mère avait toujours pris soin de son apparence, de la nôtre et de celle de son foyer. À cet instant, elle portait une robe et un manteau crasseux, indifférente aux taches et à la boue qui les souillaient. Elle ne se brossait plus les cheveux régulièrement et ne se passait plus une éponge sur le cou pour en laver les traces de suie quand elle rentrait. J'avais remarqué ces changements sans y prêter trop d'attention.

« J'ignorais que vous étiez à Londres, Mme Brackley, dit-il en se dirigeant vers ma mère.

– Nous venons d'arriver.

– Si vous me communiquez votre adresse, je demanderai au notaire de vous rendre visite. Il doit être pressé de s'entretenir avec vous.

– Nous n'avons pas d'argent pour un hébergement. Nous sommes venues ici en espérant nous en remettre à la générosité de mon frère. Le voyage nous a pris tout ce qui nous restait. »

C'était un aveu humiliant. Pour la première fois, j'avais honte de notre situation et j'avais peur. Mais ma mère parlait avec calme et fermeté. Elle avait été une femme charmante, belle et contente d'elle-même ; face à l'adversité, elle avait perdu l'usage du monde ; cette même adversité l'avait rendue ordinaire, modeste et admirable. Je le voyais à présent. Peut-être que le général aussi.

Il se faisait tard ; la lumière avait considérablement décliné dans la pièce, et les quelques lampes qui s'y trouvaient étaient allumées par une autre domestique que celle qui m'avait ouvert deux ans plus tôt, une vie plus tôt. Mirandus lui demanda de préparer un feu ainsi que le dîner ; il lui tendit quelques pièces, puis s'excusa et alla parler à l'un des hommes bourdonnants et la cohorte s'en alla dans la foulée. Le général revint vers ma mère.

« L'inventaire des biens prendra du temps, dit-il. Les employés de Christie's ne viennent que quelques heures par jour. Pourquoi ne pas séjourner ici avec votre fille en attendant mieux ? »

Ma mère ne put cacher son désarroi à l'idée de rester dans la demeure décrépite de mon oncle. La gentillesse l'avait désarmée, la rendant vulnérable face à l'envie.

« La maison manque de charme, concéda le général. Mais elle aura l'avantage de ne rien vous coûter. Vous êtes l'unique héritière, je crois. N'y avait-il pas un frère ?

– Nous sommes sans nouvelles depuis de nombreuses années. » Ma mère semblait tanguer légèrement, comme prise dans une bourrasque. « Peut-être pourrions-nous nous asseoir ?

– Bien sûr. Pardonnez-moi. Vous avez fait un long voyage. »

Le général approcha des chaises de la cheminée et, peu après, on nous apporta un plateau. Je l'entendis dire à ma mère que mon oncle avait reçu un enterrement digne d'un héros, des funérailles grandioses, et il reposait à Saint-Paul à côté de son vieil ami, Sir Joshua Reynolds. Je m'installai sur la banquette la plus proche de la cheminée, tendant l'oreille sans participer à la conversation des adultes derrière moi jusqu'à ce que ma mère se mette à rire. Un rire aigu de petite fille – un bruit que je n'avais pas entendu depuis des années.

Quand je me tournai, je vis sa main posée sur le bras du général. Il sourit, ne le retira pas. J'apprendrais avec le temps qu'il possédait ce don particulier de donner l'impression à ses interlocuteurs, quels qu'ils fussent, d'être l'unique objet de son attention, la personne la plus fascinante de la pièce. Plus tard, je reconnaîtrais là l'art du séducteur, mais à l'époque, cela me paraissait généreux, une espèce de génie, ce pouvoir qu'il avait d'illuminer les autres de son attention, comme le font les femmes par nécessité.

C'est ce soir-là près du feu, quinze jours après l'enterrement de mon oncle, que le certificat de décès de Margaret fut établi, que sa vie prit fin et que je naquis. Je le vois clairement désormais ; ce dut être le moment qui fit basculer nos vies, même si aucun de nous ne le comprit ; ma mère et le général parlèrent plutôt d'éducation. J'écoutai tandis qu'ils décidaient de mon destin.

Je sentais le général m'observer, assise près des flammes sur la banquette où Jonathan avait mis ses bottes, mes joues brûlantes à cause de la chaleur, le visage éclairé comme celui des femmes dans les tableaux de mon oncle à la Royal Academy. Ma robe en mousseline brillant telle la mèche d'une bougie ; un ruban de satin noir sous le corsage qui témoignait malgré moi de notre deuil récent.

« Laissez la petite venir chez moi », dit-il.

Ma mère retira la main de son bras.

« Elle est trop jeune.

– Les jeunes filles de son âge sont mariées, Mme Brackley. Elles sont mères.

– Elle n'a que onze ans.

– Ses treize ans seront vite arrivés.

– Ce n'est qu'une enfant. Il ne serait pas convenable de… de…

– L'éduquer ?

– Est-ce ainsi que vous dites ? Elle a besoin d'un autre genre d'éducation, monsieur. »

Le général sembla sincèrement choqué.

« Je suis marié, Mme Brackley.

– Vous avez une maîtresse, dit-elle, retrouvant son courage d'antan. On dit, monsieur, que vous en avez même beaucoup. »

Avec le recul, il me vient à l'esprit qu'il aurait pu en rire, ravi que la rumeur de ses conquêtes ait voyagé si loin, y compris jusqu'aux épouses de Cork. Mais il ne rit pas.

« Vous parlez de la mère de mes enfants, dit-il simplement.

– Et je suis la mère de Margaret. »

Le général me regarda.

« Et en tant que telle, Mme Brackley, vous n'avez rien à craindre. »

Ma mère était trop bien élevée pour protester davantage. Pour mettre des mots sur ce qui l'effrayait le plus – et à raison. Quelle alternative existait-il ?

« Laissez cette petite venir étudier chez moi les matins et les après-midi. Le soir, elle rentrera chez vous. Régler les affaires de votre frère va prendre des mois. Votre fille et vous pourriez résider ici en attendant. Je vais m'enquérir d'un logement plus convenable. »

Cette solution me ravissait, contrairement à ma mère. Elle n'aimait ni cette maison ni ma soi-disant éducation ainsi qu'elle en parlerait plus tard.

Ma mère passa les jours suivants à lancer des avertissements. Son autoritarisme me soulageait, comme son irritation qui semblait témoigner d'un regain d'énergie. Elle m'expliqua comment m'exprimer dans la maison du général et quand me taire, m'incitant à rester humble, effacée, obéissante et silencieuse. À ne jamais rien demander. À ne poser aucune question. À ne faire aucune requête. Je devais me comporter en portemanteau, en vase prêt à être rempli comme ils l'entendaient.

J'oubliai ces conseils à la seconde où je pénétrai chez Mirandus ; à peine le seuil franchi, je fus éblouie et séduite.

La femme qui ouvrit la porte du 27 Grafton Street trois jours plus tard était saisissante. Elle avait un long visage mince, joli sans être beau ; un regard franc. Elle ne jetait pas de ces coups d'œil inquiets et vagues auxquels les adultes m'avaient habituée, comme s'ils étaient las de contempler la vie. Elle avait les cheveux défaits ; sa silhouette était harmonieuse sous une chemise d'homme en lin et une culotte tenue par une ceinture, un garçon de trois ans était accroché à sa main.

Je ne prétendrai pas ne pas avoir été frappée par ma rencontre avec Sarah Andrews ; je connaissais une mère qui n'était pas une épouse (c'était le cas de la maîtresse du boulanger à Cork). Mais je fus surtout choquée par la différence de classe. Le général était un homme de très haut rang qui possédait une maison sur Grafton Street et la meilleure bibliothèque de Londres. On racontait que Sarah Andrews avait été sa gouvernante. J'étais l'enfant d'un marchand de fruits et légumes et j'avais ce sens superstitieux des convenances qui sert souvent de talisman aux personnes en pleine ascension sociale, impatientes de se distinguer.

« Je suis venue voir le général.

– Tu dois être la nièce de Jonathan. Nous t'attendions. »

Elle me prit par la main et me fit entrer dans le vestibule lumineux avec un empressement chaleureux.

« Je crains que Fernando n'ait été appelé à l'extérieur, mais entre donc, entre… »

Son accent du Yorkshire était moins délicat que celui de son mari – pareil à des torrents de mots, d'une folle luxuriance. Une sorte de susurrement, à croire qu'une brise soufflait à travers ses phrases.

Elle me présenta ses enfants, Fernando et Leandro, et me fit visiter la maison, me disant combien elle avait aimé mon oncle, qu'il était le meilleur ami qu'elle eût jamais eu, le plus sincère et le plus désintéressé des hommes ; je me demandai si nous parlions de la même personne. Elle me présenta à la servante ainsi qu'à la cuisinière à qui, me dit-elle, je devais m'adresser si j'avais besoin de quoi que ce fût. « Tu fais partie de la famille, à présent. »

Je passai ce premier après-midi seule dans la bibliothèque du général, au milieu de ses innombrables ouvrages, de ses cartes d'Amérique du Sud, examinant un livre illustré ouvert sur le bureau, relié du plus beau cuir, lisse comme les galets d'une rivière, le plat de couverture en papier italien à motif d'écaille de tortue (même si j'ignorais ce que c'était à l'époque), écoutant les douces réprimandes de Sarah Andrews, assise dans le jardinet à l'arrière de la maison et qui signalait à ses enfants de ne pas faire mal à leur lapin domestique tout en les laissant galoper à leur guise. Les petits parlaient un mélange de français, d'espagnol et d'anglais, un ragoût de mots délicieux. Au milieu de ce bavardage animé, je sentais la présence de Mirandus planer sur la maison comme s'il lui avait jeté un sort et que nous retenions un peu notre souffle en attendant qu'il rompe le charme.

Je restai assise en silence dans un grand fauteuil à côté du bureau du général pendant un long moment. L'ennui finit par céder à la curiosité. Je me mis à feuilleter le livre illustré – ses pages marbrées couleur agate, son dos en cuir doux gravé à la feuille d'or : *Traité de la théorie et pratique de l'accouchement* de William Smellie. L'ouvrage faisait la taille d'une petite valise de voyage et pesait onze livres. Cela me coûta de le soulever du bureau puis de le porter jusqu'au fauteuil où je pourrais le lire. Sa couverture ressemblait à une pierre polie ou à une mare ridée par le vent, les couleurs tourbillonnant à sa surface. L'ouvrir était comme d'ouvrir une porte. Le léger craquement de la reliure, l'odeur du temps s'élevant des pages. Le livre avait la taille et les proportions de la vitrine d'un meuble ou d'une grande trappe à charbon, une ouverture par laquelle me faufiler pour découvrir un autre monde – inconnu, magnifique, terrifiant, merveilleux.

Je restai indifférente à la préface où l'auteur expliquait comment on pouvait améliorer la pratique de l'accouchement, lui préférant la première illustration : *Planche numéro un : vue frontale des os d'un bassin bien formé.*

Je la trouvais d'une beauté inexplicable et indicible – les os que j'avais sous les yeux évoquaient une formation géologique, une caverne peut-être, une grotte, le bassin comme sculpté par l'eau, pareil aux roches de rivière, la colonne se dressant, pareille à un tronc d'arbre noueux ; des images de dragons ne m'auraient pas autant attirée ; elle était sublime, à la fois ombre et lumière. Cela devait être une astuce du graveur, mais les os paraissaient éclairés par l'arrière ou de l'intérieur, à moins que ce ne fût simplement ce que moi je ressentais. En les observant. Éclairée de l'intérieur.

Je tournai la page.

Puis une autre.

Puis encore une autre.

La *Planche numéro quatre : appareil reproducteur de la femme* montrait des cuisses épaisses enveloppées dans du tissu, la chair tachetée et vivante comme si elle était allongée devant moi sur le bureau, le sexe mis à nu – et je n'en avais jamais vu de la sorte, ni même le mien –, non pas terrifiant mais exquis, les plis de la vulve rappelant les remous d'une rivière, les poils pubiens pareils à un décor en filigrane, l'étoile délicate et sombre de l'anus. La chair des jambes mouchetée comme Michel-Ange aurait pu la dessiner.

Deux pages vierges, puis la *Planche numéro cinq*…

On aurait pu se demander quel malheur avait frappé ces femmes pour qu'elles se retrouvent exposées ainsi et que l'observateur s'en délecte, aussi nues que je le suis désormais devant vous. Cela ne me traversa pas l'esprit à l'époque. J'étais prise dans le sortilège du corps.

Planche numéro sept : abdomen d'une femme ouvert au sixième ou septième mois de grossesse. Je trouvai cela magnifique. Les rubans charnus des intestins qui festonnaient le renflement utérin, un aperçu du sein gauche plein, à peine couvert par le tissu.

Planche numéro huit… j'eus un coup au cœur. Un enfant, croqué sur le vif, à la forme et aux traits parfaits, encore dans sa coquille de chair.

Planche numéro neuf : utérus au huitième ou neuvième mois de grossesse (contenant le fœtus pris dans le cordon ombilical). Le crâne chevelu, le corps aussi potelé et parfait qu'un bébé de Michel-Ange dans son tondo, le cordon ombilical sombre enroulé autour du cou et le haut du bras – source de vie et d'alimentation, origine de sa ruine. Il l'avait étranglé dans l'utérus.

Planche numéro dix… deux bébés au creux de l'utérus. Deux bébés parfaitement formés blottis dans la matrice, lovés comme les symboles chinois du yin et du yang ; l'enfant de gauche levait la tête vers le cœur de la mère et arrivait par le siège ; l'enfant de droite baissait la tête qui était orientée vers le col de l'utérus, se préparant à entrer dans le monde des hommes, ce que ni l'un ni l'autre ne ferait. Il avait la main droite portée à ses lèvres, comme pour former le mot *indicible*, ou pour inciter à la discrétion. Dans ce sommeil éternel, les cordons sont de la passementerie sur leurs membres, étranglant ceux à qui ils étaient censés donner vie. À jamais jumelés, à jamais enlacés, apparemment en paix. Je pensai à Romulus et Remus, mort-nés.

Je mis le livre de côté. M'adossai au cuir solide du fauteuil. J'entendais le tic-tac d'une pendule sur la cheminée.

Le claquement des sabots dans la rue et le fracas des roues sur les pavés.

Quand je revins au livre, je tournai les pages comme on repense à un rêve. Le rêve du corps.

Lorsque le général Mirandus rentra à la tombée du jour, il cria le nom de Sarah et elle vint l'embrasser, les enfants dans les bras ; il n'avait pas les manières formelles auxquelles tenaient tant mes parents, comme si le respect des conventions pouvait améliorer notre sort. Il embrassa Sarah qui lui parla tout bas, et je le vis passer la tête par la porte de la bibliothèque d'où je les observais, assise au bureau. Je détournai le regard.

Il entra et, le temps d'un instant, je craignis qu'il ne se fâche de me voir avec ce livre coûteux, mais il sourit.

« Tu as bon goût. Il n'existe que soixante-douze exemplaires de l'atlas de Smellie et j'en possède un.

– Il est merveilleux.

– Comme moi. »

Mirandus agissait sur les autres comme une épidémie. Le bel homme de Caracas serait plus tard surnommé « El Precursor » d'un bout à l'autre des Amériques, ses idées ayant inspiré Bolívar qui finirait par libérer ces colonies américaines de l'Espagne. Mais pour moi, il était un précurseur d'un autre genre, le premier homme que j'aimerais avant de rencontrer celui que j'aimerais le plus. Le charme qu'il exerçait sur les femmes était contagieux ; personne n'était immunisé. Pas même moi qui n'avais que neuf ans lors de notre rencontre, deux ans plus tôt. Catherine la Grande l'avait supplié de rester à Saint-Pétersbourg, me raconta-t-il un soir au dîner. Il avait refusé. « Son lit était chaud, mais les hivers trop froids », avait-il précisé en brandissant son verre de bordeaux pour en inspecter la couleur à la lumière. La scandaleuse Madame de Staël avait été sa maîtresse, elle aussi.

Sarah pinçait les lèvres quand il racontait ces histoires dont elle disait qu'elle les avait déjà trop entendues (« Je pourrais les réciter par cœur, comme un rosaire ») avant de s'excuser et de se retirer ; elle avait en partie fait la paix avec le charme de son compagnon, semblait-il, ce qui ne signifiait pas qu'elle fût immunisée contre la douleur.

Au cours de ces premiers mois à Londres, j'eus du mal à déterminer si je tombais amoureuse du général, de sa bibliothèque ou de sa vie ; l'excitation que j'éprouvais chaque après-midi quand j'entendais le bruit de ses pas sur le parquet devant la bibliothèque, puis quand il entrait dans la pièce – la bouche sèche, l'estomac noué, le rire aigu et décontracté comme lorsque j'apprendrais à boire du champagne – me laissait confuse et ravie. Cette heure précédant le dîner durant laquelle nous restions tous les deux enfermés dans la pièce est le plus beau souvenir que je garde de ce séjour à Londres.

« Avez-vous lu tous ces livres ? » lui demandai-je un jour.

Il rit.

« La majeure partie. Il y en a un ou deux que je n'ai fait que feuilleter.

– Dans ce cas, pourquoi les garder ?

– Posséder de belles choses est un plaisir. Tu ne crois pas ? »

Je haussai les épaules.

« Ce doit être merveilleux d'être un homme intelligent.

– Penses-tu ? »

J'acquiesçai en détournant le regard.

« Et qu'est-ce que cela fait d'être une jeune fille intelligente ?

– J'ai remarqué qu'avoir de l'esprit est rarement considéré comme une vertu chez les jeunes filles.

– Tout le monde ne partage pas cet avis. »

Je me remis à arpenter la pièce en passant les doigts négligemment sur le dos des livres.

« Tu aimes lire ?

– Je ne sais pas. J'ai peu lu. Notre père pense que c'est une perte de temps.

– De lire ?

– D'éduquer les filles.

– Il t'a enseigné le latin.

– Il l'a enseigné à mon frère. J'étais simplement présente durant la leçon.

– Tu apprends donc vite.

– Vous êtes le premier à le suggérer, monsieur. » Je sentis que mes réponses l'avaient déçu. Je savais que je ne devais pas décevoir ; nos vies dépendaient du bon plaisir de cet homme. « Notre père ne voyait pas d'inconvénient à ce que nous lisions, du moment que les livres ne divulguaient aucun savoir utile.

– Parle-moi de ce que tu as lu. »

Il s'approcha et s'assit sur le bord du bureau. J'étais gênée d'avoir si peu lu à onze ans.

« Des romans, surtout. »

Je n'avais pas le courage de donner leur titre, *Le Moine* ou *Le Château d'Otrante* d'Horace Walpole, dont j'étais sûre qu'ils ne me seraient d'aucun mérite.

« Et les as-tu aimés ?

– Les histoires sont comme des rêves. Leur souvenir s'évanouit à la seconde où elles se terminent.

– Absolument pas, répliqua le général. Je te guiderai. »

Il tint parole et me fournit une liste de livres que je lirais au cours des trois années suivantes – les pièces historiques de Shakespeare, *L'Afrique* de Pétrarque, le long poème de Milton, les *Confessions* scandaleuses de Rousseau, Dante, l'Arioste, les œuvres des amis du général, Thomas Paine, Jeremy Bentham et feue Mme Wollstonecraft, ainsi que les *Éléments* d'Euclide et les *Principia* de Newton. Tous les samedis, nous lisions ensemble les écrits de Platon rapportant les dialogues de son professeur, Socrate, ainsi que les théories d'Aristote en grec, et nous aurions continué le dimanche si la piété de ma mère et son amour de la messe n'avaient eu la priorité.

En général, j'arrivais tôt et prenais une tasse de thé au lait avec Sarah et les enfants, puis j'allais lire dans la bibliothèque jusqu'à ce que le soleil soit bas dans le ciel et la pièce plongée dans la pénombre, après quoi il rentrait et me raccompagnait chez moi – discutant en route de ce que j'avais lu ce jour-là.

Cette sélection n'était pas tant pensée pour m'enseigner une matière particulière – il n'avait pas la prédilection du pédant pour la progression linéaire – que gouvernée par un tout autre principe, celui du plaisir, le mien et le sien, le poussant à choisir des œuvres qui lui avaient inspiré de la curiosité et dont il souhaitait voir en quoi elles aiguiseraient la mienne.

Le général était en tout point différent des précepteurs en histoire et mathématiques qui avaient défilé chez nous pour mon frère, des hommes myopes dont le corps avait rapetissé d'autant que leur esprit s'était développé – des hommes délicats autour desquels l'atmosphère semblait plus sombre. Avec eux, l'éducation ne semblait offrir aucune perspective d'avenir, elle était dénuée de romantisme. Mais Mirandus le bien nommé était merveilleux et faisait de l'apprentissage une aventure des plus grisantes, au moins aussi formidable que le voyage qu'il avait effectué vers Madrid depuis le Venezuela quand il était jeune, les femmes avec qui il avait couché ou les prisons dont il s'était échappé. Les livres forçaient la serrure qui ouvrait tout – les plus grands esprits de l'histoire du monde – et que personne ne pourrait jamais nous prendre.

Il affirmait qu'attendant son exécution en France après la Révolution (qu'il avait soutenue jusqu'à ce qu'elle se retourne contre les faibles), il avait récité de mémoire *Candide* de Voltaire et, grâce à cela, avait charmé ses geôliers qui l'avaient aidé à s'enfuir – même si je soupçonnais que les pots-de-vin avaient dû les convaincre autant que la littérature.

J'apprenais souvent plus durant nos conversations qu'au cours de mes lectures. Il abordait des thèmes qui m'avaient échappé, des détails que je n'avais pas remarqués, mais parfois c'est moi qui remarquais des choses auxquelles il n'avait pas prêté attention. Je soulevais un point ou faisais une observation qui le surprenait, pour notre plus grand plaisir à tous les deux.

Je me souviens plus particulièrement d'un soir où nous nous promenions dans Hyde Park – la lumière s'attardait comme à son habitude à la fin du printemps, aussi peu pressée que moi d'en finir avec cette journée, le ciel d'un bleu indigo – et où je lui disais que *Jules César* de Shakespeare ressemblait dans l'ensemble à l'oraison funèbre récitée par Marc Antoine, dans le sens où l'auteur semblait faire l'éloge de ce qu'il condamnait. Mirandus parut perplexe.

« Continue.

– Dans la pièce, les hommes incarnent l'autorité, mais il place la sagesse du côté des femmes que des hommes comme Brutus et César sont trop vaniteux ou bornés pour écouter. Si l'un de ces deux hommes avait écouté sa femme, ils n'auraient pas tué leur roi…

– *Empereur*, me corrigea-t-il doucement.

– En tout cas, la pièce semble faire le pany… » Je butai sur le mot. « Le pané…

– Panégyrique.

– Oui, le panégyrique d'un souverain puissant face à son peuple indocile, mais on pourrait la voir comme une critique de la bêtise des hommes et des puissants qui ne font aucun cas de la sagesse de leur épouse.

– Mme Wollstonecraft t'aurait adorée, dit-il en exerçant une légère pression de la main sur mon épaule comme si j'étais une canne.

– Mais ne trouvez-vous pas ça curieux ?

– La pièce a été écrite pour une reine.

– Les artistes ne seraient-ils que des flagorneurs cherchant à s'attirer les grâces de leur mécène ?

– J'ai l'impression d'entendre ton oncle. Il pensait que les artistes devaient être pris en charge par la société pour qu'en retour, ils la transforment, sans la souillure du mécénat. »

Une volée de jeunes hommes dandifiés flânait en sens inverse, comme des paons. « Qu'en penses-tu ? » demanda-t-il en faisant une pause dans notre promenade.

C'est là que mon éducation commençait, dans cette seule question, dans l'espoir qu'à force de travail et de saines lectures – le juste équilibre entre raison et sensibilité, fondé sur des principes solides – je pourrais forger mes propres réponses ; que nous pourrions *chacun* le faire. Une démocratie de la pensée.

« Peut-être mon oncle avait-il raison.

– Peut-être. »

Durant ce même printemps – et au cours des années suivantes –, la passion que je me découvris pour l'étude était une sorte d'amour que je n'avais jamais connue, un amour qu'un homme de moindre qualité aurait facilement pu prendre pour un autre genre d'ardeur. Mirandus aurait pu me détruire, déformer mon admiration pour en faire quelque chose de plus petit, plus personnel. Cela n'arriva pas, ce qui est tout à son honneur. Peut-être Sarah intervint-elle en ma faveur ? Ou bien le destin. Quoi qu'il en soit, on me laissa libre de me passionner pour la bibliothèque. Quand Mirandus parla de le rejoindre au Venezuela un soir que j'étais restée dîner, je devinai une autre proposition dans ses mots, une promesse voilée, mais ils me traitaient comme si j'étais leur fille – du moins jusqu'à ce que je devienne un fils.

Je tournais les pages d'un roman de Richardson, un après-midi, quand quelque chose voleta sur le bureau jusqu'à moi. J'eus peur d'avoir déchiré la page ; je baissai les yeux vers le sous-main et ne vis rien, à l'exception d'un cheveu pâle comme du fil d'or, un peu moins long qu'un doigt, ondoyant telle une rivière vue du haut d'une colline, un cheveu qu'aucune tête n'avait jamais porté. Je le reconnus aussitôt. Je ris de le voir, de cette incongruité.

Comment ce cheveu avait-il pu se retrouver entre les pages d'un roman ? Je voulus poser la question à Sarah, avant de me raviser. Si c'était le sien, je donnerais l'impression de l'espionner. Et ce serait encore pire s'il ne lui appartenait pas. J'imaginai le laisser sur le sous-main, mais je ne voulais pas que Mirandus pense que je l'avais déposé là. Je ne savais pas si je devais le remettre dans le livre, si c'était bien sa place.

Je réfléchissais aux différentes options quand j'entendis un bruit de pas de l'autre côté de la porte. Je pris le cheveu et le glissai dans la poche de ma robe.

Ce ne fut que plus tard, quand je découvris d'autres cheveux entre les pages d'autres livres – des blonds, des noirs, un roux – que je compris qu'il s'agissait d'une collection, un reliquaire dans la religion du désir, du corps. Je repensai à ce que Mirandus avait dit le premier jour, au plaisir de posséder de belles choses. Je cherchai un ordre dans leur placement. J'avais envie de lui demander à qui ils appartenaient. S'il le savait, s'il se souvenait de chaque femme à partir de son cheveu. Je ne lui posai jamais la question.

J'eus peur que le général ne découvre ce que j'avais fait ce jour-là en feuilletant le livre sur le bureau ; était-ce mon imagination ou avait-il l'air préoccupé, cherchant ce qui avait disparu ? Nous discutâmes de mes lectures comme à l'accoutumée, mais en partant, j'emportai le souvenir. Je le gardai cousu dans l'ourlet d'un mouchoir en guise de porte-bonheur pendant des années ; plus tard, je le plaçai dans mon exemplaire des *Métamorphoses*. Les Romains auraient certainement approuvé.

Quelques mois après le début de mes études, le général prit la mer pour l'Amérique afin de rassembler des soutiens pour tenter de libérer le Venezuela de l'Espagne. Il rencontra les présidents américains Jefferson et Madison ; en chemin, il dessina le drapeau vénézuélien. Ma mère sembla soulagée de le voir s'en aller. Il me manqua – lui et nos conversations, ainsi que ses encouragements – durant ces dix-huit mois, mais je me sentais plus à l'aise, seule avec Sarah et les enfants. Mon emploi du temps ne changea pas. J'aimais me dire que ma présence réconfortait Sarah. Ce qui est sûr, c'est que les semaines et les mois passant, le lien entre nous se renforça, comme si nous formions une petite famille. Je savais que le général, ainsi qu'elle l'appelait, lui manquait ; je me demandai si elle avait peur de le perdre.

« N'avez-vous pas envie d'épouser le général ? lui demandai-je un après-midi alors que nous prenions le thé dans le salon donnant sur le jardin.

– Pourquoi ? dit-elle en riant. Tu en aurais envie, toi ?

– Quelle question, répliquai-je, le rouge aux joues. Je suis une enfant.

– Contrairement à moi. Je ne suis pas un bien qu'un homme peut acheter et vendre. Nous n'avons pas besoin de l'État pour ratifier nos affections. »

J'avais l'impression qu'elle citait quelqu'un.

« Mais cela vous mettrait à l'abri du besoin, vous et vos enfants.

– Dans la vie, personne n'est jamais à l'abri, ma chère. Tu es bien placée pour le savoir. Le mariage a-t-il protégé ta mère ? » Elle reposa sa tasse. « Quand les gens promettent la sécurité, c'est généralement qu'ils manigancent de te prendre quelque chose. »

J'eus peut-être l'air alarmée car elle couvrit ma main de la sienne sur la table.

« La sécurité, il faut la trouver en soi.

– Qu'en est-il de l'amour ? demandai-je.

– C'est bien la chose la moins sûre au monde, mais impossible de vivre sans, tu ne crois pas ? »

Elle regarda le jardin par les portes laissées ouvertes pour que nous profitions de la brise de fin d'été. Elle se leva et entra dans la lumière.

Pendant ces quelques années de bonheur, notre vie retrouva sa stabilité. Nous logions dans une maison au nord de Fitzroy Square, non loin de chez le général, subvenant à nos besoins grâce à une généreuse souscription lancée par l'ami de mon oncle, Lord Basken. Mécène fidèle jusqu'à la fin, Lord Basken avait proposé après la mort de mon oncle de faire publier un volume de ses dessins et essais dont la vente pourrait aider les parents nécessiteux du pauvre Perry – à savoir nous. Ma mère fut horrifiée de cette proposition mais nous n'avions pas d'alternative. Et cela nous permit de gagner du temps.

Quand le général rentra le 1er janvier 1808, après un an et demi d'absence, la maison fut régulièrement assaillie par les invités. Ils arrivaient telle une volée de corbeaux. Bruyants. Plumes lissées. Vindicatifs. Le jeune M. Simón Bolívar. M. Jeremy Bentham qui ressemblait à un œuf affublé d'une perruque. Les pièces bruissaient de conversations grisantes sur la politique et la révolution. Le général Mirandus m'autorisa à y assister, ou du moins ne me fit-il pas sortir. Je m'allongeais discrètement derrière un sofa ou restais assise en silence dans un fauteuil avec un livre pour écouter. Je ne disais pas un mot, mais m'habituais aux discussions des hommes, aux mots jetés comme des cartes dans une partie de whist, aux plaisirs du débat et de la victoire.

Les visites de M. Bentham étaient particulièrement animées et bruyantes, atteignant un volume qui faisait pleurer le jeune Fernando, mais me ravissaient. Bentham invoquait toujours un principe dont il était l'auteur, comme quand il se répandait en invectives contre ce qu'il appelait « le jeu profond » – à savoir prendre beaucoup de risques pour un gain incertain. Il croyait que dans la vie, mieux valait exploiter au maximum le plaisir. Le général et lui discutèrent âprement de ce point un soir au dîner, après que Bentham eut appelé à une interdiction des « aspects néfastes du jeu profond ». Le général affirmait que la théorie ne tenait pas car elle ne prenait pas en compte le plaisir qu'il y a à agir par principe, y compris quand la récompense est incertaine. « L'individu peut échouer, dit Mirandus, mais le collectif peut ainsi y gagner, et le bonheur humain augmenter plutôt que diminuer. »

Tous les deux se trompent, pensai-je. Tout risquer pour un résultat hypothétique est un pari que les femmes connaissent bien ; les mères le font tous les jours en donnant naissance à un enfant. L'interdire reviendrait à prohiber l'enfantement, l'amour même, et tous les sacrifices ridicules et nécessaires auxquels on consent en son nom.

Je leur donnai mon avis. Ils me dévisagèrent comme si j'étais un chien savant, choqués de m'entendre prendre la parole, avant de m'applaudir.

M. Bentham était l'homme le plus préoccupé de sa propre mort que j'eusse jamais rencontré. Quand il nous annonça qu'il avait l'intention d'être autopsié publiquement, le général lui conseilla de s'assurer qu'il ne s'agisse pas de *vivisection*, étant donné tous les ennemis qu'il s'était faits. Bentham poussa un de ses rires haut perchés et balaya la menace d'un revers de la main, pressé de nous raconter *son dernier projet en date* : il souhaitait que son cadavre soit dépecé pour être étudié, puis *réassemblé afin d'être présenté au public*, comme un vase. Il voulait être momifié et exposé à l'université pour les grandes occasions. (C'est ce qui arriva.)

L'idée du corps comme objet d'étude impersonnel lui plaisait au plus haut point. À moi aussi.

Le seul visiteur que je n'aimais pas était le jeune M. Simón

Bolívar, un invité régulier. Aussi beau et brillant fût-il, je me méfiais de son silence, de sa voix basse, de sa vigilance. Je ne lui faisais pas confiance. Peut-être était-ce de la rivalité ; d'une certaine manière, nous étions tous les deux des protégés de Mirandus. Il semblait calculer ce que chaque échange pouvait lui rapporter, évaluer les pertes et les gains. S'appliquait à en ressortir gagnant.

Après le retour du général, je remarquai un autre changement dans la maison. La façon dont le regard de Mirandus s'attardait sur moi, la main qu'il posait délicatement sur la mienne pendant que je traduisais du grec, sa manière de me prendre par le bras quand nous rentrions chez moi tous les soirs. Je remarquai aussi que Sarah semblait moins heureuse de me voir. Elle s'emportait contre Leandro, et elle partit en claquant la porte sans autre explication qu'un « Nom de Dieu » un matin où les garçons se battaient. Un autre jour, alors que j'arrivais de bonne heure, la domestique me salua mais pas Sarah, si bien que je me glissai dans la bibliothèque et à peine installée, j'entendis un bruit sourd effrayant et des cris.

J'oubliai rapidement l'incident tant mes études m'absorbaient. Chaque jour j'apprenais de nouveaux mots, de nouvelles idées, je me découvrais de nouvelles aptitudes, à croire que l'esprit était une demeure dont je parcourais les nombreuses pièces, ouvrant des portes insoupçonnées. J'apprenais le plaisir des mathématiques en lisant les *Principia*, la joie des compositions musicales ; je me penchais sur les précis d'anatomie. Je me réjouissais de constater que tout ce que je lisais me restait en mémoire, à tel point qu'il me suffisait de lire une page des dernières paroles de Socrate après son procès pour les voir clairement devant moi, en conversant avec le général, comme si je tenais le livre entre mes mains. Il me suffisait de commencer à parler pour savoir ce que je pensais d'un texte, ce que j'ignorais avant d'avoir ouvert la bouche. Tout me venait facilement, presque sans effort, chaque jour me révélait de nouveaux talents comme s'ils n'étaient pas miens. Et le bonheur d'apprendre se mêlait au bonheur de voir le général fasciné.

Un soir pendant le dîner, enhardie par les échanges combatifs des hommes – et par mon propre succès après trois ans d'études –, je fis l'erreur de demander au général pourquoi il était à Londres si sa nation avait besoin de lui, s'il n'avait pour but que sa libération.

« Ne vaudrait-il pas mieux être là-bas pour guider vos compatriotes plutôt que de discuter d'idéaux à l'autre bout de la planète ? »

Je sus immédiatement que j'étais allée trop loin.

Mirandus ne dit rien, se contenta de faire tourner le pied de son verre de vin sur la table. Sarah me dévisagea avant de se lever, s'excusant à la hâte pour emmener les enfants se coucher.

« Un idéaliste agit et ne réfléchit pas assez à la stratégie, finit-il par répondre comme s'il avait souvent donné cette explication. Un stratège agit et ne réfléchit pas assez aux idéaux.

– Et qu'êtes-vous ? »

Il se tut. À mon départ, peu après, personne ne m'accompagna.

« Il est les deux, me dirait Sarah plus tard, visiblement heureuse de m'expliquer l'homme que nous aimions. Un être rare : un stratège idéaliste. »

Croyant que le général était content de mes progrès et attaché à moi, je fus consternée quand il annonça – peu après ce dîner, à l'automne 1809 – qu'il avait besoin de s'entretenir avec ma mère. Je craignais que la dispute que j'avais entendue ou ma remarque au dîner n'ait entamé son enthousiasme de m'avoir chez lui. Je savais combien la paix des ménages pouvait être rapidement brisée.

« Qu'as-tu fait ? demanda ma mère quand je lui rapportai la demande du général.

– Rien.

– Tu n'as rien fait ? Tout ce temps passé dans sa bibliothèque ne t'a servi à rien.

– Je n'ai rien fait qui sorte de l'ordinaire, mère ; je me suis comportée comme d'habitude. J'ai lu, puis j'ai parlé de mes lectures avec le général. »

Ses soupçons m'épuisaient, ils me paraissaient mesquins, indignes de ma nouvelle condition. Elle devina peut-être mon dédain comme avec mon père avant moi.

« Que le ciel nous vienne en aide si cet homme généreux se retourne aujourd'hui contre nous.

– Il ne fera rien », répliquai-je.

Mais en vérité, je l'ignorais. Je n'avais pas rapporté la dispute à ma mère. Je ne lui disais presque rien.

Les jours passant, j'en vins à redouter l'entrevue. Je priais pour qu'un désastre l'empêche – j'aurais aimé être renversée par une charrette ou attraper une fièvre soudaine qui susciterait assez de compassion pour repousser la conversation. Mais le jour vint. Nous étions assis au salon près du feu, avec un plateau à thé et un gâteau aux graines de carvi, un de mes préférés, même si je n'avais aucun appétit à cet instant.

Ils commencèrent par aborder d'autres sujets, les fils du général, le temps qu'il faisait, jusqu'à ce que mon bienfaiteur en vienne à la raison de sa visite.

« Votre fille est tout à fait extraordinaire, Mme Brackley. Son esprit est aussi brillant que l'était celui de Mme Wollstonecraft. J'aurais beaucoup aimé pouvoir les présenter. »

Je devinai à l'expression de ma mère qu'elle ne connaissait pas ce nom ni ce qu'il représentait, ce qui était tout à mon avantage car elle aurait sans doute refusé que je poursuive mes études si elle avait compris le compliment.

« Elle est capable de réaliser de grandes choses, dit-il.

– Elle a toujours été intelligente, convint ma mère.

– Elle est plus qu'intelligente.

– Vous l'aiderez donc à trouver une place de gouvernante ?

– Je ferai mieux que ça. C'est un véritable prodige. »

Ma mère me regarda et eut l'air aussi alarmée que si on venait de lui annoncer que j'avais deux têtes ou toute autre tare qu'elle n'aurait jamais remarquée.

« Elle a exprimé le désir d'étudier la médecine et les lettres, dit le général Mirandus. J'ai bon espoir qu'elle y parvienne.

– Je n'ai pas les moyens de lui payer une formation pour devenir sage-femme.

– Médecin, Mme Brackley. Chirurgien.

– L'accepteront-ils ?

– Ils l'accepteront, *lui*. »

Ma mère et moi le dévisageâmes.

« Ils prendront le neveu de Jonathan Perry.

– Mon fils, Tom ? »

C'était la première fois depuis des mois qu'elle prononçait le nom de mon frère.

« Votre fille Margaret. » Le général se tourna vers moi. « Votre neveu. »

J'étais trop choquée pour parler. Ce plan semblait impossible. Une plaisanterie.

Si ma mère fut offensée à l'idée de faire passer sa fille aînée pour un fils, son pragmatisme finit par l'emporter. Tandis qu'ils veillaient jusque tard près du feu à discuter de mon avenir, je m'endormis au murmure de leurs voix. Au matin, tout était décidé. Un frisson me parcourut en entendant la nouvelle : à quatorze ans, je deviendrais un garçon. Je jouerais le rôle du neveu désargenté de Jonathan Perry et m'inscrirais en médecine à Édimbourg dès l'automne.

C'est moi qui eus l'idée d'ajouter un deuxième prénom en l'honneur de mon mécène. Tout cela sonna la fin de Margaret et la naissance immaculée d'un fils fortuné : Jonathan Mirandus Perry.

Pendant que le général organisait la venue d'un tailleur à qui on expliqua que je faisais la même taille que le neveu absent à qui ces vêtements étaient destinés, il revint à ma mère de confectionner une partie de mon linge – une demi-douzaine de chemises et de cravates. Si elle fut contrariée de jouer les couturières pour ce nouveau fils à peine baptisé, elle n'en dit rien. (Ou peut-être me suis-je arrangée pour oublier ses plaintes, ma dette. C'est pratique d'oublier les choses douloureuses.) Il y eut des soies audacieuses vert émeraude à rayures et des gilets croisés rouges surmontés d'énormes cravates collier de cheval. En plus d'une unique culotte réservée pour les grandes occasions, on m'équipa d'un pantalon moulant qui m'arrivait à mi-mollet et était tenu par des rubans, et de bottes à la hongroise qui me montaient aux genoux, soulignant mes jambes fines.

Quinze jours durant, en attendant que mes habits soient prêts, je m'entraînai devant la glace. Coudes près du corps, coudes écartés, démarche à grands pas assurés, menton baissé comme si j'étais plongée dans mes pensées ; je savais que notre vie dépendait du bon équilibre qu'il me faudrait trouver entre personnage et incarnation. En tant que fille, personne ne m'accepterait à l'université. Et le soutien généreux des amis de mon oncle était aussi peu fiable que la mémoire – qui sait combien de temps ils penseraient à nous, les parents pauvres de Jonathan Perry ?

Sarah Andrews eut l'idée de couper mes longs cheveux. La seule chose que j'avais de beau. Quand elle s'empara des ciseaux, mes cheveux blond vénitien tressés dans le dos, un linge sur mes épaules, je devinai que ce n'était pas uniquement par égard pour mon éducation qu'elle se chargeait de la tonte. Je sentis les ciseaux contre le rideau formé par mes cheveux ; la pression me fit basculer la tête en arrière.

« Tiens-toi tranquille », dit-elle en me repoussant la tête vers l'avant.

Mon crâne me picota, puis j'entendis un bruit comme une étoffe qu'on déchire et je fus libérée d'un poids. Ma tête me parut flotter étrangement, trop légère.

Elle aurait pu laisser mes cheveux longs, tombant jusqu'aux épaules comme les portait le général Mirandus, mais elle choisit une coupe française dite *à la victime* – au départ, celle-ci visait à exprimer son mépris de la Révolution, mais ce n'était désormais plus qu'une simple coiffure à la mode rebaptisée *à la Titus* : nuque dégagée, le haut et les côtés peignés vers l'avant pour former une frange ébouriffée, comme une tête tombée sous le couperet de la guillotine. Ma mère fut horrifiée en me voyant. « Tes cheveux ! s'exclama-t-elle, les yeux humides. Tes beaux cheveux ! » Elle n'avait pas pleuré à la disparition de sa mère ni de sa fille aînée, mais elle pleurait à présent, tenant ma natte entre ses mains comme un cadavre.

Cette nuit-là, en posant la tête sur l'oreiller, je me délectai de ces étonnantes nouvelles sensations, la peau et le crâne en contact direct avec le linge et l'air.

Mais en dépit de cette coupe et de mes nouveaux habits, je restais un garçon peu convaincant. Ma mère m'emmena à Hyde Park pour observer les dandys qui y paradaient, en vain. Je passai des semaines à pratiquer la masculinité sans parvenir à rien, à tel point que je désespérais de réussir un jour.

Un après-midi, alors que je me tenais à la fenêtre qui donnait sur Charles Street, découragée à l'idée de ne pas pouvoir jouer mon rôle, je vis un fiacre arriver et un gentleman en descendre puis se retourner pour aider une dame à mettre pied à terre. Je reproduisis ces gestes dans ma chambre, et en incarnant cette simple courtoisie, je sentis quelque chose bouger au niveau de ma colonne vertébrale, aussi subtil qu'un claquement de dents, une clé dans une serrure ou un craquement des articulations. Je sentis le changement – je m'installai dans mon corps comme dans un fauteuil confortable. La condescendance faisait tout. L'autorité telle une écharpe drapant mes épaules. Je retrouvai la confiance que j'avais éprouvée enfant quand je courais à travers les vertes collines de Cork. Je savais que je pourrais jouer mon rôle.

Après un bon mois à m'entraîner à la maison, ma mère m'envoya faire une course tôt un matin. Pressant une pièce dans ma paume, elle proposa que j'aille acheter des saucisses dans une rue voisine. Quand le transporteur de latrines faillit me renverser, je fus choquée, puis comblée – non pas à cause de ma culotte et de mes bottes souillées, mais pour l'invective qu'il me lança : « Où c'est que t'as donc la tête, mon gars ? Pousse-toi de là ! » Pour la première fois, je compris que nous sommes ce que nous disons être ; les gens voient ce qu'on leur dit de voir. *Nous sommes notre propre toile*, disait mon oncle.

Je m'éloignai toutefois des magasins que nous connaissions et me dirigeai vers un quartier que nous ne fréquentions pas ; je m'armai de courage et entrai dans une boutique.

« Besoin de quelque chose, jeune homme ? » demanda le boucher.

Je regardai par-dessus mon épaule, cherchant le garçon à qui il s'adressait.

« Alors, qu'est-ce que ce sera, mon gars ? »

Ma voix me parut faible et lointaine, beaucoup trop aiguë quand je demandai une longueur de saucisses pour ma mère, mais si le boucher s'en aperçut, il ne fit aucun commentaire.

Voici ce qui me fascinait : personne ne remarquait rien. Plus tard, quand je fus habitué à ce qu'on me donne du *monsieur* ou du *docteur*, je m'apercevrais que ce n'était pas un tour de passe-passe vestimentaire qui avait fait basculer mon destin ce jour-là ainsi que je l'avais cru. Malgré ma petite stature, j'avais le maintien des hommes libres, me comportais comme si j'appartenais au monde, ou plutôt comme si le monde m'appartenait. Ce n'était pas mes vêtements qui les convainquaient, c'était ma conduite : on voyait dans ma démarche que mon corps m'appartenait. On voyait dans ma démarche que j'avais le monde en héritage, que j'étais un fils fortuné.

Avant cela, je ne m'étais jamais rendu compte de combien je m'effaçais quand j'étais dans la rue ou entrais dans une boutique, craignant d'attirer l'attention – j'avais subi les attouchements occasionnels d'un marchand de Cork quand il faisait semblant de redresser un sac d'avoine que j'avais dans les bras ou d'un cocher qui, m'aidant à descendre de mon siège, en avait profité pour palper d'autres parties de mon corps ; même mon frère s'était pressé contre moi avant de partir pour Dublin, prétendant que cet enseignement me ferait du bien. « Tu ne veux pas que ton mari te découvre ignorante, n'est-ce pas ? Tais-toi et je ne dirai pas à notre père ce que tu as fait. » Il savait qu'en parler serait impensable car je serais la seule à subir l'infamie.

Après cette première sortie dans le monde, les choses progressèrent rapidement. On se chargea de m'inscrire à la faculté, de nous trouver un logement, de me fournir matériel et livres. Le général Mirandus s'arrangea pour que nos besoins soient pris en charge par un ami discret et de confiance, un certain Dr Fryer. Alors que je me préparais à entrer à l'université d'Édimbourg en décembre 1809, à l'âge de quatorze ans – cinq ans après avoir fait la connaissance de mon oncle, trois ans après sa mort –, la vie ressemblait à un cadeau prêt à être ouvert ; le temps d'un instant, mon avenir me parut clair : j'étudierais la médecine pendant trois ans, et si j'excellais, j'irais faire mes classes comme assistant chirurgien à Londres, puis rejoindrais le général Mirandus au Venezuela où je deviendrais son médecin et, avec de la chance, superviserais les questions de santé au sein du nouveau gouvernement révolutionnaire qu'il avait l'intention d'établir là-bas. C'était un projet auquel je pensais avec un mélange de peur et de joie.

Mirandus et sa famille nous accompagnèrent, ma mère et moi, jusqu'aux quais au sud du pont de Londres un matin de fin novembre alors que nous embarquions à Wapping sur la Tamise. Il avait réservé des places pour la traversée de cinq jours sur le *Leith Smack* en route pour Édimbourg, où il m'avait obtenu une inscription à la faculté de médecine par l'entremise de son ami, Lord Basken, à qui je rendrais visite plus tard dans l'année. J'ignorais que je ne reverrais jamais le général, que ma mère ne survivrait pas trois ans ; j'ignorais que mes études me prépareraient à sauver mes patients et à mettre des enfants au monde. Je gagnerais un métier, mais perdrais tous ceux que j'aimais.

Mirandus voulut me faire le baisemain mais s'arrêta. Il se redressa et m'attira à lui dans une embrassade virile, puis me relâcha.

« L'heure du départ a sonné et c'est ici que nous nous séparons, dit Mirandus.

– Vous citez Socrate ? dis-je, reconnaissant les mots d'adieu du philosophe à son protégé après sa condamnation à mort.

– Je suis prêt à citer n'importe qui si cela convient à une occasion triste, répondit-il avec un sourire. Mais ne t'inquiète pas, je ne vais pas mourir. Je vais au Venezuela. Où je t'attendrai.

– C'est le Venezuela qui vous attend, général.

– J'espère en valoir la peine.

– Je n'en doute pas. »

Je levai les yeux, vis Sarah qui m'observait et je rougis avant qu'elle ne détourne le regard vers l'eau glauque.

« Ah, dit Mirandus, j'ai failli oublier. » Il prit des bras de Sarah un paquet emballé dans du papier, tenu par de la ficelle, et le plaça entre mes mains. « Pour ta bibliothèque. »

Il savait que je n'en avais pas, comme je savais qu'il tenait à ses livres comme à la prunelle de ses yeux. Un cadeau tiré de ses collections revenait à se séparer d'un de ses enfants. Je passai les doigts sur les coins, appréciai le poids de l'ouvrage.

« Il vient de la vôtre ? » demandai-je.

Il acquiesça.

« Vous êtes trop généreux.

– C'est vrai. Tu pourras me le rendre quand tu seras à Caracas. »

Le général avait peut-être d'autres projets pour moi une fois au Venezuela – il avait des projets pour tout le monde, et surtout pour son pays bien-aimé qu'il espérait libérer du joug de l'Espagne ; peut-être imaginait-il faire de moi sa maîtresse ou me marier à un jeune homme brillant ; j'aurais tout accepté. Je lui devais ma vie, et jusqu'à mon nom.

Il m'avait révélé ce que mes parents n'avaient pas pu me montrer – qu'avec de la volonté, on peut se forger une existence, s'inventer soi-même et son histoire. Qu'on peut façonner l'Histoire elle-même pour l'accorder à notre vision. À côté de lui, presque tous les gens que je connaissais ressemblaient à des somnambules. Je n'étais pas le seul à reconnaître ses vertus – l'empereur Napoléon avait dit de Mirandus qu'il était « un Don Quichotte, la folie en moins ». Mais contrairement à Napoléon, Mirandus ne vivait pas pour le pouvoir ; il était foncièrement démocrate, respectant autant la politique que le plaisir.

À bord du navire poussé par le vent glacé, j'ouvris le paquet et découvris qu'il s'agissait de l'atlas de Smellie dont seuls quelques dizaines d'exemplaires avaient été imprimés – je passai les doigts sur le dos doré, le plat de couverture marbré, le papier italien à motif en écaille de tortue, tournai les pages alourdies par leurs illustrations d'abord gravées sur plaque de cuivre et qui représentaient les images d'un fœtus *in utero*, la cavité délicate aussi lisse qu'un bol sculpté dans laquelle reposait un enfant parfait blotti comme un lapin dans son terrier, une image qui aurait pu me représenter sous mes habits de garçon, le portrait d'une nouvelle vie qui commençait.

CHAPITRE DEUX

Une éducation

Édimbourg était humide et lugubre quand ma mère et moi y arrivâmes en décembre 1809. Une bruine froide tombait perpétuellement de cieux qui paraissaient perpétuellement sombres. L'appartement que nous louions dans la vieille ville au 6 Lothian Street était modeste et sans charme, mais confortable, situé à un jet de pierre de la Royal Infirmary ainsi que des colonnades néoclassiques et des portails massifs du New College. La rue était bordée d'une enfilade d'immeubles comme le nôtre, étroits et hauts, occupés par des intellectuels et des artistes en herbe attirés par le prestige de ce qu'une majorité considérait être le haut lieu du génie écossais, dont David Hume, Adam Smith et Robert Burns avaient foulé les pavés à peine un demi-siècle plus tôt, à l'instar des grands noms de la médecine d'alors.

Mon premier jour à l'université, j'arpentai les couloirs en pensant à mes prédécesseurs – je me trouvais désormais parmi eux ; j'entendais résonner les voix des étudiants, le bruit d'une porte qu'on fermait, d'une autre qu'on ouvrait. Ces voûtes où régnait la fraîcheur semblaient avoir distillé le temps, l'avoir suspendu ; je fis une pause sous l'une d'elles, m'adossai à une sombre colonne pour observer les lieux, fasciné par ce que les hommes étaient capables de réaliser. Ce que j'étais capable de réaliser. Quand j'entendis claquer des talons sur la pierre, je me hâtai de rejoindre ma salle de classe.

La faculté de médecine d'Édimbourg avait presque quatre-vingt-cinq ans lorsque j'y entrai et jouissait d'une formidable réputation dans le monde anglophone. Nos camarades venaient des quatre coins du globe – d'Inde, des Antilles, d'Amérique du Nord et de toutes les îles Britanniques. Nous étions les benjamins de l'aristocratie foncière, les enfants de propriétaires terriens et de marchands prospères, le genre d'homme que mon frère aurait pu être avec un peu d'effort, s'il avait bien voulu apprendre.

Notre décision de partir pour l'Écosse n'était pas seulement d'ordre intellectuel. En tant que catholique, je ne pouvais pas étudier à Oxford ou Cambridge ni occuper de fonction officielle à cause du Test Act qui n'octroyait ces privilèges qu'aux ouailles de l'Église anglicane – un critère qui heureusement ne s'appliquait pas ici.

À Édimbourg, notre religion était celle de l'esprit.

Je me présentai à l'université timide et gauche malgré ma minutieuse préparation. Je réalisai rapidement que ma façon de parler ne convenait pas, trop sérieuse, trop cultivée, trop prudente ; les discours de haute volée que j'avais appris à tenir aux dîners et dans les salons du général étaient déplacés au milieu des garçons de mon âge, absurdes. Quel que soit le sujet – une partie du corps, une maison close, la bière –, mes remarques sonnaient toujours faux. Paraissaient pédantes. Sans humour. D'un autre temps. Je me forçai néanmoins à me joindre à ces petits groupes qui se formaient devant les amphithéâtres, recherchai leur compagnie, peinant à trouver ma place.

Prompt à me distinguer, je me faisais remarquer quand j'aurais dû rester discret. Dans mon désir ardent d'apparaître amical, j'interrompais les conversations, dissertais sur des questions qui ne me concernaient pas ; j'étais bien trop familier dans les moments où les formalités étaient de mise, trop formel quand une plus grande proximité aurait été nécessaire. Pour finir, je décidai de me montrer distant, mais poli.

Je passai mes premières semaines de cours dans un état de panique à peine contenue, le cœur battant, les mains tremblant pendant que je m'évertuais à prendre des notes, craignant d'attirer l'attention, terrifié à l'idée de ne pas sortir du lot. Je brûlais d'être avec ma mère dans le petit appartement de Lothian Street, libéré du regard extérieur et des bandages qui m'irritaient la poitrine et m'empêchaient de respirer, l'air humide provoquant des zébrures rouges qui suppuraient et dégageaient une odeur aigre, viraient au blanc puis pelaient. J'observai les autres garçons dont certains, comme moi, cherchaient à se faire bien voir de ceux qui étaient plus à l'aise. Je relevais surtout que tous ces garçons timides riaient quand d'autres se moquaient d'eux, comme si ça n'avait pas d'importance.

Quelques semaines après le début du trimestre, un énorme garçon venu du Canada – Chesterton, tel était son nom – serra les coudes au niveau de la taille comme je le faisais, et caqueta d'une voix haut perchée, me parodiant clairement alors qu'un groupe discutait dans le couloir avant un cours. Je savais que je devais rire, prendre l'insulte à la légère comme mes camarades, accepter ma position au bas de l'échelle dans la hiérarchie des garçons en voie de devenir des hommes, mais quelque chose en moi se rebella contre cette injustice, peut-être ce même muscle qui tressaillait chez mon oncle récalcitrant ; je trouvais monstrueuse, scandaleuse, l'humiliation ordinaire des plus faibles par les puissants, car cet apprentissage, ces études, cette civilisation et la révolution étaient justement censés l'éradiquer, et je me devais à mon tour de l'éradiquer partout où je la trouvais. Alors quelle ne fut la surprise de mon tourmenteur quand, au lieu de rire à la plaisanterie, je brandis le poing telle une masse et le frappai en plein visage. J'insistai pour qu'il s'excuse sur-le-champ.

Le silence se fit et je faillis prendre mes jambes à mon cou. Chesterton était beaucoup plus imposant que moi ; ils l'étaient presque tous. S'il me frappait, il serait même bien capable de me tuer par inadvertance, étant donné sa corpulence grotesque. Mais je me retins. Il se palpa le nez et fronça les sourcils. « Non d'un chien », dit-il. Du sang coulait de sa narine.

« Excuse-toi », dit une voix.

Je me demandai si j'avais de nouveau parlé ; je m'interrogeai sur mon courage à prendre la parole tout court, comme si un autre en moi s'était avancé. Mais ce n'était pas moi. Tous les regards se tournèrent vers quelqu'un qui se tenait dans mon dos. C'était un étudiant élégamment vêtu que j'avais déjà vu en cours.

« Tu lui dois une excuse, dit-il. Excuse-toi.

– Il m'a frappé, Jobson.

– Tu l'as insulté.

– Pour l'amour de Dieu, Chester, excuse-toi, qu'on en finisse. Nous allons être en retard au cours de Monro.

– Ce n'est pas *ma faute* », protesta le Canadien.

Il se jeta sur moi et la peur me fit reculer, mais il se contenta de me donner une tape sur le bras.

« Mes excuses, dit-il.

– Acceptées », répondis-je.

Nous entrâmes. Je descendis les escaliers pour trouver une place au premier rang, où je ne m'asseyais jamais ; je savais qu'il ne valait mieux pas s'y installer car les étudiants prenaient plaisir à bombarder le Dr Monro de petits pois et de fruits pourris pour protester contre son incompétence, mais je voulais être seul afin de retrouver mon calme.

Les cours d'anatomie de Monro étaient aussi soporifiques que le chloroforme ; ses cadavres n'étaient jamais de première fraîcheur et dégageaient une odeur proprement affreuse ; ses dissections oscillaient entre le criminel et le comique. Tout le monde avait entendu les histoires qui circulaient à son propos. Un jour, alors qu'il voulait montrer un utérus, il avait extrait la vessie ainsi qu'une longueur d'intestins fétides qui glissa au sol dans un bruit d'éclaboussure répugnant, suscitant les moqueries et un exode des étudiants hors de l'amphithéâtre. On racontait qu'un jour, il avait arraché un doigt en essayant de disséquer une main et je le verrais moi-même fouiller à la recherche d'une vésicule biliaire tel un homme en quête désespérée d'une chaussette dans un tiroir encombré. « Elle est forcément quelque part », répéterait-il en boucle, comme si nous pouvions trouver ces mots encourageants.

Quelle ne fut donc pas ma surprise quand le jeune homme bien habillé prit place à côté de moi.

« Il aurait pu te tuer, tu sais, dit-il en s'asseyant. Pourquoi diable l'avoir frappé comme ça ?

– Il m'avait déshonoré, répondis-je, m'efforçant de garder une voix grave.

– J'avais compris, mais pourquoi le frapper *comme ça*, comme si ta main était un maillet ? Tu ne t'es jamais battu ? »

Je dus reconnaître que non.

Dans les semaines qui suivirent, il prit sur lui de m'apprendre à me battre, de me montrer comment un coup vif partant de la poitrine pouvait être efficace, mais je ne m'entraînais pas comme il me poussait à le faire. Nous savions tous les deux qu'il me faudrait à l'avenir éviter de telles altercations si je tenais à la vie.

John Jobson – le garçon qui m'avait sauvé ce jour-là – était un camarade facile à vivre et sans imagination, aux manières aisées et doté du cœur généreux de celui dont on a exaucé tous les souhaits, pour qui la privation est aussi éloignée que la ruine, fils cadet dont les principales qualifications pour la pratique de la médecine semblaient être un estomac bien accroché et un père qui gagnait dix mille livres par an au pays de Galles. Son absence de curiosité pour les structures du corps était de stature olympique – la musculature, les tendons, les veines, les nerfs et leur découpage aussi magnifiques que des rouages d'horlogerie – et il possédait un odorat d'une indifférence majestueuse. Plus tard, avec Lord Somerton, je comprendrais qu'il possédait les qualités d'un bon chien de meute : il était loyal, attentif à sa proie, oublieux du reste. Le premier ami de ma vie de jeune garçon.

C'était précisément le manque d'imagination de Jobson qui scella notre amitié. Alors que d'autres étudiants remarquèrent rapidement ma voix – aiguë et perçante – et mes joues trop lisses, Jobson, dans sa générosité, ne remarquait pas ces détails. Il ne semblait voir qu'un frêle garçon irlandais, plus jeune que la moyenne, qu'il voulut protéger comme il l'aurait fait pour un étourneau, un écureuil ou un lapin blessé.

Pour faire court, c'était un cœur tendre et – même s'il était à peine plus grand que moi – il bénéficiait d'une puissante carrure d'athlète et d'une vision simple de la vie typique des sportifs : celle de la proie et du chasseur. L'intérêt du paysage qu'il traversait quand il partait chasser était accessoire. Il avait grandi à la campagne et avait développé un caractère ouvert et doux, la peau de son visage disparaissant sous les taches de rousseur, ses cheveux une folle crinière brun clair, le genre de gentil garçon que les autres tourmentaient naturellement, mais qui obtenait le respect plutôt que le mépris par sa bonté et sa robustesse.

Après les cours, Jobson allait boire avec les autres dans des pubs, courir la gueuse et jouer les tours qui étaient la première tentative pour un étudiant en médecine de se faire un nom, comme chacun sait. Il faisait de son mieux pour m'instruire dans les arts virils de la beuverie et du rot, de la boxe à mains nues et des maisons closes, mais j'étais plus du genre Beau Brummell que Jem Belcher. Je préférais regagner mes appartements pour lire et étudier le latin.

En vérité, il n'y avait pas grand-chose pour me distraire de mes études, en dépit des efforts herculéens de Jobson. Il était d'un naturel gentil et excessivement généreux. Il payait souvent un verre ou un repas aux étudiants quand nous n'avions pas le temps de rentrer chez nous entre les cours, et il semblait sincèrement peiné quand je ne me joignais pas à eux le soir.

Je savais que les autres me trouvaient hautain et excentrique, trop réticent. Mais la fraternité conviviale de mes camarades n'était pas celle que j'étais pressé de rejoindre ; leurs fêtes bruyantes impliquaient force bières et farces – retirer les heurtoirs des portes et peindre des détails anatomiques sur les sculptures de la ville (une pratique à laquelle Jobson prêtait des origines antiques : « Alcibiade cassait les sexes des sculptures priapiques pour s'amuser. C'est drôle, non ? »).

Ce n'était pas le snobisme qui me tenait à l'écart, mais la peur. La peur d'être exposé et d'échouer – quand je n'étais pas en cours ou chez Barclay ou Fyfe pour les dissections, chaque instant était consacré à l'étude. Je ne pouvais pas compter sur l'argent de ma famille en cas d'échec au bout de trois ans, contrairement à Jobson et aux autres qui, pour beaucoup, ne réussiraient pas du premier coup. Ma mère et ma sœur avaient besoin que je réussisse afin que nous puissions quitter le purgatoire de l'indigence et de l'isolement social, que j'obtienne une situation plus stable auprès du général à Caracas, où je pourrais me débarrasser de mon déguisement et pratiquer ouvertement la médecine, où nos origines ne seraient pas passées au crible et où nous serions hors d'atteinte de mon père et de mon frère.

Ignorant ce que l'on attendait de nous à l'examen auquel une bonne partie des étudiants échouaient chaque printemps, je travaillais avec une discipline acharnée ; je me rendais malade à veiller tard pour mémoriser le latin et l'anatomie.

Notre formation durait trois ans et couvrait divers domaines : anatomie, philosophie naturelle et morale, jurisprudence médicale et grec ; chimie, botanique, *materia medica* (pharmacologie), théorie et pratique de la médecine. En plus des cours et des gardes à la Royal Infirmary, je passerais des examens à l'oral et à l'écrit sur l'ensemble de ces disciplines et terminerais par une soutenance de thèse en latin face à un jury de professeurs.

Les cours avaient lieu dans le théâtre d'anatomie, en amphithéâtre, au chevet des malades et – pour les étudiants qui en avaient les moyens, ce qui était mon cas grâce à la générosité de Lord Basken – lors de leçons privées de dissection où l'on apprenait les choses les plus utiles. À Londres, le plus grand chirurgien de l'époque, Sir Astley Cooper, était connu pour exhorter ses étudiants à chercher en *eux-mêmes* afin d'apprendre leur métier : « Quoi qu'on en dise, aucune opinion, aucune théorie ne peut interférer avec les informations acquises grâce à la dissection. » M'inspirant de ses mots, je suivrais des cours de dissection chez Barclay et Fyfe pendant trois ans – de 1810 à 1812.

Une neige sinistre se mit à tomber quand Jobson et moi prîmes le chemin de la maison du Dr Fyfe pour notre première dissection privée ce soir de janvier 1810 – quelques semaines après le début du trimestre ; nos épaules tombaient de concert tandis que nous marchions sur les pavés inégaux. Malgré le froid déprimant, je trouvais qu'Édimbourg était le lieu le plus excitant que j'eusse jamais connu, exception faite, peut-être, de la bibliothèque de Mirandus à Londres. Mais le climat m'oppressait.

« Si Édimbourg est vraiment l'Athènes du Nord, dis-je à Jobson, pas étonnant que Socrate se soit suicidé. »

Mirandus et sa petite famille me manquaient. La Tamise vert agate et puante, le petit jardin et nos promenades sur les vastes pelouses de Hyde Park me manquaient.

« Ce n'est pas si mal, dit Jobson. Après quelques pintes. Viens avec nous ce soir, si tu veux. »

Je secouai la tête.

« J'ai des lectures à faire pour Hamilton et Monro.

– Tu n'es pas sérieux. Tu *étudies* pour Monro ? Le seul travail que son cours requière, c'est d'apprendre à rester éveillé.

– Cet homme est d'un tel ennui que ça frôle la prouesse. »

L'incompétence de Monro était l'une des raisons pour lesquelles nous étions ce soir-là chez le Dr Fyfe à Horse Wynd pour la leçon de dissection, comme plus tard nous étudierions avec le fameux Dr Barclay dont l'école sur Surgeon's Square était si réputée que même avec six tuteurs, Barclay devait souvent donner deux cours par jour pour satisfaire la demande.

« Si Barclay manque de cadavres, dit Jobson, peut-être qu'il pourrait récupérer ceux des étudiants morts d'ennui à cause de Monro. »

Je ris.

Nous plaisantions en partie pour chasser la peur qui nous étreignait. Nous avions tous entendu des histoires sur ces travaux dirigés : le crâne d'un homme ouvert sur une table, un bras abandonné par terre, des doigts et des mains emportés par les rats ou que se disputaient des oiseaux affamés dans un coin de la salle. Les étudiants fuyant leur première dissection, malades à cause de ce qu'ils voyaient et respiraient.

Mais notre plus grande peur était, ou aurait dû être, la contagion. Malgré le Murder Act – qui avait légalisé les autopsies soixante ans plus tôt et fourni aux médecins les cadavres des prisonniers pendus pour meurtre –, les corps venaient toujours à manquer. Nous faisions avec ce que nous avions. Tout le monde savait que nos enseignants achetaient des cadavres où ils pouvaient ; si une mort précoce était due à la phtisie, les résurrectionnistes et leurs clients l'ignoraient.

Le Murder Act avait rendu possibles les autopsies en fournissant des cadavres en toute légalité, mais cette tare était aussi tenace que l'odeur de la pourriture, ce qui donnait à notre travail des airs criminels. Notre réputation n'était pas aidée par l'Église qui considérait encore la dissection d'êtres humains comme sacrilège. Et il y avait pénurie de cadavres ; malgré les homicides dont le nombre ne cessait d'augmenter, notre besogne avait autant de prestige que celle des pilleurs de tombes. L'effort pour habiller nos fournisseurs d'une rhétorique religieuse n'était d'aucune utilité : nous avions beau les appeler résurrectionnistes, ils restaient des profanateurs et des voleurs de cadavres dans l'imaginaire populaire, et donc des meurtriers, à peu de chose près.

Chez Fyfe, un domestique nous ouvrit et nous conduisit dans une pièce sombre et froide au fond de la maison, qu'une bougie éclairait faiblement ; il fallut un moment pour que mes yeux s'adaptent, distraits par l'abominable odeur. Ma première impression : un fumet aussi concret qu'un son, comme les rues de Cork après l'abattage d'automne quand les abats pourrissent dans les venelles. Le relent de mort est doux et fétide, émétique. La puanteur des cadavres vieux de trois jours, la suavité putride de la décomposition et de la chair en train de se corrompre.

Indifférent, Jobson se dirigea droit vers le corps sur la table comme pour se présenter, comme s'il approchait un invité à une fête ou le bar d'un pub, comme s'il attendait que le macchabée se redresse et l'appelle par son nom.

Je portai un mouchoir à mon nez pour contrer la nausée tandis que je m'approchais lentement du centre de la pièce où le corps était allongé, encore intact, sur la table entourée de hauts tabourets. J'identifiai des effluves de vin et de viande fumée qui, je l'apprendrais plus tard, étaient parfois utilisés pour conserver les cadavres ; à l'autre bout de la pièce se trouvait un autre corps sur une autre table, le sol glissant de graisse et de chairs ; des doigts tressautaient tandis que les rats les rongeaient jusqu'à l'os. J'eus l'impression de pénétrer le cauchemar d'un autre par inadvertance.

Dans la pénombre, le corps sur la table de dissection arborait le gris du marbre, la peau constellée de taches sombres ; elle était étonnamment dure quand je la touchai, et froide ; la peau du visage et de la poitrine s'était contractée telle une toile tendue sur son châssis, au point que l'on avait du mal à dire s'il s'agissait d'un homme ou d'une femme. Le cadavre avait la taille drapée d'un linge ; un fait inhabituel, découvrirais-je ; je me demandai qui l'avait mis là. Et pour quelles raisons. Malgré l'odeur infecte, je ne fus pas saisi par l'horreur à laquelle je m'étais préparé. Je cherchais en vain la révulsion attendue et ne trouvai qu'une excitation gênée, de celles que je lirais plus tard sur le visage de mes camarades dans les maisons de passe.

Quand le Dr Fyfe nous rejoignit un instant après, vêtu d'une blouse ensanglantée, nous prîmes place autour de la table. Fyfe commença sa première leçon par une exhortation empruntée au chirurgien anglais Thomas Chevalier : « Messieurs, il vous faut connaître les magnifiques rouages du corps aussi précisément que le grand artiste en connaît la silhouette avant de la reproduire sur la toile ou dans la pierre. »

Mon oncle aurait été ravi.

« Regarde-moi ce fat », me murmura Jobson.

J'acquiesçai, mais en vérité, j'étais en transe. J'aimais la grandiloquence et la nature secrète de ces séances, les rites solennels aux airs anciens et vaguement religieux, même si j'avais peu d'affinités avec la théologie qui, à notre époque et pour ce que j'avais pu observer, représentait davantage un obstacle à la connaissance qu'un aiguillon. Ici, je trouvais une religion plus authentique que celle que m'avaient inculquée les prêtres de

Cork. Le sacrement du corps. Je désirais ardemment compter parmi les initiés, entrer dans ses mystères.

Nous ayant réunis autour du cadavre, Fyfe choisit une lame dans sa trousse à dissection et pratiqua la première incision en partant de la gorge et en descendant entre les clavicules jusqu'au bas du sternum, avant de soulever aux forceps la peau mouchetée gris-bleu pour révéler la chair grise et l'os pâle qui se trouvaient en dessous, un sang noir comme du charbon gouttant le long de l'ouverture. Je vis Chesterton se détourner.

Fyfe continua d'inciser comme si la peau était un tissu au maillage dense, nommant ce qu'il rencontrait au fur et à mesure de son avancée, écartant l'épiderme, sciant le sternum et les côtes, ouvrant la poitrine dans un craquement pour révéler la chair pulpeuse du cœur et des poumons. Il extirpa un poumon gris, semblable à une aile statique, avant de reprendre son autopsie minutieuse, puis, arrivé à la taille, il retira le linge qui cachait le sexe. Une vieille femme, et non un homme, la différence s'estompant dans la mort.

À la fin de cette première soirée, Fyfe – peut-être conscient de la somme conséquente que nous lui payions – proposa à chacun de ses six étudiants d'emporter un souvenir. Je trouvai cela morbide, mais Jobson gloussa de joie.

« Je prendrai une oreille », dit-il gaiement mais poliment, comme s'il parlait d'une pièce de viande au dîner.

Quelqu'un d'autre à côté de moi proposa de prendre la queue, ce qui provoqua l'hilarité.

Chesterton prit un mamelon.

Je déclinai.

C'était une chose de ne pas prêter le flanc à la peur superstitieuse suscitée par la dissection que les dévots condamnaient, épouvantés à l'idée qu'elle puisse voler les âmes, souiller l'œuvre de Dieu ; c'en était une autre de réduire le corps à un bibelot, une banale marchandise dont faire le commerce. En sortant de la salle, je fus pris d'un léger vertige, m'éloignai des autres et, penché derrière un lampadaire, je vomis – pour la première et dernière fois.

À l'époque de Léonard de Vinci, on trouvait scandaleux d'observer le corps de femmes vivantes, de sorte que Michel-Ange peignit des hommes, ainsi que mon oncle Jonathan me l'avait expliqué en poussant le livre illustré vers moi, l'une des rares fois où il avait daigné m'adresser la parole l'été de notre rencontre. « Regarde. Sa Marie-Madeleine a les bras d'un garçon d'écurie. » Quand j'étudiais les madones de la Renaissance, je voyais désormais ces bras et pensais aux noms des muscles le long de l'épaule, du haut du bras. Des noms que je récitais avec autant de ferveur que les vers d'un poème de Dryden ou de Cowper.

Je ne pouvais m'empêcher de me demander comme aujourd'hui : *Quand nous regardons un homme ou une femme, que voyons-nous ?* Nous faisions trop grand cas de la différence : ayant été les deux, je suis en mesure de dire que ces distinctions sont à la fois plus et moins grandes qu'elles n'y paraissent. En tant que chirurgien, je peux attester qu'une fois la peau retroussée, elles sont peu nombreuses ; hormis les organes reproducteurs, on ne peut discerner un homme d'une femme – il est impossible de dire : *Ceci est le cerveau ou les poumons d'une femme, cela le cœur d'un homme.* Ces organes pensent et battent exactement de la même façon.

Mais il y avait bien sûr quelques différences irréfutables qui s'imposaient chaque mois, me rappelant mon passé, mon secret, le besoin de dissimuler l'un et l'autre.

Il arrivait qu'un camarade tombe malade et ne revienne pas. Nous apprenions alors qu'il avait été emporté par la phtisie dont la rumeur disait qu'elle était la source du défilé constant des cadavres dont nous appréciions la compagnie.

Mais du haut de notre jeunesse arrogante et de l'illusion que la vieillesse, l'infirmité et la mort n'arrivaient qu'aux autres – nos parents, disons, qui avaient bêtement échoué à retenir la vigueur et la santé que nous possédions –, nous imaginions que, comme la mort, la maladie nous épargnerait.

Quoi qu'il en soit, je faisais mes ablutions avec méticulosité – je me lavais les mains avec précaution dans un mélange d'eau chaude et de vin après chaque session, une excentricité qui me valait les moqueries de mes camarades.

« Ce pauvre Perry ne sait pas où mettre le vin.

– Qui sait quelles autres leçons d'anatomie lui ont échappé ?

– Emmenez ce garçon dans une maison de débauche avant qu'il ne soit trop tard. »

Mais je ne pensais pas à ce qui aurait dû m'effrayer le plus : le danger que je représentais pour les autres.

Les semaines passant, je gagnais en confiance dans mon accoutrement, et ce jusqu'à l'effronterie. Alors que je commençais à exceller dans mes études et à impressionner les membres de la faculté, je portais moins d'attention aux bandages qui enveloppaient ma poitrine, à la discipline qui m'obligeait à parler d'une voix plus grave ; m'exprimer avec autorité devint un réflexe. Bien que masqué, je me sentais compris comme si ce visage que j'affichais dans le monde était le mien. Celui de Jonathan Mirandus Perry.

Cette mascarade passait inaperçue au milieu de ces garçons et de ces hommes absorbés par leur personne, mais, craignant d'être découvert par les femmes plus observatrices, je les évitais. J'avais de la chance, songeai-je, que le siècle – avec ses guerres – ait divisé les sexes, séparant les hommes de leurs comparses féminines, me protégeant d'un examen trop attentif par le beau sexe et préservant mon secret.

Quel ne fut donc pas mon malaise quand Lord Basken, notre mécène, m'invita à dîner dans sa maison de George Street pour célébrer la nouvelle année. Il me serait impossible d'y éviter les femmes. C'était une chose de m'afficher à la faculté, de me fondre en ville parmi les garçons et les marchands, c'en était une autre d'incarner un jeune gentleman, un étudiant auprès de personnes habituées à parler avec leurs pairs. J'imaginai prétexter la maladie, voire une blessure – une fracture suffisante pour m'empêcher de soulever une fourchette ? Ma mère était excitée pour moi. Je savais que je ne pourrais pas me dérober. Nous devions notre vie à cet homme.

Le premier dîner chez Lord Basken serait donc un test, et je n'avais pas d'autre choix que de le réussir.

Me préparer à ce dîner me prit une bonne partie de la journée. Ma mère s'occupa de ma tenue : elle insista pour que je porte une veste à rayures émeraude, un gilet de soie brodée bordeaux, une cravate en mousseline jaune amidonnée ; ma veste serait agrémentée d'épaulettes, ses manchettes somptueuses ornementées de boutons ; elle ne parvint pas à me persuader de remplacer mon long surtout par un manteau de chasse plus à la mode.

Je serrai les coudes pour maintenir mes bandages en place. Debout devant la psyché, je brossai mes cheveux vers l'avant, remontai mon col, adoptai l'expression lasse et détachée des hommes. Je sortis ainsi dans le soir froid et humide pour aller dîner avec le onzième comte de Basken, le mécène que nous n'avions jamais rencontré.

Les regards gênés qui me furent adressés quand j'entrai pour la première fois dans le salon où les invités étaient rassemblés avant le repas m'informèrent que je faisais plus jeune que ce que j'avais espéré, ou que j'étais moins à la mode. Ou moins convaincant. Mon long surtout était un sujet régulier d'amusement pour mes camarades. Ma mère avait insisté pour que je m'habille mieux, mais je refusais de faire davantage d'efforts.

J'entendis une voix féminine dire : « Ciel, c'est un enfant ! »

Mon mécène répondit : « C'est un parent de Jonathan Perry, le peintre. Vous le connaissez, bien sûr.

– Bien sûr. Mais est-il…, demanda-t-elle en baissant la voix.

– On *dit* que c'est son neveu. »

J'avais retenu ce que j'avais pu de mes quelques dîners formels avec le général Mirandus, ma mère m'avait entraîné ; c'était l'examen que je devais réussir. *Savais-je jouer au whist ? Me souviendrais-je de ne pas suivre les femmes quand elles se retireraient dans le salon ? Comment porter un toast ? Saurais-je me rappeler quelle était la fourchette pour la salade, le poisson, la viande ? Saurais-je me rappeler de toujours parler d'une voix grave et posée ? Penserais-je à pencher l'assiette vers moi pour la dernière cuillerée de soupe à la tortue ? Parviendrais-je à garder le silence ?*

Ne rien dire est un art, dans lequel les autres convives semblaient exceller.

Lord Basken me fit faire le tour de la pièce, me présenta aux invités dont j'oubliai aussitôt le nom malgré les conseils de ma mère. Ils parlaient de chasse, de bals et, à l'occasion, de livres. Désireux de les impressionner, manquant d'aise dans la conversation, je me reportai sur le débat. Doutant de ma capacité à charmer, je serais mémorable, admiré. Je prenais donc le contre-pied de chaque remarque par réflexe.

« Vous ne pouvez pas croire une chose pareille ?

– Et que devrais-je croire, en ce cas ? »

Lord Basken rugit de rire.

« Vous n'êtes pas le neveu de votre oncle pour rien ! » Il fit une pause. « Neveu, c'est bien cela ?

– Parfaitement. »

Là où l'on ne trouve pas d'amour, il est facile de chercher ses pauvres substituts – l'admiration, la jalousie. Je comprenais mieux mon oncle, à présent ; peut-être étais-je comme lui.

Quand le dîner fut annoncé, nous nous dirigeâmes vers la salle à manger et je dus me retenir de lorgner l'argenterie qui brillait de mille feux, d'inspecter la porcelaine de Spode, les verres à eau, à vin et à porto en cristal étincelant. Même dans la douce pénombre éclairée à la bougie, la pièce et la table flamboyaient, baignées d'une teinte rose chair.

Je me souviens à peine des plats ; je n'avalai quasiment rien tant j'étais concentré sur la vaisselle, la conversation.

Quand fut servi le dessert – une pâtisserie à base de noix de coco et de crème fouettée qui ressemblait plus à l'œuvre d'un chapelier qu'à un gâteau – j'aurais aimé pouvoir en faire un croquis afin de le montrer à ma mère. On nous apporta également un entremets au chocolat et une glace à la fleur de sureau, puis un immense plat en argent chargé de tous les fruits de la création : des petites pommes vertes et d'autres rouges, des oranges et des grosses figues violettes, du raisin et même un ananas ainsi que des fraises – arrivés tout droit des serres de Lord Basken à Dryburgh Abbey, où l'on racontait qu'ils poussaient miraculeusement toute l'année.

« Vous devriez venir nous rendre visite pendant les vacances d'été, Maître Perry.

– J'en serais comblé », dis-je en réfléchissant à comment faire inviter ma mère et ma sœur.

Une femme à ma droite décrivit les ruines qui s'y trouvaient, la beauté hantée des lieux jusqu'à ce que nous soyons interrompus par une discussion sur l'éducation des femmes dont Lord Basken était un ardent défenseur.

« N'ai-je pas raison, Maître Perry ? »

Je me demandai ce qu'il savait de moi.

« Je suis tout à fait favorable à l'éducation des femmes, répondis-je. Il n'y a rien que j'aimerais mieux voir, en dehors des ruines de Dryburgh Abbey, peut-être. »

Je n'y voyais aucune flatterie, plutôt du savoir-vivre ou de l'alchimie. Menant un genre d'expérience de chimie – de même qu'on mélange le vinaigre et le bicarbonate de soude –, je cherchais la combinaison qui produirait le meilleur résultat, l'approbation de mon hôte.

Après le dîner je gagnai au whist en ayant l'air de perdre, avec tant de charme, d'ineptie, appelant les dames à l'aide, que tous acclamèrent ma victoire à l'exception d'un jeune homme qui jeta ses cartes de dégoût. Une matrone à côté de moi posa une main sur la mienne et déclara qu'au prochain passage de sa nièce à Londres, je devais absolument venir les voir. La jeune fille avait fait son entrée dans le monde au printemps précédent.

Ce fut un grand succès.

Il s'écoula presque une semaine avant que je ne trouve le temps de m'asseoir à mon bureau près de la fenêtre pour raconter le dîner au général Mirandus, partager ces petits triomphes et voir dans sa réponse leur valeur, leur poids dans le monde, les parant d'une réalité qui semblait leur manquer ; je voulais lui montrer qu'il avait eu raison ; je voulais qu'il sache qu'il ne s'était pas trompé sur mon compte. Je voulais m'assurer de cela. Je désirais ardemment avoir des nouvelles de lui, ainsi que de Sarah et de leurs fils. Personne d'autre – en dehors de ma mère – ne savait ce que j'avais fait, la valeur de ce geste, son prix.

Pendant mes années d'études à Édimbourg, je commençai à tenir un petit carnet rempli de citations et de définitions, de *bons mots** et de termes que je ne connaissais pas ou dont l'étymologie m'intéressait. Du vocabulaire et des citations de livres que j'avais lus et aimés. J'avais un faible pour la devise de l'ordre de la Jarretière : *Honni soit qui mal y pense*. Souvent, il s'agissait de mots simples. Des mots familiers dont l'étymologie les faisait paraître nouveaux. Étranges et charmants. Ainsi que m'apparaissait désormais le corps humain.

Manifeste exerçait un attrait particulier. C'est toujours le cas aujourd'hui. J'y vois une sorte d'incantation au pouvoir performatif. Ce que je cherchais à faire tous les jours.

Manifeste.

À l'origine, un manifeste était un document qui détaillait le chargement d'un navire, ses passagers, son équipage et ses marchandises, de l'italien *manifesto*, du latin *manifestare* (rendre public) et *manifestus* (pris en flagrant délit).

Mais ce n'est pas son seul sens. En tant qu'adjectif, il renvoie à ce qui est évident, clair aux yeux de tous (« Les erreurs manifestes de l'hôpital ») ; sous sa forme verbale, le mot signifie montrer ou rendre évident, afficher (« Je manifeste les vertus d'un homme ») ; il peut se référer à ce qui se déclare à travers des symptômes, comme dans une maladie (« Un désordre qui se manifeste au Moyen Âge »), ou à l'apparition d'un fantôme ou d'un esprit (« Un dieu qui se manifestait sous la forme d'un oiseau »). Les Américains de ce début de siècle en viendraient à penser qu'il existait un *destin* manifeste, comme j'imaginais le mien – eux croyaient en la conquête de l'Ouest ; moi en mon ascension. Et de fait, je m'élevais dans la société. Rapidement. Mon don manifeste aux yeux de tous.

Mais cette ascension avait un coût.

Ma mère était une femme forte, mais elle tirait cette force d'un environnement familier et confortable, ses coussins et sa broderie, la cheminée de la maison familiale et les rues qu'elle avait parcourues enfant. Si ce nouveau monde que je découvrais à Édimbourg et dans mes études me donnait du courage, ma mère semblait chaque jour se vider de sa substance. Quand M. Penrose, un ami de la famille, nous annonça dans un courrier que mon père était incarcéré dans la prison pour débiteurs de Dublin, elle ne fut pas soulagée, contrairement à moi. Peut-être lui manquait-il, malgré toutes ses fautes. Sans doute se languissait-elle aussi du seul lieu où elle se fût jamais sentie chez elle – Cork et ses rues familières, ses rivières et ses ponts typiques, le prêtre de la paroisse qu'elle fréquentait. Tout ce qui avait été témoin de son existence.

Je pris cet état pour du chagrin, à tort car elle s'affaiblissait à force de vivre cloîtrée dans les quatre pièces de notre appartement. Les journées froides interminables, les matins humides qui se muaient en après-midi humides.

J'aurais peut-être dû avoir honte que ma mère se démène ainsi pour moi, mais je n'éprouvais rien de tel ; j'étais trop absorbé par mes études. J'étais reconnaissant de la voir s'affairer pendant que je travaillais à la table de la cuisine, ou s'efforcer de ne pas faire de bruit pour ne pas me déranger tandis que j'étudiais au coin du feu. Pouvoir exiger ce silence, ces efforts, me faisait me sentir important. Je me disais que je rembourserais cette dette en lui offrant une vraie maison.

Nous passâmes de nombreuses soirées agréables à discuter de cette maison que nous partagerions, ma mère, ma sœur et moi – une fois que je serais médecin. Ma mère souhaitait s'installer à Rome ou à Madrid, à cause du climat et de la religion. Elle redoutait d'aller aux Amériques qui, en était-elle convaincue (en raison du roman de Royall Tyler *The Algerine Captive*), étaient gouvernées par des protestants fanatiques, des sauvages et des colons violents qui prouvaient leur inhumanité en s'accrochant à cette pratique barbare qu'était l'esclavage (bien qu'elle n'eût été abolie que récemment sur le sol anglais). Elle était persuadée que tous les Américains vivaient dans des cabanes en rondins et étaient vêtus de peaux de bêtes. Seule la perspective de s'installer à Caracas, capitale d'une nation catholique sur un morceau de continent catholique, parvenait à apaiser ses doutes et à la réconcilier brièvement avec le Nouveau Monde.

Nous discutions du genre de maison que nous pourrions avoir – imaginant tour à tour ses attraits : un étang avec des poissons colorés pour ma sœur (quand elle nous rejoindrait), un atrium de style romain pour moi, un potager et un verger pour ma mère ; je me figurais une écurie abritant deux chevaux gris et une calèche rouge vif. Je menais des recherches sur la flore et la faune, les sols, les plantations de sucre et de cacao.

Rêver à l'avenir devint une consolation, notre principal divertissement. Nous parlions de ce que nous achèterions, de ce que nous porterions, de ce que nous mangerions une fois riches. Je lisais les livres, regardais les tableaux ; ma mère parlait de nourriture. Chaque nuit nous dévorions un banquet fantasmé : huîtres, soupe de tortue, perdreaux, poisson, bœuf, agneau, boudin, fraises couvertes de crème fouettée, ananas, œufs à la neige, gâteaux au chocolat et généreuses pâtisseries, noix, biscuits fourrés à la confiture.

« Nous pourrions planter des citronniers, dit ma mère.

– Mieux. Nous pourrions faire pousser des bananes.

– Qu'est-ce donc ?

– Je n'en suis pas entièrement sûr, mais on dit que c'est un fruit à la fois mou et sucré doté d'une peau épaisse, plus ou moins en forme de coutelas.

– Cela paraît terrifiant.

– N'est-ce pas ? Nous pourrions planter des orangers à la place. »

Nous envisageâmes de produire notre propre cacao, même si ni l'une ni l'autre n'étions sûrs de ce que cela impliquait – mais nous adorions l'idée d'avoir du chocolat chaud à boire tous les matins, épais et relevé avec de la cannelle et de la cardamome. Nous passâmes ce premier hiver froid et pluvieux à Édimbourg dans une rêverie heureuse : nous inventant une existence ensoleillée, joyeuse et libérée du passé, associant confort et compagnons familiers à la promesse de l'aventure dans un nouveau monde.

Bien qu'heureux de voir les progrès que je faisais dans mes études, je ne me sentais vraiment à l'aise qu'en compagnie de ma mère, franche et bourrue, mais affectueuse. Nous nous faisions la lecture le soir et parlions de notre avenir qui paraissait forcément meilleur que le passé.

Quand j'en aurais fini avec les études, j'emmènerais ma sœur avec nous au Venezuela. J'imaginais le plaisir que sa présence procurerait aux connaissances du général à Caracas, à ceux capables de discerner des qualités supérieures en dépit d'une basse extraction. Et je m'autorisais la vanité de penser qu'avec de l'application et le soutien du général, je m'élèverais suffisamment pour offrir un certain rang à ma sœur. Car si la nature était la mesure du mérite, alors ma sœur était nettement au-dessus du lot. Ma mère et moi passions donc de belles journées malgré le froid gris et brutal de ce premier hiver écossais.

J'étais heureux d'être là, à Édimbourg, et le mauvais temps ainsi que la puanteur de cadavre qui imprégnait mes mains et s'infiltrait dans mes narines n'y changeaient rien. Je gagnais chaque jour en aisance, je ressemblais davantage à la personne que j'avais toujours été en privé, quand enfant, je fermais les yeux dans le noir. Je découvris avec ces hommes que l'hiver offrait une liberté de mouvement que je n'avais jamais connue auparavant, mais j'appris rapidement que ce n'était pas encore la vraie liberté : j'avais cru que la vie d'un homme me la donnerait, mais je me retrouvai contraint par d'autres façons. Je ne pouvais révéler à personne, sauf à ma mère, le corps qui était le mien, dont j'apprenais à déguiser les formes par un corset qu'une autre génération avait réservé aux femmes, mais qui était désormais prisé des hommes.

Quand d'autres étudiants allaient dans les maisons closes, ou en venaient aux mains, je prenais garde de rester à l'écart pour préserver mon secret, ce qui me donna la réputation d'être délicat. La liberté physique que j'avais connue enfant à Cork me manquait, à l'époque où ma sœur et moi avions la permission d'arpenter les champs à l'orée de la ville pour cueillir des fleurs et en faire un herbier entre des pages de journal ou des pans de tissu, faire des pique-niques, vêtues de robes de mousseline amples et légères comme des feuilles, en sécurité dans la liberté que confère le mépris.

Pour contrer les effets de cette réputation grandissante, je me pris à imiter l'intellectualisme belliqueux de nos enseignants. J'appris la causticité, l'arrogance, le désintérêt pour les idées trop répandues. En ces temps ardents de grand sentimentalisme, le seul péché impardonnable était d'être fade et de manquer de ferveur. Nous pressentions que nous vivions un moment important, à l'orée de bouleversements extraordinaires – une ère de grandes découvertes en sciences, en médecine et en politique qui exaltaient ceux d'entre nous qui étaient prêts à embrasser de nouveaux savoirs.

Notre faculté était un bataillon d'excentriques, du majestueux Dr Gregory qui nous enseignait la physique, un chapeau enfoncé sur le front pendant tout le cours, et piquant des colères qui rivalisaient avec celles de mon oncle, au très digne Dr Hamilton en passant par le soporifique Alexander Monro. Nos professeurs flamboyants et querelleurs cédaient à des accès extravagants d'opinion et de rage. La rumeur courait que plusieurs s'étaient battus.

« Tu savais que Gregory avait frappé le Dr Hamilton avec sa canne ? demanda Jobson alors que nous étions dans l'amphithéâtre un matin de février, attendant que le Dr Gregory commence ; nous le regardions feuilleter ses notes sur l'estrade.

– On dirait que ça n'a pas nui à l'humour de Hamilton, dis-je. Ça ne lui a pas arrangé le portrait non plus. »

Jobson rit de son rire poli de patricien qui ressemblait plutôt à une quinte de toux.

« Cela a nui au portefeuille de Gregory, dit-il. On raconte qu'il a payé cent livres de dommages et intérêts.

– De quoi stimuler sa contrition, à n'en pas douter.

– Pas du tout. Gregory affirme que le plaisir de frapper Hamilton en valait chaque penny. »

En m'entendant, le Dr Gregory me foudroya du regard et braqua sa canne vers moi en guise d'avertissement. Je me couvris la bouche du poing de la main et fis semblant de tousser. Nous savions tous qu'il avait tendance à frapper aussi les étudiants, de sorte que nous nous efforcions de ne pas lui donner l'occasion de confirmer la rumeur.

De toute la faculté, seul le Dr Gregory semblait ne pas m'apprécier, se montrant de plus en plus hostile au fur et à mesure que mes réponses en classe durant ce trimestre de printemps s'affinaient et se précisaient. J'avais l'habitude de recevoir les éloges de mes professeurs, si bien que je fus consterné de m'apercevoir que je provoquais la rage de Gregory. Je décidai de ne pas m'en préoccuper. J'avais entendu dire qu'il entretenait une rivalité avec ses étudiants. Qu'il était gagné par des accès de ressentiment. Je choisis de le prendre comme un motif de fierté. En cours, j'essayais de ne pas me réjouir de l'échec des autres, ce qui ne faisait qu'ajouter à ma réussite.

De toutes les découvertes excitantes faites durant ces années à l'université, la plus belle fut celle de la plus grande des libertés pour les hommes : ne pas être obligé de plaire. Avoir le droit de céder à la mauvaise humeur et à la détestation, d'éprouver ce que je voulais. Sans m'en excuser. Je me débarrassai de ma douce disposition comme d'un manteau.

Mon cours préféré était celui du Dr Alexander Hamilton qui enseignait la profession d'obstétricien. Il se basait pour cela sur le célèbre ouvrage de son père, *Outlines of the Theory and Practice of Midwifery*, commençant par l'anatomie et la physiologie, enchaînant avec la pathologie et terminant par les accouchements (ceux qui ne nécessitaient que les mains et ceux qui exigeaient le recours à des instruments) – dont la monstrueuse césarienne, une opération qu'abhorraient nos enseignants et les manuels. On considérait que l'extrême étroitesse du bassin ou la masse extraordinaire de l'enfant étaient les seules conditions justifiant le recours à cette « abominable opération » que je n'avais observée qu'en autopsie. Comme le dit Hamilton : « Certains nient même qu'une femme puisse survivre à cette procédure risquée. » Sir Fielding Ould la qualifiait « d'acte d'une inhumanité détestable, barbare et illégale ». Je tâchai de m'en souvenir.

Dans notre esprit comme dans l'esprit de tout praticien doué de raison, la vie de la mère passait avant le reste. Il était entendu que nous étions là pour délivrer la mère de son enfant. J'appris avec Hamilton que le médecin était là pour faciliter le travail du corps, assister la nature, n'être qu'un intermédiaire. Cette doctrine était inhabituelle, presque hérétique en ces temps où les *accoucheurs** intervenaient de plus en plus, et souvent au détriment de la patiente.

Cette première année, un livre m'impressionna plus que tout autre : Le *Motu Cordis. Sur les mouvements du cœur et du sang chez les animaux* de William Harvey qui révolutionna notre compréhension de la circulation sanguine à propos de laquelle nous nous trompions depuis mille ans. J'étudiai l'ouvrage de Harvey – et sa vie –, impatient de me trouver un modèle.

J'entendis parler de lui pour la première fois en cours avec le Dr Hamilton. « On a souvent dit que le monde connaît peu ses hommes illustres, et cela est d'autant plus vrai concernant William Harvey. » *Le monde en sait encore moins sur ses femmes illustres*, pensai-je.

Nous étudiâmes le Dr Harvey, bien sûr, parce qu'il avait découvert la circulation sanguine deux siècles plus tôt et révélé la véritable fonction du cœur. Avant lui – grâce au médecin grec Galien –, on croyait que le pouls était une sorte de *respiration*, l'air aspiré dans les artères, les vaisseaux servant de pompes. Une respiration *imaginaire* nous parcourait tout le corps. Le *déplacement* du sang était connu, mais Harvey fut le premier à comprendre qu'il se déplaçait en *circuit fermé* – et que la respiration et la circulation sanguine n'avaient pas les mêmes fonctions. Pendant mille cinq cents ans, le corps fictif de Galien avait été pris pour un fait.

Nous traitions des corps imaginaires ; d'une certaine manière, le corps était le fruit de l'imagination de son temps.

William Harvey était médecin du roi quand son livre sortit ; sa réputation fut détruite, même s'il avait raison. En révélant que Galien avait tort – et, de là, que la pratique médicale dominante était fondée sur un fantasme –, il provoqua la rage de ses lecteurs. Il fut limogé et déclaré fou, « le cerveau fendu » ; ses confrères se retournèrent contre lui. À sa mort, trente ans plus tard, il avait perdu ses amis, sa réputation et jusqu'au pouvoir de s'exprimer.

Une fois regagné notre logement sur Lothian Street ce soir-là, je racontai à ma mère les découvertes de Harvey et lui rapportai son affirmation scandaleuse, selon laquelle « le cœur des animaux est le fondement de leur vie, le souverain régnant sur tout l'intérieur de leur être ». En général, quand je lui parlais de mes études, elle acquiesçait avec suffisance, mais cette fois, elle se montra enthousiaste ; l'évangile de Harvey sur la suprématie du cœur confirmait ce qui lui était le plus cher au monde – le sentiment de notre salut. *Est-ce le cœur qui nous meut ou l'esprit ?* Ma mère n'avait aucun doute. Elle était convaincue que mon oncle nous aurait aidés s'il avait eu bon cœur ; mon père ne s'en serait pas pris à nous s'il avait été bon.

Mais j'avançai que ce sont leurs pensées qui guident les hommes et gouvernent leurs actions – comme il se doit. Le cœur, par ses sentiments, est un maître inconstant, pareil à la foule à qui on ne peut accorder aucune confiance, et tout aussi imprévisible. Il peut rapidement devenir laid et s'endurcir.

Les découvertes de Harvey découlaient de la dissection, de l'observation, de l'induction, et j'espérais qu'il en irait de même pour les miennes. J'étais transporté à l'idée de voir ce genre de rigueur logique appliqué au corps et à son plus grand mystère, le cœur.

Le corps n'était pas, comme le craignait ma mère, profané par l'examen, on ne procédait pas au contre-interrogatoire de Dieu, mais on l'honorait par l'attention qu'on lui portait. L'amour, tout amour, est attention. Être vu pour ce que l'on est vraiment est le plus beau des présents.

J'étudiai l'ouvrage de Harvey et d'autres au cours de ce premier hiver, conscient de l'allongement lent, mais progressif des jours qui ployaient encore sous le poids de l'obscurité veloutée et précoce en ces froids après-midi chargés d'humidité ; j'observai le ciel gris laineux par la fenêtre, les toits pentus couverts de bardeaux sur les immeubles d'en face, les tuyaux de cheminée d'un noir crasseux et les façades aux fenêtres vides comme des regards morts, les bruits montant de la rue en contrebas, les voix dans le couloir, la flambée à laquelle ma mère se réchauffait dans mon dos.

Retrouvant ma mère près de l'âtre, je m'aperçus qu'elle parlait de moins en moins, sauf pour me demander si elle pouvait m'être utile – avais-je besoin d'un autre oreiller ? Elle ne m'appelait plus par mon nom de naissance, Margaret. Comme si sa fille était morte pour de bon. Je brûlais d'envie de la prendre dans mes bras, de parler avec elle comme nous le faisions autrefois, mais elle repoussait chacune de mes tentatives, se raidissait quand je l'enlaçais, à croire que cela était déplacé, inconvenant, et elle s'écartait en prétextant qu'elle avait à faire.

Un soir où j'enfilais une chemise de nuit pour m'asseoir près de la cheminée sans mes bandages, la poitrine endolorie, elle me reprocha vivement mon inconséquence. Je restai interloqué. « Et si un voisin te voyait, vêtu de la sorte ? » Je savais qu'elle parlait de ma poitrine. Je m'aperçus qu'on pouvait deviner la silhouette de mon corps sous le fin tissu à la lueur des flammes. Je me sentis honteux. Seul. Nous n'évoquions plus notre avenir à Caracas.

Les mois passant, alors que nous nous établissions à Édimbourg, le général se mit à me manquer davantage, et mes relations avec ma mère se refroidirent. Autrefois, ma mère comptait sur moi, se confiait ; c'était fini. La nuit, pendant qu'elle cousait ou reprisait, je lisais à mon bureau près de la fenêtre, seul.

À Londres, je lui avais parlé de la maison de Mirandus, de la bibliothèque, du chocolat chaud et du lapin domestique. Désormais, quand je lui décrivais les personnalités excentriques de la faculté ou lui parlais des connaissances acquises, elle souriait poliment, écoutait avec attention, mais la chaleur d'antan avait disparu, remplacée par une simple courtoisie. Comme si le climat d'Édimbourg avait refroidi nos cœurs.

Il n'y avait que dans la rue que je sentais ma mère se rapprocher de moi ; elle me prenait le bras en marchant, moi sur le bord du trottoir pour la protéger de la boue qui pourrait l'éclabousser au passage des charrettes et des fiacres ; je l'aidais à monter dans les coches et à en descendre, lui retirais son manteau et le lui remettais sur les épaules. Quand nous entrions dans une boutique et qu'elle me laissait faire, je sentais de nouveau le lien fort qui nous unissait. « Mon fils s'en chargera », disait-elle avec une fierté flagrante, confiante dans mon aptitude, et je m'exécutais. Je partais en quête de friandises qui la raviraient – des biscuits au gingembre, du cacao, du corned-beef, du chou, du beurre, de la crème –, espérant réveiller l'affection que nous avions partagée.

Quand ma mère m'appela « Tom », me confondant avec mon frère, j'essayai de ne pas m'en offusquer. Je manquai d'y voir un mauvais signe, un avertissement.

Cette année-là, je ne commis qu'une seule bévue, le jour où j'invitai Jobson à venir prendre le thé chez nous.

« Jobson, puis-je te présenter ma mère, Mme Brackley. »

Il fit une révérence.

« C'est un plaisir de vous rencontrer, Mme Brackley.

– Tout le plaisir est pour moi, dit ma mère, déstabilisée de devoir s'arrêter dans son ouvrage. Vous prendrez du thé, j'imagine. »

Son agacement me fit prendre conscience de ma grossière erreur.

« Ce serait bien aimable, dis-je. Merci.

– Ta mère ? me demanda Jobson alors que nous étions assis tous les deux en attendant notre thé dans le minuscule salon donnant sur Lothian Street.

– Ai-je dit *mère* ? » Je lissai un pli sur ma culotte. « J'imagine qu'elle est un peu comme ma mère. Je voulais dire *ma tante*, bien sûr. »

Plus tard, ma mère me gronda, l'angoisse la rendant outrancière : c'était la première fois que je remarquais sa maigreur, combien cette mascarade l'épuisait. À l'inverse de la liberté dont je jouissais, ma mère vivait à l'isolement pour protéger notre secret. Tandis que je m'épanouissais en jeune homme brillant, ma mère incarnait ma tante devenue veuve et ces rôles s'infiltraient en nous comme l'humidité constante d'Édimbourg.

Malgré la brèche que cette première visite ouvrit, Jobson vint souvent chez nous après cela. C'était un admirateur du pugiliste Jem Belcher et il faisait grand cas de ce sport qui, affirmait-il, se distinguait nettement des simples rixes ou bagarres de rue parce qu'il était régi par des règles. Régulièrement, quand nous étudiions ensemble durant les après-midi froids et interminables dans l'appartement de Lothian Street, alors que nous révisions le latin et le corpus hippocratique, il s'agitait, se levait et s'étirait, bras levés au-dessus de la tête, son gilet tendu sur son large poitrail, puis il me donnait une claque sur l'oreille et brandissait les poings, jambes écartées dans une posture de combat.

« Jobson, battons-nous avec nos livres plutôt qu'entre nous, tu veux ?

– Debout, insistait-il. Lève-toi. Ça te fera du bien. Ce n'est pas sain de rester assis toute la journée.

– Cela ne fait qu'une heure, Jobson.

– Alors c'est l'heure de la pause. Allez, debout. »

Patient, je me levais, bras croisés sur la poitrine pendant qu'il envoyait des coups plus ou moins dans ma direction, sautillant sur la plante des pieds, un bras replié pour envoyer ce qu'il appelait un coup de poing remontant, enchaînant avec un gauche à la mâchoire. Quand je me sentais d'humeur sportive, je mettais les avant-bras au niveau de la poitrine et me couvrais le visage avec mes poings pour faire tampon.

« Tu as bientôt fini ? demandais-je, caché derrière mes mains.

– Presque », disait-il, le souffle court.

Il tenait à qualifier la boxe de « sport de gentleman » et prétendait qu'elle appartenait à une tradition ancienne de combat qui, chez les Grecs et les Romains, permettait de tester le courage des hommes et de créer du lien, en appelant à mon intérêt pour l'Antiquité. La boxe, affirmait-il, était une cousine du *pankration* pratiqué aux Jeux olympiques – un combat de lutte où les adversaires avaient pour seule consigne de ne pas s'arracher les yeux.

Malgré toute sa bonne volonté, il ne parvint pas à me transformer en athlète. J'en vins à suspecter que ce n'était pas pour moi qu'il affichait ses talents de pugiliste, mais pour ma mère dont la présence le rendait galant et spirituel, prompt à raconter des anecdotes sur nos enseignants et sur les bals auxquels il avait assisté à Londres, un prestige qu'elle semblait ravie d'admirer. Elle s'affairait autour du plateau chargé qu'elle avait apporté, nous servait et parfois riait comme elle ne le faisait plus jamais quand nous étions seuls.

J'appris rapidement durant cette première année à Édimbourg que la mesure de l'homme est la femme. De même que l'obscurité se définissait par la nuit, nous étions définis par nos rapports avec le beau sexe. Je compris alors que le rabaissement dont étaient victimes les femmes n'était pas du mépris, mais une peur contenue – mêlée à de la rage au service d'un désir insatisfait.

« Voilà une bien jolie pouliche écossaise, remarqua Jobson alors qu'une calèche dépassait notre groupe avec à son bord une beauté locale aux cheveux roux.

– Je l'accompagnerais avec plaisir, déclara Bertram, un jeune boutonneux venu des contrées sauvages du Massachusetts.

– De mon côté, je la monterais à cru, dit Chesterton. On sent mieux la sueur entre ses cuisses. »

À ces mots, je rougis, moins gêné par la grossièreté de la remarque que par mes souvenirs. Je n'ignorais pas quel genre d'expérience ces garçons avaient. À Cork, ils avaient posé assez de mains sur mon corps pour que je le sache : une paume entre les jambes parmi la foule, dans le corsage d'une robe ample ; des mains qui vous poussaient contre un mur à l'abri des regards ; l'âge n'était pas un obstacle.

« Aurions-nous froissé ta sensibilité délicate, Perry ? demanda Chesterton.

– Pas du tout.

– Mais tu rougis comme une vierge anglaise.

– Je m'interrogeais, c'est tout. T'y connais-tu bien en équitation, Chesterton ?

– J'ai monté une pouliche ou deux. »

Les autres rirent.

« Et tu ne les as pas ménagées, n'est-ce pas ?

– J'y ai trouvé du plaisir.

– N'est-ce pas ce qu'il y a de plus facile ? Mais en as-tu déjà donné, du plaisir ? Ou bien n'as-tu connu que des vieilles carnes qu'on paye pour être montées, et que d'autres gardent à l'écurie ? »

Chesterton s'avança et me bouscula avec un coup à la poitrine avant que Jobson ne s'interpose.

« Laisse-le tranquille, Chest, dit Jobson en le retenant. Perry s'amuse, rien de plus.

– À mes dépens.

– Ce qui coûte moins cher qu'une vieille carne, répliquai-je.

– Ça suffit, dit Jobson. Assez. »

J'imaginais bien l'expérience qu'avait Chesterton pour fanfaronner à présent comme s'il en tirait gloire. Mon frère aurait, lui aussi, cédé au plaisir de se vanter. J'avais entendu des domestiques raconter qu'elles avaient été forcées par le même genre de garçons et un jour, j'avais d'ailleurs vu mon frère prendre une jeune servante aux yeux écarquillés par la peur dans l'abri de jardin. Je ne me pardonne pas de ne pas l'avoir arrêté ; j'avais tourné les talons et refusé de croiser le regard de la domestique, d'établir ce lien, de partager cette vulnérabilité. La vantardise ostentatoire de Chesterton me fit penser qu'il s'intéressait sans doute à tout autre chose qu'aux filles, peut-être à Jobson qu'il adorait. Même si l'admettre lui aurait coûté la vie.

La dispute ne m'aurait laissé aucun souvenir si elle ne m'avait pas conduit à une maison de tolérance, une invitation que, d'après Jobson, je ne pouvais vraiment pas décliner étant donné les circonstances. Je me joignis donc à eux et entrai dans le salon lugubre et sombre où des filles plus jeunes que moi s'offrirent à nous. Quand vint mon tour, je choisis la plus jeune et la plus triste d'entre elles – une gamine de treize ou quatorze ans –, puis la suivis dans une chambre à peine plus grande que le lit étroit sur lequel elle laissa tomber son peignoir avant de s'y allonger nue, les bras levés au-dessus de la tête. Toute cette abjection n'avait rien d'érotique. Je me détournai, gêné pour elle, mais elle sembla plutôt me reprocher ma délicatesse.

« C'est bien ma chance, tiens, dit-elle.

– Pardon ?

– T'es un pédéraste, c'est ça ?

– Je vous demande pardon ? répétai-je en me tournant vers elle.

– Tu sais… les garçons plus que les filles ? »

Je dus rougir en entendant la question, choqué qu'elle parle de ces choses ouvertement. Tout le monde savait qu'il existait des clubs et des sociétés fréquentés par ces personnes, mais la sodomie était aussi un crime passible de la peine de mort. Elle parut prendre mon embarras pour un aveu.

« C'est bien ma chance. On est pas payées si on fait rien.

– Je ne suis pas ce que vous dites.

– À ta voix, on croirait pas.

– Je vous assure que vous vous trompez.

– T'as un problème pour parler comme ça ? dit-elle en se redressant sur les coudes.

– Aucun. » Puis d'une voix plus grave : « Aucun.

– Bon, j'aime mieux ça. Tu veux pas approcher ? dit-elle en tapotant le matelas.

– Écoutez, je suis venu parce que mes amis ont insisté, mais ce n'est pas dans mes… habitudes de… payer pour ce genre de… pour obtenir les faveurs d'une femme. »

Elle souffla longuement et s'allongea de nouveau.

« Pédéraste.

– Écoutez, insistai-je, je vous paierai un supplément si vous vous contentez de raconter aux autres que c'était merveilleux, que j'étais merveilleux. Mais vous ne devez jamais révéler à personne que nous n'avons rien fait.

– Vous me payez pour rien.

– Je vous paye même un supplément. Pour raconter une histoire. »

Elle hésita jusqu'à ce que je dépose une demi-couronne à côté d'elle. C'était deux fois le salaire d'un ouvrier ; avec, on pouvait acheter un poulet entier à Londres, bien plus ici. Je promis que la maîtresse des lieux n'en saurait rien. Que cet argent était destiné à elle seule. Elle roula sur le côté, mais je mis la main sur la pièce avant qu'elle ne s'en empare.

« Si j'apprends que tu n'as pas tenu ta langue, je viendrai t'occire de haut en bas, des clavicules au con. Et je t'arracherai le cœur. Compris ? »

Elle me dévisagea et acquiesça, muette. Je ne saurais dire ce qui agit le plus sur elle de l'argent ou de la menace, toujours est-il qu'elle se montra plus chaleureuse et nous passâmes le temps qu'il nous restait à converser agréablement. Je lui parlai de dissection et sa curiosité me surprit ; ses questions sur le cœur et la circulation sanguine étaient plus pertinentes que celles de la plupart de mes camarades. Je lui répétai ce que Mirandus m'avait confié, le manque qu'il suscitait chez les femmes, leur désespoir quand il s'en allait.

« Qu'est-ce qu'il leur faisait, tu crois ?

– Il leur racontait des histoires.

– Les femmes tombent pas amoureuses des hommes à cause de leurs histoires. »

Je haussai les épaules. Peut-être que moi, si, songeai-je.

En quittant la chambre, elle rougit et me prit par la main. Au pied de l'escalier, elle m'embrassa tendrement devant les autres, me suppliant de revenir vite ; Chesterton n'évoqua plus jamais la question.

À la fin du deuxième trimestre, la maladie, le mariage ou les obligations familiales aux Antilles nous privèrent d'une partie de nos camarades, et Jobson et moi devînmes plus proches, même si, en vérité, il se faisait des amis avec une facilité que je ne pouvais qu'admirer sans jamais parvenir à l'imiter. Il avait la faveur des étudiants et des enseignants qui l'invitaient souvent dans leurs clubs ou à dîner chez eux. S'il gagnait en popularité, je me retrouvais de plus en plus seul – avec moi-même, avec ma mère – mais cela ne me dérangeait pas.

L'anatomie restait ma matière de prédilection malgré l'absurdité des enseignements dispensés par Monro et je m'attardais longtemps après nos cours chez Barclay ou Fyfe pour récapituler ce que nous venions d'étudier. Je pris l'habitude de rapporter du pâté en croûte ou de la charcuterie pour le souper car nos sessions se poursuivaient souvent tard dans la nuit. Un soir, ma mère me prit au dépourvu en se présentant chez Barclay.

« Est-ce que tout va bien ? » lui demandai-je, saisi par l'angoisse.

Elle acquiesça.

« J'ai simplement pensé que tu voudrais dîner. » Elle désigna le panier recouvert d'un tissu qu'elle avait à la main. « Quelle odeur atroce. *Que fais-tu donc*, mon neveu ? »

J'attribuai à ces mots une ironie excessive.

« De l'anatomie morbide.

– Morbide, c'est le cas de le dire. Est-ce qu'il y a du sang ? »

Elle tendit le cou pour regarder par-dessus mon épaule le cadavre allongé sur la table.

« Pas autant que quand on tue un poulet, dis-je. Au moins, ici, quand on tranche une tête, le corps ne part pas en courant et pour la peine, on engrange quantité de connaissances qui seront utiles plus tard.

– Je préférerais souper.

– Moi aussi. » Je fis un signe de tête en direction du panier. « Mais je mangerai en rentrant à la maison. Merci.

– Je t'en prie. »

Je me doutais que ce n'était pas uniquement son bon cœur qui l'avait poussée à venir nous voir. Je savais qu'elle se sentait seule, qu'elle brûlait d'avoir de la compagnie. Elle n'avait que moi. Cela ne suffisait pas. Mais faire venir des gens chez nous était risqué et nous exposait plus que nécessaire.

Quand ma mère eut une poussée de fièvre fin avril, je voulus passer mes soirées à son chevet, mais elle insista pour que rien ne change. En rentrant un soir, je la trouvai en train de préparer un ragoût alors qu'elle était pâle, avait les lèvres bleues et tenait à peine debout. Je lui ordonnai d'aller se coucher. Plusieurs jours durant, je lui fis avaler du bouillon de viande à la cuillère, conscient qu'elle avait surtout besoin de sommeil, de repos et de soleil.

Je consultai le Dr Hamilton qui me conseilla expressément de l'envoyer séjourner en Italie ou en Espagne où le climat était plus clément. Quand j'expliquai que nous n'en avions pas les moyens, il réfléchit à la question, puis fit une suggestion inhabituelle de sa part : « Cédez du capital. » Je le remerciai et partis en refermant doucement la porte derrière moi.

Ma mère demanda à voir un prêtre, mais je refusai cette soumission malsaine au désespoir.

« Tu vas reprendre des forces, dis-je. Il faut simplement que tu te reposes un mois ou deux dans une région chaude et sèche où je viendrai passer l'été avec toi. »

J'écrivis au Dr Fryer qui avait aidé le général Mirandus à financer mes études, et lui demandai de me prêter de l'argent afin d'envoyer ma mère en Italie jusqu'à la fin du trimestre. Le Dr Fryer était le seul à connaître mon secret en dehors du général. Il accepta à contrecœur, mais ma mère ne voulut pas partir sans moi. Nous savions tous les deux qu'elle n'était pas en état de voyager seule, et il m'était impossible d'interrompre mes études. La décision fut prise d'attendre la fin du trimestre, puis de partir ensemble.

La nuit, je m'occupais d'elle comme le ferait une fille attentionnée – infusais le thé, préparais un bouillon à base d'os à moelle que je lui servais au lit, les ombres de la pièce rendues plus noires à la lueur de la chandelle. J'étais néanmoins heureux d'être avec elle dans la nuit. La pluie tombait sur les tuiles du toit et les carreaux des fenêtres comme de la chevrotine, et je tenais la main de ma mère, sa peau glacée d'une douceur d'agneau ; à l'intérieur, nous étions au chaud et au sec, mais elle se plaignait du froid, même sous de lourdes couvertures et son édredon en plume rapporté de Cork.

Mes études en pâtirent. En cours d'anatomie, je confondis les muscles gastrocnémien et soléaire ; je m'endormis pendant la leçon et fus réveillé par le Dr Gregory d'un coup de canne asséné entre les épaules. Je hurlai de douleur. Tout le monde s'esclaffa et même Jobson ne put se retenir. Les éclats de rire ricochèrent contre les voûtes et les hautes fenêtres situées de part et d'autre de la salle.

L'état de ma mère s'aggrava. Je savais qu'elle ne survivrait pas au printemps écossais. Quand le Dr Fryer m'envoya l'avance sur mon héritage, je pliai bagage ; je pris un fiacre jusqu'à Leith, me dirigeai à pied vers les docks et achetai un billet pour le navire qui ferait route vers Barcelone une semaine plus tard. Le Dr Fryer y avait des amis, qui pourraient accueillir ma mère en attendant que je la rejoigne. Pour la première fois, je manquai des cours afin de laver ses vêtements et préparer ses affaires pour l'Espagne où elle pourrait retrouver des couleurs et se réchauffer à nouveau le cœur.

La nuit précédant son départ, je veillai tard, lisant, l'écoutant tousser, et quand le bruit cessa, je fus soulagé jusqu'à ce que je sente son absence, à croire qu'elle m'avait déjà quitté. Pris de panique, je me précipitai dans sa chambre, mais son horrible toux la reprit, et j'éteignis la chandelle pour aller me coucher.

À mon réveil, le silence dans la maison était paisible, tout était immobile comme après une chute de neige et dehors, il y avait un ciel prometteur couleur de perle. J'entrai dans sa chambre pour la réveiller. Quand je lui touchai l'épaule, elle était rigide et froide, sa joue était grise ; elle était morte. Comme une bougie qu'on souffle. Je tombai à genoux et posai le front sur sa main, la joue contre son édredon.

Je n'avais jamais cru au dieu de ma mère, jamais partagé sa foi, mais dans le contrecoup de sa mort, le prêtre qui nous avait accompagnés à chacun des décès que nous avions traversés me manqua car lui aurait su comment dire au revoir, faire son deuil. Il aurait pu lui donner l'extrême-onction.

Ma mère avait craint d'être enterrée parmi les protestants plus qu'elle n'avait redouté la mort. J'envisageai d'envoyer le corps à Cork, mais me souvins que personne ne devait découvrir qui nous étions ni où nous nous trouvions. Tous nos projets seraient ruinés si son identité (et donc la mienne) était découverte. Son décès soulèverait trop de questions, mon père serait informé de mon lieu de résidence, et ses créanciers ne tarderaient pas à faire main basse sur le modeste héritage pour lequel ma mère avait œuvré si dur.

Je n'avais donc pas d'autre choix que de l'enterrer ici, à Édimbourg, dans la première concession que je pourrais trouver. Poser des questions sur sa famille reviendrait à en poser sur la mienne. Seul Jobson était au courant de la perte que je venais de subir, et aux autres, je me contentai de raconter que ma tante était rentrée en Irlande et qu'il me faudrait donc un nouveau logement, au cas où ils entendraient parler de quelque chose.

J'assistai à mes cours en somnambule, prenant des notes par automatisme, l'esprit engourdi, cédant à des accès de rage soudains et de chagrin déchirant, incapable de me confier à quiconque en dehors de Jobson. Il m'exprima toute sa sympathie, posant doucement une main sur mon épaule dans un élan de commisération, et me dit combien il était désolé d'apprendre la disparition de ma chère tante. Il m'accompagna à l'église où elle fut inhumée et bénie par un prêtre qui pria pour son âme et lui souhaita ce qui lui avait tant manqué – le repos et la paix.

Quant à moi, je ne connaîtrais ni l'un ni l'autre.

CHAPITRE TROIS

Passage

Ce fut Lord Basken, l'ami de feu mon oncle, qui s'arrangea pour que je devienne locataire chez le Dr Anderson en ville, peu après la mort de ma mère à la fin de l'été 1810. En d'autres circonstances, le déménagement aurait été heureux, promettant de nouvelles rencontres et de ces conversations stimulantes qui me faisaient plus rêver que n'importe quelle pièce de viande. Le Dr Anderson était un chercheur de renom et l'éditeur du *Edinburgh Magazine*, et sa demeure était un haut lieu de la scène littéraire. Son édition en quatorze volumes des poètes de Grande-Bretagne avait fait de lui un intellectuel célèbre, et il recevait nombre de jeunes lettrés pleins d'ambition. Mais je restais indifférent aux charmes de ce monde.

J'étais soulagé d'avoir une excuse pour me détourner de cette compagnie et des émotions qui m'importunaient quand je n'étais pas seul. Contrairement à l'adage, la tristesse aime la solitude ; elle aime la rigueur, s'absorber dans une abstraction surhumaine, dans tout autre sentiment qui ne soit pas elle. Il ne me fallut qu'un instant pour comprendre la logique de l'alcoolique – passer les moments de désespoir loin des autres et noyer son chagrin dans la boisson. N'ayant jamais eu de goût pour la liqueur, je noyais le mien dans le travail et y trouvais du réconfort.

Le goût de l'ambition, quant à lui, est métallique, comme le mors ou le sang, violent comme l'amour mais d'un autre ordre. C'est un sentiment féroce et antédiluvien, un moteur aussi puissant que le désir, mais plus froid, plus inflexible. Jouet de l'ambition (ou était-ce moi qui en jouais ?), j'étais tout à la fois saisi par une frénésie proche de la luxure et un calme qui rappelait l'œil du cyclone. C'était un alcool fort ; avec lui, je me sentais invulnérable, indifférent à tout sauf au *succès*. À l'époque, je croyais savoir ce que c'était.

Chez le Dr Anderson, je pris l'habitude de cacher mes linges menstruels dans un pot de chambre, lui-même relégué dans mon armoire, en attendant de les laver ou de les jeter au feu dans ma cheminée. S'il flottait une odeur de viande brûlée ou de sang tard la nuit, cela ne heurtait que mes sens. C'était un temps porté sur l'excentricité, une époque romantique où l'on admirait les idiosyncrasies, où chacun avait sa passion propre et où le seul véritable vice était une carence en sentiments exaltés. Les conventions étaient la béquille des hommes sans envergure. Les plus grands pouvaient s'en passer.

La tâche me fut donc facilitée et je pus faire passer une nécessité de base pour un caprice charmant et mon besoin de solitude pour un excès de précaution. Je refusai d'avoir un valet, insistai pour m'habiller seul, y compris quand je séjournerais plus tard chez Lord Basken à Dryburgh Abbey. Je lavais mes sous-vêtements dans ma bassine, empêchant régulièrement les domestiques d'entrer dans ma chambre. Je me justifiais en invoquant le respect des règles d'hygiène mais, en vérité, je craignais les regards scrutateurs et la curiosité de ceux qui sont au service des autres.

Je me réveillais parfois au beau milieu de la nuit au son de la voix de ma mère ou de ma sœur, et m'apercevais qu'il ne s'agissait que d'une servante dans le couloir. J'étais effrayé par la rapidité avec laquelle je les avais perdues – dans la profusion de nouvelles connaissances. (Ma sœur me manquait, mais je ne pouvais pas lui écrire pour ne pas risquer d'être découvert ; elle me paraissait aussi morte que ma mère.) Mon passé s'éloignait de plus en plus de la vie que je menais à présent, du jeune homme du monde que je devenais. Distrait, perdu dans un brouillard de chagrin et de routine, j'étais négligent.

À l'automne 1810, je vivais chez le Dr Anderson depuis un mois ou deux quand j'arrivai en cours un matin sans mon carnet et fus obligé de retourner le chercher. Je montai les marches deux à deux et entrai en trombe dans ma chambre, où je surpris une domestique en train de faire le ménage bien que j'eusse interdit à quiconque d'entrer dans mes appartements. Il était difficile de dire qui de nous deux était le plus étonné. À ses pieds, je vis un tas de serviettes ensanglantées que j'avais mises dans mon pot de chambre sous mon lit en vue de les brûler dans la nuit.

Elle me fit face, une expression confuse sur le visage, aussi gênée que moi.

« Monsieur ? »

Elle semblait demander si j'en étais un.

« Qui vous a donné l'autorisation d'entrer dans cette pièce ? » hurlai-je, et je compris aussitôt pourquoi les hommes recouraient à des colères noires pour cacher leur vulnérabilité : elles donnaient aussitôt l'avantage.

« Je m'... je vous demande pardon, monsieur. On m'a envoyée faire le ménage.

– Vous semblez avoir accompli tout le contraire, dis-je en feignant de remarquer ce qui se trouvait entre nous, comme si c'était de sa faute.

– Je suis désolée, monsieur.

– Sortez. Maintenant. »

Je lui attrapai le bras quand elle passa devant moi. Nos regards se croisèrent brièvement, mais pas un son ne sortit de nos bouches et je la relâchai.

À partir de là, je m'assurai de ne plus jamais être pris au dépourvu. S'il m'arrivait de laisser des taches de sang sur les draps, je prenais la peine de me couper pour les expliquer. Quand cela était nécessaire, j'engageais une bonne amie pour me donner un alibi. On me prêta bientôt la réputation de déflorer les jeunes filles des alentours. J'appris à emporter mon linge partout avec moi, ainsi que du détergent. Un produit hygiénique, affirmais-je. En tant que chirurgien, on questionnait rarement l'eau teintée de sang dans ma cuvette de toilette.

Mais le remugle ferreux qui s'élevait chaque mois restait difficile à expliquer, la puanteur impossible à couvrir si bien que quand le moment approchait, je prenais soin de laisser mon kit de dissection près de la bassine pour y nettoyer chaque soir les instruments ensanglantés. Je ne changeais pas tout de suite l'eau pour qu'elle soit vue par une femme de chambre curieuse, au cas où quelqu'un poserait des questions. Si les domestiques soupçonnaient quelque chose, aucun ne parla. Plus tard, dans les casernes de Plymouth et Chelsea ou à bord des navires, les remugles des hommes sales et des pots de chambre débordants, du poisson pourri et des flatulences me firent oublier mes inquiétudes concernant mes menstrues. Sur les champs de bataille, l'odeur du sang n'avait rien d'inhabituel.

Je n'écrivis qu'une seule lettre à Mirandus cette année-là, après le dîner du Nouvel An chez Lord Basken, mais ne reçus aucune réponse. Il était certainement en voyage, ou était trop accaparé par ses obligations à Caracas. Je me trouvai néanmoins impatient chaque fois qu'un cavalier s'arrêtait devant chez nous ; prêt à affranchir la lettre. Mais rien n'arriva.

Je me remontais le moral en imaginant mes retrouvailles avec le général et sa famille qui, par moments, m'avait semblé plus proche que celle dont je partageais le sang et que j'avais perdue. Je n'avais aucun ami ni parent à qui me confier, personne ne connaissant mon passé, personne pour qui travailler. Seul le rêve que ma mère et moi avions nourri au coin du feu me portait. Tous nos projets s'étaient dissipés tel un banc de brouillard. Je me déplaçais dans un paysage d'ombres projetées par de vieilles ambitions, suivant la voie que nous avions tracée ensemble.

J'avais beau continuer d'étudier avec un sérieux implacable, le chagrin ne me quittait pas. Je vivais dans un état d'agitation et de langueur, l'incrédulité remplaçant le deuil ; je vivais dans un état d'attente anxieuse, comme si ma mère allait réapparaître. Comme s'il était possible qu'elle revienne – à condition que je joue bien mon rôle, que je travaille dur et réussisse mes examens –, qu'elle se débarrasse de ce bel habit qu'est la mort. Je vacillais entre affliction et désir avec l'impression qu'un vent violent soufflait en moi. J'avais une conscience aiguë de mon image, puis la rage me gagnait. Je cherchai. Ma peau ne me convenait plus, ne m'allait plus, toujours trop étroite, trop fine, trop douloureuse.

Durant les vacances de l'été 1811, un an après la mort de ma mère, on m'invita à séjourner à Dryburgh Abbey, la résidence de Lord Basken à la campagne. Le onzième comte de Basken avait été un grand ami de feu mon oncle, et le nôtre, même si je ne l'avais rencontré qu'une fois au dîner du Nouvel An organisé à St Andrew's Square, dix-huit mois plus tôt.

Lord Basken était un homme exubérant pour qui le concept de plaisir privé était totalement impensable, un oxymore : il n'envisageait le plaisir que comme une chose publique, partagée. Il lui suffisait de tomber sur quelqu'un en train de lire pour que lui vienne l'idée de l'interrompre par une remarque sur le beau temps, une citation de Hume ou un : Votre ouvrage est-il prenant, dites-moi ?

Son intérêt pour les arts et les modes du moment était vivant et exclusif, sa bibliothèque rivalisait avec celle du général Mirandus, ce qui pour moi était une recommandation suffisante, de même que sa bonté désintéressée envers ma famille.

On m'avait fait entrer dans la bibliothèque peu après mon

arrivée, pour y attendre Lord Basken, et là, je tombai sur l'atlas de Smellie.

Ce fut comme tomber sur une vieille connaissance au milieu d'une foule. Les souvenirs de Londres me submergèrent, ces longs après-midi solitaires de lecture ; le goût du chocolat chaud et du café au lait ; un lapin dont les viscères rouge vif se découpaient sur un fond herbeux, révélant la présence d'un fœtus. Je sortis l'ouvrage de son étagère.

« Smellie, dit Lord Basken en s'approchant. Un volume magnifique. L'avez-vous déjà feuilleté ?

– J'en possède un », répondis-je en me retournant pour le saluer.

Lord Basken haussa les sourcils.

« Le général Mirandus m'a prêté son exemplaire, précisai-je.

– J'avais cru comprendre qu'il ne se séparait jamais de ses livres. »

Il parut sceptique, comme s'il me soupçonnait d'avoir dérobé l'ouvrage.

« Il me l'a offert à son départ en me faisant promettre de le lui rendre. »

Son expression changea.

« Il a placé de grands espoirs en vous.

– J'espère me montrer digne de son estime.

– Je n'ai jamais connu meilleur juge de la nature humaine », dit le comte avant de tourner une fois de plus les yeux vers les rayonnages.

Il s'empara d'un ouvrage de Charles Lamb et me le tendit.

« Je n'ai jamais connu d'esprit aussi subtil, poursuivit-il d'un ton docte comme si évaluer l'art était un art en soi. J'ai rencontré sa sœur un jour – une femme des plus singulières. Elle semblait plutôt idiote. Elle a sursauté en nous voyant, à croire qu'elle avait vu un mort. On pourrait penser qu'un homme aussi intelligent s'entourerait de femmes intelligentes.

– J'ai remarqué que les critères des hommes en ce domaine sont innombrables mais qu'ils choisissent rarement une femme pour son esprit. »

Il rit.

« Faites que Lady Margaret ne vous entende pas, dit-il en parlant de sa femme. J'aime me trouver en brillante compagnie.

– Je suis heureux de savoir qu'ici, on ne juge pas les gens à leur élégance. Je ne serais pas à la hauteur.

– Vous vous entendrez bien avec nos jeunes dames. Elles sont plus simples que celles qui ont la cote à Londres. Je serais ravi de faire les présentations. »

Je n'avais pas imaginé côtoyer des jeunes femmes ; Lord Basken était connu pour l'amour qu'il portait à l'étude des choses anciennes ; il avait acheté Dryburgh Abbey pour préserver les ruines du XIIe siècle qui s'y trouvaient. J'avais cru que la compagnie de ses contemporains ne l'intéressait guère, un critère qui avait fait de cet endroit un lieu de retraite idéal pour les vacances.

« Ce sera avec grand plaisir », dis-je alors même qu'un vent de panique soufflait en moi.

Lord Basken possédait un esprit généreux et plein de vie. Il n'avait qu'un seul défaut : pour profiter de sa richesse, il avait besoin d'un auditoire. L'été, sa demeure était toujours envahie d'invités, un ballet d'artistes, d'intellectuels, de spécimens de la petite noblesse et de l'aristocratie. Contrairement au général Mirandus, le cercle de ses connaissances excédait ses propres accomplissements, laissant une béance qu'il comblait par des hyperboles alambiquées, appelant George Washington « mon cher cousin », ce qu'il faisait aussi avec le roi, son arbre généalogique ployant sous le poids de cette parenté revendiquée. Mais conformément à sa promesse, ses dîners et sa maison n'étaient jamais ennuyeux.

À Dryburgh Abbey, j'assistai à des bals et à des fêtes, à des récitals, des pique-niques et des lectures ; nous voguions sur le Tweed et déambulions parmi les ruines pittoresques sous le défilé des nuages dans un ciel d'azur. Je me passionnai pour le whist, le théâtre amateur, les chapeaux et la danse.

Un observateur extérieur aurait sans doute trouvé de l'oisiveté à nos divertissements, mais pour moi, ce n'était qu'une autre salle de classe où j'apprenais les manières de ceux avec qui je vivais désormais – aristocrates, politiciens, écrivains, radicaux, peintres, progressistes et *flâneurs* en tout genre. La conversation était animée – de la déclaration d'indépendance du Venezuela en juillet aux nouvelles théories sur l'évolution exposées dans la *Philosophie zoologique* de Lamarck, sans oublier les mérites de Pleyel face à Haydn, les prometteuses locomotives à vapeur et cette tare qu'est l'esclavage. Nous étions conscients d'être à la veille de grandes découvertes, d'une révolution, de l'invention de machines apparemment capables de faire progresser les hommes comme jamais, de nouvelles aptitudes qui contrastaient vivement avec la barbarie sur laquelle nous fermions les yeux – maladie, famine, pauvreté, guerre.

Mais dès que la bienséance me le permettait, je regagnais l'intimité de la bibliothèque. À l'occasion, un invité interrompait mes études, mais Lord Basken les tenait gentiment à l'écart, protégeait ma solitude, sauf quand lui-même désirait me déranger. Il avait l'habitude tout à fait fâcheuse de lire à mes côtés au milieu des somptueux rayonnages, et quelques instants à peine après s'être assis, il s'exclamait à propos du passage sur lequel il venait de tomber. « Écoutez un peu ! », avant de me distraire totalement de ma leçon. « Fascinant », répondais-je tandis qu'il retournait à sa lecture sans un commentaire comme si c'était *moi* qui l'avais interrompu. Puis il recommençait avec un « Sapristi ! ». Et si je manquais de réagir, il poursuivait comme si de rien n'était. « C'est tout à fait extraordinaire, disait-il par exemple. Écoutez donc ce que Plutarque (Burke, Mme Wollstonecraft ou M. Lamb) a à dire sur X ou Y. » Je commençais à redouter ses apparitions, et filais dans ma chambre à l'étage, un volume sous le bras dès que j'entendais le son de sa voix dans le couloir.

Je passais la plupart de mes journées dans la bibliothèque et y retournais après les divertissements du soir pour reprendre l'étude. Lord Basken semblait approuver mon assiduité ; nous savions tous les deux qu'il me faudrait écrire et soutenir ma thèse dans un an. Mais sans doute ignorait-il que ma vie dépendait de ma réussite à ces examens.

J'étais guidé par un désir singulier : devenir un homme important, un médecin aussi brillant que ceux dont je recevais l'enseignement, mes mentors, posséder un nom aussi grand et célébré que mon passé était obscur. Cela devint mon radeau de sauvetage – ce à quoi je me raccrochais quand tous les autres soutiens me lâchaient dans la tourmente des jours. Si l'amour ne durait pas, si nos êtres chers nous quittaient, peut-être en irait-il autrement de la gloire. Je ne pouvais pas laisser l'affection me distraire ni permettre à la tentation de la sécurité entamer ma détermination. Il n'y a de sécurité nulle part. Nous ne pouvons qu'être courageux.

J'étais à Dryburgh Abbey depuis une quinzaine de jours quand elle arriva de Londres avec le reste du groupe. Je la remarquai dès le premier soir. Une jolie brunette avec de ces expressions subtiles qu'on néglige trop facilement au milieu d'une coterie plus pénible et tape-à-l'œil. Alors que, à table, ce petit monde s'autocongratulait, donnant dans la surenchère de mots d'esprit et de connaissances, elle l'observait dans ce qui ressemblait à un silence pensif. On ne pouvait pas dire qu'elle était *jolie*. Mais elle avait un visage délicat et ouvert sur lequel passaient les émotions comme les ombres sur les collines en été ; elle avait les yeux gris, un cou aussi long et gracieux qu'un lis calla.

J'avais recherché la solitude pour éviter les flirts qui faisaient autant partie de nos divertissements que le whist, et je remarquai qu'elle aussi semblait s'y soustraire. Le lendemain matin, je l'aperçus qui lisait à l'ombre dans le jardin pendant que les autres étaient partis cancaner dans le salon au-dessus d'une broderie ou canoter. Redoutant moi-même les interruptions, je ne désirai pas la déranger, mais alors que je m'apprêtais à partir, elle parla. Du moins parut-elle vouloir parler, bien qu'en vérité elle se contenta de lever les yeux sans rien dire. Je ne dis rien non plus. Je m'inclinai dans une révérence et me retirai.

Ce soir-là, je découvris avec stupéfaction que nous serions placés côte à côte à la table du dîner.

Lord Basken commença les présentations quand elle dit : « Nous nous connaissons. »

Je haussai un sourcil.

« Je ne veux pas croire que j'aurais pu oublier notre rencontre.

– Dans le jardin. Vous ne vous souvenez pas ? Les fleurs se sont chargées des présentations. Mais M. Perry y est resté sourd ; il semblait tout à fait insensible à leurs charmes.

– Mais pas au vôtre, tout de même, intervint Lord Basken.

– Effectivement, dis-je.

– Vous êtes le jeune M. Perry, n'est-ce pas ? » demanda-t-elle.

J'inclinai la tête. Il s'agissait de Miss Erskine, la nièce de Lord Basken.

« Enchanté, dis-je en me penchant pour lui faire le baisemain.

– Vous avez les mains délicates d'une jeune fille, monsieur.

– Les mains d'une jeune fille peuvent sans doute être aussi puissantes que celles d'un homme.

– Pensez-vous que les femmes possèdent autant de force que les hommes ?

– Je suis certain qu'elles possèdent autant d'esprit.

– Et d'où vous vient cette certitude, si vous me permettez ? Avez-vous des sœurs ?

– Une seule. Et je sais d'expérience que l'intelligence d'une femme vaut celle d'un homme, si ce n'est plus.

– Mais si nous nous valons, comment expliquez-vous que nous réalisions moins de choses ?

– C'est pourtant évident, non ? Comment la femme pourrait-elle être l'égale de l'homme si elle n'a pas accès à l'éducation supérieure ? À ce jour, personne n'a entendu parler d'une femme ayant étudié dans la célèbre faculté de médecine d'Édimbourg ou dans les théâtres de dissection.

– Quelle femme voudrait faire une chose pareille ? Les femmes s'intéressent à la vie, pas à la mort.

– Lady Macbeth ne dirait-elle pas le contraire ?

– Il s'agit d'un personnage de fiction.

– Lucrèce Borgia, la reine Élisabeth ou Anne Boleyn n'en étaient pas. Ne serait-ce pas plutôt la douceur naturelle des femmes, la fiction ? Je me souviens d'avoir vu une paysanne irlandaise décapiter un poulet à la hache ; elle ne semblait aucunement gênée par la réputation de douceur de son sexe.

– Et serais-je une figure plus fascinante si je tenais une hache à la main plutôt qu'un livre ?

– Je ne puis rien imaginer qui vous rende plus fascinante que vous n'êtes déjà. »

Elle sourit, rougit, et alors qu'elle détournait le regard, le dîner fut annoncé.

C'était excitant de voir une jeune femme de son rang me prêter autant d'attention, et terrifiant aussi. Je redoutais la grande perspicacité des femmes, mais m'aperçus que, comme les hommes, elles étaient aveuglées par la vanité, bien que celle-ci fût d'une autre sorte ; les femmes s'évertuaient à traiter la moindre affirmation d'un homme comme un trait d'esprit, pour transformer – par leur rire ou en effleurant délicatement la manche de leur compagnon – un commentaire sur le temps qu'il faisait en une réflexion d'une profondeur impressionnante ou en allusion romantique.

Je compris pour la première fois l'arrogance des hommes, la suffisance qui avait empêché mon frère de voir sa propre ignorance ou d'imaginer qu'il puisse échouer – c'était un cadeau conféré par les attentions féminines, l'admiration flatteuse des femmes qui cherchaient à voir chez les hommes l'autorité mythique qu'ils prétendaient posséder.

Je découvris que, contrairement à mes craintes, je parvenais très bien à duper les femmes de haut rang ; elles étaient si habituées à rechercher l'attention des hommes qu'elles semblaient à peine remarquer qui étaient ces personnes dont elles voulaient attirer le regard. Les femmes flirtaient comme les hommes croisaient le fer, pour obtenir du prestige et asseoir leur réputation. À la chasse ou en duel, la cible n'était souvent pas le principal. L'important était d'appuyer sur la détente.

« Est-il vrai que vous êtes un militaire, monsieur Perry ? demanda l'un des invités assis face à nous, un jeune homme en vue dont je ne connaissais pas le nom.

– M. Perry a l'intention de devenir chirurgien des armées, répondit Lord Basken.

– Je ne vous aurais jamais cru soldat, dit ma gracieuse voisine.

– On l'imaginerait mieux dans le rôle d'un poète, dit le jeune homme sans nom.

– J'avoue avoir le goût du voyage au long cours. J'aimerais découvrir Caracas, maintenant que le Venezuela a gagné son indépendance. »

Il était vrai qu'une carrière militaire me permettrait de voir le monde, m'offrirait une ascension rapide dans la société moins rigide des colonies et m'éviterait, je l'espérais, d'être découvert. Même mes séjours à Dryburgh Abbey et chez le Dr Anderson me causaient de l'inquiétude ; j'y étais trop exposé.

« Et où vous sentez-vous chez vous ? » demanda Miss Erskine.

J'hésitai. C'était une question qui me faisait souffrir malgré l'habitude. Une question que j'avais appris à redouter, et à laquelle je ne savais pas encore répondre facilement. Mais en regardant le visage plein d'attente de mon interlocutrice, je trouvai une réponse toute prête : « Partout où je suis en compagnie d'une belle femme. Là, je me sens parfaitement chez moi. »

Les convives s'esclaffèrent et l'on changea de sujet pour parler d'une éventuelle partie de chasse le lendemain, si le temps le permettait.

Au moment de rentrer à Londres pour préparer la saison des bals, ses amis supplièrent Miss Erskine de les accompagner mais elle resta à Dryburgh Abbey, et petit à petit nous reprîmes nos promenades à travers les ruines mélancoliques de l'abbaye ou nos lectures dans la bibliothèque l'après-midi. Notre amitié poussa comme les roses de la serre : des fleurs hors saison, d'autant plus jolies qu'elles étaient inattendues.

« Vous n'aimez pas la compagnie, observai-je.

– Je ne trouve aucun défaut à la vôtre.

– Et pourtant vous êtes souvent seule. »

Elle expliqua qu'elle se délassait dans la solitude comme d'autres dans le monde où ils entendent l'écho de leurs opinions, tandis qu'elle avait besoin de silence pour reconnaître les siennes.

L'amitié germa entre nous, lentement mais inéluctablement, et avec le temps, je m'aperçus que je pouvais me confier à elle, lui parler de mes projets d'avenir si ce n'est de mon passé. Nous descendions prendre le petit déjeuner à la même heure et sortions marcher après le thé. Cela se fit sans concertation, tout comme nos esprits semblaient naturellement suivre le même chemin. « Au dîner hier soir, vous avez mentionné Sterne… » « J'allais justement en parler… » La coïncidence nous fit rire. « Je me disais… »

Plus les journées étaient plaisantes, plus j'étais troublé. Je ne pouvais pas rechercher cet attachement même si c'était le genre de chose qui semblait arriver de soi, comme le changement de saison, l'automne cédant la place aux premiers frimas de l'hiver. Je profitai de l'arrivée du dernier trimestre pour quitter Dryburgh Abbey alors que la nièce de Lord Basken était encore là, mais lorsque j'appris qu'elle avait été appelée à Londres, je fus au désespoir de ne plus jamais la revoir. Quand j'exposai mon dilemme à Jobson, il ne comprit pas en quoi attirer l'attention d'une femme sublime dotée de cinq mille livres de rente annuelle posait problème. Je ne pouvais en dire plus. Sans nouvelles de Mirandus, je sombrai dans la mélancolie – que même l'incorrigible bonne humeur de Jobson ne put dissiper.

Malgré mes succès en société, je sentais le fossé qui me séparait des autres. J'étais devenu cultivé, voire savant, sans jamais posséder l'aisance de mes congénères ; je travaillais dur pour atteindre ce qui restait hors de portée, à savoir un sentiment d'appartenance, une légitimité à occuper cet espace. Je regagnais ma chambre de fort mauvaise humeur et j'étudiais toujours plus pour alléger mon inconfort, pour calmer mon esprit. Si certains prirent ces efforts pour un talent prodigieux, je ne les détrompai pas.

Je discernais chez mes compagnons de Dryburgh Abbey, comme chez mes camarades de classe, quelque chose de plus important que la richesse ou l'éducation ; j'avais les bonnes chemises, de beaux manteau et gilet de soie verte, de magnifiques chaussures à boucle, je possédais des livres que je pouvais lire à la lueur d'une chandelle, mais un ingrédient essentiel me manquait – l'autorité, ce sentiment d'être chez soi partout dans le monde.

Je vis alors sous un jour nouveau mes conversations avec le général Mirandus. Ces questions qui semblaient insignifiantes à l'époque, des spéculations gratuites tout au plus, n'avaient qu'un seul but. En sollicitant mon opinion sur des livres ou des œuvres d'art, sur la politique et l'histoire, il ne cherchait pas à s'assurer que j'avais bien travaillé, comme je le pensais alors. Il m'apprenait à *avoir* des opinions, ou plutôt, il me montrait ce que mes compagnons possédaient sans y penser ni en avoir directement conscience, *le sentiment de leur propre autorité* : il m'apprenait à croire que mes opinions *comptaient*, que quelque chose – loi ou règle – pouvait sortir de ce que je pensais, que mes arguments importaient, que je pouvais, comme lui, façonner l'Histoire. Toute fille que j'étais.

Quand je retournai à Dryburgh Abbey au printemps suivant pour achever ma thèse, l'absence de Miss Erskine m'attrista – et me soulagea. Je m'investis totalement dans mes recherches, un refuge impersonnel de l'esprit. Je travaillais dur à la rédaction de mon « *De Merocele, vel hernia crurali* », un texte sur la hernie fémorale que j'avais entamé à Dryburgh Abbey l'automne précédent.

J'étais sorti marcher pour m'éclaircir les idées après une matinée d'étude quand je tombai sur Miss Erskine qui était arrivée une heure plus tôt et revenait de sa promenade au milieu des ruines, impatiente de se joindre à la mienne. Inévitablement, nous nous retrouvâmes côte à côte le lendemain au petit déjeuner.

J'étais ravi de la revoir et notre amitié reprit son cours comme si elle n'avait jamais été interrompue. Sa compagnie me rendait trop heureux pour être troublé par cette intimité grandissante. J'aurais pourtant dû savoir qu'elle serait mal comprise. Un soir après dîner, Lord Basken m'approcha tandis que Miss Erskine jouait « La lettre à Élise », la récente composition de Beethoven, et me glissa à l'oreille : « Un homme n'épouse pas forcément une femme pour son esprit, mais il ferait mieux de ne pas passer à côté d'une personne qui possède et l'esprit et la beauté. »

Sans parler de la fortune, pensai-je. Lord Basken ne le précisa pas non plus.

Les jours suivants, je craignis que Lord Basken commence à se renseigner sur mon passé, dans l'attente des fiançailles imminentes de sa nièce, et découvre ce que seuls le général Mirandus et le Dr Fryer savaient : mes véritables nom et nature.

Quand Lord Basken me prit à part pour une conversation en privé quelques jours plus tard, sa raideur inhabituelle me fit hésiter. Il s'assit derrière son bureau, l'air préoccupé, ne sachant trop comment procéder.

« J'ai reçu une lettre. Du Dr Freyer. »

Je fus saisi de sueurs froides.

« Vraiment ? » Une bouffée de chaleur me monta à la figure. « J'espère que le docteur se porte bien. »

Il acquiesça d'un air grave. Examina ses mains manucurées.

« Sa lettre ne parlait que d'une chose : vous. »

La transpiration imprégna ma cravate collier de cheval, perla sur mon front là où retombaient les boucles de mes cheveux.

« J'ignore ce qui me vaut tant d'attentions. »

Je n'avais pas remboursé l'argent qu'il m'avait prêté pour envoyer ma mère à l'étranger ; je n'en avais pas les moyens.

« C'est un message des plus urgents, dit Lord Basken.

– Je comprends. Puis-je en connaître le contenu ? »

Lord Basken leva les yeux vers moi pour la première fois, hocha la tête : « Pensez à votre latin.

– Je vous demande pardon ?

– Si vous voulez réussir vos examens, vous devez penser à votre latin, monsieur.

– Ah, oui. » Je toussai de soulagement. « Je n'y manquerai pas, je vous remercie. »

Mon soulagement était tel que je trébuchai en regagnant le vestibule, envahi d'une joie que je n'avais pas éprouvée depuis des mois, depuis l'époque où ma mère était encore vivante, et tout à mon bonheur, je pris sans réfléchir Miss Erskine dans mes bras quand je la croisai, la serrai contre moi comme je l'aurais fait avec ma sœur si elle avait été là. Je compris trop tard mon erreur.

« Monsieur Perry, dit-elle en reculant.

– Miss Erskine. Pardonnez-moi. Je me suis laissé aller. Vous me rappelez ma sœur.

– À qui vous êtes très attaché.

– Assez, effectivement.

– Dans ce cas, je suis heureuse que le souvenir vous soit agréable. Où est-elle à présent ? »

Ses paroles me firent revenir à moi et éteignirent la joie qui m'avait consumé.

« Elle est en Irlande, dis-je sur un ton trop franc.

– Elle doit vous manquer.

– Oui, beaucoup. »

Miss Erskine me manquerait également – nos conversations et nos promenades silencieuses – mais je savais que ce séjour à Dryburgh Abbey ne pourrait pas se reproduire. Je ne pouvais pas prendre le risque de me faire aimer.

De retour à Édimbourg, alors que la période des examens approchait, je renonçai à toute compagnie, Jobson excepté. Mes camarades et moi devions faire une demande auprès de l'administration pour participer à ces examens. Après quoi, chacun se lança dans une préparation à la fois frénétique et enthousiaste, une folle absorption dans le travail intellectuel qui compte parmi les grands plaisirs de la formation académique ; tels des athlètes s'entraînant pour courir le marathon à Olympie, nous nous mettions dans les meilleures dispositions pour discourir dans une langue morte sur les nombreux maux susceptibles d'assaillir le corps humain.

Nous passâmes plusieurs nuits blanches dans sa chambre ou dans la mienne à mâchonner des biscuits au charbon et à boire du café pour garder l'esprit alerte, lisant et relisant nos notes, les cas d'études, et révisant notre latin. J'avais atteint cet état de suspension fragile où j'étais presque entièrement composé des mots des autres, de ce que j'avais étudié, frôlant l'extase, un état quasi religieux d'auto-transcendance né d'une sous-alimentation, d'un manque de sommeil et d'une surcharge de travail quand j'appris qu'on ne m'autoriserait pas à passer mes examens.

« Il doit y avoir méprise », dis-je à Jobson sur un ton de protestation quand je reçus la lettre refusant ma demande du fait de ma « jeunesse extrême ». Mais aucun effort pour implorer nos examinateurs ne semblait pouvoir les faire changer d'avis et sans soutenance, je n'aurais ni diplôme, ni vocation, ni profession, je serais tout juste une jeune fille en habit de jeune homme ayant accumulé un savoir que personne ne me permettrait d'utiliser. J'aurais appelé le général Mirandus à l'aide, mais il était à l'autre bout du monde, inaccessible au milieu des tropiques américains, si bien que je me tournai vers la seule autre personne susceptible de me secourir, craignant de m'être aliéné son assistance en quittant sa maison de manière si brutale : Lord Basken.

J'attendis sa lettre, ou son absence de lettre, la peur au ventre. Deux jours plus tard, non seulement il me répondit, mais encore mieux, il se présenta chez le Dr Anderson afin d'intercéder en ma faveur. Il se mit en route pour l'université sur-le-champ et, avant la nuit, il avait fait une déposition au conseil de l'université dans laquelle il arguait que le règlement ne stipulait aucune limite d'âge pour les candidats ; le soir même, il revint m'annoncer que je pourrais passer l'examen. Après un dîner où nous avions fêté la nouvelle, j'ajoutai une épigraphe du dramaturge grec Ménandre à ma thèse : « Ne regarde pas si je suis jeune, examine seulement si mes discours sont ceux d'un homme prudent. » J'espérai que le bon mot leur plairait.

Quand arriva le jour de l'examen, les membres de mon jury, les docteurs Hamilton, Gregory et Monro, se réunirent dans la bibliothèque de ce dernier. J'essayai de me concentrer sur la pièce où je me trouvais, le titre des livres sur les rayonnages, mais ma vue se brouilla, m'empêchant de déchiffrer les mots ; mes paupières tressautaient, je gardai les mains dans le dos dans l'espoir de faire cesser (ou au moins de cacher) mon agitation ; j'observai mes enseignants, mes examinateurs, et sus qui était de mon côté, qui ne l'était pas en une rapide évaluation, comme si je pesais les haricots ou le beurre à l'épicerie de Cork. C'était très serré.

Pour commencer, on me demanda d'interpréter deux citations d'Hippocrate, puis d'établir un diagnostic à partir d'un cas donné avant de soutenir ma thèse. En me levant de ma chaise, je fus pris du même vertige que lorsque je me tenais en haut des falaises de Ballycotton.

J'entendis quelqu'un se racler la gorge ; puis Monro se moucha, et – comme si c'était le signal que j'attendais, le coup de pistolet de départ d'une course de chevaux – je me lançai.

Je les remerciai d'abord d'avoir bien voulu prendre en considération ma thèse sur la hernie fémorale ainsi que mes références, puis j'enchaînai avec ma citation de Ménandre ; j'avais répété tout ceci au cas où j'aurais un blanc. Je craignais d'oublier tout ce que j'avais appris. Et il y eut un instant où tout s'effaça effectivement dans mon esprit et où mes oreilles sifflèrent. Ma voix – assurée, qui en imposait même si elle était sans doute trop forte – m'arrivait de loin et me surprit, comme si ce n'était pas la mienne. Mais en l'entendant si posée, je fus pris d'une curieuse autorité, submergé par une sensation de bien-être, à croire que le général Mirandus était là et que c'était lui qui posait ces questions avec affabilité, et non les membres sceptiques de la faculté. J'avais l'impression qu'on me soufflait les mots – latins – à l'oreille, de n'être que l'instrument à travers lequel d'autres s'exprimaient. Je n'avais pas l'air de réfléchir avant de citer Ovide et Galien, les travaux d'Astley Cooper, ceux de mes professeurs et les miens. Les arguments convaincants me venaient facilement.

À la fin, le silence régna dans la pièce et j'eus peur d'avoir mal interprété la situation ; dans ma volubilité, en avais-je trop dit ? Avais-je été trop critique, trop dur avec le travail de certaines personnes ici présentes ? L'hommage que j'avais souhaité rendre s'était-il mué en dénigrement qui avait fini par froisser ?

Le silence se prolongea et je sentis le rouge me monter le long du cou, la transpiration couler entre mes seins bandés. Le silence s'alourdit avant que le Dr Hamilton ne se lève et dise : « Bravo. » Le Dr Monro l'imita. Je m'étais attendu à un débat contradictoire, à des questions. Des félicitations, peut-être. Au lieu de quoi, le Dr Hamilton vint se poster à côté de moi ; il me donna une tape sur l'épaule et me complimenta sur ma cravate et mes chaussures.

Le message était clair ; j'étais l'un des leurs, désormais ; nous pouvions nous détendre et revenir à des banalités. Il confirma ce que je pressentais depuis un certain temps : nous pratiquons un art de la performance, une escroquerie avec ses tours de passe-passe où avoir la tête de l'emploi est aussi essentiel – voire plus important – que les connaissances.

Seul le Dr Gregory ne dit mot après la soutenance, appuyé sur sa canne entre ses genoux écartés, les mains sur le pommeau. Je le soupçonnais d'avoir joué quelque rôle dans la cabale contre moi, exaspéré par mon rire et mes réponses toutes prêtes en cours. Il semblait encore plus furieux maintenant que je m'en étais bien sorti, comme si l'échec aurait pu me faire aimer de lui. Mais je ne m'aimais pas moi-même. Ce n'était pas la première fois, ce ne serait pas la dernière.

Je reçus le prix d'excellence.

Je n'avais pas dix-huit ans et j'avais obtenu un diplôme en médecine, avec la meilleure note de l'une des facultés les plus réputées au monde. Mon père était à la prison pour débiteurs, ma mère était morte, je n'avais plus aucun contact avec le reste de ma famille ; aucune femme dans l'histoire de l'humanité n'avait fait ce que j'avais fait ; peu d'hommes pouvaient revendiquer ne serait-ce que la moitié de ces succès. J'avais fait de moi un chirurgien, presque un gentleman. J'avais accompli un trajet remarquable.

Je revins triomphant chez mon ami, impatient de lui annoncer la nouvelle et de célébrer l'événement avec lui, persuadé de son propre succès, mais je ne le trouvai nulle part. Je fis le tour de nos lieux de prédilection – la taverne, le club, la bibliothèque – jusqu'à ce que je décide de rentrer chez moi, transi mais toujours heureux. Lord Basken avait eu vent de ma réussite et envoyé un mot m'invitant à dîner avec lui. Je pris un bain, me préparai et alors que je m'apprêtais à ressortir, Jobson fit son apparition, puant le vomi âcre et la bière ; je le déshabillai et l'aidai à s'asseoir sur un fauteuil, enveloppé dans une couverture. Il n'eut pas besoin de me dire qu'il avait échoué là où j'avais réussi.

Je n'avais cessé de me mesurer à mes pairs au cours de ces trois dernières années et quand je l'emportais, ce qui arrivait presque toujours, je m'en délectais, la piqûre de leur jalousie me faisant l'effet d'un baiser, un étrange lien inversé, comme si cette compétition pouvait nous rapprocher, me rendre plus important que je ne l'étais ou ne le serais jamais. Je vivais dans ces triomphes, dépassant tous ceux que je connaissais. Je croyais que cela susciterait leur admiration ou au moins leur envie – ce pauvre substitut de l'affection. Un frisson d'émotion qui s'apparentait à de l'amour.

Mais ce jour-là, je ne pris aucun plaisir à l'échec de mon ami ; j'avais escompté que nous obtiendrions tous les deux notre diplôme, même si j'espérais bien être le meilleur, le plus félicité. Je n'avais pas imaginé un instant qu'il puisse échouer.

Ce qu'il perdait ne me réjouissait pas. Parce que j'y perdais aussi. Le temps d'un instant, alors que je tisonnais les bûches pour attiser la flamme, la situation me parut insurmontable, je me sentis incapable d'abandonner mon ami. Nous avions prévu d'aller ensemble à Londres pour devenir assistants chirurgiens auprès du fameux Sir Astley Cooper ; nous avions prévu de partager un appartement. Voilà que je partirais seul.

Quand mon ami se réveilla, j'avais préparé du thé, rapporté des petits pains aux raisins de chez le boulanger sous un rare éclat de ciel bleu, le froid traversant la vitre.

« La plupart ratent leurs examens à leur première tentative, dis-je. Il n'y a pas de honte à cela.

– Pas de honte, mais ce sera dommage de ne pas être ensemble.

– Je serai encore à Londres quand tu y arriveras l'année prochaine. Peut-être que j'aurai appris à boxer d'ici là.

– J'en doute fort. »

Je lui dis que je rentrerais tôt de mon dîner.

« Prends ton temps. Je ne bouge pas d'ici. »

Au moment de sortir pour rejoindre la demeure de Lord Basken, je resserrai mon manteau contre mon corps pour me protéger du froid, mais tressaillis malgré tout.

Quantité de choses me retenaient en Écosse. Ma mère était enterrée sur ces terres. Mon seul ami y vivait ; mon bienfaiteur, Lord Basken, n'était pas loin. Mais je ne pouvais pas rester. Je ne serais jamais nulle part en sécurité pour bien longtemps et c'est pour cette raison que je décidai de faire carrière en tant que chirurgien militaire, une fois mes études terminées. Ma seule consolation était la possibilité de retrouver le général Mirandus et sa famille.

J'avais postulé pour une formation d'assistant chirurgien au Guy's and St Thomas' Hospital, et Sir Astley Cooper ayant accepté de m'instruire pendant un an, je retournai à Londres en 1812, m'organisai pour me trouver un logement, puis passai chez Laundy, le premier fabricant d'instruments chirurgicaux, afin de m'acheter une trousse digne de ce nom.

Après quoi je me rendis directement chez le général Mirandus sur Grafton Street, empruntant les rues que j'avais si souvent parcourues quelques années plus tôt. Il s'en était écoulé huit depuis que j'étais venu dans cette ville pour la première fois, six depuis que Mirandus m'avait fait découvrir sa bibliothèque, trois depuis que j'avais été rebaptisé Jonathan. Cela me faisait l'effet d'une éternité. Quand je me présentai à la porte si familière du général, un sentiment d'exaltation et de soulagement m'envahit ; j'avais réussi. J'étais arrivé à mes fins.

Je frappai, un domestique que je n'avais jamais vu m'ouvrit

et m'informa que le général et sa famille ne résidaient plus à cette adresse. *Où étaient-ils partis ?* Il ne pouvait pas me le dire. Je le remerciai. Il referma la porte. Sur ce, mon cœur referma la porte sur ce jardin inespéré qu'ils avaient ouverte si longtemps auparavant. Je me préparai à la vie qui m'attendait, à ces jours qui s'annonçaient, où personne ne me connaîtrait – pas même moi, je le craignais.

Je serai mort depuis moins d'un mois quand les débats au sujet de mon corps seront lancés, les uns et les autres donnant leur avis comme si j'étais un projet de loi à présenter au Parlement ou un cheval sur lequel parier. Le Dr Bradford, avec qui j'avais travaillé aux Antilles, écrira dans le *Medical Times and Gazette* pour réitérer avec élégance que j'étais un homme jusqu'au bout des ongles, bien que « dénué de tous les signes extérieurs de la virilité masculine », tandis que le *Manchester Guardian* affirmera avec une égale certitude que j'avais toujours été femme. Il y aura ceux qui diront (à tort) que mon corps portait la preuve que j'avais enfanté plusieurs fois, d'aucuns qu'il était marqué par la cicatrice d'une césarienne. D'autres encore affirmeront que j'étais dépourvu de sexe, comme un ange, ou que je possédais les deux, un colosse à cheval sur différents mondes.

D'une certaine façon, c'était sans doute vrai.

Il y a ceux qui insisteront pour dire que j'étais intersexe, hermaphrodite. Ils prétendront avoir étudié mon « cas » – parlant de moi comme si j'étais un malade en attente de guérison –, déclarant avec une autorité de propriétaire que j'étais « un homme imparfaitement développé », un homme dans un corps de femme. Comment expliquer autrement mon succès ? Ils débattront au-dessus de mon cadavre comme si j'étais une question, une énigme.

Est-ce important ? Pourquoi ne peut-on pas dépasser le corps ? Le laisser tranquille ? On nous juge à nos réalisations dans le monde, pour le meilleur ou pour le pire ; notre honorabilité nous survit, pèse bien plus lourd dans la balance du temps que nos os, alors pourquoi lester ainsi le corps ? Quelle importance si j'étais un homme ou une femme ?

Demandons-nous plutôt de quelle manière j'occupais mon temps. Demandons-nous plutôt si j'ai atteint mes objectifs, si j'ai dépassé ce qui était trop facilement à ma portée, si j'ai excellé, triomphé, fasciné. Ai-je vécu à la hauteur de mon imagination ? Peut-on mesurer ces choses autrement ?

Ils ont raison, bien sûr, ceux qui disent que je n'étais pas une femme faisant semblant d'être un homme : j'étais quelque chose de bien plus choquant – j'étais une femme qui avait arrêté de faire semblant d'être autre chose, une femme qui n'était qu'une personne, l'égale de n'importe qui d'autre – en étant simplement moi-même : une personne qui avait de l'esprit, était difficile, charmante, têtue, brillante, en colère, je ne faisais plus semblant de *ne pas être* cette personne. Voilà le scandale, voilà ce qui choque vraiment, encore aujourd'hui. Que moi, une simple femme, je puisse devenir un chirurgien distingué, un grand séducteur, une célébrité plus grande encore, que je sois une légende, l'objet du scandale.

Ces anatomistes de mon passé paraissaient incrédules, indignés, déroutés par la possibilité qu'une femme puisse porter avec succès le nom et l'habit d'un homme pour avancer dans le monde ; encore plus choqués que j'aie continué de les porter après avoir pris congé de la médecine et de l'armée, comme si ma réputation n'était qu'un déguisement, une mascarade, et non ce que j'étais véritablement.

Au fond, qui parmi nous ne porte pas de masque ? Qui se révèle vraiment au monde ? Oui, j'avais un nom d'emprunt, et j'arborais un masque, mais j'étais le médecin, j'étais l'amant, j'étais le scandale et j'étais le héros, j'étais Jonathan Mirandus Perry. Il n'y avait personne d'autre.

CHAPITRE QUATRE

Le médecin de Cape Town

Un vent de printemps souffle sur la péninsule du sud de l'Afrique, un vent de sud-est qui remonte de l'Antarctique, brise les navires contre les rochers et dégage les cieux au-dessus de la colonie du Cap, fait disparaître la suie et les émanations, la puanteur des égouts et la transpiration des hommes, comme si l'air donnait un grand coup de balai, portant la poussière, la chaleur et la pestilence vers les plaines, purifiant l'air pour ceux qui vivent assez longtemps pour le respirer. Il enveloppe la baie de la Table et pollinise les arbres d'argent, tourbillonne à travers toute la colonie telle une sublime Malaise tournoyant au Bal Arc-en-Ciel. Féroce et terrible, perturbant et apaisant, ce vent était affectueusement surnommé « *die Kaapse dokter* » par les Hollandais vivant sur place ; durant les douze années de ma présence dans la région, j'ai constaté que les Anglais l'appelaient *Cape Doctor*, le médecin du Cap. Ce qui était aussi mon nom.

J'arrivai au Cap au mois d'août 1816. Au mois d'octobre, ce fut au tour de *die Kaapse dokter.*

Il est difficile de décrire l'effet que fait Le Cap. Son exubérance. Son déchaînement de vie. Après des années passées cloîtré pour mes études à Édimbourg et Londres, Le Cap me fit l'impression d'ouvrir une fenêtre après un long et rude hiver – le genre d'hiver qu'on ne trouve que dans l'Atlantique Nord, froid, humide et noirci par la fumée des cheminées. Où que l'on se tourne au Cap, votre regard tombait sur des merveilles comme pour vous récompenser d'avoir entrepris une traversée si dangereuse. La mer était d'un bleu-vert scintillant, du jade le plus pâle au lapis-lazuli, les vertes montagnes escarpées s'élevaient brusquement au-dessus des plages d'un blanc osseux, et régnant sur tout ceci, les falaises grises de la montagne de la Table sur lesquelles roulait le brouillard chaque soir comme une étoffe, avant de se retirer chaque matin comme une femme enlève sa robe. Les montagnes entourant la baie étaient couronnées de fleurs étranges d'un autre monde – les proteas préhistoriques qui ressemblaient à des pommes de pin aux couleurs vives, orange, jaune et rouge ; des tiges en fleurs de lis candélabres ; des arbres aussi étranges, squelettiques et noueux qu'une colonne vertébrale ; le rose étincelant des watsonias – rendu plus éclatant par le ciel bleu pâle et la mer d'un bleu plus intense, le rivage une merveille de monolithes ceints d'écume comme si la nature avait recréé Stonehenge ici même.

Le cap de Bonne-Espérance – que je verrais plus tard avec Lord Somerton – était un genre de joyau, une montagne sculptée dans l'émeraude, un chapiteau vert, couleur du comté de Cork, grand comme la cathédrale de Salisbury et drapé de soie verte, tombant en cascade vers la mer d'un bleu de pierre précieuse. Aussi escarpé que les falaises de Cornouailles.

Petite fille, j'avais entendu à Cork des jeunes femmes chanter les ballades sur le grand amour et lu les romans où cet amour était une rencontre avec le destin. Je ne l'avais éprouvé qu'une seule fois dans ma vie – en contemplant le paysage des corps dans le théâtre de dissection de Fyfe. Je l'éprouvai de nouveau au Cap. Bien que loin de chez moi, je me sentais à la maison. Mais, à la différence de tant d'Européens, j'avais l'impression d'appartenir à cette terre plutôt que l'inverse – j'appartenais à ce lieu avant de connaître son existence.

La traversée depuis Londres avait été longue et pénible, émaillée de subterfuges fastidieux tandis que je m'efforçais de protéger mon intimité à bord – jetant tous les matins à la porte la personne qui partageait ma cabine pour que je puisse m'habiller – de sorte que je fus soulagé de poser le pied sur la terre ferme (sur les quais animés et puant le poisson de la baie de la Table), alors même que je tenais à peine sur mes jambes et que mon logement promettait d'être d'un inconfort extrême. Je devais cantonner au fort de Bonne-Espérance où tous les militaires étaient envoyés, un édifice en pierre humide et sombre situé au port, dont les couloirs obscurs et froids ne parvenaient pas tout à fait à éteindre la lumière exubérante de ces jours. Je me consolais en pensant que Mirandus avait connu des circonstances similaires en France quand il avait été envoyé en prison. Je jurai, comme lui, de ne pas m'attarder.

N'ayant pas trouvé trace du général à Londres ni reçu de réponse à ma dernière lettre, j'entrai dans l'armée en tant que chirurgien militaire après ma formation auprès de Sir Astley Cooper. J'avais accepté un premier poste à Plymouth, un autre à Chelsea et j'étais désormais au Cap où j'espérais recevoir des nouvelles du général d'un jour à l'autre, accompagnées d'une invitation à les rejoindre, lui et sa famille, à Caracas. Mais je ne reçus rien, n'appris rien. En dehors de quelques faits glanés dans la presse.

Un tel silence ne lui ressemblait pas, mais je ne pouvais me flatter de trop occuper ses pensées quand tant d'autres choses exigeaient son attention. Je passais néanmoins les journaux au peigne fin en quête d'informations et avais interrogé chaque nouveau matelot que nous avions accueilli à bord au cas où il aurait pu me renseigner.

Le capitaine du navire savait une foule de choses, amassant les nouvelles comme d'autres collectionnent les pièces de monnaie, comme si c'était un genre de richesse. Grâce à lui, j'appris que le gouverneur du Cap, Lord Somerton, était un homme difficile – arrogant et tyrannique, enclin à un double excès de loyauté et d'hostilité. Comme moi, le gouverneur était arrivé d'Angleterre peu de temps auparavant, deux ans plus tôt pour être exact, accompagné de sa jeune famille. On racontait que Lord Somerton avait été d'une beauté hors du commun, qu'en matière d'apparence, il était aussi futile qu'une femme, et qu'à quarante-cinq ans passés, il vivait mal son âge. Je me demandais comment un homme pouvait parvenir à préserver sa vanité dans un lieu si rude, si éloigné des gens en vue, mais on disait qu'il se tenait au courant des dernières modes et convoitait les nouvelles fraîches en provenance de Paris. La rumeur racontait aussi – bien qu'il dût s'agir d'une plaisanterie – qu'il avait persuadé le capitaine ayant transporté Napoléon à Sainte-Hélène l'année précédente de mouiller au Cap pour faire un compte rendu précis des dernières tendances à Paris à son épouse et à ses filles. Ce que tout le monde trouvait particulièrement drôle car les sympathies du gouverneur étaient tout à fait antirépublicaines et il se disait aussi qu'en France, la guillotine lui avait enlevé plusieurs membres de sa famille.

Sur le papier, il semblait incarner tout ce que je détestais. Un homme qui devait son rang à son nom plutôt qu'à son mérite, ce qui allait contre la tendance de l'époque. Son portrait m'évoquait ce trait d'esprit de Mirandus : « Un gentleman devrait toujours se méfier de la question du rang qui vire facilement au rance. »

Il y avait peu de chances pour que nous devenions amis, Lord Somerton et moi, ne serait-ce qu'en raison de nos origines différentes. Mais cet homme ne régnait pas que sur la politique de la colonie du Cap ; il passait pour être aussi l'arbitre des élégances et si je voulais me faire une place dans cette société, il me faudrait son appui. Lord Basken m'avait conseillé de me présenter le plus tôt possible et, à cette fin, m'avait remis une lettre de recommandation qu'il avait qualifiée de « voie royale » avec un clin d'œil, m'assurant qu'elle me garantirait au moins une invitation à dîner. J'avais l'intention de rendre visite au gouverneur sitôt mon installation achevée, mais on me convoqua le matin même de mon arrivée à Tuynhuys, la résidence du gouverneur, pour que j'ausculte sa fille tombée malade.

Je m'y rendis sans tarder, prenant tout juste le temps de changer de manteau.

Je déclinai la proposition qui me fut faite de m'envoyer une voiture, préférant marcher après les semaines en mer et malgré mon pas mal assuré. Je me hâtai à travers les rues poussiéreuses, contournant les chariots, les cavaliers et les hommes enchaînés à la peau sombre, me frayant un chemin dans la cohue de ce port important qu'était devenu Le Cap depuis que Napoléon résidait non loin. (J'avais entendu dire que le commerce du vin de Bordeaux faisait tourner l'économie du Cap à elle seule.) Je passai à l'ombre de la Groote Kerk avant d'atteindre les allées agréables des Jardins de la Compagnie dont le potager abondant et les chemins abrités avaient fait l'objet d'amples discussions durant la traversée.

La résidence du gouverneur semblait d'autant plus majestueuse au milieu d'une ville coloniale encore mal dégrossie. Ses murs étaient jaune crocus, les colonnes de son portique d'un blanc amidon étincelant. J'avais cru comprendre que Lord Somerton avait dépensé des sommes faramineuses pour rénover la salle de bal, une extravagance qui renforça ma détestation de l'homme que je devais encore rencontrer. Une fortune pour une bibliothèque, je pouvais l'entendre, mais refaire la décoration d'une salle de bal semblait être le signe d'un esprit trivial. Tout ce que j'avais entendu sur le navire me poussait à le penser. La réputation de cet homme le précédait, de même que celle de la beauté de ses filles et de feu son épouse.

J'ignore comment il me perçut le jour de notre rencontre, mais j'ai ma petite idée. Il existe un portrait de moi peint sur de l'ivoire datant de mon séjour dans la caserne de Chelsea. J'y affiche le long visage triste d'une Vénus de Botticelli ; des pommettes d'aristocrate, hautes et saillantes ; de jolies petites oreilles sous une crinière de boucles dorées. Mon nez est ce que j'ai de plus beau – long et fin – parce qu'il fait ressortir mes yeux sombres, mes sourcils aussi peu épais qu'un trait de crayon ; si ma bouche est trop petite, c'est un défaut mineur. Elle s'accorde bien avec la courbe délicate de mon menton. J'ai tout l'air d'un jeune poète, d'un jeune homme sérieux, le regard plein de contradictions – à la fois franc et distant ; il semble fixé sur un but lointain, une grande idée. Le héros romantique par excellence ; l'incarnation même du jeune Werther.

Sur la célèbre dernière photo prise de moi à Kingston, en Jamaïque, vingt ans plus tard, j'affiche la posture du dandy que j'ai été autrefois, la crinière en moins. Ma coiffure et mon visage sont ravagés, à l'image de mon cœur. Perdu. Malgré mon col retourné, ma belle cravate, mes bottes parfaitement cirées et mon manteau bien coupé, je suis un spectre sur cette ultime image, flanqué de mon domestique, Dantzen, et de Psyché, mon chien. Ma ressemblance avec un caniche est frappante ; le chien et moi arborons la même expression. Ma main droite repose doucement sur sa tête. Mon pouce gauche est glissé dans la poche de mon gilet. Mon long nez de Cicéron, toujours ce que j'ai de plus remarquable, est trop large sur mon visage ratatiné. Ma mâchoire osseuse s'est allongée, ma bouche n'est plus qu'un petit pli sombre ; mes lobes d'oreilles pendent, encadrant des yeux qui semblent loucher. Comme si j'essayais de lire l'avenir, les mensonges qui m'attendent. Pour le meilleur ou pour le pire. Je n'avais aucune idée de ce qui m'attendait.

Quand je le vis la première fois debout dans son bureau de Tuynhuys, le gouverneur était tourné vers une des fenêtres donnant sur le jardin, les mains dans le dos ; je fus frappé par son aspect monumental dû à sa taille et son habit. Mais quand il fit volte-face pour m'accueillir, l'impression changea : je le trouvai trop beau pour être un homme. Ses traits étaient trop délicats, comme ceux d'une jeune femme. Il y avait quelque chose de consciemment viril chez lui, à croire qu'un léger effort de sa part était nécessaire pour parvenir à cet effet. Mais plus tard, je songerais qu'il s'efforçait plutôt de dissimuler son chagrin, qu'il compensait cette mélancolie dont il avait conscience et qui lui causait de l'embarras.

« Docteur Perry, c'est bien aimable à vous d'être venu. » Lord Somerton était poli mais brusque, sa courtoisie découlant de son éducation plus que d'une inclination naturelle, témoignant d'une condescendance sinon d'un mépris, montrant clairement qu'il acceptait de feindre l'égalité sociale où il n'y en avait aucune, et que mon rang ne méritait pas son regard. Il ne pouvait pas cacher son désamour pour ma profession.

Il me proposa une chaise, je m'assis, mais lui non. Il se mit à faire les cent pas tel un homme dont l'énergie est trop peu canalisée par son travail et qui préférerait être dehors à chasser, monter à cheval, tuer d'autres créatures, un homme que ces pièces trop exiguës ne suffisaient pas à contenir.

J'avais cru comprendre qu'il aimait les armes, les chiens et les chevaux, toutes choses qui ne m'intéressaient aucunement. Mais s'il devait devenir mon patient, j'étais prêt à me montrer moi-même patient avec lui. Je savais que son épouse était morte de fièvre l'année précédente et je croyais trouver un homme amoindri par la perte, mais chez lui, même le chagrin avait un air de prestige.

« Votre oncle chante vos louages », dit-il comme s'il ne faisait pas vraiment confiance à la lettre que j'avais eu le bon sens de remettre au domestique venu me quérir.

Il me la rendit. Mon passeport dans ce nouveau monde.

« Lord Basken s'est montré très généreux. Nous ne sommes pas liés par le sang, mais nous nous portons l'affection la plus profonde qui soit ; il a eu la bonté de me traiter comme un membre de sa famille.

– Vos parents sont…

– Loin d'ici, monsieur », dis-je, peut-être avec trop d'empressement, afin de l'éloigner du sujet que je redoutais d'aborder, les dangereux récifs de mon histoire personnelle. « Mais vous, vous êtes ici et dans la détresse, m'a-t-on dit. D'où ma présence. Je suis à votre service. » Je me levai. « Puis-je voir la patiente ? »

Un autre homme de sa stature aurait pu s'offusquer de mon refus évident de répondre à une question raisonnable – après tout, si je devais m'occuper de sa fille, il était en droit de s'assurer de mes qualités. Mais je ne pouvais lui fournir le genre de garantie qu'il cherchait. Je n'avais que mon caractère, mon talent et la lettre de Lord Basken pour parler pour moi.

Il cessa ses allées et venues et me fit face, les mains toujours dans le dos.

« N'êtes-vous pas plutôt… » Il m'examinait, cherchant le terme adéquat. J'avais peur qu'il dise *impertinent*. « … *jeune* pour un tel poste, docteur Perry ?

– Je pense que nous pourrons nous accorder à dire qu'on ne mesure pas un homme à son âge. »

Il leva le menton comme s'il essayait de discerner l'insolence dans ma remarque.

« Avec la primogéniture, l'âge fait et défait souvent les hommes.

– En effet, dis-je. Je suis fils unique.

– Dans ce cas, à quoi mesure-t-on un homme, d'après vous ?

– Tout dépend sans doute de qui prend la mesure : le tailleur ou l'ordonnateur des pompes funèbres, un amant ou un patient. Ce dernier mesurera l'homme à sa capacité à le guérir. »

Je citai une fois de plus le dramaturge comme si cette incantation m'appelait : « *Ne hoc consideres, se junior loquar, sed si viri prudentir sermones apud te habeo.* »

Je m'aperçus qu'il avait compris la phrase : Ne regarde pas si je suis jeune, examine seulement si mes discours sont ceux d'un homme prudent.

Ma mère affirmait que la terre était source de sécurité, une croyance erronée comme nous l'avait malheureusement démontré mon frère. Le général Mirandus était d'avis que le savoir était le seul trésor durable. Une fois de plus, le latin me servit de clé pour m'ouvrir la porte de la bonne société.

« Alors prenons votre mesure, docteur, déclara Lord Somerton. La patiente, ma fille Georgiana, est à l'étage. »

Sir Astley Cooper du Guy's Hospital, à Londres, m'avait appris que jouer l'assurance était souvent décisif pour parvenir à guérir un patient. Alors que je gravissais les escaliers à côté du gouverneur, je sentis son inquiétude grandir et le courage me manquer. Je tenais la rampe pour faire cesser les tremblements de ma main. Nous n'échangeâmes plus un mot jusqu'à la chambre ; au moment de franchir le seuil, je l'arrêtai d'un geste.

« Vous pouvez attendre ici », dis-je à Sa Seigneurie.

Il était sans doute dangereux de donner des ordres à un gouverneur vain et aristocratique, mais je devinais que ma confiance encouragerait la sienne. Il ne protesta pas. J'ouvris la porte, entrai seul.

À l'intérieur, les rideaux avaient été tirés pour empêcher le soleil de midi d'entrer et les gigantesques fenêtres à guillotine donnant sur le balcon étaient fermées ; on étouffait de chaleur. La pièce empestait la transpiration âcre et la maladie. Quand j'approchai du lit, une femme de chambre que je n'avais pas remarquée se leva à l'autre bout de la pièce et me salua d'une rapide révérence.

« Comment va-t-elle ? » demandai-je.

J'avais appris que ceux que l'on néglige sont souvent plus observateurs que ceux vers qui l'on se tourne naturellement pour recueillir leurs observations.

« Bien mal, répondit la fille. Elle bouge à peine, sauf quand elle souffre. »

La jeune fille alitée était rouge de fièvre et ne semblait pas avoir conscience de ma présence ; recourant à la récente invention du médecin parisien Laennec, je roulai une feuille de papier pour former ce qu'il appelait un *stéthoscope* qui, placé sur la poitrine de la patiente, révéla – comme je le craignais – un crépitement et un rythme cardiaque lent. Son état était bien pire que je ne l'avais imaginé.

« Depuis combien de temps est-elle comme ça ?

– Elle a la fièvre depuis plus d'une journée à présent, deux.

– Et le traitement ?

– Aucun, monsieur. Y a personne qui l'a vue avant vous.

– Elle n'a reçu aucun traitement ? »

Je n'en revenais pas. Nous n'étions pas à la prison pour débiteurs et pourtant, cette jeune fille recevait aussi peu de soins que si elle s'y était trouvée.

« Sa Seigneurie n'aime pas les médecins. Je vous demande pardon, monsieur. Après tout ce qui est arrivé avec madame.

– Bien sûr, bien sûr. »

Les détails personnels ne m'intéressaient pas. Je pris le poignet de la petite et sentis son pouls faible et erratique. Dans la chambre, toutes les conditions étaient réunies pour que son état se dégrade. Je me dirigeai promptement vers les rideaux que j'ouvris en grand puis soulevai la fenêtre pour laisser entrer l'air frais.

« Elle va pas attraper la mort, monsieur ?

– Avec de la chance, elle attrapera la vie. Voilà ce que vous allez faire… »

Je lui ordonnai de faire couler un bain aussi chaud que le corps pouvait le supporter, d'y infuser des plantes des Jardins de la Companie – gingembre, eucalyptus, menthe, camphre s'ils en avaient –, afin que la vapeur se répande dans la pièce, et de baigner Miss Somerton dans cette même décoction deux fois par jour pour lui libérer les bronches et faire remonter le sang.

La chambre devait être récurée avec du détergent pour éviter la contagion ; j'ordonnai des draps propres et de l'air frais. Prescrivis du bouillon de bœuf relevé d'ail toutes les heures et du vin chaud pour provoquer une suée et faire retomber la fièvre. *La justesse des principes doit être vérifiée par l'observation*, avait dit Sir Astley Cooper. Prescrire des principes sains, en observer les effets et les adapter, voilà ce que je pouvais faire de mieux.

Je mettais ces instructions par écrit quand je remarquai une fiole de fortifiant sur la table de chevet ; je lus l'étiquette même si cela n'était pas nécessaire – ici comme à Londres, les apothicaires gagnaient des fortunes en empoisonnant leurs patients. Je savais ce qu'elle contenait.

« Et jetez ceci, pour l'amour de Dieu. Elle ne doit plus prendre quoi que ce soit de ce genre – est-ce clair ? »

Je dis à la domestique de venir me chercher dès que Miss Somerton se réveillerait. Je m'entretins brièvement avec le gouverneur en sortant de la chambre, lui expliquant que sa fille était mal en point, mais qu'avec un traitement approprié elle se remettrait.

« Inutile de me raccompagner. » Je descendis les escaliers seul. En franchissant la rangée de colonnes monumentales et étincelantes, j'espérai que ce que j'avais promis au gouverneur se réaliserait.

Je passai le reste de l'après-midi à chercher un logement et me trouvai rapidement un appartement dans Heerengracht, une artère à la mode et très fréquentée malgré l'égout à ciel ouvert qui courait en son milieu. La rue était bordée de cafés, de boutiques et d'arbres, et chaque matin, je pris l'habitude de me rendre à pied à la boulangerie de Mme Saunders pour y déguster un café hollandais ainsi que des petits pains au sucre, y lire les journaux d'ici et d'ailleurs tout en croquant le délicieux sucre de canne, ravi d'avoir des nouvelles du vaste monde même si elles arrivaient avec plusieurs mois de retard.

À Édimbourg, j'avais appris avec joie que le Venezuela s'était libéré de l'Espagne, le rêve le plus cher de Mirandus et pour lequel il s'était tant battu ; à Londres, j'avais eu peur en apprenant qu'en mars, un terrible tremblement de terre avait tué des milliers de personnes à Caracas et donné un prétexte à certains pour remettre en question la légitimité devant Dieu de ce nouveau gouvernement révolutionnaire. Au Cap, je feuilletais les journaux en quête de la moindre mention de mon ami. En trouvais peu. Aucune ne me disait ce que je désirais vraiment savoir : comment il se portait.

Le lendemain, Miss Somerton sortit de son état de stupeur (confirmant, comme je m'en étais douté, qu'il n'avait pas été induit par la fièvre mais par le « médicament » au laudanum qu'on lui avait administré). J'allai la voir tous les jours durant sa convalescence qui, heureusement, fut brève – bien plus brève que je ne l'aurais cru. M'occuper de la fille du gouverneur m'avait éloigné de mes obligations à l'hôpital. Bientôt, Miss Somerton retrouva assez de force pour dîner en famille, et, un soir, on m'invita à me joindre à eux.

La salle à manger de la résidence du gouverneur était de belles dimensions, le parquet reluisant, les murs d'une teinte pâle qui rendait chaleureuse la pièce où régnait une fraîcheur agréable, un équilibre parfait entre élégance et simplicité. Sur la table, les candélabres baignaient les visages d'une lueur douce. Sa Seigneurie était entourée de ses deux filles, de son fils cadet ainsi que de l'évêque de la ville. Sans surprise, je découvris que le gouverneur avait souhaité faire redécorer la pièce après avoir rénové la salle de bal. Cet homme appréciait clairement les plaisirs de ce monde. Que l'évêque dîne régulièrement chez lui était donc d'autant plus étrange. Je crus tout d'abord y voir un signe de piété, puis de respect pour son épouse disparue ; il me fallut attendre de mieux le connaître pour comprendre que l'évêque était là pour amuser la galerie.

En me faisant visiter la demeure avant le dîner, le gouverneur m'avait expliqué qu'il avait ajouté une aile au bâtiment pour y construire une salle de bal et avait donné à l'ensemble le style géorgien épuré de l'époque ; il me raconta qu'à l'origine la maison était un lieu de stockage, et qu'elle ne valait pas beaucoup mieux à son arrivée deux ans plus tôt. Pendant la traversée, j'avais entendu dire qu'il était dépensier et ne se refusait rien. Bien gouverner ne l'intéressait peut-être pas. Après tout, on racontait que c'était au Cap que les réputations se défaisaient ; j'avais bien l'intention de tout faire pour que cela ne m'arrive pas.

Alors que nous prenions place à table, Lord Somerton annonça : « Le docteur approuve notre salle de bal. »

Ce n'était pas le cas – mais j'appréciais qu'il fasse comme si mon avis comptait.

« Elle est impressionnante, dis-je.

– Plus que vous ne pouvez l'imaginer. La maison était à peine plus confortable qu'une niche à notre arrivée.

– Heureux chiens. »

L'évêque Bernett me sourit de toutes ses dents magnifiques depuis l'autre bout de la table et je fus parcouru d'un frisson. On apercevait de sublimes dentiers partout à Londres avant que je ne parte pour Le Cap – on les qualifiait de perles de Waterloo car les dents avaient été arrachées aux cadavres sur le champ de bataille. En réalité, la plupart venaient de fosses communes, de corps qu'on déterrait pour les revendre. En voyant ces dents dans la bouche d'hommes du Strand ou de Piccadilly, mes narines se remplissaient de la puanteur écœurante de la guerre et du théâtre de dissection – une odeur de chair en décomposition, de poudre à canon, d'abats et de boue.

« Cela convenait aux chiens, bien sûr, mais pas à nous, dit Lord Somerton, alors nous avons réalisé quelques travaux d'aménagement. »

J'avais du mal à savoir si le gouverneur me complimentait ou se moquait quand il parlait de mes pouvoirs miraculeux : « Vous êtes un magicien, docteur. Nous vous soupçonnons de pratiquer l'alchimie.

– Je ne peux croire que la raison soit si rare dans ces contrées qu'elle en paraisse surnaturelle.

– Comment avez-vous fait ? »

Il saisit la main de Georgiana assise à sa droite et la porta à ses lèvres pour l'embrasser. Je n'aimais pas ses opinions politiques mais trouvais difficile de ne pas admirer la tendresse de cet homme pour sa famille.

« La plupart du temps, la médecine se contente de mettre le corps dans les meilleures conditions pour qu'il guérisse de lui-même. Comme pour un navire, il faut éviter de le surcharger. » J'avais peur d'être pédant ; je devais séduire. « Et comme dans la vie, le succès dépend souvent de l'absorption judicieuse de vin.

– Je ne manquerai pas de vous citer sur ce point », déclara le gouverneur. Il fit signe à une domestique de nous resservir. « C'est le médecin qui le dit. »

Lord Somerton essayait clairement de m'amadouer, ce qui me déconcerta. Il n'avait pas besoin de mon estime, même si j'étais soulagé d'avoir gagné la sienne. Je restai néanmoins sur mes gardes.

Ce soir-là, je remarquai que le gouverneur semblait transformé en présence de ses enfants, libéré des contraintes liées à sa fonction pour s'adonner à des échanges doux et moqueurs teintés d'esprit et d'une tendresse admirable. Il traitait ses enfants comme des égaux, même si seule Georgiana avait atteint un âge – à vingt-trois ans, elle était de deux ans mon aînée – qui pouvait être qualifié d'adulte. Il leur cédait tout avec beaucoup d'affection. La conversation se déroulait comme un match sportif où, tour à tour, chacun soulevait un sujet qu'ils se renvoyaient ensuite tel un volant de badminton. Ils discutaient de la mode locale, de futures parties de chasse, des facéties de leurs animaux domestiques – parmi lesquels on dénombrait deux lézards, quatre chiens, deux singes et un serpent.

Nous en étions au potage quand une créature monstrueuse, pâle, aux yeux brillants et couverte d'écailles surgit de derrière la soupière et s'avança sur la longue table en chêne, se déplaçant comme un boxeur sur le ring, tête rentrée dans les épaules, s'arrêtant à l'occasion pour redresser et baisser la tête comme le ferait un mahométan à la prière ; à sa vue, l'évêque lâcha sa cuillère avec grand fracas dans son assiette, ce qui mit du potage partout, et le gouverneur ordonna au domestique de faire dîner le lézard ailleurs, pour le plus grand bonheur de sa plus jeune fille, Charlotte.

« Utilisez le Wedgwood, murmura-t-elle au serveur avant qu'il ne sorte.

– Comme vous voudrez, Miss », répondit-il.

L'enfant m'adressa un regard sérieux et dit sur le ton de la confidence : « Il refuse de manger dans quoi que ce soit d'autre.

– Ah. Moi aussi. Il a bon goût. A-t-il un nom ? »

La petite me dévisagea comme si j'étais idiot et dit : « Mais bien sûr. »

Georgiana vint à ma rescousse : « Elle l'appelle M. Franklin. »

Je faillis recracher mon potage.

« Comme l'ambassadeur américain ? demandai-je.

– Parce qu'il a un très gros appétit, un peu de ventre, une mauvaise vue et ne semble rechercher que sa liberté.

– J'ignorais qu'on donnait des noms aux lézards.

– On en donne bien aux chiens, dit Miss Georgiana comme si cela expliquait tout.

– Napoléon n'avait-il pas un teckel appelé Grenouille ? demanda l'évêque.

– On raconte que John Adams, le président américain, a un chien de chasse appelé Satan, ajouta Lord Somerton.

– Cerbère conviendrait mieux, répliqua Miss Somerton.

– Toutes les colonies ne sont pas l'enfer, dis-je.

– Toutes les colonies ne sont pas des colonies, précisa Lord Somerton. Les Américains y ont veillé. Et que Dieu nous vienne en aide car voilà que celles d'Amérique du Sud ont pris le relais.

– Cela sera leur ruine, croyez-moi, dit l'évêque.

– Ou leur salut, dis-je. Je crois qu'Adams possède également un cheval appelé Cléopâtre. Mais cela est peut-être plus naturel – quel homme ne voudrait pas monter Cléopâtre ? »

L'évêque me dévisagea et le silence se fit autour de la table. J'avais l'habitude de dîner avec des soldats, des marins et des mondains de Londres qui faisaient feu de tout bois. Je craignais d'avoir dépassé les bornes, étant donné la présence de ces jeunes dames, mais Miss Somerton souriait et Lord Somerton rit.

« Mon Dieu, je sais comment je nommerai ma prochaine jument », déclara le gouverneur.

La nuit était tombée sur la baie et par les fenêtres nous parvenaient une odeur d'eau de mer, une brise parfumée de jasmin, le bourdonnement paresseux des mouches et des abeilles, le chant des oiseaux et, de plus loin, le son des tambours ou du ressac. La flamme de la bougie vacillait.

Georgiana parvint à faire dériver la conversation de Cléopâtre aux pièces de Shakespeare.

« Ne vont-ils pas monter *Cléopâtre* au Théâtre africain le mois prochain ? dit-elle en souriant.

– Voilà un spectacle qu'il me plairait de voir », dis-je.

L'évêque se racla la gorge.

« J'ai peur que vous ne soyez déçu, docteur Perry, vous qui venez de Londres. Notre théâtre est en piteux état.

– Vraiment ? »

J'avais vu le splendide Théâtre africain et cette nouvelle me surprit.

« C'est tout à fait regrettable, ajouta l'évêque Burnett. Les militaires ont grand besoin de récréations salubres. »

Miss Georgiana toussa dans sa serviette, manifestement pour réprimer un rire.

L'évêque était le genre d'homme qui préférait recourir à des termes obscurs plutôt que simples, non par souci de précision, mais par pure vanité ; c'est ainsi qu'il torturait ses phrases sur l'autel de l'égoïsme. J'apprendrais plus tard que Miss Georgiana prenait grand plaisir à l'imiter dans son dos. En écoutant parler l'évêque, j'eus l'impression absurde qu'il ne cédait pas à la confusion mais qu'il la parodiait.

Il me déplut dès notre première rencontre. L'évêque alliait les pires aspects de la religion : la fausse piété et les manières franchement pompeuses, ce qui, d'après mon expérience, était fatal au bon sens autant qu'aux bonnes conversations. Il était de ces hommes qui se donnent beaucoup de mal pour dicter la libéralité aux autres afin de compenser leur propre manque de générosité. C'était une personne profondément bienveillante en paroles, mais pas en actes. Il se plaignait avec amertume des matrones en ville qui refusaient de donner l'aumône aux pauvres et aux lépreux, mais quand on l'interrogeait sur le travail qu'il effectuait pour ces derniers, il se mettait à souffler et à expliquer que, bien sûr, *il aimerait* avoir ce luxe de pouvoir passer du temps auprès d'eux, mais que les obligations de son ministère l'en empêchaient. Je crus voir Miss Georgiana sourire à ces mots – et je fis de même.

« J'aimerais tellement pouvoir être plus utile, docteur ; je ne suis pas de ceux qui rechignent à la tâche. Mon seul désir est de me rendre utile à Sa Seigneurie et à tous les chrétiens du Cap… Hélas, ma santé et mon moral rendent impossible un voyage à Robben Island. »

Cela ne l'empêchait pas d'aller au théâtre. Cela ne l'empêchait pas non plus de discourir sur les splendeurs de Shakespeare, sur le Théâtre africain ni de décrire avec ravissement une production tout à fait merveilleuse de *La Tempête* l'année précédente.

« Cela correspond bien à notre situation, dit-il, échoués ici comme nous le sommes. »

Je trouvai l'évêque mal taillé pour ce poste.

« Savez-vous, docteur, qu'il manque des soldats pour jouer les rôles de femmes ? Nos soldats ne trouvent pas en eux les attributs féminins nécessaires. »

Je ne pus me retenir de le railler.

« En tant que médecin, je dois dire qu'il serait perturbant de découvrir que nos soldats ont des attributs féminins. »

Lord Somerton rit de son rire curieux : « Ha ha ! », comme s'il respirait la joie.

L'évêque parut peiné, afficha une petite moue désapprobatrice.

« Je parlais d'attributs symboliques bien sûr.

– Ah. »

L'évêque, entraîné par son sujet, poursuivit : « Voir des soldats habillés en femmes m'a d'abord alarmé, mais je crois qu'il en allait ainsi du temps de Shakespeare.

– Les femmes n'avaient pas le droit de monter sur scène. »

Je m'efforçai de dissimuler mon amertume.

« Et qu'en est-il de Viola ? demanda Georgiana à propos de l'héroïne de *La Nuit des rois*.

– Un cas intéressant : Viola était jouée par un homme qui se faisait passer pour une femme faisant semblant d'être un homme.

– Comme c'est déroutant, dit Georgiana.

– Jouer un personnage l'est souvent.

– Bien sûr, l'inverse n'est pas vrai, dit l'évêque. C'est un bonheur absolu de voir une femme jouer un rôle masculin, mais c'est bien trop rare. Les femmes font des hommes si formidables.

– Parce qu'elles n'ont pas besoin de jouer, rétorquai-je.

– Qu'entendez-vous par là ? demanda l'évêque.

– Que les femmes n'ont pas besoin d'imiter les hommes ; il leur suffit de ne plus imiter les femmes.

– C'est fort juste, docteur, dit Georgiana. Mais c'est la première fois que j'entends le reconnaître.

– Le docteur est un homme rare, dit Lord Somerton en me regardant par-dessus son verre levé.

– Ce genre d'homme n'est effectivement pas courant, dit l'évêque sur un ton de reproche mal contenu.

– En ces temps de taxonomie, on pourrait croire que nos classifications seraient plus sensées, dis-je, encouragé par l'évidente approbation du gouverneur. Nous faisons grand cas des différences entre hommes et femmes, or elles sont moins nombreuses qu'il n'y paraît.

– Nous ne pouvons pourtant pas les ignorer », dit Lord Somerton en adressant un sourire à ses filles.

Il semblait aimer débattre, comme si nous pourchassions un renard dans les fourrés, un renard qui serait ici la précision.

« Je ne vois pas du tout en quoi il serait évident de refuser à sa fille l'éducation que l'on donne à son fils, dis-je.

– Cette revendication des droits ferait du tort aux femmes que cette revendication prétend aider, affirma Lord Somerton pour qui la question était réglée. Elles y perdraient leur statut privilégié et elles ne vaudraient pas mieux que les hommes.

– Est-ce un privilège de ne pas être éduquée, de ne pas pouvoir se déplacer librement dans la rue, de ne pas pouvoir décider de sa propre vie ? Est-ce un privilège de n'avoir pas accès au vote ni aux droits fondamentaux ?

– Je ne vous aurais pas pris pour un partisan du droit de vote des femmes, docteur Perry, dit l'évêque.

– Mieux vaut cela que d'être pris pour un imbécile. Nous faisons beaucoup de mal au nom de la protection. Nous affirmons toujours vouloir ce qu'il y a de mieux pour les autres, alors que c'est à nous que nous pensons. Les Anglais "ont protégé" les Irlandais jusqu'à les expulser de leurs terres. Ils font la même chose ici. »

Il y eut un silence. J'étais manifestement allé trop loin. Le gouverneur se racla la gorge et signala d'un geste au valet de débarrasser les assiettes.

« Il est tard, docteur Perry, dit-il. Nous ne devrions pas vous retenir plus longtemps. »

Je crus voir l'évêque sourire.

En regagnant Heerengracht ce soir-là et plus tard dans mon lit, je fus malheureux comme les pierres, écrivant et réécrivant dans mon esprit une lettre d'excuse que j'enverrais à l'aube au gouverneur, sachant que je ne pouvais rien faire de la sorte. Impossible de revenir sur ce que j'avais dit ; j'avais prononcé des mots semblables à une incantation, jetant un sort qui m'avait exclu du cercle enchanté. Somerton était un tory, un aristocrate, il défendait tout ce à quoi Mirandus et moi étions opposés. Rien de ce que je dirais n'y changerait quoi que ce soit. Ce serait changer l'histoire elle-même.

Je restai sans nouvelles du gouverneur et n'en attendis pas. Je passai les quelques semaines suivantes attelé aux tâches qui composaient la majeure partie de mon travail d'assistant chirurgien. Nettoyer et panser les plaies. Recueillir les antécédents des malades. Rédiger des rapports. Récurer les salles d'examen où la saleté avait sans doute fait plus de mal aux patients que les médecins n'avaient fait de bien.

Je me consolai en me disant que je n'étais pas là pour me faire bien voir d'un gouverneur aristocratique, mais pour m'efforcer de soigner. C'était déjà beaucoup. L'hôpital militaire où je me rendis le lendemain se trouvait dans un état catastrophique. Il était sale et envahi de toutes sortes d'animaux, les vitres étaient brisées. Les oiseaux pénétraient à l'intérieur et voletaient entre les poutres, laissant des fientes partout. Les pigeons faisaient leur nid dans les salles d'examen, et les poules ainsi que les cochons se promenaient dans les couloirs ; les salles étaient vastes mais avaient été réquisitionnées par un petit nombre d'officiers qui s'en servaient comme d'appartements, abandonnant les malades allongés coude à coude sur d'étroits lits de camp dans les couloirs encombrés et quelques pièces plus petites, au milieu de la crasse.

Les lieux puaient le fumier, les excréments et les plaies purulentes dont l'odeur était tout juste dissipée par la brise fraîche qui entrait par les fenêtres cassées. Les mouches couvraient les patients trop mal en point pour les chasser. Comparer cet hôpital à une écurie serait une insulte aux écuries. Quand j'interrogeai un garçon de salle pour savoir où les gens de la région se faisaient soigner, cet endroit étant réservé aux militaires, il me dit qu'ils se rendaient surtout à la *tronk* – la prison locale. Je m'étais attendu à ce que les conditions soient difficiles, mais je n'avais pas imaginé la cruauté, le désintérêt flagrant face à la souffrance des personnes dans le besoin. Un petit garçon de quatre ans – fils d'un soldat, présumai-je – mourut à force de diarrhées tandis que j'étais à son chevet. Quand le chirurgien en charge demanda les causes du décès, je répondis franchement : « L'indifférence et la pauvreté. »

J'envoyais des courriers tous les jours au gouverneur dans lesquels je m'alarmais de l'état de l'hôpital. Tous restèrent sans réponse.

Une nuit, je fus réveillé par le vent qui hurlait de l'autre côté de ma fenêtre, la pluie pareille à des cailloux jetés contre les vitres, puis on frappa chez moi et j'entendis la voix de ma logeuse : « Docteur Perry, il y a quelqu'un pour vous ! » J'ouvris la porte, m'attendant à une sommation, un geôlier. Le temps d'un instant, je crus qu'on m'avait démasqué. Mais ce n'était qu'un garçon qui m'informait qu'un navire avait coulé. On avait besoin de moi à Camps Bay.

L'appel était arrivé tôt, comme toujours dans ces cas-là, et avec l'urgence d'un cauchemar. Une abomination, dit le garçon, des centaines de corps sur la plage. J'enfilai mes bottes, pris mon pistolet et ma trousse médicale, descendis les escaliers, et ensemble, nous rejoignîmes le rivage où les naufragés étaient entassés comme du bois de construction ou comme des phoques prenant le soleil, les corps de plus d'une centaine d'hommes, de femmes, d'enfants et de bébés. Le remugle d'excrément et de décomposition, de pourriture âcre et de saumure faisait l'effet d'un brouillard étouffant.

Je n'eus pas besoin de demander quel genre de bateau avait coulé ; un seul avait un chargement humain. Chaque fois qu'un vaisseau négrier contournait Le Cap, la nouvelle se répandait comme une traînée de poudre car la récompense offerte pour sa capture était aussi lucrative que l'avait été la vente d'esclaves fut un temps.

Il était rare que les corps s'échouent sur le rivage ; quand une tempête faisait chavirer un négrier, les esclaves enchaînés étaient envoyés par le fond et la mer engloutissait le crime. Pas cette fois. Je marchai au milieu d'eux, enjambant les cadavres avec précaution, les retournant avec douceur pour voir s'il ne restait pas chez certains un souffle de vie. Si l'un d'eux ne pouvait pas être sauvé.

La plupart des corps étaient boursouflés ; quelques-uns

paraissaient dormir s'il n'y avait eu cette pellicule de sable qu'ils ne se donnaient plus la peine d'essuyer. Impossible de savoir ce qui s'était passé à bord pour qu'ils ne fussent plus enchaînés au moment du naufrage, mais je devinai que le capitaine avait dû les libérer dans l'espoir d'en sauver une poignée qu'il pourrait revendre plus tard. Je vis le corps d'une enfant d'à peine cinq ans, les cheveux étalés pareils à du corail des Caraïbes ou à l'éventail en soie d'une dame. Je me penchai pour ôter le sable sur sa joue, pris son poignet fin entre mes doigts pâles, cherchai un pouls, n'en sentis aucun.

Le lendemain, les habitants de la ville en parleraient dans un simulacre de compassion qui n'était qu'une excuse pour se réjouir d'être encore en vie. Je fus saisi d'une haine pour ce poste-frontière, sa population, ses marchands et ses propriétaires terriens, ses esclavagistes et ses bureaucrates mesquins, ses marins et ses soldats ; ils semblaient être une infestation, une excroissance ou une tumeur sur la peau de l'Afrique, une lésion suppurante.

J'eus l'idée de prendre des notes sur la flore locale lors de ma première promenade dans les Jardins de la Compagnie le jour de mon arrivée. Je pourrais étudier les plantes du Cap et leurs possibles utilisations médicinales. Cela semblait tomber sous le sens, étant donné l'incroyable richesse de ce qui poussait ici, aux confins du monde, là où s'entrechoquaient l'inattendu et l'invraisemblable – les montagnes, la mer et deux océans. La nature elle-même paraissait plus dense, plus riche, plus vivante, toutes les formes de vie s'y mélangeant.

Je détestais cette manie qu'avaient les Anglais de recréer l'Angleterre partout où ils allaient ; je préférais regarder où je me trouvais. Ayant peu de temps pour explorer les collines à l'extérieur de la ville, je prenais des notes sur les plantes locales que je croisais, effectuais de petites esquisses, interrogeant les gens du cru sur leurs propriétés. Ma logeuse remarqua mon intérêt et me conseilla de m'adresser à un pharmacien de sa connaissance, M. Poleman. Un botaniste amateur.

Il s'écoula une semaine avant que je puisse me rendre à son officine, un après-midi après ma tournée à l'hôpital. Je le trouvais d'une modestie qui confinait à l'invisibilité. Les vêtements froissés, les cheveux clairs, il avait beau être à peine plus âgé que moi, il affichait une méfiance touchante, une modestie et une anxiété que l'on rencontrait rarement chez les hommes d'ici ou d'ailleurs ; il évitait de croiser mon regard, semblait apeuré quand cela arrivait ; en comparaison, je me sentis presque courageux. Mais c'était son échoppe qui m'impressionnait le plus ; elle était impeccable, aussi ordonnée que l'homme était désordonné. Il paraissait dépourvu de vanité. Je l'appréciai aussitôt.

Poleman tenait plus de l'oiseau que de l'homme. Je comprendrais plus tard ce qui chez lui était étrange et réconfortant : il semblait asexué. Doux, mince, il n'avait presque pas de présence physique. Il sentait le détergent et la lavande.

Je lui demandai la source de ses remèdes, s'il les importait tous ou si certains étaient préparés à base de plantes locales. Il répondit avec une exhaustivité inhabituelle chez les marchands de la région – il ne vanta pas la qualité de ses produits, mais parla du manque de fiabilité du transport, des dégâts causés par le transit, de la perte d'efficacité due au froid ou à la chaleur, ou encore de l'excès de confiance accordé à l'opium et au mercure qu'il considérait davantage comme des poisons que comme des tonifiants.

« Si le dosage est bon, une substance toxique peut aider à la guérison, dis-je.

– En principe. Mais ils sont souvent mauvais. »

Il avait raison.

Nous discutâmes de la flore locale et de ses possibles utilisations.

« Vous êtes botaniste, docteur Perry ? »

Je lui dis que non, mais que j'avais très envie d'apprendre. Surtout ici où il y avait tant à étudier. Quand il m'invita à une cueillette le samedi suivant, laissant la surveillance de son échoppe à son assistant, j'acceptai avec joie. Il proposa d'aller prélever des plantes sur la montagne de la Table afin de les examiner plus tard dans le petit laboratoire qu'il avait installé à l'arrière du magasin.

J'étais gagné par une espèce d'avidité de connaissances, une passion qui paraissait avoir pris la place du désir érotique que d'autres affirmaient éprouver. Le soir, je me couchais et observais les plantes que j'avais collectées, me rappelais le parfum d'une tige fraîchement coupée et son goût, imaginais quel mélange composer, quels remèdes découvrir. La vernonie commune, ses effluves malodorants. La curiosité a une facette sexuelle.

Le samedi suivant, M. Poleman et moi partions en randonnée dans les collines qui s'élevaient au pied de la montagne de la Table, prélevant des échantillons de plantes dont les habitants de la région se servaient pour se soigner. En marchant, il parla avec beaucoup de respect de la « beauté sacrée » du lieu.

« La nature est un mystère, M. Poleman, dis-je, pas un psaume.

– Ne peut-elle pas être l'un et l'autre, docteur Perry ?

– Non. L'admiration est fatale à la compréhension. Nous ne questionnons pas ce que nous révérons. »

Les hommes parlaient toujours de la terre et des femmes en ces termes.

Je remplis une sacoche dont j'examinerais le contenu dans le laboratoire ; à notre retour en ville, nous déposâmes nos trouvailles et décidâmes de nous retrouver une heure plus tard pour dîner et discuter de la collecte du jour. Je le rejoindrais chez lui et il me promit un ragoût relevé de certaines de nos herbes ; il me demanda d'arriver à dix-huit heures précises.

Quelques minutes avant l'heure dite, après m'être lavé et changé, je me tenais devant chez M. Poleman quand un cheval au galop fonça sur moi à une vitesse alarmante et s'arrêta juste avant de me percuter ; le gouverneur en descendit.

« Un mot, docteur Perry. »

Je craignis que mes courriers insistants n'aient provoqué l'ire du gouverneur, qui était de notoriété publique (on racontait qu'il avait brisé une canne sur quelqu'un lors d'une dispute). À ma plus grande surprise, il se montra courtois si ce n'est cordial. Il m'expliqua qu'il avait lu mes rapports avec intérêt et souhaitait clarifier plusieurs points. Il aurait pu me convoquer à sa résidence pour en discuter, bien sûr, mais j'imaginai que je n'étais pas le bienvenu.

Debout dans la rue poussiéreuse, je lui redis ce que j'avais déjà exprimé en termes très clairs dans mes rapports. Je me répétais donc, mais le remerciai de son intérêt et je fus soulagé de voir Poleman ouvrir la porte avec impatience – « Où étiez-vous donc, Perry ? Vous êtes en retard… » lança-t-il avant d'apercevoir le gouverneur. « Votre excellence, dit-il. Je ne voulais pas vous interrompre. » Il recula dans l'entrée tel le bernard-l'ermite dans sa coquille, mais je l'arrêtai et fis les présentations. « C'est moi qui vous importune, monsieur Poleman, s'excusa le gouverneur. Je ne vous retiens pas plus longtemps, docteur Perry. Merci pour votre rapport. Bonne soirée, *gentlemen* », dit-il, même si à l'évidence, nous n'en étions pas.

Quand une lettre arriva le lendemain matin pendant que je prenais le café chez Mme Saunders, je crus qu'il s'agissait de nouvelles de mon ami Mirandus qui m'invitait enfin à le rejoindre au Venezuela. Je désirais plus que tout savoir comment il allait ; Londres et mes quelques amis me manquaient. Je vis le sceau du gouverneur en retournant l'enveloppe ; mon cœur se serra. Je lus la lettre :

Pardonnez-moi, docteur, de vous avoir mis en retard pour votre dîner, même si je ne puis me le pardonner moi-même. Votre politesse vous a empêché de me dire qu'il refroidissait pendant que je me perdais en bavardages à la porte. Me feriez-vous donc l'honneur de vous joindre à moi ainsi qu'à ma famille pour un dîner qui sera on ne peut plus chaud, je vous le promets.

Bien malgré moi, cette missive me ravit. Non seulement parce qu'elle était la promesse qu'un bon dîner, mais aussi à cause de cet autodénigrement. Rares sont les hommes qui n'écrasent pas les autres de leur pouvoir. Je fus surpris d'être aussi heureux de l'invitation. D'être à nouveau admis dans leur cercle magique. Mais je savais que je devais me méfier, de lui ou de tous les autres.

Cette soirée à la résidence du gouverneur, à l'instar de beaucoup d'autres qui suivirent, fut un enchantement. Ou du moins fus-*je* enchanté. C'était un ravissement de discuter avec le gouverneur et ses enfants encore jeunes – à l'exception de Miss Georgiana ; ils possédaient une grâce dépourvue d'affectation, une curiosité et une vivacité naturelles. Ils semblaient *purs* – ce mot m'étonna quand il me vint à l'esprit. Ils avaient quelque chose d'un autre temps, d'avant la chute.

Ce fut Georgiana qui proposa, un soir après le dîner, que Lord Somerton m'apprenne à monter à cheval.

« Ne sois pas absurde, ce bon docteur sait bien assez comment tenir sa monture. »

Or il n'en était rien. J'étais aussi mauvais cavalier que piètre tireur. Ma carrière de médecin militaire était encore brève, mais j'avais jusque-là toujours réussi à monter dans le chariot de ravitaillement plutôt qu'à cheval. Ce qui était plus économique puisque je n'avais pas besoin de payer pour acheter et entretenir un animal, et m'évitait un embarras certain au cas où je tomberais et devrais être examiné sur le champ de bataille.

« Je ne sais pas monter, avouai-je.

– Mon Dieu ! s'exclama Lord Somerton. Et vous vous dites soldat ?

– Je me dis bien des choses, monsieur. Et je vous épargne ce que les autres disent de moi. »

Le gouverneur sourit ; il aimait les plaisanteries, tant qu'elles n'étaient pas à ses dépens.

« Oh, laissez-nous lui apprendre », dit Georgiana sur le ton que je lui avais entendu utiliser à propos de son singe domestiqué quand elle voulait qu'il soit autorisé à venir à table ou à participer à une partie de whist.

« Je vous préviens, dis-je. Il se pourrait que je passe plus de temps au sol qu'en selle. Il ne faut pas juger un médecin à sa grâce de cavalier.

– Nous organiserons une chasse, dit Lord Somerton.

– Vous avez importé des renards en plus des chiens ? »

J'étais fasciné de voir jusqu'où la passion sportive pouvait conduire.

« Une chasse africaine, précisa-t-il. Sur les Cape Flats, un chacal vaut tout autant qu'un renard.

– Du point de vue du renard, beaucoup plus, j'en suis sûr. »

J'avais toujours eu pitié des renards, ce qui expliquait pourquoi j'avais refusé d'accompagner mes hôtes à Dryburgh Abbey.

Après bien des conciliabules, je parvins à persuader Lord Somerton de commencer mon apprentissage par quelque chose de moins ardu qu'une partie de chasse ; je proposai une promenade à deux sur la montagne de la Table, puisque j'avais entendu Miss Georgiana dire qu'il aimait particulièrement chasser là-bas.

Le jour convenu, Lord Somerton me retrouva à ses écuries près de la Roundhouse, le pavillon de chasse au-dessus de

Camps Bay ; il voulut me donner une monture majestueuse de dix-sept paumes, un andalou tacheté appelé Zeus qui faisait facilement deux fois ma taille, mais Georgiana vint à ma rescousse et sortit des box obscurs une charmante petite pouliche rouanne à peine plus grande que moi. Elle s'avança dans la lumière d'un air endormi, la robe luisante, les yeux à moitié ouverts.

« Tu n'es pas sérieuse, dit Lord Somerton à sa fille. Le docteur a besoin d'un bon cheval, pas d'un poney pour enfant. »

Miss Georgiana n'écouta pas son père et flatta l'encolure du cheval avec affection.

« Elle est très docile. Et elle n'a peur de rien. Elle ne se cabrera pas à la vue d'un serpent ou d'un léopard. »

Je n'avais pas imaginé qu'il puisse nous arriver de rencontrer l'un ou l'autre, mais je ne dis rien.

Manifestement las du retard pris, Lord Somerton monta sur son cheval, un étalon de très belles proportions. Je compris aussitôt pourquoi le gouverneur élevait des chevaux ; il semblait plus à l'aise quand il était en selle que quand il ne l'était pas. On aurait dit un centaure – mi-homme mi-bête. À mon arrivée à la Roundhouse ce matin-là, il m'avait fait visiter les écuries comme d'autres auraient montré leur jardin ou leurs tableaux. Beaucoup convoitent la richesse, mais rares sont ceux – me semblait-il – qui savent vraiment l'apprécier. Somerton était visiblement de ceux-là. Il aimait les très belles choses et ne s'en excusait pas : les beaux chevaux, les beaux vêtements, les belles armes, salles de bal et demeures. La richesse lui achetait la beauté ; elle lui procurait du plaisir et du temps pour en profiter.

Il semblait se délecter de la vie comme le ferait un animal. Je ne parvenais pas à l'imaginer à Londres. Malgré sa maîtrise de l'étiquette, c'était un être farouche. À l'esprit indépendant, peut-être solitaire. Debout entre nous dans la fraîcheur du matin, il était à part. Il n'avait rien à voir avec le général. Pas uniquement parce qu'il était plus délicat, que c'était un esthète plutôt qu'un meneur d'hommes. Le général était chez lui au Venezuela ; Somerton n'était chez lui nulle part. Il se tenait entre plusieurs mondes, ce qui, comme moi, l'avait peut-être conduit ici. Nous étions des étrangers partout inadaptés, sauf ici, comme la protée royale, les promérops du Cap, les arbres argentés. Une faune et une flore singulières de la région.

J'avais peur des chevaux, mais j'eus la bonne surprise de me sentir à l'aise en selle aux côtés (ou plus exactement *sous*) Lord Somerton et son énorme monture. Mon cheval avait beau être minuscule en comparaison, je dominais tout de même les fynbos tandis que nous gravissions les collines, mes talons effleurant le haut des sumacs à sucre au-dessus des étendues bleues de l'océan Atlantique.

Le matin était frais et dégagé, il n'y avait pas un souffle de vent et pendant ce qui parut des heures, nous avançâmes sans échanger un mot. À l'occasion, un steenbok jaillissait des buissons ou bien un bontebok relevait sa tête aux cornes enroulées, comme masqué de blanc. J'étais soulagé que Somerton ne sorte pas son fusil de son holster de selle. Nous nous arrêtâmes pour déjeuner près du sommet de la montagne de la Table. Au loin, un petit troupeau de zèbres s'éparpilla au son de nos voix.

« Vous chassez souvent, docteur Perry ? demanda le gouverneur.

– Seulement les bons livres le soir. »

Cela ne l'amusa pas.

« Au moment de tirer, dit-il en observant les animaux, souvenez-vous de viser d'abord le cœur, puis la tête.

– Qu'est-ce qui vous fait penser que je tirerai ? »

Somerton rit.

Le chien qui nous accompagnait frissonna, tirant sur la laisse qui le retenait, aussi silencieux que son maître jusqu'à ce que Somerton le lâche et qu'il file comme s'il venait de se dégager d'un piège.

Quand il revint, il tenait un petit corps mou dans la gueule, qu'il déposa consciencieusement à nos pieds. Le jeune caracal était sans vie, les pattes tendues vers l'avant comme s'il s'apprêtait à bondir. Il avait les oreilles aussi grandes que la tête, de la taille de deux phalanges de mon index. Je fus frappé d'une peine que je ne connaissais pas face à des cadavres humains. Pris de nausée, je me relevai et allai vomir près d'un arbre argenté.

« Il ne faut pas s'émouvoir chaque fois qu'on voit un mort, docteur.

– Que sommes-nous sans cela ?

– Des hommes.

– Dieu m'en garde. »

Il était midi quand nous atteignîmes la montagne de la Table. Le soleil tapait fort, les ombres avaient presque disparu. La lumière était aveuglante. La vue sur les Cape Flats à l'est et la baie à l'ouest était à couper le souffle, même si le vent qui se levait nous prévenait de ne pas trop nous attarder. Les orages pouvaient éclater rapidement dans l'après-midi et couvrir la montagne d'une pluie froide qui effaçait les sentiers. Nous connaissions tous des histoires de chasseurs qui, partis le matin pour une simple partie de chasse, n'étaient jamais rentrés.

Nous étions assis sur un muret de pierre grise, les chevaux attachés aux arbres sous la crête, les jambes pendant au-dessus du gouffre, les arbres poussant à plusieurs centaines de mètres en dessous, à peine plus grands que de simples herbes à cette distance. J'entendis le cri aigu et funèbre d'un aigle, et l'ombre de ses ailes gigantesque passa sur nous.

« Il l'a repéré », dit Somerton en indiquant un daman du Cap à deux mètres de nous à peine d'un mouvement de tête.

La créature qui se tenait sur l'affleurement rocheux était aussi charnue qu'une miche de pain brune, ses yeux sombres aussi perçants que les miens, avec une lueur déconcertante qui pouvait facilement passer pour de l'intelligence. À l'époque, si on nous avait dit que cet animal était apparenté à l'éléphant, nous ne l'aurions jamais cru.

« Je crois qu'il nous juge, Lord Somerton. »

Il rit et brandit son pistolet, mais je posai la main sur son bras – c'était la première fois que nous nous touchions au-delà d'une poignée de main. Je sentis le choc. Je le sentis hésiter. Cela ne lui arrivait pas souvent. Il me regarda, et le temps d'un instant, il sembla voir ce qui avait échappé à tout le monde depuis des années. Qui j'étais.

« Pitié », dis-je en retirant ma main, puis en la passant dans mes cheveux dans l'espoir de retrouver une contenance, mais apparemment, il crut que je parlais du daman.

« Rien de plus dangereux que la pitié dans une contrée sauvage. »

Il souleva une fois de plus son pistolet. Mais le daman avait dû nous entendre et avait disparu de son rocher. Somerton reposa son arme.

« Vos sentiments vous perdront, docteur Perry. »

Je contemplai la courbure de la baie, le disque pâle de Robben Island pareil à un œil qui ne cille jamais. Pour une fois, je n'avais rien à dire.

Alors que nous redescendions le sentier pentu vers la Roundhouse, Somerton hurla dans ma direction : « Vous ne pouvez pas épargner toutes les vies, docteur. Vous mourriez de faim dans un endroit pareil.

– Pourquoi tuer quand ma vocation est de soigner ?

– Vous sentez-vous de taille à lutter contre la mort ?

– Peut-être pas, mais je ne l'assisterai pas plus dans sa besogne que je ne le ferais avec l'évêque. »

Il rit et n'en parla plus. Il ne fut plus jamais question de ce que nous avions vu sur la montagne de la Table, de la vie qui avait été sauvée ou épargnée.

CHAPITRE CINQ

Le roi africain

S'il n'y avait pas eu le roi africain, je n'en serais peut-être jamais venu à aimer Lord Somerton. Pendant longtemps, je n'aurais pas employé ce terme. *Amour*. Nous l'utilisons trop facilement ; pour parler de trop de choses : tendresse, besoin, désir, ambition. Lui, je l'admirais, son amitié me flattait, j'avais besoin de son soutien pour réformer la médecine telle qu'elle était pratiquée au Cap. Mais je sais à présent que l'amour est la blessure dont on ne se remet pas. Je n'étais pas encore blessé.

J'étais en train de boire mon café du matin près de l'artère animée de Heerengracht, de la poussière portée par l'air de l'autre côté du verre ondulé de la vitrine, le fracas des roues et des sabots me parvenant chaque fois que quelqu'un ouvrait la porte, quand je tombai dans le *Courant* du Cap sur un article me concernant et découvris que je faisais scandale. La bonne société du Cap s'étonnait de la rapidité avec laquelle je m'étais introduit dans le cercle intime du gouverneur alors que je n'étais là que depuis quelques mois. J'en étais moi-même surpris.

On m'invitait régulièrement à dîner chez Lord Somerton, avec ses enfants et sa myriade d'animaux de compagnie ; à aller au théâtre et à des bals ; à apprendre à monter à cheval, si ce n'est à chasser. Nous nous déplacions souvent ensemble quand les affaires de l'État l'autorisaient, mais aussi souvent quand ce n'était pas le cas. Je prenais de plus en plus régulièrement mes repas à la résidence du gouverneur, à l'exception du petit déjeuner dont je me délectais dans un établissement de Heerengracht, composé des pains au sucre de Mme Saunders, d'un bol de café hollandais et de ce qui passait pour un journal. Après une journée à cheval, il arrivait que je dîne avec le gouverneur à la Roundhouse ou à Newlands, sa villa palladienne à l'est au pied de la montagne de la Table. J'avais été pris dans le cercle de Lord Somerton comme un poisson dans un filet ou comme l'un de ces animaux étranges qu'il collectionnait ; je devins un membre de la ménagerie familiale.

Je me disais que ces visites fréquentes étaient l'occasion de le sonder au sujet des diverses réformes médicales, mais je n'étais pas indifférent aux avantages du luxe et du pouvoir. À un Château-Margaux millésimé et à une conversation brillante. Si je négligeais mes responsabilités en tant qu'assistant médical à l'hôpital, personne n'osa réprimander le médecin préféré du gouverneur. Notre intimité me permettait par ailleurs de discuter de l'état déplorable dans lequel se trouvait l'hôpital militaire, du besoin urgent de faire construire un hôpital public, de la façon effroyable dont étaient traités les lépreux, les femmes et les esclaves.

Alors que grandissait ma proximité avec la famille Somerton, je remarquai que Miss Georgiana réclamait de plus en plus mon attention – nous étions inévitablement assis l'un à côté de l'autre au théâtre, à table, et souvent, c'était elle qui se chargeait de me remettre les invitations à la résidence du gouverneur. Une angoisse familière me gagna, du même genre que celle qui avait empoisonné ma relation avec Miss Erskine cinq ans plus tôt.

J'avais beau être de basse extraction, j'étais une denrée rare dans la colonie du Cap – un gentleman célibataire. Je savais aussi que Lord Somerton était un partisan des mariages d'amour et des attachements qui défiaient la société. À vingt ans, il avait fait scandale en partant avec la fille d'un lord désargenté, qui n'avait alors que seize ans. Le couple avait été heureux durant vingt-sept années avant qu'une fièvre n'emporte son épouse peu après leur arrivée au Cap, à l'automne précédent. Notre différence de rang aurait même pu constituer un point positif à ses yeux, prouvant sa sincérité. Je refusais l'idée de les abandonner comme j'avais abandonné Dryburgh Abbey, mais il fallait pourtant agir.

Si j'avais été en position de me marier, Georgiana aurait été une compagne idéale – intelligente et cultivée, elle était aussi douée de qualités moins communes telles que le bon sens, la générosité, l'humanité et la connaissance d'elle-même. Elle avait les traits délicats que son père avait dû avoir dans sa jeunesse – mais qui s'étaient creusés et assombris du fait de son deuil récent – et la douceur d'une très bonne nature. Elle était indépendante, mais aussi animée et prompte à s'amuser. Elle donnait l'impression de pouvoir tout supporter. Elle donnait sa force à son père, cela ne faisait aucun doute, comme sa mère avant elle. Tout un chacun cherchait son approbation, et je ne faisais pas exception. Mais je n'étais pas en position de solliciter son estime.

C'était donc à la fois par curiosité et pour ternir ma trop bonne réputation que je me mis à fréquenter les bals Arc-en-Ciel au cours de ces premiers mois au Cap. Les rumeurs qui m'étaient parvenues m'y conduisirent également. J'aimais tous les lieux où l'on pouvait danser – je me réjouissais des occasions où je pouvais montrer mon corps même quand je le déguisais. J'avais entendu parler de ces bals le jour de mon arrivée au fort, perçu leur musique qui résonnait dans la nuit à l'autre bout de Heerengracht, des bals tristement célèbres où les habitants de la ville se retrouvaient dans les tavernes du port et où la condition ne comptait plus – Malais et esclaves, soldats et affranchis, hommes, femmes et toutes personne se trouvant entre les deux. Je me délectais de pouvoir porter mon gilet en satin vert petit pois sous un manteau rouge, avec mes bottes noires reluisantes à talons rouges ; de pouvoir danser et flirter.

Je refusais toujours d'avoir une femme de chambre à mon service, mais en société, j'appréciais leur compagnie. Je n'avais pas à faire semblant d'admirer la beauté des femmes des bals Arc-en-Ciel. Elles étaient exquises. Les Hollandaises et les Malaises, les Africaines et les Anglaises. Cela aurait été comme d'apprendre à admirer la beauté de l'aube. Elle vous coupait le souffle, me coupait le souffle, du moins. Cela ne s'apprend pas, la beauté des femmes.

Pour mon premier bal Arc-en-Ciel, je restai sur le seuil de la taverne à regarder les danseurs se mouvoir dans le grand bâtiment mal dégrossi avec ses larges poutres brillamment éclairées par des torches et la lumière de bougies, ses murs en adobe qui semblaient onduler dans la lumière vacillante. Je me penchai et humai le musc plaisant – transpiration et cuir, rhum et fumée, curry et clou de girofle – et ris du bonheur que cela me procurait. Puis j'entrai.

Près d'un mur, derrière une balustrade, se trouvait un petit orchestre de musiciens remarquables, jouant des airs que j'avais rarement entendu jouer aussi bien à Londres. Violons, pianoforte, flûtes, hautbois, cor anglais interprétaient des musiques folkloriques écossaises, des valses, des gigues et des chansons de marins. Les musiciens jouaient à l'oreille ou de mémoire, sans partition. Ils étaient en chemise et gilet, avaient retiré leur manteau et ingurgitaient de la bière entre les morceaux, mais ces détails mis à part, on aurait pu se croire à un bal de l'Almack's – si ce n'est que tous ces musiciens étaient noirs, sauf un. J'apprendrais plus tard que c'était un objet de fierté parmi les Hollandais et les Anglais d'avoir créé un orchestre d'esclaves et d'affranchis. Un instrument à cordes local ou un tambour était parfois introduit pour le plaisir du plus grand nombre.

Ce premier soir, je restai près de la porte, scrutant la pièce comme si je pouvais discerner à son habit ou son visage la personne que je cherchais. Quand une petite et très belle femme aux dents magnifiques s'approcha de moi et posa une main sur ma poitrine.

« Vous me cherchiez ? »

Je ris.

« J'aurais dû », répondis-je.

En vérité, je souhaitais trouver une esclave prénommée Sanna, dont la rumeur racontait qu'elle était à la fois femme et homme. Je n'avais jamais rencontré personne de ce genre, même si j'avais lu des choses sur les hermaphrodites et en avais autopsié un ; le sujet fascinait. Comment était-ce de vivre entre les mondes – quelle sorte de créature pouvait endurer cela ? Je me persuadais que mon intérêt était clinique.

Aristote croyait que c'était la chaleur du cœur, et non les organes génitaux, qui déterminait le sexe d'une personne ; on pensait alors que les hommes étaient plus chauds que les femmes. Chacun d'entre nous avait sa place sur le spectre : les femmes masculines étaient plus chaudes, les hommes féminins plus froids. Les hermaphrodites, quant à eux, étaient plus équilibrés que la moyenne, ils étaient *mélangés*, leur nom étant lui-même un mélange d'Hermès et d'Aphrodite qui – d'après le mythe – ont donné naissance à Hermaphrodite, leur enfant, une copie parfaite d'eux deux dans un seul corps. Galien réfuta l'idée d'un spectre sexuel, bien sûr, puisqu'en son temps, les femmes n'étaient qu'une mauvaise copie des hommes, leurs organes sexuels étant les mêmes – mais invertis –, une piètre imitation.

La célébrité de l'hermaphrodite était parvenue jusqu'à moi dès mes premières semaines au Cap, comme pourrait le faire la découverte d'une plante ou d'un animal exotique, mais je ne l'avais toujours pas rencontrée. Je ne me faisais pas d'illusion en imaginant que nous pourrions être des âmes sœurs ou même amis, mais – d'un point de vue médical – son cas m'intéressait beaucoup. Et les récits des mauvais traitements qu'elle avait subis de la part de son maître me déchiraient le cœur. On racontait qu'elle était prêtée à des amis pour leur divertissement, un plaisir peu commun pour tous sauf pour elle. Je n'avais pas le courage de demander si Somerton avait entendu parler d'elle. Je ne voulais pas savoir.

Je demandai à la femme qui avait une dentition magnifique si elle connaissait cette personne, si elle pouvait me la désigner. Elle se méprit sur mes intentions : « Il n'est pas là, dit-elle. Ferai-je l'affaire ? » Je répondis que oui. J'étais content d'être vu en train de partir avec elle, ce qui ferait taire les voix qui commençaient à questionner la mienne – encore haute et aiguë, une source d'amusement et, je le craignais, de soupçon.

Après cela, je pris l'habitude de passer une nuit avec l'une de ces femmes – toujours une affranchie, jamais une esclave, jamais une femme qui n'aurait pas eu le choix, qui n'aurait pas pu refuser de me suivre. Au début c'était pour l'effet produit – pour éviter que les soldats se posent des questions – mais très vite, ce fut pour moi. Comme tout le monde, j'avais besoin de toucher un autre corps de temps en temps. Je n'étais pas le seul de leurs clients à préférer rester habillé entre leurs bras nus, poser ma tête sur leurs seins, leur faire l'amour sans me dévêtir. Je les embrassais et les caressais, apprenais le chemin jusqu'à leur plaisir comme j'avais appris l'anatomie, guettais les soupirs approbateurs de ma tutrice, ses gémissements, son plaisir faisant naître le mien.

Je leur apparaissais comme l'aurait fait Cupidon, dans

l'obscurité. Mais je ne passais la nuit entière qu'avec elle, la femme que j'avais rencontrée ce premier soir. Liz. Sa liberté avait été achetée par un homme amoureux d'elle et qui voulait l'épouser, mais qui fut tué lors d'une rixe dans un bar peu après l'avoir affranchie. Elle n'avait pas de travail, aucune éducation, aucun savoir-faire en dehors de l'amour. Alors elle s'était tournée vers ce métier féminin lucratif et vieux comme le monde – réconforter les hommes.

J'avais un besoin ardent de ce contact humain réconfortant, un désir jamais assouvi. À mon arrivée au Cap, j'avais été seul pendant si longtemps que mon corps en était douloureux ; depuis des années, les linges qui bandaient ma poitrine étaient ce qui se rapprochait le plus d'une étreinte. J'avais fui les maisons closes quand j'étais en garnison à Chelsea – sauf pour y traiter les maladies qui y sévissaient – mais ici, je devais penser à ma réputation et la protéger.

Je ne céderais pas à l'amour. J'avais vu le mal que l'affection avait fait à ma mère ; j'avais bien retenu la leçon. Je travaillerais. Pour moi, le cœur ne serait qu'un organe parmi d'autres. Les sentiments et la société devinrent une sorte de cadavre – un corps à disséquer, à découper, dont il fallait comprendre les éléments constitutifs, un objet pour l'intellect plutôt que pour l'émotion. Et comme avec un cadavre, je pouvais étudier les sentiments, mais ils ne pouvaient pas m'atteindre. Du moins le croyais-je.

Ce n'était pas chose simple que de traverser seul le terrain de la vie. Je n'étais pas sûr d'être son égal. J'avais cru qu'être imperméable à l'affection était une espèce de force mais je commençais à douter, désormais conscient du fardeau que cela me faisait porter.

Miss Georgiana n'était pas présente au dîner organisé à la Roundhouse, ce soir de décembre où j'entendis parler pour la première fois des troubles à la frontière à l'est de la colonie du Cap, le long de la rivière Fish, à cinq cents miles de là. Le gouverneur évitait d'ordinaire de parler politique à table, mais ce soir-là, les dernières nouvelles l'inquiétaient. Il y avait des forts armés tout du long de la rive ouest, mais cela n'avait pas empêché une augmentation du nombre de raids sur le bétail des colons qui étaient de plus en plus méfiants. On parlait de désertion parmi les soldats, les ouvriers agricoles khoi-khois ainsi que les esclaves qui rejoignaient les Xhosas – qui leur donnaient des femmes et des terres en échange d'armes et d'informations.

Des années plus tôt, expliqua Lord Somerton, un accord avait été conclu entre les autorités coloniales et le roi xhosa, Ngqika, pour que les colons ne soient pas attaqués, mais on racontait que le roi était l'un des premiers bénéficiaires de ces raids. Il fallait ramener de la stabilité pour ne pas risquer le départ des colons qui laisseraient la frontière est sans protection.

« Ngqika doit être rendu entièrement responsable de la situation, déclara Somerton.

– Et s'il ne l'est pas ? » demandai-je.

Je ne voulais pas paraître contrariant, simplement pragmatique.

« S'il n'est pas quoi ?

– Responsable. Et s'il n'était pas capable de tenir son peuple ? »

J'avais l'impression que le chef xhosa n'avait peut-être pas assez d'autorité pour parler au nom de sa tribu. Mais les hommes de pouvoir n'aiment pas reconnaître leurs limites, ou bien il était plus rusé que je l'imaginais.

« Alors nous ferons en sorte qu'il le tienne, ou nous prendrons nous-même le contrôle sur eux. »

Je savais qu'il valait mieux ne pas discuter. C'est le privilège et le piège du pouvoir de nous faire croire que nos souhaits sont partagés, que ce qui est fait pour notre bien l'est aussi pour le bien d'autrui.

« J'aimerais que vous veniez avec nous, docteur. Si l'hôpital peut se passer de vous. »

Cette dernière phrase était ironique. Je m'y rendais rarement, absorbé comme je l'étais par mon rôle officieux en tant que mascotte de Somerton.

La mission était délicate – entre diplomatie et démonstration de force – et je savais que je devrais me sentir honoré d'être l'une des rares personnes choisies pour accompagner l'expédition, mais le sentiment qui dominait était surtout la peur. La peur que m'inspiraient trois mois de voyage sur un terrain à découvert, la peur d'être démasqué.

Mais le gouverneur était aussi têtu qu'il était charmant. Je ne pouvais pas décliner son invitation. Quand il proposa que Miss Somerton nous accompagne jusqu'à la ville de Knysna où elle servirait d'hôtesse, je ne pus refuser de me joindre à eux car je voulais m'assurer qu'elle rentre saine et sauve.

Cette nuit-là, à la Roundhouse, je me réveillai avec des sueurs froides, gagné par la panique. J'écoutai les vagues déferler dans un bruit d'explosion pareil à une canonnade lointaine et le murmure du vent dans les arbres près de la fenêtre de ma chambre. Le silence régnait dans la Roundhouse. Me parvenaient tout au plus une quinte de toux ou les pas d'un domestique dans le couloir. Je passai des heures à imaginer une excuse qui pourrait me sortir avec élégance de cette impasse, mais tous les obstacles qui me vinrent à l'esprit auraient pu être levés par le gouverneur : mon travail à l'hôpital, mes obligations au fort de Bonne-Espérance.

C'était sans espoir ; il me faudrait participer à ce périple de trois mois à travers les plaines sans un endroit où cacher mes linges menstruels et sans la possibilité, ou presque, d'avoir un moment de solitude, si ce n'est dans ma tente tard la nuit. Une tente n'offrirait qu'une intimité limitée puisque les temps de repos, de veille et les repas seraient partagés, puisque les tentes seraient plantées tout près les unes des autres pour nous protéger des lions et des rhinocéros.

Nous nous déplacerions comme un seul corps ; j'avais du mal à croire que je pourrais continuer à cacher le mien dans ces circonstances.

Une semaine avant de commencer notre périple vers l'est pour rencontrer le roi africain, on me convoqua au fort afin que je m'occupe d'Emmanuel de Las Cases, le secrétaire particulier de Napoléon – et je pensai avoir échappé à la gueule du loup. C'était la mi-janvier, au début de l'été. Je me préparai avec soin pour l'occasion, cirai mes bottes et mis ma perruque rousse comme si je m'habillais pour un bal. C'était un honneur que de m'occuper de lui. Les hommes me fascinaient rarement, mais le nom de Napoléon resterait dans les annales ; c'était presque un dieu et son conseiller, son confident, était ici. Mais j'espérais aussi que prendre soin de Las Cases m'offrirait une excuse pour ne pas partir.

Quand on me conduisit à sa cellule au fort, je fus glacé jusqu'à la moelle malgré la chaleur de l'été. Las Cases était penché sur un petit bureau en bois dans une pièce à peine plus grande qu'un char à bœufs ; un lit de camp couvert d'une paillasse et d'un drap fin était repoussé contre un mur. La puanteur des excréments de la nuit et des aliments avariés épaississait l'air. Pour ne pas l'offenser, je résistai à l'envie de me couvrir le nez avec un mouchoir.

Las Cases leva les yeux en entendant la porte s'ouvrir et parut confus le temps d'un instant. Il m'observa, observa le gardien, puis revint vers moi.

« Le docteur est là pour vous », dit le gardien.

Las Cases se mit debout, visiblement avec effort, s'appuyant au bureau d'une main.

« Le médecin, c'est vous ?

– Oui, dis-je en entrant dans la cellule. C'est un honneur de vous rencontrer, monsieur. »

Il sourit.

« Tout le plaisir est pour moi. Je vous aurais pris pour la nièce du gouverneur plutôt que pour son médecin. Pardonnez-moi.

– La jeunesse peut être trompeuse. »

Je fis sortir le gardien et nous nous assîmes, conversant en français – moi sur le lit misérable, lui sur sa chaise étroite. Même si je n'avais pas trouvé ces conditions de détention effroyables, il aurait eu toute ma sympathie du fait de son engagement au service de la liberté. Je lui parlai de mon amitié avec le général Mirandus, nous discutâmes de lui, du passé et de la situation actuelle de Las Cases à laquelle je promis de remédier immédiatement.

« Le gouverneur serait offusqué de voir le traitement qui vous est réservé. Je vous l'assure, il veillera à ce que les choses changent. »

Je me levai pour partir.

« Quel dommage pour le général Mirandus, dit Las Cases en se parlant à lui-même autant qu'à moi. J'aimais cet homme même s'il a séduit ma maîtresse. Un si bon danseur, si charmant, surtout avec les femmes. »

Le sol se déroba sous mes pieds. Je me rassis, transi de froid.

« Mon Dieu, dit Las Cases, vous l'ignoriez… je suis vraiment désolé.

– Il est donc mort. Comment ? »

Las Cases ne connaissait pas les détails, il savait seulement que Mirandus avait été trahi et livré aux Espagnols en 1812 après la révolte réussie au Venezuela ; il avait dépéri dans la prison de Cadiz où il était mort le 14 juillet 1816, quelques semaines avant mon arrivée au Cap. On racontait que c'était Simón Bolívar qui l'avait trahi.

Je me levai avec difficulté, mais j'avais hâte de sortir de là.

« N'ayez crainte, vous ne risquez rien de tel ici. Le gouverneur s'en assurera.

– Vous étiez proches ?

– Il m'a traité comme un fils.

– J'ai un fils, moi aussi. Je vous serais très reconnaissant si vous pouviez aller le voir, docteur. Tant que vous êtes ici. »

Son fils de quinze ans se trouvait dans une cellule adjacente et mon cœur se brisa quand je le vis. La prison n'était pas un endroit pour un enfant. En m'approchant, je vis que le manque d'hygiène et l'épuisement nerveux dû à ce confinement sans fin et à l'effort quotidien de transcrire les notes de son père concernant l'empereur l'avaient rendu pâle, mince et proche de l'effondrement. À l'examen, sa peau et son haleine dégageaient une odeur aigre malsaine, son souffle était court, beaucoup trop rapide. Je hurlai pour faire venir le geôlier et l'interrogeai sur leurs repas, l'hygiène et l'exercice. Je trouvai leurs conditions de détention d'une négligence choquante.

« Êtes-vous censés *détenir* ces prisonniers ou les *tuer* ? Parce que vous n'êtes pas loin de parvenir à vos fins. »

J'ordonnai un changement de régime, comprenant du bon vin rouge, de la viande tous les jours et des légumes des Jardins de la Compagnie, du linge propre chaque semaine, des bains chauds et des couvertures ainsi qu'un accès à la cour pour des exercices quotidiens. Si les choses ne s'amélioraient pas sur-le-champ, dis-je, le gouverneur en entendrait parler.

Ce qui arriva. Je me rendis aussitôt à sa résidence pour en discuter avec lui. Il fut aussi choqué que moi par la façon dont étaient traités ces prisonniers et proposa de les installer à

Newlands, sa villa palladienne dans les montagnes où ils pourraient retrouver des forces au grand air. Il ferait poster des gardiens, mais ils seraient à leur aise. Je suggérai de séjourner moi aussi à Newlands pour m'occuper d'eux dans les semaines à venir, mais le gouverneur se contenta de sourire et réaffirma qu'il ne pouvait pas se passer de moi ; on avait besoin de moi, me dit-il – *il* avait besoin de moi – pour ce voyage vers l'est. Impossible de m'y soustraire.

Quand je retournai au fort de Bonne-Espérance le lendemain, je trouvai le père et le fils en meilleure forme dans leur chambre – désormais propre et bien éclairée, avec d'amples couvertures et du vin. Las Cases se réjouit de quitter la ville comme le proposait le gouverneur. Mais le moral du jeune garçon semblait toujours au plus bas. Contrairement à son père, consigner la vie de Napoléon ne le mettait pas en joie, et le travail que cela représentait ainsi que la solitude lui pesaient beaucoup.

Il avait l'impatience d'un jeune homme et elle est d'autant plus difficile à vivre dans les moments difficiles, quand il paraît impossible que la situation change un jour. Juste avant ma visite suivante, je m'organisai pour emprunter une voiture à Sa Seigneurie ; en arrivant dans la cellule du jeune homme, après m'être enquis de sa santé, je l'incitai à jeter un coup d'œil à la rue en contrebas car des amies de ma connaissance étaient désireuses de le rencontrer ; quand il se pencha par-dessus le rebord en pierre de la fenêtre, les deux jolies Miss Somerton le saluèrent. En se redressant, le jeune homme avait les joues roses et pleines de santé. Il n'existait pas de meilleur remède. Pour lui comme pour nous tous.

Les questions de Miss Georgiana au sujet de l'état du beau jeune homme me réconfortèrent. Je faisais de mon mieux pour qu'elle s'intéresse à lui, espérant qu'il comblerait son cœur comme je ne pourrais jamais le faire. Mais même les soins que j'administrais au conseiller de Napoléon ne furent pas une excuse suffisante pour m'éviter le périple vers l'est, dont le départ était désormais arrêté au 27 janvier 1817.

Si ceci était un roman, notre voyage jusqu'au roi xhosa occuperait un très long chapitre rempli d'aventures romantiques – mais en vérité, le voyage fut poussiéreux, chaud et épuisant, malgré la magnificence des paysages que nous traversâmes.

Le jour du départ arriva et l'on quitta Newlands à la tête d'une vaste armée de pisteurs, de domestiques, de porteurs et de guides. Georgiana s'était donné beaucoup de mal pour assurer le confort de notre troupe – il y aurait de la porcelaine, des verres en cristal, de l'argenterie, du linge, des tapies de soie, une foule de parasols, une armada de porteurs et de serviteurs pour transporter des paniers en osier d'aromates frais, de légumes, de fruits et de vin. Il fallut beaucoup d'efforts pour la convaincre de ne pas emporter le lit à baldaquin et sa canopée dont elle était persuadée qu'ils étaient essentiels à un sommeil réparateur.

Je lui savais gré de ses excès qui faisaient passer les miens pour moins extrêmes : Lord Somerton regimba quand je proposai d'emmener ma chèvre pour le lait qui était un élément de base de mon régime, mais finit par céder quand je lui assurai qu'on pourrait la manger si besoin était. En vérité, j'aurais préféré qu'ils me mangent en premier.

Je n'étais pas un lève-tôt, ce que je regrettais chaque fois qu'il m'arrivait de me lever de bonne heure et que je voyais le monde s'éveiller ; aux premières lueurs du jour, tout semblait plus doux, plus tendre et plus vivant ; à l'est, le ciel était d'un rose radieux derrière un archipel de nuages bleu ardoise. Je me souvenais de l'adage des gens de mer : *Ciel rouge du matin, prends garde, marin.* Mais on aurait dit une bénédiction plus qu'un avertissement. Le petit déjeuner se déroula en silence, puis nous nous mîmes en selle – Miss Georgiana quant à elle monta sur le chariot tiré par un bœuf – pour nous lancer dans ce long périple dont Georgiana dirait plus tard qu'il avait compris « plus de pierre que de route ».

La caravane longea d'abord la côte, l'océan pareil à un champ de pierres précieuses concassées – saphir, émeraude, jade le plus pâle, tourmaline et lapis-lazuli. Étincelant. Les terres me rappelèrent le paysage que j'avais quitté – les ajoncs et les roches colorées par le lichen en Écosse, les falaises couvertes au sommet d'un tapis vert irlandais qui tombaient à pic dans la mer. Mais les faucons, les renards, les lapins et les daims qui peuplaient ces régions du Nord étaient ici remplacés par l'antilope, le bontebok avec leur face blanche (leurs cornes étranges torsadées vers l'extérieur et leurs oreilles incurvées) et le zèbre des montagnes vint nous saluer, le bruit de nos chariots l'ayant faire sortir de sa cachette.

Alors que nous avancions, je vis de magnifiques bonteboks,

semblables à des danseurs de ballet, jaillir des broussailles ; Lord Somerton et nos pisteurs remarquèrent que ces créatures étaient bien moins nombreuses que par le passé. Surchasse, d'après lui. « Vous pourriez sans doute les protéger », dis-je. « De fait », répondit-il. Il dit qu'il s'en chargerait et le soir même, il dictait une proclamation à son secrétaire. La parole de cet homme pouvait changer le monde.

Les premiers jours laissèrent une impression de vacances, comme si nous étions partis en pique-nique, pressés de nous retrouver le soir pour partager le vin, la viande séchée, les fruits frais et les légumes apportés des Jardins de la Compagnie, et pour discuter de tout ce que nous avions vu dans la journée – le terrain qui se modifiait, la beauté luxuriante des vignes de Constantia, la lumière sur les montagnes, les oiseaux et les bêtes, les fleurs inconnues. Nous mangions des poissons pêchés à la lance et des écrevisses rôties au-dessus d'un feu, puis salées et beurrées ou huilées. Des springboks. Puis le groupe bifurqua vers le nord-est pour traverser en ligne droite les plaines rocailleuses qui s'étendaient à l'est de la rivière Fish.

Au bout d'une semaine, nous ne parlions presque plus le soir, épuisés par les longues distances parcourues chaque jour, conscients que le chemin était encore long. Nous sombrions dans un silence plus intime près du feu, protégés par les gardes armés prêts à tirer sur les hyènes ou les lions attirés par l'odeur de viande en train de cuire. À l'occasion, nous reprenions le fil de nos vieux débats, les différences entre les hommes et les femmes, entre les Européens et les Africains. J'essayai d'interroger le gouverneur sur sa stratégie car je m'inquiétais de le voir mettre tous ses espoirs dans la capacité du roi africain à maîtriser son peuple. Si j'avais un jour affirmé que les hommes et les femmes étaient moins différents qu'il n'y semblait, je soutenais désormais le contraire : que l'ordre britannique militaire ne serait peut-être pas reconnu par les hommes de ces tribus.

Les hiérarchies qu'il tenait pour acquises, insistais-je, n'étaient pas naturelles, mais le produit d'une culture. Un point qu'il refusait de me concéder.

Comme tous les hommes, Lord Somerton aimait le son de sa propre voix. Il dissertait y compris autour d'un feu de camp. L'un des grands plaisirs qu'il y avait à vivre une existence d'homme était de ne pas avoir à écouter les hommes en silence. Ils sont peu nombreux à apprécier le son d'une autre opinion que la leur ; je n'hésitai pas à avancer la mienne.

Un soir, alors que nous discutions des droits des femmes, il dit : « Mon Dieu, Perry, vous allez bientôt réclamer qu'elles aient le droit de vote.

– Et pourquoi pas ?

– Leurs émotions seraient de mauvais conseil, déclara-t-il en jetant une brindille dans le feu.

– Plus que chez un homme ?

– Évidemment.

– Ses émotions n'ont pas empêché Élisabeth de devenir reine.

– C'était un fils en habits de fille.

– N'est-ce pas le cas de toutes les filles ? »

Somerton me regarda avec une expression à mi-chemin entre l'incrédulité et l'amusement.

« Vous faites partie de cette catégorie on ne peut plus dangereuse, docteur : celle des idéalistes.

– Un homme ambitieux *sans* idéaux est sûrement plus dangereux, ne croyez-vous pas ?

– Vous faites erreur : la ferveur de l'idéaliste brûle d'abord en son sein et finit par réduire les autres en cendres.

– Le stratège n'est certainement pas moins pyromane. Et la cause qu'il défend est sans doute moins juste.

– Discours d'idéaliste. »

Je soupçonnais son cynisme de n'être qu'un vernis – l'habitude de la *hauteur*, du rang et du deuil. Je savais qu'il avait affiché une proclamation l'année précédente pour que l'esclavage cesse de se répandre au Cap. Il ne pouvait pas abolir cette pratique abominable, mais son action s'en approchait : il créa un registre de toutes les personnes en esclavage afin qu'aucune personne libre, affranchie ou ayant acheté sa liberté ne puisse être remise en esclavage comme beaucoup de maîtres voulaient le faire. Il créa également une école pour les enfants esclaves qui seraient affranchis à la fin de leurs études. C'était un homme de principes, même s'il s'efforçait de le dissimuler.

Je croyais savoir quel genre d'homme il était : de ceux qui croyaient que protéger les plus vulnérables relevait du devoir des puissants, un devoir trop souvent négligé. *Noblesse oblige.* Il était d'avis que les arguments en faveur de l'affranchissement feraient plus de mal que de bien ; que les femmes, les enfants, les indigènes et les esclaves exigeaient assistance et protection, mais pas le fardeau de droits qu'ils n'étaient pas prêts à porter ;

qu'ils seraient mis en difficulté par ceux qui souhaitaient les aider. Je savais pourtant qu'il avait tort. J'en étais la preuve. *Quod erat demonstrandum. CQFD.*

Le jour, je chevauchais aux côtés du gouverneur et de son aide de camp à la tête de la caravane. Nous parlions de moins en moins, bercés par la routine et la chaleur tandis que nous traversions le désert sablonneux du Karoo ; j'étais de plus en plus conscient des corps autour de moi – leur poids et leur odeur, la chair du cheval et de l'humain. Le temps s'étirait et tourbillonnait.

Le soleil de février était haut et brûlant, les ombres rapetissaient sous nos pieds, l'horizon pareil à une onde de chaleur ; bercé par le rythme lent du cheval, mon esprit partait en quête de l'ombre portée en d'autres lieux et d'autres temps. Un matin tôt, approvisionner les étagères dans le magasin de mon père à Cork où les moutons de poussière attrapaient la lumière du soleil et où l'humidité fraîche de la réserve à bois était aussi plaisante qu'un jardin clos dans son intimité ; lire allongé sur un canapé en cuir dans la bibliothèque de Lord Basken, une légère brise de juillet entrant par les fenêtres ouvertes. Mes pensées se tournaient de plus en plus vers Lord Somerton : ce qu'il avait dit, son dos voûté quand il se penchait sur une bassine pour sa toilette, sa façon de monter à cheval le matin, les mollets contractés.

Pour les faire cesser, je me mis à effectuer une partie du trajet quotidien à pied, ce qui me permit aussi de cueillir des plantes que je pourrais étudier par la suite. Je pris bientôt du retard, ma curiosité prenant le pas sur la prudence. J'éprouvais un désir à la limite de la gloutonnerie de connaître et d'identifier cette flore et d'en comprendre les propriétés – comme d'autres étaient avides de nouer de nouvelles relations.

Lord Somerton se moquait en disant que je n'étais pas capable de rester en selle. Ma curiosité semblait amuser les guides qui, toutefois, se mirent bientôt à me parler.

J'avais alors la passion de nommer les choses – m'ayant rebaptisé et, par là, m'étant recréé. Les noms possédaient une qualité incantatoire, presque magique. Ce n'est que plus tard, bien plus tard, que je prendrais conscience de leur part d'horreur, de leur pouvoir de fixer et contenir, de diminuer et délimiter : une personne est qualifiée d'*homme* ou de *femme* et nous croyons savoir qui est devant nous, mais est-ce vraiment le cas ? Nommer les frontières d'un territoire – en définir les termes dans un traité – et ce qui affirme apporter la paix se transforme en motif de conquête et de guerre.

Un nouveau nom m'avait donné ma vie, mais un nom m'avait aussi effacé. Avait dissimulé la vérité. M'avait coûté. Je n'avais pas encore saisi combien cet avertissement était vrai : c'est à l'instant où nous le nommons paradis que nous le perdons à jamais. Nommer nous sépare, nous éloigne de ce que nous avions été. Quand plus tard on me parla d'une tradition tribale où l'enfant ne recevait de nom qu'après avoir passé sa première année, cela me sembla sage – pas seulement parce qu'un bébé pouvait mourir et que nommer est une sorte de revendication qui rend le détachement plus difficile, mais parce que, sans nom, un enfant fait encore partie de nous, il est inséparable.

Je posai beaucoup de questions aux porteurs et pris encore plus de notes. « Pas toucher », leur arrivait-il de dire à propos d'une plante épineuse ou toxique, ou « bon pour la fièvre et le thé ». Ma présence finit par les désintéresser et ils me prêtèrent aussi peu d'attention que si j'étais l'un d'eux. Une obscurité merveilleuse.

Mais Lord Somerton ne s'habitua pas à mes retards. Ma collecte obsessionnelle et mon classement en route l'irritaient. Il se mit à me harceler de questions, chevauchant à côté de moi, soulevant un nuage de poussière étouffant, tandis que je marchais derrière la troupe.

« Par Dieu, docteur, que cherchez-vous donc ? Êtes-vous devenu jardinier ?

– Les plantes médicinales pourraient s'avérer d'une aide inestimable pour traiter la population locale, répliquai-je en levant le nez des feuilles et des racines que j'avais cueillies. Les climats tropicaux offrent une véritable pharmacopée. »

Il suggéra que si je voulais en savoir plus sur les plantes locales, je ferais mieux de consulter un fermier : « Ils savent tout ce qu'il y a à savoir sur les plantes de la région et leurs usages. Peut-être préféreriez-vous consulter un sorcier ? »

Il essayait de grimer son irritation en amusement, ses reproches en plaisanterie ; le désordre, la rébellion, le refus de rentrer dans le rang le contrariaient.

Je souris, refusai de mordre à l'hameçon de ce débat.

« J'ai appris qu'il valait mieux ne pas donner trop de crédit aux opinions des autres et se forger la sienne, dis-je avant de citer la phrase de Sir Astley Cooper : “La vérité d’un principe doit être confirmée par l’observation” est mon mot d’ordre.

– Et quelle opinion vous êtes-vous formée de moi ?

– Vous êtes un cas fort complexe. Je ne suis pas encore parvenu à une conclusion. »

Il rit.

« Prévenez-moi quand le diagnostic aura été posé. »

Il donna un coup d’éperon à son cheval et partit au petit galop malgré le terrain accidenté.

Avec le temps, je me liai avec un jeune Khoi-khoi chargé de mener un bœuf par sa corde pour lui faire garder le rythme. L’enfant ne devait pas avoir plus de six ans, mais il affichait une expression adulte troublante et avait de grands yeux pensifs qui m’observaient avec une attention déconcertante que je cherchais à détourner par des questions sur les plantes que nous croisions.

« Pourquoi vous voulez savoir ? me demanda-t-il.

– Elles pourraient être utiles.

– Elles aident déjà.

– Tu veux bien me montrer ? »

L’enfant ne répondit pas, mais en marchant, il m’indiqua des plantes d’un mouvement de la tête et parut amusé de me voir me précipiter pour les cueillir. « Soigne la fièvre » ; « Bon thé » ; « Rafraîchit » ; « Fortifie l’estomac ».

Plus tard, une fois à l’arrêt, j’apportai du lait de chèvre et des fruits secs au garçon, du vin pour son père qui était porteur ; près du feu des porteurs, nous discutâmes de ma chèvre, de

Londres et de médecine. Je leur montrai mon épée ; les talons rouges de mes bottes les firent rire.

L'enfant – dont j'appris qu'il se prénommait Pearl – tendit la main pour me toucher la joue, prononça des paroles dans une langue inconnue.

« Il dit : "Vous n'avez pas de barbe", traduisit le père.

– C'est à la mode d'avoir des joues lisses. »

Le père se fit une fois de plus l'interprète.

Sceptique, le garçon me regarda en plissant les yeux et ajouta autre chose. Personne ne traduisit, et je ne posai pas de question.

La nuit, je défaisais mes bandages dans ma tente. Ma peau dégageait une odeur âcre. Elle était douloureuse au toucher autour de mes côtes et de mes seins – en sang, cloquée, couverte de pus là où le tissu frottait. Par le passé, j'avais pu avoir l'impression que mon habit s'approchait d'une étreinte, un lien fiable qui me rattachait au monde ou à ma réputation comme Ulysse à son mat, mais dans la chaleur tropicale de ce périple de trois mois, il se mit à m'étouffer. Je développai des plaies ouvertes là où le tissu frottait trop quand je chevauchais, une ligne de démarcation sanglante sur mon sternum et sous mes côtes. On enlevait au moins leurs sangles aux chevaux ; à moi, presque jamais. Je pourrais être appelé au milieu d'une nuit froide, découvert à la lueur d'une lampe.

J'essayai de serrer les bandages davantage pour les empêcher de bouger quand j'étais à cheval ou à pied, mais cela ne fit qu'entraîner des maux de tête fulgurants, une douleur permanente au niveau de la poitrine et du cou ; j'avais peur de m'évanouir. J'ajoutais une épaisseur dans l'espoir que le sang ne salisse pas ma chemise, n'imbibe le tissu.

Pendant la journée, je surveillais l'humeur de Lord Somerton autant que le temps, à l'affût du moindre signe de changement. Alors que nous ralentissions et que la chaleur de l'été s'intensifiait, je craignais que sa mauvaise humeur n'empire et que nous en fassions tous les frais. Nous avions déjà pris du retard, avait prévenu l'aide de camp, Josias de Cloete, compromettant notre rencontre avec le roi des Xhosas.

Nous voyagions depuis plusieurs semaines quand un char à bœufs tomba du haut d'une berge asséchée. Son essieu se brisa, stoppant net notre progression déjà lente sous l'impitoyable soleil d'été. Lord Somerton voulut s'arrêter pour le réparer plutôt que de charger davantage les porteurs dans cette canicule meurtrière. Pendant que les hommes s'activaient autour du chariot que nous ne pouvions pas nous permettre d'abandonner – car il croulait sous les provisions –, la chaleur miroitait sur l'horizon.

Et cette unique journée de répit suffit à rendre sa bonne humeur à Lord Somerton. L'opportunité de chasser qui offrirait une distraction et de la nourriture à notre énorme caravane était source d'une joie infinie pour lui. Il me proposa de l'accompagner, mais je déclinai.

Le petit garçon accepta d'arpenter la zone de bivouac avec moi afin de cueillir des plantes.

Je n'avais jamais voulu d'enfant, avais vu trop de femmes souffrir durant l'accouchement, mais j'aimais tant ce garçon qu'il faisait presque vaciller mes convictions. On aurait dit un homme miniature, sérieux et grave. Quand je parlai de lui à Lord Somerton ce soir-là, ce dernier fronça les sourcils, ne l'ayant pas remarqué. J'éprouvais un tiraillement chaque fois que je le voyais, surtout quand il se débattait pour faire avancer le bœuf sur le sol pierreux ; j'avais envie de le protéger, de l'aider. Mais je savais que je ne pouvais pas intervenir, que cela fragiliserait la position de son père, la sienne, que les autres risquaient de le voir comme un frein plutôt que comme un soutien.

Je ne devais pas oublier que dans ce monde, personne ne m'appartenait et ne m'appartiendrait jamais.

Allongé dans ma tente la nuit sans pouvoir trouver le sommeil, je surveillais le bruit des pas – le crissement du gravier sous une botte ou un sabot – et j'étais pris de sueurs froides quand je dégainais mon arme, sachant que j'étais mauvais tireur ; parfois j'apercevais une ombre passer entre le feu et ma tente. Je décidai donc de dormir à la belle étoile où je me sentais plus en sécurité ; si un danger se présentait, je verrais au moins à quoi il ressemblait. J'avais moins peur des hommes, des lions ou même de la mort que d'être pris par surprise.

Cette nuit-là, j'avais quitté ma tente et installé mon lit de camp dehors malgré la pleine lune qui baignait ma couverture d'une lumière argentée, quand j'entendis du bruit tout près et, me redressant, trouvai Somerton au pied du lit.

Heureusement, je n'avais pas retiré ma chemise, mes bandages ou ma culotte.

« Vous êtes sorti vous promener ?

– J'avais du mal à dormir », répondit-il.

Je savais qu'il ne valait mieux pas lui demander s'il s'inquiétait pour l'expédition. Il me le dirait en temps voulu.

« C'est une nuit parfaite pour chasser le renard. » Il leva le regard vers le paysage argenté. « Ce soir, les animaux vont être de sortie pour aller chercher leur dîner.

– Pas vous, heureusement pour eux.

– Le malheur des uns fait le bonheur des autres. »

J'avais cru qu'il serait plus à l'aise en selle dans ces espaces à découvert. Mais ces derniers étaient menaçants pour un homme non armé. Pour qui n'a pas de cible en vue. Je compris que ce n'était pas le confinement qui faisait tourner Lord Somerton en rond dans son bureau, mais l'absence de gibier. Cependant, je ne l'avais jamais vu aussi heureux qu'ici, aussi détendu.

« Vous savez que les porteurs disent que vous êtes une sorcière, docteur Perry ?

– J'ai moins bonne presse auprès du *Courant* du Cap.

– On dit que ma famille descend du diable, du côté paternel.

– Mélusine, la fille du diable.

– Vous connaissez l'histoire ?

– Tous les écoliers d'Angleterre connaissent cette histoire, Votre Seigneurie.

– Vous y croyez ?

– Les hommes n'ont pas besoin du diable pour se montrer diaboliques, vous ne pensez pas ? »

J'avais beau résister à son prestige, le nom de sa famille était célèbre, le dernier des Plantagenêt qui avait autrefois régné sur l'Angleterre, le dernier des « rois guerriers » descendus du comte d'Anjou marié à la seule héritière qui restait à Henri Ier (dont on racontait donc qu'il avait couché avec Mélusine, la fille du diable). L'aïeul du gouverneur avait été sauvé du massacre perpétré par les Tudor après la guerre des Deux-Roses grâce à son statut d'enfant adultérin. Somerton se montrait donc d'une ouverture de bon aloi pour tout ce qui venait de l'extérieur, les exilés, les illégitimes. Mais cela n'entamait en rien son arrogance.

« Qu'en est-il de votre famille, docteur ? Vous n'en parlez jamais.

– Je n'ai pas grand-chose à en dire. Je ne suis pas issu d'une famille illustre.

– Les matrones du Cap disent que vous êtes le fils naturel du prince régent. »

Je sentis mes entrailles se nouer. Je ne savais pas que mes origines étaient un sujet de discussion. J'avais espéré, ce qui était ridicule, avoir laissé tout cela derrière moi.

Je gardai le silence.

« Ne vous inquiétez pas, docteur. J'aime les bâtards. Notre famille était... »

Rares sont les bruits aussi perturbants qu'un cri d'agonie dans la nuit. Celui qui mit un terme à notre conversation ne venait pas d'un animal, mais était étrangement humain. Les coups de feu qui suivirent le confirmèrent.

Quand nous arrivâmes sur place, le garçon était dans les bras de son père, un amas de sang et de poussière, une énorme lionne saignant à leur côté. Dans la confusion de phrases inachevées, nous apprîmes que l'enfant s'était éloigné pour vérifier que ma chèvre domestique allait bien. La lionne s'était jetée sur lui avant même que les chiens n'aient relevé son odeur et une seule balle avait suffi à abattre le fauve qui tenait encore l'enfant dans sa gueule. Seul son bras qu'il avait levé en travers de sa poitrine et de son visage l'avait empêché de souffrir davantage. Un coup à la tête lui avait fait perdre connaissance, par chance. Il avait les bras transpercés comme ceux de saint Sébastien, le visage bleui et ensanglanté d'avoir heurté le sol, mais par miracle, l'enfant vivait. Respirait.

Je n'avais aucun moyen de savoir pour combien de temps encore. Ni s'il se remettrait. Les blessures pouvaient être désinfectées, mais les lésions internes ne se révéleraient pas tout de suite ; il ne nous restait qu'à attendre.

« Il ne faut pas le déplacer », dis-je.

Lord Somerton ordonna la préparation d'un feu, des couvertures et la présence de gardes.

Pendant que les sentinelles s'occupaient du feu, le père s'accroupit près de son fils sur une couverture. Il était dans un état catatonique. Le regard fixe, silencieux. Je craignais qu'il ne veuille pas lâcher son enfant, alors même que cette étreinte risquait à tout instant d'aggraver son état. L'idée de les séparer m'horrifiait. Le garçon passerait peut-être la nuit, pensai-je, mais il ne survivrait pas au trajet du lendemain sur un terrain accidenté. Je lui fis avaler un flacon de laudanum pour calmer la douleur. L'enfant avait les yeux ouverts ; je n'osai les lui fermer comme ce simulacre de mort y invitait.

« Comment va-t-il ? demanda Lord Somerton.

– Difficile à dire. » J'avais lavé les plaies, les bras lacérés et la tête. J'ignorais de quoi d'autre il pouvait souffrir. « Le bouger pourrait le tuer. »

Le repos était essentiel. Mais je savais que la mission ne pouvait pas se permettre un retard supplémentaire.

« Nous resterons », déclara Lord Somerton.

J'étais trop surpris pour dire quoi que ce soit.

Contrairement à Cloete : « Votre Seigneurie, nous sommes déjà bien en retard…

– Nous resterons jusqu'à ce que le garçon soit remis. »

Nous savions tous que l'issue était incertaine. J'étais heureux qu'il ne le dise pas. Pour le bien du père, de l'enfant et le mien.

Tous les hommes sont hypocrites, les puissants plus encore. Mais l'hypocrisie de Somerton était plus louable : sa *hauteur* était trahie par une tendresse inattendue. Sa *froideur* cachait une grande profondeur de sentiments. On félicite les hommes pour leurs réserves de force, mais j'admirais ses réserves de sentiments, sa capacité à être ému – et transformé – par la souffrance des autres. Ses ennemis le trouvaient autoritaire, pensaient qu'il ne se refusait aucun luxe, des chevaux aux courses en passant par la chasse, mais la palette de ses émotions était vaste et il n'en avait pas honte. Il partageait la force des femmes et des saints. Cette nuit-là, il était dans la peine alors que cela allait contre ses intérêts, et pour cette raison, je me risquai à l'apprécier.

Une fois le garçon bien installé, je retournai au campement principal et son grand brasier pour donner plus d'intimité au père et au fils ; je resterais éveillé au cas où l'on aurait besoin de moi. Je fus reconnaissant au gouverneur de se joindre à moi. Reconnaissant qu'il ne demande pas quelles étaient les chances de survie du garçon.

Lord Somerton me parla plutôt de son enfance à Badminton. Les dîners quotidiens avec deux cents invités. L'organisation des chasses à courre.

« Il paraît que votre famille a inventé ce sport », dis-je.

Il fronça les sourcils, refusant la flatterie.

« Nous n'avons fait que le populariser. »

Nous nous tûmes, perdus dans nos pensées respectives jusqu'à ce que la lune se couche, dans l'attente que l'état du garçon évolue.

« Vous ne pensez jamais au mariage, docteur Perry ? » demanda le gouverneur à l'approche de l'aube.

La question me déstabilisa. Il devait savoir que je n'étais pas la bonne personne pour sa fille.

« Bien sûr, dis-je. Tout le monde pense au mariage. J'ai assez de bon sens pour ne pas m'y conformer. »

Il ne rit pas.

« Vous ne vous sentez pas seul ?

– Quel homme ne l'est pas ? Pour ce que j'en ai vu, le mariage n'est pas le remède le plus efficace à la solitude.

– À moins que le mariage soit heureux. »

Je ne répondis pas.

« Nous nous sommes enfuis, Elizabeth et moi. Elle avait seize ans, moi pas encore vingt. Malgré le scandale, ce fut la meilleure décision que j'aie jamais prise.

– Elle doit vous manquer terriblement.

– Le plus difficile est de se guérir de l'espoir. Je m'imagine parfois que si je fais preuve de patience, elle reviendra. Comme si c'était un test. Sauf qu'elle ne reviendra jamais. Avez-vous déjà perdu quelqu'un, docteur ? »

Je voulais lui dire la vérité, me livrer à quelqu'un, parce que je souffrais de tout ce qui était passé sous silence ; les non-dits me meurtrissaient la peau, comme les bandages dont je m'enveloppais la poitrine chaque matin me mortifiaient la chair.

« Non », dis-je.

Il hocha la tête.

« Georgiana lui ressemble tant. Il m'arrive de me retourner et en la voyant, de penser que c'est mon Elizabeth, mais bien sûr, ce n'est pas le cas. On ne peut aimer comme cela qu'une fois dans la vie.

– La plupart des gens ne connaissent même pas cela une fois.

– Et vous ?

– J'ai passé plus de temps à ouvrir des corps qu'à les enlacer.

– Par choix.

– Par nécessité.

– Un homme a besoin de travailler. Et d'une raison pour travailler ?

– Il y a eu quelqu'un une fois, dis-je en pensant au général Mirandus, à ma mère et ma sœur. Mais je ne suis pas un homme très facile à vivre.

– Les hommes le sont rarement. Les femmes semblent s'en accommoder.

– De fait. »

Il posa la main sur mon épaule et je sentis un courant passer entre nous, aussi subtil qu'un parfum ; le temps d'un instant, je crus une fois de plus qu'il savait. Mais il se contenta de me donner une tape dans le dos avant de se lever.

« Reposez-vous ou vous tomberez de cheval quand on reprendra la route. Vous êtes au courant, docteur, que les porteurs ont parié sur le moment où vous chuterez.

– Vous avez misé ?

– J'aime les paris et je ne rate jamais une occasion facile de gagner. »

Avec le recul, je crois que mon amour pour Somerton naquit cette nuit-là. Ce n'était pas l'amour qu'on entend dans les ballades ni celui qu'on lit dans les romans, mais quelque chose de moins ordinaire, ancré dans ce lieu particulier. Comme les plantes que je cueillais. Il y a un amour plus grand que le désir physique, qui n'est pas non plus celui des moines ou des saints, mais extrême et tendre dans sa retenue. Je l'aimais comme s'il était mon père ou mon frère. Mon seul ami ou presque.

J'aimais chez lui cette qualité très rare parmi les hommes, plus rare encore entre les hommes et les femmes – l'égalité. Malgré notre différence de rang, il me traitait comme un confident, avec cette manière ouverte, franche et spontanée qu'il affichait quand il chassait. Je pouvais être enjoué et direct parce que lui l'était. J'avais aimé Mirandus, mais il possédait l'arrogance dure de celui qui est fait pour plier l'Histoire à sa volonté ; pour lui, *tout* était calcul – la moindre conversation, démonstration de gentillesse faisait partie d'une stratégie. Y compris mon éducation ; je le savais à présent ; peut-être l'avais-je su à l'époque. Je serais son instrument. J'avais eu la chance d'échapper à ce destin, même si perdre sa compagnie avait été mon premier deuil. Mon premier grand chagrin.

Avec Somerton, il n'y avait aucun calcul, mais une belle hauteur de vue, comme depuis le sommet des montagnes ou la crête des vagues – une grâce naturelle destinée à devenir une force sans le vouloir. Il façonnerait l'Histoire non par ambition personnelle, mais parce que c'était un plaisir d'être dans le monde et d'en faire partie. Peut-être les titres comptaient-ils peu parce qu'il était un fils puîné. Mais je crois que ce n'était pas la raison principale. Il était un de ces aristocrates qui jugeaient les hommes en fonction de leurs qualités, de leur caractère et non de leur rang, de leur stature, de leur réputation, de leur richesse ou de l'utilité qu'ils pourraient avoir pour eux.

Il pouvait être blessant, méprisant, facilement cruel avec ceux dont il considérait qu'ils ne méritaient pas sa courtoisie. Il était affreusement snob. Je l'avais vu renvoyer des imbéciles et des flagorneurs. Et il était vaniteux. Aimait les ragots. S'accrochait trop longtemps à des opinions ridicules parce qu'elles lui étaient chères, ou parce qu'il les avait entendues de quelqu'un qu'il respectait. Mais il aimait ses enfants, ses chevaux, ses chiens et ses amis. Il avait une autorité naturelle, savait quelle place il occupait dans l'Histoire, qu'il appartenait à une lignée ancienne qui se prolongeait dans l'avenir, avait beaucoup plus conscience de sa mortalité que la plupart des gens – soldats compris. En bref, c'était un homme digne de ce nom. Et pendant un temps, nous fûmes amis. Jusqu'à ce que le monde s'interpose entre nous.

Je ne fermai pas l'œil pendant deux nuits ; je restai avec le garçon khoi-khoi et son père, dans l'attente d'une éventuelle amélioration. À ma plus grande surprise et sans que j'y sois pour quoi que ce soit, Pearl revint à lui à la fin du deuxième jour ; il put remarcher au bout du troisième. Bien que très amoché, il ne montrait aucun signe de lésions internes comme je l'avais craint – il ne perdait pas de sang et n'en crachait pas non plus. La réaction rapide de la sentinelle et son tir précis avaient sauvé la vie de l'enfant. Après quatre jours de repos, nous reprîmes notre périple vers l'est. Le garçon voyageait à bord d'un chariot, le bœuf et la chèvre attachés derrière. Je les suivais lentement à pied.

Après six semaines de voyage, le soulagement que nous éprouvâmes en arrivant à Knysna déferla sur le groupe comme une agréable brise marine. Nous entendions les porteurs rire, chanter ; même Lord Somerton sembla de meilleure humeur. En descendant vers le lagon que bordait Knysna, j'eus à nouveau l'impression étrange de me trouver dans la campagne anglaise – les collines d'un vert de lierre et l'eau indigo m'évoquaient un village côtier de Cornouailles.

En contrebas, alors que nous nous dirigions vers la propriété de George Rex où nous allions séjourner, des pentes douces richement boisées enlaçaient doucement le lagon comme des bras en pleine étreinte – deux falaises de grès gardaient l'entrée de l'océan Indien. Je songeai que je n'avais rien vu d'aussi charmant.

George Rex était homme à s'installer dans un lieu reculé pour se réinventer. En cela, il me ressemblait beaucoup. Et il m'était antipathique – alors même que nous profitions de son hospitalité. La rumeur disait qu'il était le fils illégitime du roi George III, une rumeur que je le soupçonnais d'encourager dans son ambition d'acquérir un domaine royal. Il prétendait avoir fait fortune grâce au bois de construction, mais je devinais qu'il y avait du vrai dans les histoires affirmant qu'il comptait parmi ceux qui profitaient encore du commerce d'êtres humains pourtant illégal depuis peu. Néanmoins, nous nous abandonnâmes aux longs bains chauds et plus tard, nous savourâmes les boissons fraîches servies sur la véranda qui donnait sur la baie. Le dîner se composa de fruits frais, de gibier, de poisson et de fromages importés de France – certains racontaient qu'ils avaient été chapardés. Vantard, menteur et voleur, Rex ne se préoccupait que de son pouvoir et de son enrichissement. C'était un individu sans principes, une demi-portion qui se faisait passer pour un être complet. Choquant, répugnant, fascinant.

Alors que nous fumions après le dîner, les silhouettes semblaient voltiger entre les branches des arbres au-dessus de nous, et quand je levai les yeux, je vis un singe vervet qui m'examinait, son regard pensif déroutant, son visage sombre surmonté d'une couronne de fourrure grise. Il me jeta une brindille, bondit sur une autre branche. J'avais repris le fil de la conversation quand j'entendis un hurlement ; Miss Somerton agitait les mains autour de ses cheveux et levait les yeux vers l'arbre contre lequel elle était appuyée un instant plus tôt.

« Le voleur, le petit voleur.

– Que se passe-t-il ? » hurla son père.

Il se leva et sortit son arme.

« Ce vilain singe m'a volé mon raisin ! »

George Rex partit d'un rire généreux et dit : « Il nous en reste beaucoup ! »

Il tapa dans ses mains pour appeler un domestique.

Je me demandai si Rex s'identifiait au singe voleur. Je ne l'aimais pas, mais je ne pouvais pas m'empêcher de l'observer. Il avait la prodigalité de celui qui a l'habitude de perdre beaucoup avant de gagner énormément, l'extravagance ostentatoire du joueur. Il était difficile d'aimer un homme pareil, encore plus difficile de lui faire confiance. Le sentiment, soupçonnais-je, était mutuel.

« Et vous, docteur Perry. Qu'est-ce qui amène un homme tel que vous au Cap ? Vous semblez plutôt fait pour…

– C'est moi, dit Somerton, mettant un terme aux spéculations de notre hôte. Je ne peux pas me passer de lui. »

Cette déclaration me prit par surprise.

« En effet, j'ai entendu dire que vous faites des miracles. »

Rex s'enfonça dans son fauteuil.

« Dans le monde civilisé, le simple bon sens est rarement perçu comme miraculeux », dis-je.

Il rit de cette insulte flagrante.

« Vous devez nous trouver bien rustres.

– Assez peu. Beaucoup moins que ceux qui peuplent la caserne de Chelsea. »

Apparemment, j'étais le seul à ne pas aimer Rex. Lord Somerton semblait ravi d'apprendre que l'on pouvait chasser cinq espèces d'antilopes et de cochons du bush sur l'énorme propriété, ainsi que des guépards. Georgiana était fascinée par les éléphants de forêt.

Ayant aperçu d'étranges oiseaux sur le chemin (dont un d'un bleu irisé dont la poitrine, la crête et la tête étaient vertes, les yeux cerclés de rouge et le bec aussi éclatant que les talons de mes bottes), j'avais hâte d'explorer la forêt le lendemain – jusqu'à ce que Rex me dise que plus de vingt espèces de serpents y vivaient. Mon expression dut trahir mon désarroi.

« Ne vous inquiétez pas, docteur, dit Rex tout en mâchonnant le bout d'un cigare. Seuls cinq ou six sont venimeux. »

Il adressa un clin d'œil à Miss Georgiana ; je crus la voir rougir dans la lumière de la lampe.

Quand Rex proposa de lui faire faire le tour du jardin le lendemain, ou de l'emmener en canot vers les falaises pour un pique-nique, j'eus du mal à déterminer s'il voulait la séduire ou m'agacer.

Ce soir-là, il offrit de lui montrer les étoiles et la prit par le bras pour la diriger vers un télescope installé sur une plateforme en bois. Je les entendais parler tout bas, vis Rex entourer Miss Somerton de ses bras afin de stabiliser la lunette pour elle, lui indiquer où porter le regard. J'espérais que Lord Somerton émettrait une objection, mais dans l'obscurité de plus en plus épaisse, il semblait apaisé, faisant durer son whisky de dix-huit ans d'âge auquel je trouvais un goût de mer et de fumée, comme un cigare détrempé.

Quand Georgiana s'exclama, ce fut de joie. « On voit les anneaux, dit-elle en revenant vers nous. Et les cratères sur Jupiter. »

Même si je brûlais d'envie de faire une remarque, je savais qu'on se tromperait sur mes intentions, que l'on me prendrait pour un soupirant jaloux. Je restai donc muet et gardai ma détestation de cet homme pour moi. J'espérais que Georgiana remarquerait comme moi la femme avec qui Rex se retira cette nuit-là, comme il le ferait tous les autres soirs – une belle et jeune esclave à la peau sombre. Ce n'est que plus tard dans l'au-delà, où tout se sait sans qu'on puisse rien y faire, que j'apprendrais que Rex coucherait ensuite avec la fille de cette même esclave, fille qui poussait déjà dans son ventre à ce moment-là. Engrossant sa propre enfant.

De la rencontre avec le roi africain, il y a peu à dire : comme tant de choses dans la vie, l'objectif affiché n'était qu'une note de bas de page par rapport à ce qui comptait vraiment. Le spectacle public était éclipsé par les petites questions privées – une tasse de thé, l'odeur de la fumée, la myriade de perceptions en une seule journée, la naissance de l'amour et de l'antipathie entre nous, le poids de ce chargement.

Les tapis persans que nous avions apportés dans l'Est furent déroulés et les chaises disposées en demi-cercle sur la rive gauche de la rivière. Autour de nous, des soldats armés se tenaient au garde-à-vous pendant que nous nous reposions et en attendant que le roi de Ngqika vienne à nous. Bien sûr, il n'en fit rien. Il s'imaginait que nous lui tendions un piège, et d'une certaine façon, il n'avait pas tort, même si je ne m'en étais pas rendu compte à l'époque. Un piège de courtoisie.

On finit par convaincre le roi d'effectuer la traversée pour nous voir. Pour la peine, on lui offrit quelques babioles – des châles, des chaussures, des boutons, un miroir, un excellent cheval gris. Un interprète lui déroula nos arguments – la demande de ratification d'un traité qui garantisse la sécurité des colons de la région. Le roi xhosa était manifestement mal à l'aise, acquiesçant chaque fois qu'on attendait de lui qu'il s'engage à protéger les colons contre les raids, mais concluant toujours par un flot de paroles qui paraissaient contredire ce qui avait précédé.

L'interprète, un Xhosa, tenta de traduire ses propos, mais peut-être ne maîtrisait-il pas assez l'anglais ou craignait-il de nous déplaire. Ce n'est que plus tard qu'un des porteurs parlant un peu la langue de la tribu éclaira ma lanterne : le roi protégerait les colons, mais il ne pourrait pas donner d'ordres aux autres comme les Anglais le faisaient avec leur peuple. Il n'était qu'un roi parmi d'autres. Il n'avait pas d'ordres à donner comme nous n'avions pas d'exigences à avoir.

Mais nous en avions quand même. Nous voulions ce qu'il ne pouvait pas nous donner. Il accepta nos cadeaux par politesse, un signe de bonne volonté qui ne garantissait rien. J'en étais conscient, mais n'étais pas sûr qu'il en allait de même pour Lord Somerton. Quand je parlai avec lui en revenant à Knysna, il parut indifférent. Le roi lui avait donné sa parole. C'était là le plus important. Quand cette brève entrevue servit à justifier une guerre de frontière et la saisie des terres des Xhosas, je compris que nous n'étions pas venus chercher la parole du roi, mais le genre d'accord qui ne manquerait pas d'être rompu et fournirait un excellent prétexte à la puissance anglaise pour s'imposer. Ainsi que le ferait Lord Somerton quelques années plus tard. Ce serait le premier des nombreux assauts qui serviraient de fondation à cet État-nation.

Il fut difficile de quitter Knysna – sa beauté luxuriante, ses nombreux conforts – pour effectuer le long et pénible trajet jusqu'au Cap. Mais je m'inquiétais pour Georgiana, et les efforts toujours plus soutenus de Rex pour attirer ses grâces alors même qu'il était manifestement pris ailleurs. Si l'on juge un homme à sa fortune, il aurait sans doute été un bon parti ; ce n'est pas moi qui aurais dit le contraire. J'attendais donc notre départ avec impatience, mais à la veille du retour, Rex insista pour que nous restions un jour de plus. Il proposait de nous emmener dans un canyon tout proche où, dit-il, « il y avait des choses que le docteur devrait voir » avant de partir. J'étais apparemment le seul à vouloir décliner la proposition.

Si bien qu'avant d'entamer notre périple de plusieurs semaines, Georgiana, Rex, Somerton et moi prîmes la route avec un pisteur en direction d'un canyon situé au nord-ouest de Knysna, à une matinée à cheval de là. Notre pisteur xhosa s'était manifestement pris d'affection pour moi au cours de notre voyage vers l'est (ou, du moins, du lait de chèvre que j'avais partagé avec lui) et tandis que nous chevauchions, il tenta de me remonter le moral en me donnant le nom des plantes que nous croisions. Mais mon esprit était oppressé par la conversation ridicule entre Georgiana et Rex.

Le canyon irradiait d'une belle lumière de fin de matinée, ses parois de grès teintées d'or. Devant nous, visibles au-dessus des falaises, s'élevaient de hauts sommets montagneux. Au signal du pisteur, nous mîmes pied à terre, les chevaux furent attachés, et il nous conduisit sous un affleurement rocheux à une douzaine de mètres de là qui s'avançait au-dessus d'une grotte et formait une espèce de toit bas et long, à peine assez haut pour que Lord Somerton y tienne. Mes yeux mirent du temps à s'adapter à la pénombre et quand je retrouvai la vue, le mur devant moi passa de l'or au rouge, de l'élément solide à l'élément liquide, en mouvement, une peau palpitante et tachetée de couleurs – je ne compris pas tout de suite ce que je voyais : des empreintes de mains humaines rouges comme le sang qui couvraient le mur face à nous et le plafond. Un frisson me parcourut. Aucun de nous n'ouvrit la bouche, mais un bourdonnement monta à mes oreilles comme si ces empreintes étaient moins des images que des sons, chacune représentant une voix, une note, parlant d'un temps hors du temps. À croire que nous venions de nous faufiler à l'intérieur d'un corps vivant, son cœur tonnant sous nos yeux.

De retour sous le soleil, la chaleur fut un réconfort et nous nous mîmes à parler rapidement de la beauté des pétroglyphes ; Rex disserta sur les hypothèses concernant ceux qui les avaient réalisés et pourquoi. Le soleil était désormais haut dans le ciel et nous décidâmes d'un commun accord de déjeuner avant de rentrer. Georgiana disposa une nappe sur un grand rocher plat autour duquel chacun de nous s'installa avant d'attaquer la viande fumée, les fruits, les petits pains frais et le vin.

Nous nous attardions dans une délicieuse brume de contentement gustatif quand j'entendis Georgiana pousser une exclamation apparemment ravie.

J'ouvris les yeux et, sur les rochers au-dessus de nous, je vis une demi-douzaine de daims couleur fauve, aussi petits que des chiens, bien plus petits que les chiens de chasse de Lord Somerton. Ils n'étaient pas plus hauts que mon genou et possédaient de minuscules cornes, des lèvres et des yeux noirs énormes, et se dressaient sur le bout de leurs sabots telles des ballerines ongulées.

« Qu'ils sont jolis ! murmura-t-elle.

– Des oréotragues », dit Rex dans un bâillement, en s'allongeant sur le rocher.

Le pisteur sourit.

« Umvundla », dit-il à Georgiana en acquiesçant en direction des créatures.

Il remua les mains au-dessus de sa tête pour imiter les oreilles d'un lapin. Et rit.

« Les Xhosas les appellent lapins, expliqua Rex sans daigner rouvrir les yeux.

– Oh, père, est-ce qu'on pourrait en rapporter un à la maison ? demanda Georgiana. S'il te plaît ?

– Bien sûr, dit Rex avant Lord Somerton. Une belle femme devrait avoir tout ce qu'elle désire. »

Georgiana sourit à cette flatterie manifeste.

« Je n'y vois pas d'inconvénient », dit Lord Somerton.

Le pisteur eut l'air déstabilisé mais il ne fit aucun commentaire. On discuta de la façon de capturer l'antilope miniature et de la transporter jusqu'à ce que je demande au pisteur ce qui lui semblait le mieux et il expliqua que l'animal ne supporterait pas le voyage.

« Cela lui briserait le cœur d'être séparé de ses congénères. Ils s'accouplent une fois et pour la vie. »

Rex ne s'avoua pas vaincu.

« Dans ce cas, on en prendra deux.

– Et comment saurez-vous lesquels sont ensemble ? demandai-je. À moins que vous n'ayez cure de la fidélité ? »

Rex ouvrir un œil et me regarda.

« Et vous, docteur ? Vous n'avez pas une petite femme cachée quelque part ?

– Je ne suis pas un homme à marier.

– Mais si vous trouviez la bonne personne…

– Aucune femme ne pourrait convenir à un homme comme moi. Certains hommes ne sont pas faits pour le mariage. »

Rex jeta un coup d'œil à Georgiana qui gardait les yeux baissés et dont les mains tremblaient en remballant notre déjeuner.

« Je ne suis pas sûre que toutes les femmes soient de cet avis.

– Si elles me connaissaient bien, elles le seraient. »

Cette nuit-là, traînant sur la véranda jusque tard après le dîner, discutant et regardant les étoiles, j'entendis un chant mélancolique monter de la forêt, un son d'un autre monde comme si les arbres eux-mêmes se lamentaient.

« Mon Dieu, qu'est-ce qui peut bien faire ce bruit ? demanda Lord Somerton.

– Les esclaves des champs chantent, dit Rex comme si c'était un hommage, une performance donnée pour le divertir. Personne ne pourra me convaincre que les esclaves souffrent quand ils chantent si bien et si souvent.

– On dirait un chant funèbre, remarquai-je.

– Comme les chants grégoriens », répondit Rex.

Le hurlement d'une femme provenant de la maison me fit me lever d'un bond. Je suivis le bruit sans prêter attention aux paroles de Rex derrière moi (« Ce n'est rien, docteur ! »). Je n'étais pas courageux, ainsi que le dirait Georgiana plus tard ; je craignais simplement ce que je pourrais trouver si je réagissais trop lentement. J'avais entendu parler des terribles accidents domestiques qui avaient lieu sur ce genre de domaines : un bébé tombé dans une marmite de soupe qui ne survivait pas à ses brûlures ; un cuisinier qui perdait un doigt après un mauvais coup de hachoir, ou pire encore.

Quand j'arrivai à la maison, je poussai la porte en bois de l'autre côté de laquelle me parvenaient les hurlements, et me figeai sur le seuil de la cuisine. Ce que je vis parut impossible : une femme suspendue en l'air, la peau sombre dans la pièce encore plus sombre, accrochée à une poutre, de la corde lui liant les poignets, les épaules en sang là où un coup de fouet avait mordu la chair.

« Pardieu, mais qu'est-ce donc ? » hurlai-je même si la scène était on ne peut plus claire.

L'homme qui se tenait en dessous fit une pause en plein

exercice, se tourna, me vit, puis dit presque dans sa barbe : « Cela ne vous regarde pas, monsieur. » J'entendis les sanglots d'un enfant et vis accroupi près de la cuisinière un petit garçon qui n'avait pas plus de trois ans. L'homme ne paraissait pas entendre le bruit, à moins qu'il n'y fût indifférent. L'homme brandit à nouveau son fouet dont la lanière retomba en claquant derrière lui sur le sol en terre tassée, à quelques centimètres du talon rouge de ma botte. Je posai un pied dessus, empêchant l'homme de porter son coup. Il se retourna pour me faire face.

Peut-être aurais-je dû craindre pour ma vie à cet instant car l'homme fonça vers moi comme un boulet avec une brutalité effrayante. Mais j'oubliai ma peur en voyant son visage.

On imaginerait qu'un homme violent aurait l'air d'un monstre. Mais ce n'était étrangement pas son cas : beau, jeune, mal rasé, les yeux clairs et les cheveux blonds, un héros sorti d'un livre de contes. Il s'avança et me bouscula en me donnant un coup dans la poitrine, puis tira sur le fouet coincé sous mon pied en me faisant tomber à la renverse. Je le regardai frapper de nouveau la femme. J'entendis son hurlement, puis un cri derrière moi. Je me tournai vers la porte et vis Miss Somerton.

Il ne fait aucun doute qu'il aurait tué cette femme sous les yeux de son enfant et des miens si Georgiana n'était pas apparue, suivie de Rex. Si son expression horrifiée n'avait pas retenu sa main, ne lui avait pas conseillé de feindre l'humanité, forçant Rex à remédier à la situation.

« Détachez-la », ordonna-t-il, comme s'il parlait d'un cheval. La brute voulut s'expliquer – quelque chose au sujet d'une miche de pain. Rex l'interrompit : « Maintenant. »

Rex se tourna vers Miss Georgiana pour s'excuser, mais elle le repoussa en levant les mains comme pour se protéger d'un coup. Je proposai de l'accompagner à sa chambre, mais elle secoua la tête, et sa domestique dit : « Je vais m'occuper d'elle, monsieur. » J'examinai les blessures de la jeune femme qui était recroquevillée au milieu de la pièce. L'enfant avait posé une main sur son épaule.

De retour sur la véranda une demi-heure plus tard, Rex reprit la conversation comme s'il ne s'était rien passé d'inhabituel. Peut-être était-ce le cas.

« Tout va bien ? demanda Lord Charles quand nous eûmes repris nos places.

– À merveille, dit Rex.

– Un contremaître battait une esclave, expliquai-je. À mort, si nous n'étions pas intervenus.

– Ah », fit Somerton.

Je m'interrogeai sur son équanimité. Comment avait-il pu rester assis là malgré le remue-ménage ? Je détestais son calme, sa discrétion, à croire que questionner son hôte était plus déplacé que fermer les yeux sur un meurtre.

Je demandai si ce genre de chose arrivait souvent. Le bout du cigare de Rex rougeoya dans le noir puis disparut, puis rougeoya de nouveau.

« La discipline est essentielle au bon fonctionnement d'un grand domaine, dit-il.

– À l'esclavage, vous voulez dire.

– Six cents personnes travaillent pour moi, ici.

– Six cents esclaves.

– Ils ne feraient rien s'ils n'avaient pas peur des conséquences.

– Il y a d'autres façons de les faire travailler.

– Épargnez-moi vos discours, docteur. La morale est un passe-temps facile pour un homme dont la vie ne dépend pas de la terre. Excusez ma franchise, mais vous ne savez pas de quoi vous parlez.

– Je sais qu'il est immoral de posséder un homme comme si c'était une propriété.

– La vie est une affaire immorale. La morale est une superstition. » Il fit une pause puis ajouta : « Vous profitez des esclaves autant que moi. Vous avez simplement le luxe de faire comme si ce n'était pas le cas. »

Il avait raison d'une certaine façon. Ma morale *était* un luxe – un luxe que ne pouvait pas se permettre la femme que j'espérais avoir aidée cette nuit-là. Mon intervention m'avait réconforté, mais il n'en avait peut-être pas été de même pour la femme. Humilier son bourreau avait dû aggraver la rage de l'un, la punition de l'autre. En interrompant le contremaître, en le corrigeant, sa rage ne ferait qu'augmenter ; plus tard, en privé, une fois que nous serions partis, il serait libre d'agir à sa guise – comme les hommes le font toujours avec les femmes. Ainsi tournait le monde et sur des exploitations comme celle-ci, où le pouvoir n'était pas limité par la justice, les scrupules ou la loi. À l'époque comme aujourd'hui, des gens souffraient chaque jour pour que d'autres à l'autre bout du monde puissent profiter de leur confort – et les ignorer à leur aise.

L'esclavage existait au Cap, bien sûr, et la brutalité était sa servante. Mais, là-bas, les esclavagistes s'enorgueillissaient de l'intégrité physique de leurs esclaves. Une famille contente, un serviteur en bonne santé étaient la marque d'un gentleman. Cela était aussi important et sensé que d'avoir un cheval bien étrillé, une bonne voiture et une grande maison dûment tenue. Cela faisait partie du tableau domestique. En ville, les hommes faisaient de l'état de leurs esclaves, de leurs femmes et de leurs chiens une affaire personnelle.

Alors que nous entamions la longue chevauchée qui nous ramènerait au Cap, Georgiana garda ses distances, installée dans un chariot à l'avant avec le guide, à présent silencieuse.

Somerton chevauchait à côté de moi, si près que nos genoux se touchaient presque. « Elle est jeune, dit-il. Elle s'en remettra. Par miracle, on s'en remet. »

J'espérais qu'il avait raison – que nous tous nous en remettrions.

CHAPITRE SIX

La dame au chien

À notre retour de la rivière Fish, Lord Somerton et moi devînmes inséparables ; nous étions ensemble tous les jours sauf quand il m'envoyait m'occuper de ses amis ou de leur famille. Il semblait vouloir me faire passer pour une sorte d'alchimiste ou de magicien, la réputation de mon talent incomparable renforçant la sienne. Il avait les meilleurs chevaux, les meilleurs fusils, les plus belles femmes, les plus beaux bals et le meilleur médecin. J'étais heureux de jouer ce rôle. De n'avoir ne serait-ce qu'un rôle à jouer.

Le gouverneur se donnait du mal pour montrer que j'étais dans ses bonnes grâces ; il me fit cadeau du cheval que j'avais chevauché la première fois sur la montagne de la Table, d'une voiture, et mit à mon service un esclave affranchi du nom de Dantzen à qui il fournit également une livrée assortie à mon habit particulier, allant jusqu'à l'ombrelle rouge, le manteau pourpre et les talons de bottes rouges. Il ordonna la protection des bonteboks, établit une colonie de lépreux à Hemel-en-Aarde et céda des terres pour la construction d'un hôpital public, le tout par décret. Il fit de moi le médecin de sa famille, augmenta mon salaire et me proposa un appartement dans sa résidence, ce que je déclinai pour des raisons évidentes. Il me nomma médecin en charge de la vaccination à l'Institut de vaccination, charge qui s'accompagnait, elle aussi, d'un salaire. J'étais satisfait. Mais cela n'apaisa pas les craintes et la jalousie qu'éveillait en moi le gouverneur. Avoir la faveur des puissants est une position précaire.

Malgré le plaisir que me procurait son compagnonnage, il m'était parfois douloureux d'être le témoin de son intimité avec d'autres dont je craignais qu'elle rivalise un jour avec la nôtre. Lord Somerton brillait dans les bals que Miss Georgiana organisait pour le divertir, mais le regarder taper un autre homme sur l'épaule ou valser avec une beauté locale me faisait souffrir au plus haut point alors même que ma réputation de séducteur et de favori parmi ces dames grandissait, poussant plus d'un jeune gaillard à claquer la porte en entraînant sa promise avec lui. Ce n'était pas l'intérêt romantique de Lord Somerton que je désirais, mais son attention. Par-dessus tout, son amour. En cela je ne souffrais aucun rival, en dehors de ceux à qui un amour plus grand était dû par les liens du sang.

Je fus donc à la fois désolé et soulagé de perdre sa compagnie quand il partit pour une semaine de chasse au renard à la Roundhouse ; je me dirigeai vers le fort de Bonne-Espérance afin de m'acquitter de mes obligations que j'avais largement négligées ces derniers temps, ce que l'administrateur de l'hôpital n'avait pas manqué de remarquer. Même la protection du gouverneur ne pouvait pas me dispenser de cette charge. Je me mis aussitôt au travail – j'écoutai d'abord les réclamations des soldats, puis me tournai ensuite vers quelques patients, rédigeai des ordonnances pour que les malades soient correctement soignés chez eux, pris des notes sur ce qui pouvait être amélioré.

Vers la fin de notre semaine de séparation, je me rendis à Simon's Town pour prodiguer des soins au capitaine d'un navire qui souffrait d'une inflammation aux yeux qu'il avait réussi à aggraver terriblement en appliquant ce qui passait dans la région pour un médicament ; quand j'arrivai, il était quasiment aveugle, mais heureusement ce ne fut pas permanent. Je prescrivis un rinçage ainsi qu'un lavage régulier des yeux avec une solution saline, l'arrêt de tous les précédents traitements, du bon vin du Cap pour calmer ses nerfs et passer le temps, et en retour, j'exigeai qu'il ne me paye que mes frais de déplacement. Il sembla si reconnaissant que je craignis qu'il me donne un espadon à rapporter chez moi.

Durant le long trajet pour regagner Le Cap, l'épuisement des derniers jours me saisit jusqu'aux os et je sentis la douleur du sommeil me gagner malgré le panorama exquis que je traversais – les montagnes vertes, la baie d'un bleu-vert scintillant, la pierre polie des monolithes ; je pensai m'arrêter à la Roundhouse pour rendre visite au gouverneur, mais quand j'arrivai presque au coucher du soleil, j'appris qu'il était déjà rentré, alors je repris la route malgré la fatigue.

Je regagnai le Heerengracht à bout de forces tard cette nuit-là et ne pris pas les précautions habituelles ; oubliant de fermer la porte de ma chambre à clé, je me dévêtis, défis mes bandages de poitrine et enfilai une chemise de nuit. Ma tête avait à peine touché l'oreiller que je m'endormis pour être réveillé peu après par des coups frappés à ma porte, puis par ma logeuse qui entra dans la pièce suivie d'un domestique effrayé de la résidence du gouverneur qui m'était familier, mais dont le nom m'échappait. Je n'oublierais pourtant jamais cet homme car il me portait un message de Miss Georgiana annonçant que le gouverneur était au plus mal et que ses jours étaient comptés. Pouvais-je venir au plus vite ?

J'ordonnai qu'on me laisse le temps de m'habiller puis enfilai un pantalon, des bottes et un manteau par-dessus ma chemise de nuit que j'avais rentrée dans mon pantalon et sans plus attendre ni réfléchir, je filai dans la nuit.

En arrivant à Tuynhuys, la maison était éclairée comme pour une fête et remplie de voix qui portaient jusqu'à la véranda à laquelle je parvins après être passé devant les chevaux et les voitures qui attendaient à la porte. Quand j'entrai, le vestibule était envahi de fonctionnaires locaux – parmi lesquels je reconnus l'évêque, l'aide de camp de Lord Somerton, l'inspecteur médical colonial et le lieutenant-colonel Christopher Bird, secrétaire colonial adjoint.

« Docteur Perry, lança quelqu'un tandis que je commençai à monter l'escalier. Un mot. »

Miss Georgiana exprima son accord d'un acquiescement, alors je rejoignis l'assemblée des hommes. J'appris rapidement que je n'étais pas le premier à examiner le gouverneur qui était arrivé fiévreux plus tôt dans la journée ; en mon absence, le directeur de l'hôpital s'était occupé de lui et avait déclaré son cas désespéré. Le colonel Bird tenait une lettre à la main qu'il était prêt à envoyer à Londres pour notifier Lord Bathurst de l'état dans lequel se trouvait le gouverneur pour que les autorités puissent lui trouver un successeur si cela devait s'avérer nécessaire. Ma corroboration n'était pour eux qu'une formalité.

Le secrétaire adjoint me tendit la lettre. Je refusai de la prendre et me contentai de parcourir du regard les quelques lignes dont elle était composée comme si je lisais un mandat annonçant ma propre mort. Mon sang se glaça. Je connaissais le pouvoir de ces documents officiels – une fois le papier signé, la nouvelle de sa mort imminente envoyée en Angleterre deviendrait un fait. Ma vie elle aussi avait été transformée par un acte simple et miraculeux de ce genre – je ne pouvais pas accepter que cette lettre soit envoyée. Cette nouvelle le tuerait, pensais-je, si je la lui rapportais.

« Messieurs, assénai-je. Il vivra.

– Vos sentiments vous honorent, docteur, mais votre optimisme me semble injustifié. Vous n'avez pas encore vu le patient…

– Je verrai le patient dès que votre départ me le permettra, mais vous devez d'abord me promettre que rien de tout cela ne sera révélé tant que je n'aurai pas posé mon diagnostic.

– J'ai peur que son destin ne soit déjà plus entre nos mains, dit l'évêque. Mais entre celles de Dieu.

– Il vivra, répétai-je. À moins que vos mots ne le condamnent à la mort. »

Les hommes échangèrent des coups d'œil, comprenant la menace que je venais de proférer. Si le gouverneur vivait, cette lettre signerait la fin de leurs carrières.

« De combien de temps avez-vous besoin ? demanda l'inspecteur médical.

– Une semaine. Peut-être deux, en fonction de l'état dans lequel je le trouverai.

– Vous avez deux jours, dit le colonel Bird.

– Cela suffira à peine à poser un diagnostic, encore moins à le guérir.

– Deux jours, docteur. C'est tout. Après quoi nous serons dans l'obligation de nous en référer aux autorités.

– Pas un mot jusque-là, donc », dis-je en sachant que je n'obtiendrais pas plus, quelle que soit la justesse de mes arguments ; la raison n'est pas de taille face à la lâcheté. « J'ai votre parole, messieurs. »

Ils se regardèrent, puis se tournèrent vers moi et acquiescèrent. Je n'attendis pas de les voir partir ; je montai les marches deux à deux et trouvai Georgiana qui attendait sur le palier. Je lui demandai comment le gouverneur se portait et ce qui était arrivé, et elle m'expliqua que la fièvre s'était déclarée peu après leur arrivée à la Roundhouse, alors qu'il revenait d'une inspection à la prison locale, mais son père n'y avait pas prêté attention et était ressorti quand même.

Je l'interrogeai sur les symptômes de son père, craignant qu'il ne soit dans l'incapacité de m'en faire le récit lui-même et elle me décrivit des maux de tête, une forte fièvre ainsi qu'une rougeur qui s'étendait sur sa poitrine ; dès qu'il n'avait plus supporté la lumière vive baignant la Roundhouse et qu'il s'était mis à réclamer sa défunte épouse, ils étaient rentrés au Cap, espérant m'y trouver.

Elle fit un geste vers une chambre au bout du couloir. « Il est là. »

Alors que je me dirigeais vers la porte, elle me prit le bras.

« Il ne saura peut-être plus qui vous êtes, docteur. Il ne m'a pas reconnue aujourd'hui. »

J'entrai dans la chambre et découvris ce que je redoutais le plus – la puanteur caractéristique du typhus qui rappelait les écuries ou la mer. La fétidité de l'urine et du grain. Pas l'odeur de sang décrite par Béhier, mais celle des souris qui se différenciait beaucoup de la mort ; plus proche du pain cuit qui attire les mouches avant même que les mourants ne meurent. Je le sus dans l'instant.

La lumière était faible malgré la lampe à huile allumée à côté du lit – l'odeur prit possession de mes sens. Sur son visage, la brillance de la transpiration et le rougeoiement de la fièvre. Je voyais des points rouges sur ses bras et sur sa poitrine là où sa chemise était ouverte.

J'avais entendu parler de la façon dont le typhus emportait des armées entières sur le champ de bataille avant même que les hostilités ne commencent ; je connaissais bien cette maladie, mais ne l'avais jamais traitée ni n'étais au courant d'un remède efficace. Le remède, semblait-il, était la mort.

Je m'effondrai dans un fauteuil à côté du lit et pris sa main dans la mienne, cherchant son pouls. Il grogna et se tourna vers moi mais le délire brillait dans ses yeux humides. Quand je voulus prendre un linge – dans une bassine à son chevet – pour lui éponger le front, il se mit à claquer des dents malgré la chaleur oppressante qui régnait dans la pièce et la pile de couvertures sur lui. Il m'attrapa la main, la pressa contre ses lèvres, et sur le coup, je crus qu'il me reconnaissait.

« Ne pars pas », dit-il.

Je sursautai en entendant sa voix.

« Je ne pars pas.

– Mon amour. »

J'hésitai avant de me pencher vers lui.

« Oui, qu'y a-t-il ?

– Elizabeth. »

Son épouse défunte.

Je pensai que cela n'avait pas d'importance s'il me prenait pour quelqu'un d'autre ; c'était le cas de tout le monde ; les gens croyaient tous que j'étais quelqu'un que je n'étais pas.

Curieusement, l'erreur me rappela à moi-même ; je me levai et allai à la porte, ordonnai qu'on fasse monter du vin chaud, de l'ail, de la gaze, de l'eau très chaude et du linge propre ; la maison était réveillée comme s'il était midi.

J'avais tout à la fois peur pour le gouverneur et pour moi qui étais à ses côtés, mais je savais que personne ne devait sentir ma peur. Surtout, je me demandais quoi faire. Je me rappelai les premiers principes comme un enfant se rappelle son catéchisme. Son corps luttait contre la fièvre ; il y avait peu de choses à faire contre la maladie si ce n'est d'aider le corps à se battre. Je lavai donc les plaies, ordonnai que les draps soient changés et le linge brûlé, le gouverneur dévêtu ; j'épongeai chaque plaie, chaque nouveau point rouge avec du vin et de l'eau chaude pour freiner la contagion. Pour redonner des forces au patient, je lui faisais avaler à la cuillère du bouillon de bœuf avec une purée d'ail, du vin chaud pour fortifier le sang et appliquai des cataplasmes au lait pour faire tomber la fièvre.

Nous avions deux jours pour prouver que les autres avaient

tort, pour prouver à l'histoire qu'elle avait tort. Il était vrai que de rares personnes survivaient au typhus sans que l'on sache pourquoi – s'en sortir semblait miraculeux. Je ne pouvais fabriquer aucun miracle. Au lieu de quoi je passai cette première nuit enfermé avec lui dans la chambre qui empestait désormais le détergent, l'ail et le vin chaud, les rideaux bien tirés pour empêcher d'entrer la lumière qui le faisait souffrir ; c'était comme si nous partagions une nuit perpétuelle, qui s'étirait juste pour nous. Il n'existait aucun traitement connu contre le typhus ; je savais que c'était douloureux et une façon de mourir sans dignité, emmailloté, suintant le pus et la merde, et même si je m'étais depuis longtemps détourné des dieux, je priai tout principe de vie pour qu'il sauve cet homme que j'aimais, mon ami.

À l'aube, le colonel Bird vint vérifier les progrès du gouverneur, mais je le renvoyai ; je fis également partir les filles de Lord Somerton.

« C'est notre père, gémit Georgiana. Il est normal que nous restions avec lui.

– Et je suis son médecin, et je vous dis que si vous voulez l'aider – et m'aider à le sauver –, il faut partir. Ce n'est pas un endroit pour des femmes. »

Quand on frappa à la porte quelques instants plus tard, je ne pus me retenir – je criai : « Bon sang, mais quoi encore ? C'est la chambre d'un malade, pas un bal. »

J'ouvris la porte à la volée et vis mon domestique, Dantzen, élégant comme à son habitude dans son manteau rouge coupé exactement comme le mien.

« J'ai pensé qu'un rafraîchissement vous ferait du bien, monsieur », dit-il.

Il me tendit un plateau avec un pichet de lait de chèvre ainsi qu'un verre. Je n'arrivais pas à savoir si c'était de la malice ou de la pitié que je lisais dans son regard.

« Vous avez raison, oui. Merci.

– Souhaitez-vous que je le pose quelque part ? »

Il voulut entrer dans la chambre.

« Non. Il ne vaut mieux pas. Je vais le prendre. Pourriez-vous leur demander de faire monter davantage de vin chaud ? »

Alors que cette première aube se fondait dans le jour, Lord Charles s'affaiblit encore, claquant toujours des dents malgré la courtepointe supplémentaire et les couvertures empilées sur le lit, le visage pâle, trempé de sueur, les doigts labourant les plaies qui apparaissaient sur ses bras et sa poitrine. Malgré les gants que je lui avais mis pour limiter la gravité de ses grattements enfiévrés, sa peau s'ouvrait dès qu'il la frottait. J'aurais dû le garder attaché, mais je ne supportais pas de le voir comme Gulliver chez les Lilliputiens.

Je ne dormis pas pendant deux nuits ; je le veillai tandis qu'il se débattait avec cette maladie diabolique, invisible comme les esprits. J'étais heureux que cet homme ait été de constitution robuste, aux habitudes tempérées hormis lorsqu'il s'agissait des femmes, des chevaux et des chiens.

À la tombée de la nuit, il cessa de s'agiter, se calma, mais cette immobilité faisait encore plus froid dans le dos que ses mouvements fiévreux de la nuit précédente. Je sus que j'allais le perdre ; qu'il mourrait. Et je sus que je l'aimais plus que je ne le pensais, plus que je n'avais jamais aimé personne. Plus encore que Mirandus. Peut-être même plus que ma mère et ma sœur. Et que cette perte serait encore plus dure que la leur. Ce serait comme de me perdre, moi. L'éventualité d'une vie sans mon ami était aussi noire et monotone que cette nuit sans lune.

Je fis un pari enfantin avec la nuit : si j'arrivais à repousser le sommeil, Lord Somerton vivrait. Je fis les cent pas dans la pièce comme il l'aurait fait ; je lus, le regardai dormir, lui épongeai le front. Au retour du jour, je dus m'asseoir dans le fauteuil à côté du lit et m'endormir car je me réveillai en sursaut, le cœur battant. Alarmé. Persuadé que je le trouverais, comme ma mère, mort à l'aube.

La pièce était sombre ; je n'entendis aucun son provenant du lit, ni souffle ni mouvement. Je ne supportais pas l'idée d'allumer une autre lampe. À la place, je m'installai à côté de lui et attendis. L'aube de ce deuxième matin se leva, la lumière envahit lentement la pièce, aussi grise qu'une eau montant autour de nous ; je regardai le lit et vis la courtepointe se soulever légèrement. Il avait passé la nuit. Il pourrait peut-être vivre. Ce fut ma dernière pensée avant que mon épuisement ne me fasse de nouveau sombrer dans le sommeil.

Quelques heures avant que le colonel et son entourage n'arrivent pour se faire un dernier avis, j'ouvris les rideaux sur le jour déclinant et vis les étoiles familières – Canopus, Sirius – qui se levaient à l'est, ces mêmes étoiles sous lesquelles nous avions dormi tous les deux des mois plus tôt, quand je pensais qu'elles portaient chance. Je sortis ma chemise de mon pantalon, défis les boutons du col, retirai mon manteau, ouvris la fenêtre pour faire partir l'odeur nauséabonde de sueur aigre et d'intestins malades.

En entendant un son provenant du lit, un gémissement, je me tournai et allai vers lui. Je me penchai sur son visage, le tissu doux de ma chemise bâilla jusqu'à lui effleurer la poitrine.

J'observai ses yeux fatigués, à présent libérés de la fièvre, lui serrai la main ; il sourit en croisant mon regard, me reconnaissant enfin, puis il baissa les yeux et son expression changea. Comme le vent soufflant sur la surface de la mer ou d'un lac. D'abord troublé, puis amusé. Je portai la main à mon col, mais il était trop tard. Je venais de révéler ce que j'avais passé une douzaine d'années à cacher.

« Ce n'est pas ce que vous croyez, dis-je en me redressant, une main sur le lit pour me stabiliser.

– Manifestement.

– Je peux vous expliquer.

– Je crois, docteur, que vous avez toujours une explication. » Il posa sa main sur la mienne. « Mais la vérité des principes doit être confirmée par l'observation. »

Puis il rit – une version écrasée et rauque de son rire habituel. Et je sus qu'il vivrait. De mon côté, j'ignorais si je survivrais à tout ce qu'il savait. Et à tout ce que j'avais fait.

Durant les quelques jours qui suivirent la guérison de Lord Somerton, je restai en ville avec Liz, la femme que j'avais rencontrée au bal Arc-en-Ciel, évitant mes appartements dans le Heerengracht afin de me soustraire aux messagers du gouverneur qui passaient quotidiennement – me disait ma logeuse –, sûrement pour me convoquer à Tuynhuys. Je profitai de l'occasion pour effectuer le long trajet jusqu'à Caledon et y superviser la campagne de vaccination. Je visitai la prison de Rondebosch pour la même chose. J'allai en consultation chez des patients, puis rendis visite aux soldats à l'hôpital et aux marins à Simon's Town, leur déclarant que j'avais manqué à mon devoir, mais j'avais peur, en vérité.

Lord Somerton avait été amusé, s'était même montré tendre en découvrant qui j'étais, c'est vrai, mais il était encore mal en point à ce moment-là, je le savais. Ayant retrouvé des forces, son égoïsme masculin, l'autorité de sa position et ses préjugés, il pourrait réagir d'une façon que je n'étais pas en mesure d'imaginer. Je savais qu'il aimait les ragots et pouvait entraîner ma ruine sur un coup de tête.

Je me noyai donc dans le travail. À Rondebosch, j'essayai d'obtenir des réponses à mes questions auprès du directeur sur les conditions de vie des prisonniers – régime, exercice, ventilation – mais il se contenta d'affirmer qu'il ne gardait aucune trace de ce genre de choses. Je demandai donc à voir les détenus pour mener ma propre enquête ; leurs souvenirs semblaient bien meilleurs que ceux du directeur qui se plaignit de ces entretiens.

« Pourquoi interroger des Noirs quand des chrétiens peuvent vous répondre ? rugit-il.

– Étant donné leurs conditions d'incarcération, monsieur, j'ai du mal à vous qualifier de chrétien. Maintenant, si vous voulez bien me laisser finir mon travail, je ne doute pas que nous sommes tous les deux pressés que je quitte cet endroit. »

J'envoyai un rapport détaillé au bureau du gouverneur comprenant des recommandations pour améliorer l'hygiène, l'exercice et le régime, et exigeant que le directeur soit remplacé sur-le-champ. Je ne le déposai pas moi-même. Je travaillai pour passer le temps, pour avoir un prétexte qui me tienne éloigné du Cap, mais aussi pour prouver ma valeur en tant que médecin au cas où Lord Somerton viendrait à douter de celle-ci.

Il tenait littéralement mon destin entre ses mains. S'il décidait de révéler mon secret, je ne devrais pas seulement faire face à l'opprobre, au scandale, à la perte de ma position en tant que médecin du gouverneur. Je devrais affronter l'infamie, la cour martiale, la prison, très possiblement la mort. Je perdrais ce qui m'était le plus cher : mon statut d'officier et de gentleman, mon amitié avec Lord Somerton et l'Afrique. Je m'étais fait assez d'ennemis au Cap pour me créer un public impatient d'assister à ma pendaison.

Nous n'avions jamais été séparés aussi longtemps depuis notre voyage vers l'est à la rencontre du roi Ngqika, et mon ami me manquait, mais je gérais toutes les crises qu'un hôpital situé aux avant-postes pouvait essuyer. Le jour, le vent chaud chargé de poussière soufflait. Il était suivi de nuits fraîches jonchées d'étoiles.

Durant le mois qui suivit sa guérison, Lord Somerton me convoqua deux fois à la résidence du gouverneur, et par deux fois je déclinai pour obligations professionnelles. La troisième menaça d'accompagner la suivante d'un garde armé. Les mots qu'il envoyait étaient rédigés de sa main dans un ton sec, dépourvus de la chaleur de sa correspondance habituelle.

Il proposa que nous nous retrouvions à la Roundhouse où – même s'il n'était pas encore en état de chasser – il avait l'intention de passer quelques jours de convalescence, libéré de ses devoirs envers l'État, de la poussière et de la puanteur de la ville. La Roundhouse étant sur la route de Simon's Town où j'étais allé m'occuper de marins, je pourrais m'y arrêter sur le chemin du retour, suggéra-t-il ; un déjeuner d'une heure ne devrait pas trop me retarder. Ses filles, ajouta-t-il, resteraient en ville où se tenait un bal ; il serait seul sans personne pour le déranger, en dehors des domestiques. Quoi que nous puissions, personne d'autre que nous ne l'entendrait.

Je n'avais pas d'autre choix que d'accepter. Si bien que tôt un matin, après ma tournée, je chevauchai jusqu'au pavillon de chasse où Somerton m'avait appris à tirer et à monter à cheval un an plus tôt.

Quand, vers midi, j'arrivai à destination, un domestique que je n'avais jamais vu me fit entrer dans la bibliothèque qui donnait sur le jardin et la mer en contrebas.

« Sa Seigneurie vous recevra dans un instant », dit-il avant de me laisser seul.

Dehors, l'océan tonnait comme un canon. En voyant les étranges monolithes disposés comme ceux de Stonehenge, l'Angleterre me manqua. Le ciel était d'un bleu-vert éclatant, la mer indigo pareille à une dalle en saphir. La beauté de la journée offrait un contraste frappant avec les ténèbres de mon esprit. Mes pensées s'emballaient. Je l'imaginais fou de rage ; je me le représentais distant et méprisant. Je ne voyais pas comment nous pourrions continuer de la sorte.

Malgré ma vive inquiétude, quand il entra et que je me tournai pour lui faire face, je fus soulagé de voir mon ami en si bonne forme, même si son visage était maigre et qu'il avait clairement perdu au moins cinq kilos. Il était suivi d'un domestique chargé d'un panier d'osier comme celui que nous avions utilisé lors de notre visite au roi xhosa. Le temps d'un instant, je me demandai s'il avait l'intention de dîner dans le jardin comme nous l'avions fait alors ou s'il était venu pour me soudoyer avant de me renvoyer.

Son expression était indéchiffrable, un air d'amitié polie. Assez différente de notre dernière entrevue.

J'affichai moi aussi un air dur, heureux d'avoir revêtu ma tenue de cérémonie, mes bottes cirées à hauts talons rouges ; s'il me limogeait, je voulais accueillir la nouvelle avec panache. Je touchai le pommeau de mon épée.

« C'est une joie de voir Sa Seigneurie en si bonne santé.

– Je ne le dois qu'à vos bons soins, docteur Perry. » Il se tourna vers le domestique. « Vous pouvez laisser le panier ici. Nous ne souhaitons pas être dérangés.

– Très bien, monsieur. »

Les portes se fermèrent dans un cliquetis, nous laissant seuls.

« C'est bien aimable à vous d'être venu, dit-il.

– Je n'avais pas l'impression d'avoir le choix.

– Effectivement. Mais je suis néanmoins ravi de vous voir. »

Je remarquai qu'il ne faisait pas les cent pas. Son calme me mit mal à l'aise.

« Je croyais que vous ne m'aviez que trop vu. »

Il rit.

« Je ne parlais pas… Je parlais de votre maladie. Que vous aviez bien assez vu votre médecin, dis-je en rougissant.

– Vous êtes bien plus qu'un médecin pour moi. Je n'en aurai jamais assez de vous voir. »

Je tendis l'oreille, à l'affût d'un signe de rejet, n'entendis rien.

« Je vous dois la vie, dit-il.

– En cela nous sommes quittes, dans ce cas. »

Il fronça les sourcils comme s'il réfléchissait à la remarque. Il était orgueilleux quand il s'agissait de son rang. Je craignis de l'avoir offensé.

« Vous dites me devoir la vie, repris-je. Mais vous tenez également la mienne entre vos mains.

– J'ignorais détenir un tel pouvoir.

– Vous êtes peut-être l'homme le plus puissant d'Afrique. Et vous êtes le seul encore en vie à connaître mon secret.

– Alors vous n'avez rien à craindre.

– Un secret qu'il est très difficile de porter seul.

– C'est pourquoi vous ne devriez pas avoir à le faire. »

Il s'approcha du panier en osier posé à côté du sofa en soie verte et l'ouvrit. Quand il releva le couvercle, j'aperçus une petite touffe de poils blancs à l'intérieur, une espèce de petit nuage ou d'agneau miniature. Le temps d'un instant, j'eus peur qu'il m'ait acheté une étole d'hermine ou je ne sais quel autre affreux fétiche féminin.

« Je vous ai apporté un cadeau.

– Mon Dieu, mais qu'est-ce donc… ?

– Elle porte le nom d'une déesse. Je vous présente Psyché. »

Il se pencha et souleva une petite boule de fourrure blanche hors du panier. Je la voyais qui tremblait dans ses bras, mais n'émettait pas un son. Somerton traversa la pièce en trois enjambées jusqu'à ce qu'il se tienne assez près de moi pour m'étreindre et la déposer dans mes bras. Un instant, nous berçâmes la créature ensemble ; je sentais son souffle chaud sur mes cheveux.

« Psyché ? »

Je n'arrivais pas à me résoudre à lever les yeux vers son visage, alors je regardai le chien.

« Un homme aussi savant que vous connaît forcément le mythe. »

Sa voix était douce.

« Celui de la femme de Cupidon ? »

L'histoire avait inspiré un tableau à mon oncle.

« La plus belle femme du monde.

– Pour ce que j'en sais, le monde est rempli de belles femmes. » Je pensai aux bals donnés à la résidence du gouverneur. « Elles sont innombrables.

– Cette femme-ci était exceptionnelle », dit-il en me confiant le chien.

L'histoire de Psyché m'était aussi familière que la mienne ; Vénus avait envoyé son fils Cupidon empoisonner Psyché dont la beauté de mortelle rivalisait avec la sienne. Mais Cupidon fut à ce point saisi par le charme de Psyché qu'il voulut plutôt l'épouser. Les dieux accédèrent à sa requête à une condition : Psyché ne devait jamais connaître sa véritable identité. Psyché accepta, ils se marièrent et peu après, elle tomba enceinte. Mais ses sœurs la poussèrent à découvrir qui était son mari avant qu'elle n'accouche d'un enfant monstrueux, et une nuit, alors qu'il était endormi à ses côtés, elle alluma une lampe qu'elle approcha de son visage et vit qu'il n'était pas un monstre, mais un dieu, et le perdit. Leur amour ne pouvait survivre que si l'identité de son mari restait secrète.

Je n'avais pas eu de chien depuis mon enfance à Cork. Mes yeux se remplirent de larmes. « Elle est magnifique, dis-je.

– C'est vrai, elle l'est. »

Une heure plus tard, nous nous attablâmes pour un déjeuner qui me resterait en mémoire comme le meilleur de ma vie. Sachant que je refusais de manger de la viande, il s'était arrangé pour que le festin soit uniquement composé de ce qui venait d'être pêché ou cueilli dans les Jardins de la Compagnie. Il y avait des écrevisses grillées, un gros merlu doré jusqu'à ce que sa chair ait le croquant d'une crème brûlée, des crevettes tigrées roses aussi épaisses que le bracelet d'une femme malaise, des coquilles Saint-Jacques plus grosses que les boutons de mon manteau pochées dans du vin et toutes sortes de légumes du jardin rôtis dans du beurre salé. Deux bouteilles d'un champagne bien froid furent vidées ; la brise marine était d'une fraîcheur délicieuse dans la chaleur de la journée, comme un linge frais sur un front enfiévré. Le soleil ressemblait à du beurre chaud.

Quand j'acceptai de passer la nuit sur place plutôt que de retourner à Simon's Bay, je découvris que ma chambre avait été préparée, anticipant ce que je n'avais pas moi-même imaginé : quand il vint à moi cette nuit-là, il faisait noir ; pas un mot ne fut échangé ; pas une lampe ne fut allumée.

CHAPITRE SEPT

Constantia à l'aube

J'ai souvent pensé que – avec l'exception notable de l'humanité – les mâles possédaient le plumage le plus voyant pour compenser leur manque de charme ; les femelles étaient naturellement charmantes et n'avaient pas besoin d'artifices pour attirer un mâle. Il en va ainsi pour certaines femmes et certains hommes.

Après ma mort, d'aucuns avanceront l'hypothèse que ma réputation de séducteur extravagant était née d'un effort pour déguiser ma vraie nature, mais la vérité est que j'appréciais les dames. Mais après cette première soirée ensemble à la Roundhouse, Lord Somerton m'absorba à un point absurde.

Le lendemain, nous partîmes ensemble à cheval jusqu'à Camps Bay où nous nous baignâmes dans des eaux froides et salées, cachés au milieu des monolithes de pierre qui s'entassaient sur le rivage comme des œufs préhistoriques géants ou des sentinelles.

Le soir, pendant que nous dînions tranquillement assis côte à côte sans la présence de domestiques, il me tint la main et l'on but du vin au bruit du ressac qui nous parvenait de la fenêtre.

Il me raconta comment, après la mort d'Elizabeth, il avait envisagé de se suicider, mais ne l'avait pas fait pour le bien des enfants. Allongé dans le noir, il me dit que dans mes bras, il avait l'impression d'être « rentré à la maison ». Gêné par cette déclaration *(Pourquoi les femmes sont-elles toujours comparées à des choses qu'elles ne sont pas ?)*, je compris toutefois ce qu'il voulait dire, car je partageais cette impression. *J'étais à la maison.* Il affirma que je pouvais absolument tout lui dire, que nous pouvions tout nous dire. Dans les ténèbres aussi bien qu'en pleine lumière.

Comme si la Roundhouse était l'île de Prospero, un lieu où régnait une autre logique, où l'on respirait un autre air, où la gravité était différente, nous vécûmes ces quelques jours sans une pensée pour le vaste monde.

S'il s'ouvrait facilement, j'avais beaucoup plus de mal. Ce n'était pas vraiment de la réticence. Je voulais me confier, mais n'y arrivais pas. L'habitude du silence était difficile à briser, c'était devenu un mode de vie ; les mots et les histoires restaient coincés dans ma gorge. On aurait dit un mensonge, cette vie, une fiction, une histoire de fantômes. Comme si ma vie était un sortilège dont je pourrais me délivrer en parlant, en prononçant les bons mots. Comment j'étais devenu qui j'étais, toutes ces années de solitude durant lesquelles j'avais essayé de me fabriquer moi-même pour être cet instrument utile, cette lame dépourvue d'émotion. Comme Psyché avec Cupidon, je ne pouvais aimer que si je n'examinais pas le corps ni le passé de trop près.

Je racontai ce que je pus : mes études à Édimbourg, Dryburgh Abbey et les interventions de Lord Basken en ma faveur, ma formation auprès de Sir Astley Cooper et du général Mirandus, qu'il connaissait de réputation mais n'avait jamais rencontré. J'étais incapable d'en dire davantage.

Je n'avais jamais connu autant de plaisir et de réconfort en compagnie d'une autre personne, sauf quand j'étais avec ma mère et ma sœur, une compagnie qui ne semblait pas me voler ma solitude, mais l'améliorait. Avec lui, je crois que j'étais davantage moi-même, comme s'il était un miroir dans lequel j'apparaissais plus nettement, autant dans mes fautes que dans mes vertus ; amplifié, ainsi que nos voix l'avaient été dans les canyons près de Knysna – plus grandes, plus audacieuses et pourtant toujours nôtres.

L'idée de reprendre ma vie au Cap me répugnait, j'avais peur des problèmes que nous pourrions y rencontrer dans l'exercice de nos fonctions officielles. En tant que gouverneur Somerton et Dr Perry. Mais il m'assura que rien ne changerait.

Quels souvenirs ai-je encore en mémoire de cette époque ? Des images éparses. Notre première matinée ensemble à la Roundhouse quand il tira sur le drap, me regarda et dit : « Tant de beauté », puis rit quand j'attrapai la couverture pour me couvrir. Plus tard, alors que je sortais du bain, il déplia une serviette pour moi, mais la tint hors de ma portée. « Non, attends. Laisse-moi te regarder. » Un frisson me parcourut d'être ainsi baigné d'admiration, révélé, libéré, le même frisson que j'avais éprouvé en rejoignant les eaux froides de Camps Bay dans la chaleur du matin ou quand nous avions chevauché ensemble dans la canicule naissante sur les Cape Flats, et que j'avais senti mes muscles se relâcher, me découvrant une souplesse jusque-là inédite, une facilité, une confiance et un plaisir non feints. Tout le monde veut être vu.

Le plaisir que je prenais à ce nouveau rôle d'amant et le pouvoir qui l'accompagnait me surprenaient, un pouvoir dont on dit que, même jeunes, les filles le possèdent, mais que je n'avais pas, bien que j'en eusse faiblement éprouvé la possibilité en voyant comment le général Mirandus regardait Sarah Andrews ou, plus rarement, quand nous discutions ensemble dans sa bibliothèque, un souffle de sensualité à peine perceptible entre nous, aussi étrange et intrigant que les saveurs inattendues de sa terre natale qu'on accommodait en cuisine pour le dîner – une viande rôtie avec du sel plutôt que bouillie, de l'ail, des oignons, des citrons, des tomates et cette herbe aux feuilles dentelées appelée *coriandre* dont il avait rapporté des graines pour la cultiver.

J'avais été déstabilisé par le regard appréciateur et satisfait de Mirandus, tandis que je lui racontais ce que j'avais lu, étudié ou découvert dans sa bibliothèque ce jour-là, ou durant la semaine, le mois. Il me souriait comme il l'aurait fait pour un très bon champagne, avec l'admiration du connaisseur. J'avais remarqué ce regard plus tard chez Lord Somerton quand il examinait un cheval particulièrement prometteur – un regard calculateur, entre fierté et ravissement, plaisir et froide évaluation, cherchant à déterminer jusqu'où la bête pourrait aller avec le bon entraînement et des encouragements.

L'attention que me portait Somerton différait de celle du général qui m'avait souvent donné l'impression d'être diminué, d'être moins que ce que je n'étais, encore plus fluet. Cette fois, c'était le contraire : je me sentais démultiplié.

Voir ma beauté reconnue restait néanmoins un plaisir ambivalent, une appréciation que je n'avais jamais connue ni recherchée. L'admiration que me portaient les femmes avait toujours été intéressée, pleine de sollicitude. Ce n'était pas mon apparence qu'elles remarquaient quand elles flirtaient avec moi, mais la leur qu'elles voulaient voir admirée. Et comment leur résister ? Elles étaient charmantes. Les femmes désirantes – avec leur désir d'être désirées – me faisaient me sentir puissant, grandi, comme un gaz en expansion. Mais être l'objet du désir fougueux d'un homme était enivrant, tonifiant et blessant à la fois. Un pouvoir que la plupart des femmes connaissent depuis l'enfance, mais que je n'avais jamais eu, étant devenu garçon avant de devenir femme.

Mais comme Janus, un tel plaisir avait un autre visage. Je le découvris rapidement à notre retour au Cap. Pendant un temps, tout fut comme quand nous étions à la Roundhouse, si ce n'est que nous nous voyions bien moins souvent, privés d'intimité par la présence de la famille, des domestiques et de ma logeuse. Mais le désir condamné à l'attente ne manquait toutefois pas de saveur, et notre intimité, même si elle était rare, n'en était que plus intense parce que nous avions été séparés.

Peu à peu, j'en vins à remarquer un changement identique au vent qui tourne. Quand j'entrais dans son bureau à la résidence du gouverneur après m'être absenté pour superviser les vaccins à Caledon ou m'occuper de patients près de Newlands

– ne prêtant pas attention à Cloete, l'aide de camp officieux qui voulait m'annoncer –, je le trouvais de plus en plus pris par le travail (« Oh, c'est vous. J'attendais quelqu'un d'autre », disait-il parfois) et j'avais honte, à croire qu'il lui revenait la tâche de m'évaluer et qu'il me jugeait décevant.

Dans ces moments, je me sentais humilié et répliquais sèchement : « Je ne vais pas vous retenir plus longtemps, dans ce cas », puis tournais les talons et sortais, espérant le blesser, mais il ne semblait rien remarquer. Environ six mois après notre première nuit à Camps Bay, je sortis dans les Jardins de la Compagnie après l'un de ces échanges, la chaleur faisant ployer les arbres et attisant le parfum des frangipaniers et des citronniers, mais je regrettai la pique que j'avais lancée et revins sur mes pas. Nous ne nous étions pas vus depuis des semaines, moi accaparé par mon travail, lui par les affaires de la colonie, et il m'avait manqué. En entrant dans la fraîcheur du vestibule pavé de marbre, j'entendis le frou-frou d'une étoffe et aperçus sur le palier à l'étage supérieur une jupe en soie bleue pénétrer dans le bureau de Sa Seigneurie. Je crus qu'il s'agissait de Miss Georgiana ou de sa sœur, même si le parfum – une forte odeur de jasmin du Cap et de musc – aurait dû me faire comprendre mon erreur. Je le connaissais bien.

Je trouvai Cloete en faction devant la porte du bureau.

« Je n'entrerais pas, si j'étais vous, dit le Hollandais en tendant un bras.

– Ne soyez pas absurde. »

J'avançai.

« Sa Seigneurie *n'est pas* seule. »

Le ton de l'homme m'irrita.

« Il est avec... » Il hésita et sourit. « Une dame. »

Je me rappelai la femme que j'avais entraperçue, sa silhouette aussi déplacée dans cet endroit qu'un champ d'arméries ou de violettes hors saison dans les Jardins de la Compagnie.

Je lâchai le bouton de porte, croisai les bras sur mon manteau rouge.

« Eh bien, dis-je en retournant son sourire à Cloete. On dirait qu'il s'est trouvé une belle petite Hollandaise. »

L'homme se raidit.

« Vous avez l'esprit sacrément mal tourné.

– La vérité est souvent laide », répondis-je.

Je savais quel genre de personne était Josias de Cloete : bien né, peu instruit, peu sûr de lui, soupe au lait. Je ne fus pas surpris quand il exigea d'obtenir réparation. C'était ce que j'avais espéré. J'acceptai de le retrouver le lendemain à l'aube pour l'affronter en duel à Constantia.

À cet instant, j'avais envie de mourir ; je voulais anéantir la douleur dans ma poitrine, le désir humiliant ; je savais en descendant les escaliers et en regagnant les Jardins de la Compagnie que je ne survivrais sans doute pas à cette confrontation. J'étais très mauvais tireur, mais j'avais envie de frapper quelque chose ; je voulais blesser un homme, même si ce n'était pas celui que j'avais en tête.

Le lendemain matin, je chevauchai jusqu'à Constantia dans l'obscurité et le froid ; Dantzen m'accompagna, chargé de Psyché et de mes pistolets, afin – même si aucun mot ne fut échangé entre nous à ce sujet – de rapporter la nouvelle de ma mort si besoin était. Dantzen avait tenté de me dissuader et, avec sa galanterie coutumière, avait même proposé de prendre ma place ; j'avais décliné. Ce combat était le mien, pas le sien.

L'air froid du matin me prit à la gorge, aussi brûlant que de la fumée. J'entendais le sang battre à mes oreilles tandis que le cheval bougeait sous moi, j'avais la bouche sèche, le ciel était d'un bleu-violet à vous fendre le cœur, de la même teinte que lors de notre périple jusqu'au roi xhosa presque deux ans plus tôt ; au-dessus de la gigantesque montagne de la Table plongée dans l'obscurité, la Croix du Sud ; un parfum d'herbe et de transpiration équine ; quelque part au loin, le cri d'un coq qui annonçait la première heure du jour.

Quand nous nous arrêtâmes pour mettre pied à terre, Psyché aboya une fois, puis se tut. Cloete était déjà là et nous attendait.

Alors que le soleil se levait sur le domaine d'Alphen, nous choisîmes nos armes, prîmes position et, arrivés à nos marques, nous nous fîmes face, chacun à une extrémité du champ. Cloete et moi brandîmes nos pistolets à hauteur de poitrine ; j'éprouvai un curieux détachement. Pendant un instant, ma mort m'apparut probable, plus réelle que jamais auparavant ; le temps ralentit, se fit aussi épais que du miel, avant que ne tombe le mouchoir du signal.

Le canon de mon arme trembla alors que j'appuyais sur la détente, j'entendis le coup de feu puis sentis quelque chose de chaud, pareil à des braises dans mon bras gauche, et vis s'envoler le chapeau du Hollandais comme une mouette surprise.

« Mon Dieu ! hurla le Hollandais, même si la distance entre

nous n'était pas bien grande. Vous savez viser, finalement ! J'avais entendu dire que vous étiez mauvais tireur.

– Une opinion doit toujours être confirmée par l'observation, hurlai-je en retour. La prochaine fois je viserai une partie moins vulnérable de votre anatomie – votre cœur. » Mais je savais que je n'avais pas tiré. Je n'avais même pas fini d'appuyer sur la détente.

Cloete rit.

« Ça me paraît juste. »

Il se pencha pour ramasser son chapeau abîmé.

« Vous allez bien, monsieur ? » dit Dantzen qui était apparu à côté de moi.

Je sentis une odeur légère mais très reconnaissable de soufre sur lui.

« Vous saignez. »

Il me toucha le bras.

« Merci », dis-je très sincèrement. Je portai la main à mon épaule gauche blessée, sentis la chaleur poisseuse du sang. « Je saigne, mais je m'en remettrai. »

Quand la nouvelle du duel parvint à Lord Somerton plus tard dans la matinée, son inquiétude fut gratifiante. Il insista pour que je me présente à son bureau sur-le-champ et hurla de rage pendant quelques minutes avant de m'interdire tout duel à l'avenir, même si nous savions tous les deux qu'il n'avait pas le pouvoir de les empêcher. Les duels étaient déjà illégaux – une loi que les soldats et les gentlemen ignoraient régulièrement, furieux de l'attention que leurs épouses me montraient.

« Vous auriez pu vous faire tuer, dit Lord Somerton.

– Ça n'a pas été le cas.

– Manifestement. » Il s'assit derrière son bureau. « Il serait difficile de remplacer le médecin du gouverneur.

– Vous n'aurez pas besoin de me chercher un remplaçant.

– À la bonne heure.

– Est-ce que ce sera tout ?

– Oui. »

Je quittai la pièce, satisfait.

Je changeai certaines de mes habitudes durant les mois qui suivirent. Je pris garde de ne pas m'éloigner du Cap trop longtemps pour être sûr que Lord Somerton et moi puissions nous voir presque tous les soirs. Les rideaux tirés sur la nuit, dans la maison endormie, sans personne pour nous déranger dans la bibliothèque ou le bureau, nous reprenions notre intimité heureuse.

Nous maintînmes un accord tacite de ne nous révéler l'un à l'autre que dans le noir, comme Psyché et Cupidon, au cas où un domestique nous surprendrait.

Nous continuions à nous adresser l'un à l'autre par nos titres formels – *Lord Somerton*, *Docteur Perry* –, une habitude qui nous ravissait puisque nous étions souvent nus quand nous nous parlions. Nous ne pouvions pas nous permettre les petits noms affectueux ; nous ne pouvions pas nous permettre d'oublier qui nous étions.

Des rumeurs couraient malgré tout. Il arrivait qu'un soldat commente ma silhouette féminine quand j'étais à cheval (il était alors rapidement affecté dans un régiment à la frontière est), mais je ne m'inquiétais pas. Je ne prêtais pas attention à ces commentaires.

Les rumeurs sont inévitables. Je me sentais au-dessus d'elles, désormais. Comme si les armoiries de Lord Somerton et leur devise me protégeaient moi aussi : *Mutare vel timere sperno* – Je dédaigne de changer ou d'avoir peur.

Pour la première fois depuis des années, je m'autorisai à me sentir en sécurité. Ce fut une erreur.

Nous nous rendions à la Roundhouse et à Newlands aussi souvent que possible. Je prescrivais ces séjours loin de la ville en prétextant qu'ils étaient bons pour sa santé. Ce qui n'était pas faux. Il était sensiblement mieux là-bas, où il chassait et faisait l'amour, et je finis même par réussir à le convaincre de prendre des bains de mer.

La première fois que je lui proposai une roulotte de bain, il fut consterné. Choqué, même. Personne ne se baignait dans la mer s'il pouvait s'offrir une baignoire, insista-t-il. Je vantai les bénéfices de la nage et de l'eau de mer. Mais il refusa catégoriquement. Je le soupçonnais d'être trop orgueilleux pour revêtir un costume de bain. Je lui expliquai que cette roulotte lui permettrait de nager nu sans être vu, s'il préférait. Lord Charles se montra réticent, affirma qu'il n'était pas convenable pour un gouverneur d'être vu en train de s'ébattre dans la baie en tenue d'Adam.

Seule l'idée d'inclure un attelage de chevaux au projet – ils seraient nécessaires pour mettre la roulotte à l'eau puis pour l'en sortir – finit par le convaincre. Comme pour le reste, cela devint une occasion pour nos rencontres intimes tandis que les chevaux avaient de l'eau jusqu'aux jarrets.

Quand nous nous étreignions et baisions dans l'après-midi à Newlands ou tard la nuit dans son bureau de Tuynhuys, le poème du corps se déroulait dans mon esprit : *omoplate, clavicule, muscle coraco-brachial, muscle grand glutéal*, etc. Je me retenais de le réciter tout haut, mais mes pensées suivaient leur cours. Je songeais au nom des différentes parties du corps pendant que les nôtres s'enlaçaient. Les hommes doivent être adorés, avais-je appris, ou sinon c'était insupportable. L'amour des hommes exige tout à la fois admiration et indulgence. Je n'étais pas vraiment fait pour ça. Je l'aimais quand même.

Le ciel du matin affichait des couleurs éclatantes, des nuages rose coquillage sur un ciel d'un bleu-vert vif, dignes d'un tableau du Tintoret ou d'un peintre mineur italien. L'air était rafraîchi par la brise marine. Psyché trottait à côté de moi alors que je traversais le Heerengracht en direction du café de Mme Saunders. La rue était déjà animée – le fracas joyeux des roues contre les pavés, l'appel du chiffonnier, les bruits métalliques des collecteurs de ferraille. M. Poleman ouvrait son échoppe, déverrouillait la porte dans un cliquetis, la lueur du soleil était douce dans la brume du matin, transformant l'air en or. C'était mon heure préférée, même si je me levais rarement pour en profiter. Le claquement de mes talons ajoutait à ce vacarme guilleret un son satisfaisant. La clochette de la porte tinta, annonçant notre arrivée, et nous entrâmes dans la chaleur de la boulangerie.

« Vous êtes matinal aujourd'hui, docteur Perry, dit Mme Saunders. Votre café arrive dans une minute. »

Je la remerciai et m'installai près de la fenêtre, Psyché sur mes genoux, et j'ouvris le journal. Mme Saunders posa une assiette avec deux petits pains au sucre dodus devant moi avant de vite retourner derrière le comptoir préparer ma boisson. Psyché frémissait légèrement sous ma main, tremblante d'excitation. Elle gémit. C'était une chienne gourmande. Je portai un petit pain à mes lèvres, en pris une bouchée, mordant dans le sucre granuleux – comme dans du sable sucré – qui couvrait la brioche chaude et moelleuse. Constatant qu'il n'était pas trop chaud pour Psyché, je lui préparai son repas, déchiquetai la viennoiserie en petits bouts pas plus grands qu'une cuillère à café que je déposai sur la serviette qui se trouvait sur la table où elle pourrait se dresser et prendre son petit déjeuner. Elle leva les yeux vers moi avec gratitude, de la poussière de sucre sur les babines et la fourrure.

« Ce chien est trop gâté, roucoula Mme Saunders avec un sourire approbateur.

– C'est elle qui me gâte.

– Quelqu'un devrait s'en charger. »

Elle essayait toujours de jouer les entremetteuses. C'était le genre de femme qu'on qualifiait d'*accommodante* même si c'était le dernier adjectif que je lui aurais accolé. Elle était sérieuse, fiable, maligne, observatrice, s'érigeait toujours en juge et colportait tous les ragots. Elle était de ces personnes vitales au fonctionnement des petites communautés, sur qui d'autres se reposent pour régler les conflits et prendre soin des plus faibles.

Ce n'était toutefois pas par charité chrétienne qu'elle agissait de la sorte, mais plutôt par condescendance, mue par un esprit pratique et impérieux. Si Dieu était trop occupé ailleurs, elle ferait ce qu'il y avait à faire.

J'ouvris le *Moniteur officiel* – les nouvelles de France étaient depuis longtemps périmées, mais toujours intéressantes – et lus qu'une femme avait été arrêtée pour s'être fait passer pour un homme à bord d'un vaisseau de la marine. L'article rapportait que « Madame de Freycinet, qui avait accompagné son mari au port de Toulon en septembre, s'était volatilisée et, vêtue comme un homme, était montée à bord du navire dans la nuit malgré les arrêtés interdisant la présence sans autorisation officielle des femmes sur ces navires d'État… »

Naturellement, c'était illégal d'être une femme sur un bateau de la marine. Il existait tellement de situations où les femmes étaient illégales – la médecine, l'armée, l'université. À en croire la loi, le sexe féminin devait être une puissance monstrueuse – risquant à tout moment de dépasser les hommes, constituant une terrible menace –, une force redoutable pour entraîner de telles contraintes. Il semblait que nous étions plus dangereuses que l'opium, la poudre à canon ou les Enclosure Acts combinés.

« Dans les cercles officiels, on s'indigne », disait l'article.

Je reposai le journal dans l'espoir de dissimuler le tremblement de ma main.

« Tout va bien, docteur ? demanda Mme Saunders.

– On ne peut mieux. »

Mais j'étais agité. Je n'avais pas besoin du journal pour me rappeler les risques que je prenais : me faire passer pour un officier était un crime, de même que voyager sur des navires militaires et exercer la médecine. Entre les mains d'une femme, mon diplôme ne valait rien, ma réputation était un scandale – pire, une plaisanterie.

Je me levais pour partir quand mon ami Tom Pringle, poète et éditeur, tapota sur la vitre en m'apercevant et entra.

Il proposa de prendre le café avec moi, mais je devais me rendre à la résidence du gouverneur, expliquai-je.

« Comment peux-tu supporter cet autocrate ? »

Je souris.

« Il a son charme.

– Le charme est une chose dangereuse », dit-il.

Il donna un petit coup sur la table pour prendre congé de moi.

Je m'arrêtai à l'échoppe de M. Poleman pour lui demander s'il pouvait me prêter son laboratoire afin que j'étudie la plante appelée *plat doom* car une femme de la région m'avait suggéré qu'elle pourrait peut-être aider à traiter la syphilis. Après quoi je me remis en route.

La résidence du gouverneur était en effervescence quand j'arrivai plus tard dans la matinée, encore préoccupé par ce que j'avais lu dans le journal. Entendant du remue-ménage en provenance de la salle de bal, j'allai y jeter un coup d'œil en traversant le vestibule et vis qu'il était envahi par ce qui ressemblait à des sacs en tissu, mais dont je m'aperçus dans la foulée qu'il s'agissait de domestiques, des femmes à genoux pareilles à des tortues sur la plage, le dos rond, la tête rentrée dans les épaules, qui nettoyaient vigoureusement le parquet à la cire d'abeille, donnant au bois un éclat que les bottes ne manqueraient pas de ternir dans la soirée. L'une d'elles était accroupie à côté de moi dans le vestibule ; je la contournai tandis qu'elle faisait couler la cire d'une bougie sur le parquet avant de se mettre à frotter ; je me dirigeai vers le bureau du gouverneur.

J'avais complètement oublié le bal qui devait se tenir ce soir-là.

J'attendis Lord Somerton, davantage pour le plaisir de sa compagnie que par nécessité. Je le verrais au bal, après tout, mais il me faudrait le partager avec d'autres, et j'aimais pouvoir le voir quand je le souhaitais. Forcer son attention.

J'étais assis dans son bureau, relisant ma proposition de réforme de la léproserie quand Cloete, mon partenaire de duel, entra en trombe en agitant un papier et en affirmant avec force que *ces fripouilles méritaient la corde.*

« C'est un peu *extrême*, vous ne trouvez pas ? » dis-je en lui prenant la feuille des mains pour la lire. Il s'agissait de vers de mirliton qui raillaient mon attachement à Lord Charles. Le genre de chose que nous voyions souvent placardé en ville ces derniers temps.

Une courtoise dévotion poussa
Le Docteur Perry à se rendre au temple de prière
Mais il fit aussitôt marche arrière
En voyant que SON Seigneur n'y était pas

« Ces fripouilles devraient plutôt être tatouées. »

Je lui rendis le papier.

« C'est l'insulte la plus infâme qui soit, s'obstina Cloete.

– J'imagine qu'on dit bien pire dans ces contrées, dis-je en revenant à mon texte.

– Comment pouvez-vous être aussi insouciant, docteur Perry ?

– Ce ne sont que des mots.

– On se gausse de vous. Et du gouverneur. »

Je faillis déchirer le papier avant que Lord Charles n'ait l'occasion de le voir, non seulement pour éviter qu'il s'inquiète, mais pour freiner son désir de museler la presse. Il n'avait décidément pas le sens de l'humour quand il en était la cible.

Quand Lord Charles entra et lut le quatrain, il pâlit, fit la moue et jeta la feuille sur son bureau, s'en détournant comme s'il s'agissait de quelque chose de sale.

« Ce sont de mauvais vers, dis-je.

– Le sous-entendu est clair, docteur Perry. L'humanité ne mérite pas d'avoir une presse libre quand elle ne sait pas en faire bon usage.

– Qui décide de ce qui est bon à dire ou pas…

– Moi. »

Je n'argumentai pas.

Je partis avec l'excuse d'avoir à me préparer pour les festivités à venir. Tout le monde savait que j'étais le jeune homme le mieux habillé – un dandy – maintenant que j'étais le médecin du gouverneur. Maintenant que j'avais les moyens de l'être.

L'un des grands charmes des gens fortunés est qu'ils n'ont pas besoin de se soucier d'argent, ou du moins pas ouvertement, à l'inverse des autres qui doivent s'en préoccuper au quotidien. Ils peuvent faire comme si cela ne comptait pas, comme si en parler ou y réfléchir était une faute – morale, sociale, esthétique. À croire que la table avait été dressée par des fées, l'art offert par les dieux, une indifférence grisante et olympienne qui permettait d'excuser les grands crimes sur lesquels notre confort reposait, desquels ils dérivaient. L'esclavage, l'appropriation. Ou pire, d'oublier ces crimes. J'ai honte de dire que c'est ce que je fis avec les Somerton.

En leur compagnie, ces considérations paraissaient vulgaires, comme si j'entrais dans ces pièces étincelantes en traînant une chose morte et fétide derrière moi. La laideur semblait frapper celui qui la remarquait ; c'était un soulagement – quand j'étais avec eux – de prétendre que je ne voyais rien. En un mot, je pris mes aises.

L'argent était comme l'air, ou comme l'eau pour le poisson – un élément si omniprésent, si essentiel à la vie que nous le percevions à peine ; à l'instar du temps, nous remarquions seulement son absence. C'était la même chose avec la richesse. Il ne vint jamais à l'esprit de Lord Charles qu'il n'avait pas gagné cet argent et donc ne le méritait pas ; sa fortune existait, voilà tout. Puisque j'en avais été privé, j'avais appris que rien ne comptait davantage – ni la maîtrise de soi, ni l'esprit, ni même le nom.

L'argent nous absout de tous nos manquements : il achète le pardon, l'indulgence, l'amour, l'amitié, la beauté et l'oubli. Il n'y avait que la mort qu'il ne pouvait soudoyer, du moins pas à cette époque, mais peut-être qu'à l'avenir la médecine découvrirait un médicament qui changerait la donne. Je pouvais difficilement dire le contraire : impossible de réfléchir à de grandes questions – liberté, justice, amour – sans le loisir qu'offrait l'argent.

Je savais que j'aurais désapprouvé tout ceci, mais, comme avec le général Mirandus, je n'en fis rien. J'aimais ce monde – superficiel, tapageur, mesquin, coupé de la réalité, dépensier. Je comprenais pourquoi Mirandus avait repoussé son départ de Londres et son retour au Venezuela. Pour cela – l'équivalent social des petits fours. Cette merveille superfétatoire.

Le gouverneur avait fait de moi son médecin attitré (et son inspecteur en charge de la vaccination) après s'être remis du typhus, des nominations qui s'accompagnaient d'un appartement personnel à Newlands et d'un salaire de mille huit cents rixdales. Je me sentais à l'aise dans ce cercle, maintenant que j'avais de l'argent.

Quand je me présentai de nouveau à la résidence du gouverneur pour le bal, je montai à l'étage pour confier Psyché à une femme de chambre ; je me rappelle que je descendais les marches de cet escalier si familier quand je portai le regard vers les invités qui se déversaient dans le vestibule – affublés de leurs perruques, de leurs habits de satin et de leurs bijoux, les domestiques vêtus de leur plus belle livrée, les lampes allumées et le cristal mouchetant l'ensemble de sa lumière scintillante. Je sentis mon esprit s'élever et grandir, je sentis ce qu'un homme qui aurait été moins dans le contrôle aurait pu prendre pour du bonheur alors qu'il s'agissait en fait de soulagement ; j'étais arrivé, j'étais entré dans le cercle enchanté qu'aucun mal ne pouvait apparemment entacher. Le mal était pour les autres, hors de ces pièces, loin de cette société éclairée et brillante. Après m'être démené pendant des années pour me faire une place, afin d'accéder à la sécurité pour laquelle ma mère avait donné sa vie, j'étais là.

Je saisis la rampe et descendis rejoindre les autres.

Je m'avançai vers Lord Charles et sa plus jeune fille, Miss Charlotte.

« Qui est ce soldat qui importune Miss Georgiana ? demandai-je en suivant leurs regards.

– Le capitaine Stirling Freeman Glover, dit Lord Charles, mais il doit y avoir erreur sur son grade. L'homme sait à peine se commander lui-même. Il ne sait pas monter à cheval ni tirer. Il est effroyable aux cartes. Et il glousse quand il est pris de boisson.

– Quel triste sire. Dois-je aller secourir notre demoiselle en détresse ?

– Oh non, surtout pas, docteur, intervint Charlotte. Elle l'apprécie beaucoup – enfin, assez, je crois. Cela fait longtemps que quelqu'un ne lui a pas plu. »

Nous savions tous les trois qu'elle faisait référence à mon arrivée deux ans plus tôt.

En vérité, je m'inquiétais pour Georgiana depuis notre retour de la rivière Fish l'année précédente ; elle était devenue grave, dévouée aux bonnes œuvres. Ce vice.

« Le cœur a ses raisons que la raison ignore, n'est-ce pas docteur ? dit Miss Charlotte, reprenant une expression que j'avais employée lors d'un de nos dîners.

– Au diable, le cœur ! dis-je. Mon estomac a ses raisons et elles sont convaincantes. »

Je me demandais si c'était de la jalousie que j'éprouvais ; j'étais possessif avec la famille, surtout avec Georgiana et Somerton. De manière irrationnelle, j'avais l'impression qu'ils m'appartenaient.

En me frayant un chemin vers la salle de banquet, je parcourus la pièce du regard. Je fronçai les sourcils en voyant l'évêque Burnett discuter avec l'éditeur George Greig. Parmi les nombreux invités se trouvaient d'odieux marchands qui se faisaient passer pour des hommes de médecine avec leurs remèdes toxiques ; c'étaient eux, les vrais imposteurs. Ma mascarade pouvait me valoir la corde, mais la leur était la véritable tromperie, le mensonge le plus gros. Et des gens en mouraient.

« Vous désapprouvez ces prodigalités, docteur Perry ? dit une femme que j'avais vue à d'autres bals, la fiancée d'un officier, si ma mémoire ne me faisait pas défaut, qui s'était méprise sur mon expression.

– Comment désapprouver quelque chose d'aussi plaisant ?

– Et pourtant vous méprisez ceux qui le possèdent.

– Je dédaigne les bons moyens utilisés à de mauvaises fins.

– La beauté n'est-elle pas une fin en soi ?

– Beaucoup le pensent.

– Mais pas vous.

– J'admire la beauté, et je sais l'apprécier, mais je ne peux pas m'empêcher de penser à la tache.

– Avouez. Vous êtes une âme charitable, docteur.

– Cela vous attriste, on dirait.

– Il faut bien reconnaître qu'il n'y a rien de plus ennuyeux que ces gens qui se dévouent au vice des bonnes œuvres. Dieu me préserve de ce genre d'homme. »

Je me demandai si c'était une façon de sonder mes sentiments à propos de Miss Georgiana devenue visiblement très sage depuis notre retour des contrées de l'Est.

« Aimez-vous les mauvaises fréquentations ? » dis-je en souriant.

Il était dangereux de flirter avec la fiancée d'un autre, mais c'était inévitable en ces lieux où l'art de la séduction était aussi populaire que le whist.

« J'aime les bonnes fréquentations.

– Bien. Dans ce cas, je ne vous retiens pas. »

La repartie la fit rire ainsi que je l'espérais ; je fis ma révérence et repris mon chemin.

J'approchais de la salle de banquet quand j'entendis mon nom et levai les yeux, croyant qu'on m'avait appelé. Une petite grappe d'hommes au pied de l'escalier parlait de moi, manifestement.

« Y a-t-il quelque chose que le docteur n'inspecte pas ? »

Je ne pus entendre la réponse qui suscita des rires. Je m'arrêtai près d'une colonne pour écouter.

« On *raconte* qu'il est le fils naturel du comte de Basken…, dit quelqu'un.

– Ou de Lord Somerton, ajouta un autre.

– De fait, ce médecin paraît assez *jeune* pour être le fils de Sa Seigneurie.

– Mais personne ne sait.

– Il est comme Athéna sortie du crâne de Zeus.

– Peut-être qu'il a plus d'un point commun avec Athéna ?

– Son intelligence ?

– C'est un homme d'une *délicatesse* peu ordinaire.

– Messieurs », dis-je tandis que je m'éloignais de la colonne et passais près d'eux.

Je pris peur en m'apercevant que je ne connaissais qu'un seul de ces hommes. Ma réputation dépassait mon entendement ; j'étais célèbre et visiblement envié.

Prétextant une urgence, je quittai le bal peu après. Mais j'avais surtout perdu le goût pour les intrigues de la bonne société. Je commençais à détester ces soirées dansantes où je devais partager mon ami. J'étais jaloux, apeuré, une possessivité détestable s'était emparée de moi, me visitant dans des rêves de trahison, des rêves où mon amour se moquait de moi.

Quand il n'y avait rien à perdre, je n'avais peur de rien. Mais désormais, j'avais l'amitié de Lord Somerton, l'estime de sa famille, nos dîners en toute intimité, l'appartement ensoleillé de Newlands, mes deux chevaux gris et ma voiture rouge, ma réputation – j'avais donc beaucoup à perdre. Cela aurait dû m'inciter à plus de précautions, mais la menace me rendait plutôt belliqueux, prompt à éviter le danger. Je n'avais que trop bien retenu la leçon dans mon enfance : profiter de l'offensive pour déjouer un adversaire. Je n'avais pas encore appris les limites de cette stratégie. Mais cela viendrait.

Qu'est-ce qui attire tant les hommes dans le fait de baiser au grand air ? L'affaire a quelque chose d'agricole. Je comprends la préférence pour les fenêtres ouvertes, l'odeur de la mer, le bruit du ressac ; si je craignais beaucoup d'être épié, ceci était un plaisir. La chair contre la chair dans la fraîcheur de la soirée. Le bruit de la pluie sur les pavés ou les marches.

Mais je n'ai jamais compris sa prédilection pour l'amour à l'air libre ; Lord Charles était clairement porté sur la chose. Moi non. Allongé sur le dos, je levais les yeux vers la cime des arbres dont la silhouette se découpait sur le ciel sans un nuage, je me souviens d'avoir dit (poliment, me semblait-il) : « Tu pourrais finir ? », hors d'haleine. Il émit un grognement. Mon dos me faisait mal tandis qu'il me pressait contre le sol d'avant en arrière, de haut en bas sur la terre compacte jusqu'à ce que j'explose de rire, le suppliant d'arrêter, trop hilare pour le formuler avec des mots, et il remonta sa culotte après s'être relevé. Il se passa un moment avant qu'il ait de nouveau envie de moi. Nous nous voyions néanmoins tous les jours, parlions jusque tard dans la soirée. Nos jours et nos nuits s'installèrent dans une agréable routine. Indifférents aux conséquences, à la possibilité que nous puissions être observés.

Il s'écoula bien des mois – une année, peut-être – avant qu'il ne me convoque à la résidence du gouverneur un après-midi, interrompant ma tournée à l'hôpital ; je le trouvai dans son bureau, agité, qui faisait les cent pas.

« J'ai reçu une lettre, dit-il en me tendant une feuille dont je ne me saisis pas. De l'administrateur colonial à Londres.

– De mauvaises nouvelles ? »

Il ne m'était pas venu à l'esprit qu'on pourrait lui proposer un poste ailleurs.

Il me tourna le dos, alla à la fenêtre.

« Il insiste pour que je me marie. »

Je sentis l'air me manquer. Je m'appuyai à une chaise pour ne pas perdre l'équilibre.

« Je vois. Allez-vous le faire ?

– J'ai répondu que c'était impossible. »

Je fus gêné de mon soulagement.

« Vraiment ?

– Je ne pourrais jamais épouser qu'une femme.

– Elizabeth. »

C'était absurde, mais je fus blessé alors même que je savais que son affirmation était juste.

« Une seule femme vivante. »

Il se tourna vers moi. La plaisanterie me semblait de mauvais goût.

« Vous vous moquez de moi ?

– Je vous épouserai.

– Demandez-moi tout sauf ça.

– Je vous offre mon amour. »

Je remarquai qu'il ne tournait plus en rond. Il ne s'éloignait pas de la fenêtre. Son immobilité me déconcerta.

« Je croyais que je l'avais déjà. »

Il sourit.

« Je vous offre mon nom.

– C'est un très beau nom, mais ce ne serait pas une très bonne affaire pour moi.

– Êtes-vous obligé de parler du mariage comme du commerce de la viande de cheval ?

– Pourquoi faire comme si ça ne l'était pas ? En se mariant, un homme gagne une femme et ce qu'elle possède. De son point de vue, évidemment, la proposition est romantique. Une femme perd son nom et ses possessions. Je perdrais bien plus que ça.

– Je n'ai pas peur du qu'en-dira-t-on.

– Je ferais scandale.

– Vous feriez sensation.

– Je serais jeté en pâture.

– Vous seriez ma femme.

– Je ne serais plus médecin. Je ne pourrais plus pratiquer la médecine. »

Je voyais que Somerton ne comprenait pas, et cela me peinait. Je comprenais à peine moi-même la terreur que j'éprouvais.

« Je vous aime », dit-il, comme si c'était un argument irréfutable, brandissant l'arme si souvent utilisée contre les femmes pour les forcer à vivre des vies impossibles – *Je vous aime*, ce coup de massue.

« Il y a des choses plus importantes que l'amour.

– Non.

– Je risquerais la cour martiale. »

Il savait aussi bien que moi que se faire passer pour un officier était un crime.

« Cela n'a pas nui à la réputation du chevalier d'Éon quand on a découvert qu'il s'agissait d'un homme habillé en femme, dit-il.

– Il était français, rétorquai-je comme si cela expliquait tout. Et aristocrate. Son secret n'a pas été découvert avant sa mort. Et je n'ai pas l'intention de mourir bientôt. »

Je souris. Lui, non. Il me tourna le dos pour regarder vers le jardin.

« Quand j'ai épousé Elizabeth, le monde était contre nous. Mais ça nous était égal.

– Vous étiez jeunes et les benjamins de vos familles. Vous aviez moins à perdre.

– Je ne veux pas vous perdre », dit-il.

Je n'arrivais pas à savoir si c'était de la colère ou du chagrin que j'entendais dans sa voix.

« Vous ne me perdrez pas. Je suis ici. Docteur Perry, à votre service. »

J'adressai une révérence à son dos. Il donna un coup sur le mur du plat de la main et je reculai, le son me faisant sursauter.

« Mon Dieu, quelle tête de mule », dit Lord Somerton.

Je me sentais léger, à la dérive.

« Je ne serais pas ici sans cela. »

Cloete entra en trombe. « Tout va bien, monsieur ?

– Parfaitement. Nous avons fini. Merci, docteur. Ce sera tout. »

Je ne pouvais pas lui expliquer mon raisonnement. Je comprenais à peine moi-même pourquoi je ne pouvais pas épouser le seul homme que j'aie jamais aimé et aimerais jamais. Impossible d'expliquer – peut-être que cela m'échappait aussi – que je devais abandonner le *deuxième* plus grand amour de ma vie, Lord Charles, pour préserver le premier : non pas la médecine, mais ma liberté d'esprit. La liberté de penser, de parler et de me déplacer comme bon me semblait, et non comme les autres le voulaient. Vivre en posant mes propres conditions. La seule liberté digne de ce nom. Même si le coût en était terrible. Je le découvrirais à mes dépens.

Ce n'était pas l'argent qui me poussait à poursuivre ma carrière ni même l'honneur. Certainement pas le confort ni la richesse ; je savais que j'en aurais bien plus en devenant Lady Somerton. Il s'agissait de quelque chose de plus intangible, de beaucoup plus précieux. Cela s'apparentait à ce que j'avais éprouvé sur les Cape Flats lors de notre long périple jusqu'au roi xhosa, ou quand j'avais revêtu les habits d'un jeune homme pour la première fois – libre de voir de mes propres yeux, d'embrasser la vie comme il me plaisait. Mon existence avait beau être circonscrite par des principes et l'exigence, par les ordres donnés par l'armée, il n'y avait plus personne pour me dicter ce que je ressentais. Même si ma vie était basée sur un mensonge, une mascarade, ceux-ci me permettaient de mener une existence honnête : je mentais peut-être aux autres, mais je ne me voilais pas la face. Jamais.

Quand je tombai malade quelques jours plus tard, j'eus l'impression que mon esprit s'était retourné contre moi, doutant de ma décision. Je me sentais abruti de chagrin, lourd et incommodé. Mes pieds gonflaient dans mes bottes, mes seins et mes articulations me faisaient mal. La moindre mauvaise odeur – et cela ne manquait pas dans Heerengracht – me donnait des vertiges et la nausée. Constatant une aggravation des symptômes, je me mis au lit quelques jours. Ce qui me donna le temps de réfléchir. À la proposition de Somerton et à mes symptômes. De comprendre ce qui n'allait pas. Ce qui me rendait malade : j'étais enceinte.

Je voulais le dire à Somerton. Mais je savais que c'était impossible. Je songeai plutôt à envoyer un message lui demandant de le voir à Newlands. Nous pourrions nous retrouver sur la véranda, dans la chaleur du soir, écouter le vent dans les arbres et le ressac au loin.

J'imaginai notre conversation si souvent que je commençai à la croire réelle. Peut-être que oui. Peut-être était-ce ce que j'aurais aimé.

« Je vais avoir un enfant, pourrais-je dire pour commencer.

– Tu es en sûre ?

– Je suis médecin. Le diagnostic n'est pas bien difficile.

– Mon Dieu. » Il irait jusqu'à la balustrade, s'y appuierait, porterait le regard sur le pays qu'il gouvernait. Il avait le pouvoir de diriger des troupes, de bâillonner la presse libre, mais il ne pouvait pas arrêter la biologie. « Que vas-tu faire ?

– Je ne peux pas l'avoir ici, bien sûr. Personne ne doit savoir.

– Peut-on faire… quelque chose ?

– C'est trop tard.

– Il n'y a donc qu'une solution…

– Oui, je vais partir et…

– On se mariera après ça. »

Peut-être qu'il sourirait.

« Ne sois pas absurde.

– Je me suis bien enfui avec Elizabeth. Nous avons été heureux pendant vingt-sept ans.

– Le gouverneur ne peut pas s'enfuir avec son médecin. Son médecin qui est un *homme*.

– Mais tu n'es pas un homme.

– Quel fin observateur. *CQFD*.
– Ne prends pas ce ton avec moi.
– Pardonne-moi. Tu es le seul avec qui je ne prends pas ce ton.
– Que vas-tu faire ? redemanderait-il.
– Ce que les femmes dans mon état font depuis des siècles.
– Je ne crois pas qu'il y ait jamais eu de femme dans ton état.
– Peut-être pas. Je vais… m'organiser.
– Tu n'as pas l'intention de le garder, alors.
– Il semble que je sois incapable de garder ce que j'aime. »

Quand la conversation eut lieu, elle ne se déroula pas comme je l'avais imaginé. La nuit où j'allai le voir, rien ne se passa comme prévu.

Pour comprendre ce qui arriva, il faut savoir ceci : quelques semaines plus tôt, on m'avait appelé pour soigner les blessures de Sanna, l'hermaphrodite dont j'avais acheté la liberté l'année précédente. J'avais pensé la libérer du commerce de la chair auquel l'avait soumise un esclavagiste hollandais, la louant aux propriétaires terriens locaux comme on le ferait avec une charrue, pour le plaisir ou l'expérience rare qu'elle offrait. Mais mon cadeau s'était révélé empoisonné. La liberté est inutile – pire qu'inutile – quand on est uniquement libre de mourir de faim. À mon arrivée, j'avais appris qu'elle avait été battue par un marin qui s'était payé ses services dans une taverne du port et qui ne s'était plus contrôlé en découvrant qu'elle n'avait pas les attributs auxquels il s'attendait. Elle avait le visage contusionné, une côte cassée, mais elle s'en tirerait. J'avais honte d'avoir acheté sa liberté pour l'enchaîner d'une autre façon.

J'avais cru l'aider. Mais la liberté n'est rien sans argent pour se débrouiller. *La liberté* que je lui avais offerte était une injure.

Je fus reconnaissant que Georgiana accepte de prendre soin de Sanna pendant que je me rendais à Hemel-en-Aarde afin de superviser la nouvelle léproserie qu'on y construisait. J'étais inquiet pour Sanna, même si elle m'assura qu'elle préférait toujours se vendre qu'être vendue. Elle finirait par reprendre le travail, je le savais, mais pendant quelque temps au moins, elle pourrait se reposer de son labeur. Le travail infini des femmes : réconforter les hommes.

En rentrant de Hemel-en-Aarde une semaine plus tard, je m'arrêtai à Newlands pour parler avec Lord Charles, pour lui annoncer la nouvelle – que j'étais enceinte. Je l'avais averti de ma venue sans avoir la certitude qu'il serait disponible ou même sur place ; j'espérais presque qu'il ne le serait pas.

Qu'espérais-je qu'il dirait ? Que l'amour ferait tomber tous les obstacles comme dans le conte de Cupidon et Psyché ? Je savais bien que c'était impossible. J'avais tous les jours la preuve du contraire – des femmes esclaves violées par des hommes qu'elles détestaient ; des femmes libres que la pauvreté poussait dans les bras de ceux qu'elles ne désiraient pas, obligées de se marier par nécessité. L'amour n'avait pas grand-chose à voir avec tout cela. Le genre d'amour que nous trouvions était pareil aux fynbos et aux proteas qui fleurissaient ici – une beauté étrange qui ne pouvait pas survivre en dehors de ces lieux. Mais bêtement, je nous imaginais le vivre.

Il devait être onze heures ou minuit à mon arrivée, mais la bibliothèque était éclairée et de la lumière se déversait sur la véranda ; j'attachai mon cheval et me dirigeai vers les marches qui montaient vers la galerie de style palladien quand une silhouette, émergeant de l'obscurité, quitta la maison par l'entrée des domestiques.

Je fus surpris, puis choqué. C'était Sanna.

Je ne pus imaginer qu'une seule raison expliquant sa présence à cette heure tardive. Je faillis perdre l'équilibre comme la fois où, des années plus tôt, j'avais aperçu la jupe bleue d'une femme entrer dans le bureau de Somerton, et qui m'avait valu un duel avec Cloete. L'air se raréfia, me parut cassable. Il ne pouvait y avoir d'autre explication Qu'est-ce qui pourrait bien conduire Sanna si loin de la ville si tard dans la nuit si ce n'est un gentleman ayant réclamé sa présence ? Elle s'était résignée aux manières des hommes, gagnait sa vie comme elle pouvait, mais je ne l'étais pas, moi, résigné. L'idée que mon ami, mon aimé, puisse faire partie de ses clients me rendait malade. Je m'étais demandé s'il la connaissait. Peu importait qu'il la paye pour lui ou ses amis, des hommes puissants qu'il cherchait à impressionner en leur offrant des plaisirs rares. J'étais écœuré et triste. Je sentis le dégoût me gagner, puis la fureur. J'entendis les voix des hommes qui se trouvaient à l'intérieur et brisaient le silence de la nuit.

« Docteur Perry, dit Sanna qui sembla aussi surprise que moi. Vous venez d'arriver ?

– Je pourrais vous retourner la question. Je venais porter une nouvelle au gouverneur, mais cela peut attendre. Je vais vous raccompagner. Les routes sont dangereuses pour une femme seule la nuit. »

J'aidai Sanna à monter dans ma voiture.

« Comme vous êtes galant.

– Pas le moins du monde. »

Quand Somerton demanda le lendemain pourquoi je n'étais pas venu à Newlands, je m'excusai, expliquai que j'avais été retenu par une urgence auprès d'un patient et n'avais pas eu le temps de le prévenir.

« Je suis désolé », dis-je le plus sincèrement du monde.

Lord Charles ne semblait pas préoccupé, mais plutôt joyeux.

« J'avais tort l'autre jour, dit-il, au sujet de la lettre ; il n'y a aucune raison de modifier notre organisation actuelle. Pour l'instant du moins.

– Effectivement, aucune raison. »

Parce que je ne pouvais pas expliquer à Somerton la raison de mon départ précipité du Cap, je ne demandai pas l'autorisation de voyager. Je me contentai de partir. Sachant que cela risquait de me coûter mon poste, la cour martiale, la prison, la pendaison. L'une des Malaises que j'avais rencontrées au bal Arc-en-Ciel avait de la famille sur l'île Maurice et me parla avec admiration des sages-femmes et des soigneurs du cru. Je lui dis que j'avais très envie d'étudier leurs techniques.

Il aurait été difficile de dire si, pendant la traversée, j'étais malade à cause de la mer déchaînée ou de l'enfant qui grandissait en moi, mais je passai l'intégralité du voyage dans ma cabine, heureux que Dantzen se charge de m'excuser auprès du capitaine (qui m'invitait à dîner tous les soirs), mais je me réjouissais encore plus des vêtements et des draps propres qu'il m'apportait et des bons soins qu'il prodiguait à Psyché. Qui, comme moi, détestait prendre la mer. Le craquement du bois, le hurlement du vent, les coups que donnait l'eau contre la coque me faisaient ardemment désirer notre destination, le soleil et la terre ferme sous mes pieds. Toutes choses que l'on croit trop souvent acquises.

Une fois que nous fûmes arrivés, j'envoyai Dantzen dans une maison de Port Louis, la capitale, pour qu'il s'occupe de Psyché pendant que je rendrais visite aux sages-femmes dans les campagnes ; j'expliquai que ce n'était pas un lieu pour un homme ou un chien, d'autant qu'on parlait de foyers de choléra dans les villages de montagne, foyers qui seraient bientôt le point de départ d'une épidémie. Je lui dis par ailleurs que je m'absenterais environ six mois. Je comptais sur lui pour envoyer des courriers, mais aussi pour ne révéler à personne où je me trouvais. Si je n'étais pas de retour dans les sept mois, il devrait rentrer seul au Cap avec Psyché. Je mis une belle somme d'argent à sa disposition. Si Dantzen avait peur pour lui ou pour moi, il eut la décence de ne pas l'exprimer.

Au cours du trajet solitaire jusqu'au village, je troquai mon uniforme contre une ample robe de coton. Une fois sur place, je laissai mes cheveux pousser, mon corps grossir ; je cessai de bander mes seins et mon ventre s'arrondit tel un spinnaker. Le corps douloureux, j'étais alourdie et stupéfaite par cet enfant en moi. Mes seins gonflèrent tant qu'ils me faisaient souffrir quand je me tournais dans le lit, comme si des sacs de sable roulaient sous ma peau. La sage-femme mauricienne qui s'occupait de moi me massait les mains, les bras, les cuisses et le ventre avec des huiles infusées d'eucalyptus, de gaulthérie et de romarin (rapportées des Jardins de la Compagnie) pour soulager le gonflement et activer la circulation, mais je restais faible. Je n'arrivais pas à garder la nourriture et quand je finis par accoucher sur le sol en terre de la hutte où j'avais vécu pendant des mois, je délirais presque. Malgré toute mon expertise, je n'étais d'aucune utilité. Épuisée, au bord de l'évanouissement, et malgré les spasmes douloureux, je m'accroupis par terre, deux infirmières me tenant par les bras ; mon corps évacua eau, pisse, merde et sang, puis j'expulsai l'enfant et perdis connaissance. Quand je revins à moi, j'avais trempé les draps que j'avais apportés. Alors que la fièvre s'était répandue comme une traînée de poudre dans le village, la sage-femme, fidèle à sa réputation et à sa vocation, ne m'abandonna pas quand elle aurait eu toutes les raisons de le faire.

On me fit avaler du bouillon de viande et de moelle, du chevreuil et du porc que j'étais trop faible pour refuser. Je délirai pendant quelque temps – cela me parut des mois, mais il ne dut s'écouler que quelques jours – alitée et en sueur, l'esprit embrumé par la fièvre. J'entendis un bébé vagir et un souvenir me revint brièvement – comme si une fenêtre avait soudain été ouverte sur un paysage familier –, celui d'un nourrisson emmailloté serré au creux de mon bras, la peau sillonnée d'un réseau de veines bleues, rouge à force de pleurer, sa bouche se refermant enfin sur mon sein dans un mélange de douleur et de plaisir, suivi d'une sensation de noyade, une humidité au niveau de la taille, puis le néant. Je rêvai que Somerton venait me trouver et me tenait la main ; je rêvai que nous étions sur un navire ensemble, voguant au milieu d'une forte houle bleue sous un ciel tranquille, les voiles pleines, mon corps mouillé par les embruns.

Quand j'eus repris mes esprits, l'enfant avait disparu. L'infirmière secoua simplement la tête quand je l'interrogeai. Je n'étais pas surprise, mais la nouvelle fut comme un coup en pleine poitrine.

« Mort, dis-je en reposant la tête sur l'oreiller.

– Oh, c'est un garçon en bonne santé qui hurle de vie. »

Je ris. Un garçon. Le Dr Perry avait donné naissance à un fils.

« Apportez-le-moi. Je veux le voir. »

Elle secoua de nouveau la tête.

« Où est-il ?

– Mieux vaut ne pas y penser.

– Où est mon fils ?

– Il a été placé auprès de bons chrétiens.

– Par Dieu, je verrai mon enfant ou vous le paierez cher. »

Si j'en avais eu la force à ce moment-là, j'aurais pu les rattraper, retrouver les parents adoptifs et expliquer qu'il s'agissait d'une erreur. Que je voulais mon enfant comme je n'avais jamais rien voulu d'autre, hormis apprendre, un désir aussi puissant que les vagues de contractions qui m'avaient submergée avec la violence d'une forte marée. Je me redressai, repoussai les draps, me levai et m'évanouis.

Quand je revins à moi, la pièce était sombre, l'air frais, j'entendais le son des criquets ou des grenouilles, le bourdonnement de la vie qui réapparaît. Quelque part, mon fils dormait, ou peut-être qu'il m'appelait, moi la mère qu'il ne connaîtrait jamais. Les membres pesants. L'esprit anesthésié. J'eus l'impression que jamais je ne me relèverais. Les jours passèrent. Je ne pris pas soin de moi, ne remarquai pas mes vêtements souillés, mes cheveux emmêlés, la puanteur aigre de ma peau. Si l'infirmière n'était pas venue changer ma chemise de nuit, me nettoyer avec de l'eau et du citron, je ne me serais pas lavée pendant des semaines. Je n'en voyais pas l'intérêt. Le temps était suspendu comme le soleil de midi au-dessus de l'équateur. Aussi immobile que l'air sur une mer calme. Lourd et menaçant.

Je me laissai dangereusement aller à la rêverie, au fantasme. À l'instar des femmes dans les nouveaux romans de Sir Walter Scott, je m'imaginais notre avenir : le soulagement de Somerton à mon retour, ma confession, notre réconciliation, les vœux échangés en privé. Ce serait étrange d'avoir Georgiana pour fille, mais pas impossible. J'imaginais que je pourrais encore retrouver mon fils, notre fils, je dirais à Somerton que j'avais changé d'avis et nous nous marierions. L'affection plus que l'ambition était devenue mon point d'ancrage. Dans les jours ensoleillés et délirants qui suivirent mon confinement, il sembla possible d'avoir d'autres enfants, d'être la mère de lords.

Avec la montée de lait, mes seins devinrent douloureux, lourds, puis durs, à croire que l'on avait fourré des cailloux sous ma peau tendre jusqu'à ce que je pleure, fasse une poussée de fièvre, vomisse, aveuglée par la souffrance : la sage-femme pressa des linges chauds sur ma poitrine le temps que la douleur et la fièvre retombent. Après quoi, mon cœur était mort et sec. Comme le lait dans mes seins.

Quand je retrouvai Dantzen à la capitale trois semaines plus tard – presque sept mois après les avoir quittés, lui et Psyché, à Port Louis – il sembla surpris par ma transformation même si j'avais remis mon uniforme et mes bottes. Il remarqua que j'avais perdu au moins cinq kilos, s'inquiéta d'apprendre que j'avais été fiévreux. J'étais heureux de les trouver en bonne santé, robustes et reposés après notre longue séparation. Mais je fus dérouté quand Dantzen me raconta que Lord Somerton n'avait pas répondu à mes lettres. Je savais que Lord Charles devait être en colère – parce que j'avais refusé sa proposition, que j'avais disparu – mais ce long silence m'alarma. Je m'étais attendu à une réprimande, des menaces peut-être. Mais il n'y avait rien du tout.

Le périple de retour fut éprouvant – l'océan Indien était démonté à cette période de l'année. Je me persuadai que Lord Somerton était de nouveau tombé malade en mon absence, ce qui expliquerait l'absence de correspondance. Inquiet pour la santé de mon ami, l'angoisse me gagna. À peine débarqué dans la baie de la Table, je montai dans un fiacre et me rendis directement à la résidence du gouverneur où l'on m'expliqua que Lord Charles n'était pas là. Je craignis le pire. Cloete clarifia rapidement la situation : le gouverneur était parti pour l'Angleterre dans le mois qui avait suivi mon départ pour l'île

Maurice ; il n'y avait rien à craindre ; il rentrerait bientôt avec son épouse, Lady Poulett.

Quand l'invitation arriva des mois plus tard, je ne pus dire non ; j'acceptai d'accompagner Cloete et le fils de Lord Somerton, Henry, pour accueillir le navire du couple.

Le jour du retour de Somerton, nous nous retrouvâmes sur les quais à l'aube et nous mîmes en route dans un silence lugubre ; le mouvement des rames nous porta à travers le clapot jusqu'au bateau qui avait jeté l'ancre dans la baie. Nous n'entendions que le bruit d'éclaboussure des vagues qui se heurtaient au plat-bord. Le regard rivé sur l'eau et le bateau devant nous, je ne dis pas un mot.

« Vous ne vous sentez pas bien, docteur ? demanda Cloete.

– Je devrais ?

– J'ai attendu toute la matinée que vous fassiez un bon mot sur la nouvelle femme du gouverneur.

– Le mariage est-il toujours sujet à plaisanterie ?

– Non, peut-être pas.

– Cela ne vous a jamais arrêté avant, docteur Perry, remarqua le fils de Somerton.

– Et quel est donc ce bon mot que j'aurais dû faire ? »

Cloete rougit, manifestement gêné d'être ainsi poussé à se moquer de son maître devant le fils de ce dernier.

Henry le rassura, souriant, visiblement à l'aise avec le tangage du bateau, comme si la mer était un berceau, et je me rendis compte pour la première fois que ce jeune homme était fait pour les voyages sur les océans et qu'il en ferait sûrement beaucoup, autant que j'espérais ardemment ne plus en faire.

« C'est évident, non ? dit le fils de Lord Somerton. Étant donné l'affection bien connue de mon père pour les animaux, qu'y a-t-il de surprenant à ce qu'il ait choisi une poulette pour femme ? »

Cloete rit, manifestement ravi.

Mais je n'avais pas l'esprit à la légèreté. Mon cœur était malade, sombre comme la mer en cette fin novembre.

Quand nous fûmes proches du navire, l'échelle fut abaissée et l'on grimpa jusqu'au pont où le couple nous attendait. Le Lord de cinquante ans et son épouse de trente-cinq. Somerton sourit, serra son fils contre lui, salua Cloete, puis se tourna vers moi ; son regard était aussi froid et calme que celui d'un faucon quand il croisa le mien : « Docteur Perry, laissez-moi vous présenter ma femme. »

CHAPITRE HUIT

Le paradis et la terre

Est-ce par gentillesse ou par cruauté que Lord Somerton m'invita à la fête organisée en l'honneur de sa femme ? Je l'ignore encore à ce jour. Les morts savent ce qui arrive, pas pour quelle raison. En apprenant qu'il s'était marié, je m'étais préparé à ce qu'on me déloge de mon appartement à Newlands au profit de Lady Poulett – plutôt grande dinde – qui, à n'en pas douter, voudrait prendre des dispositions pour les personnes qui l'accompagnaient. Mais aucun ordre de la sorte ne fut donné. Au contraire, tout fut mis en œuvre pour maintenir notre intimité, comme si elle n'avait jamais été brisée, comme si les Somerton avaient toujours été une famille heureuse et moi, leur ami et invité.

Peut-être Lord Charles craignait-il qu'un changement soudain dans notre organisation domestique n'alimente les rumeurs qui continuaient de courir au sujet de notre supposé attachement contre-nature. Peut-être son mariage les ferait-il taire tôt ou tard. Était-ce la raison de cette union ? Couper la chique aux bavards ? Je n'étais pas en position de poser ces questions. Nous faisions comme si rien n'avait changé. Même si, bien sûr, rien n'était plus comme avant ; Lord Somerton et moi ne nous retrouvions plus après dîner pour discuter politique ou ragots, et nous retirer au lit ou nous caler contre un bureau juste à la bonne hauteur. La nuit, il n'entrait plus à pas de loup dans ma chambre. Il n'était plus question d'amour.

Une semaine après le retour du couple, un dîner somptueux fut donné pour célébrer les épousailles. Lord Charles ne manqua pas de raconter ses vieilles histoires de chevaux aux convives, le tout sans jamais croiser mon regard, ses yeux passant sur moi comme si ma chaise était vide, un affront que je fus seul à remarquer. D'une certaine manière, il se montrait parfaitement correct avec moi, mais affichait aussi une totale indifférence. Le baromètre de notre relation semblait avoir chuté brutalement, ce nouveau front froid présageant l'orage.

Je me rappelle qu'un brin de persil dansait d'un coin à l'autre de sa bouche pendant ce dîner en compagnie de quatre douzaines des plus proches amis du nouveau couple ; je l'observais comme l'aurait fait une mouche. Quand il sourit, le brin monta jusqu'à sa joue. L'argenterie heurta les assiettes pendant que nous avalions notre soupe, déchiquetions la chair des volatiles tirés le jour même, mastiquions les mets délicats.

J'étais assis à la place de l'invité d'honneur, à droite de Lady Somerton, mais je subodorai que c'était pour me maintenir éloigné de son mari. Elle n'aurait pas dû s'inquiéter : la proximité physique ne me rendait pas plus sympathique à ses yeux ni n'entamait sa *froideur** implacable. Je m'étais tenu près de lui dans le salon avant le dîner et l'avais trouvé distant et aussi glacial que les icebergs de l'Antarctique nouvellement découvert.

Je souffrais d'entendre parler de *Lady Somerton*, à croire

qu'elle était devenue une partie de lui, qu'elle était faite de la même peau. Je frémissais en leur compagnie comme si j'avais la variole, un fléau qui laissait des traces. Avant le dîner, je les avais évités, m'étais posté à l'autre bout du salon avec un groupe d'hommes et de femmes corpulents au milieu duquel Georgiana faisait l'effet d'une gazelle entourée de buffles.

Un surtout monstrueux que Lady Poulett avait rapporté de Londres en même temps que sa suite servait de centre de table ; je m'amusai à me pencher d'un côté puis de l'autre afin de cacher tour à tour la bouche ou un œil aux convives, les décapitant visuellement, tout en poursuivant la conversation d'usage avec ma voisine de gauche.

C'en était fini des propos divertissants sur la politique, les bruits de couloir et les animaux domestiques ; nous parlions désormais du temps qu'il faisait.

« Quel temps étrange, ces jours-ci, dit quelqu'un.

– Rien à voir avec le temps *anglais*, observa Lady Somerton avec un petit froncement de consternation, comme si la météorologie lui en voulait personnellement.

– Nous ne sommes pas en Angleterre, intervins-je sur un ton plus brusque que souhaité. Mais cela a ses avantages.

– Et quels sont-ils, docteur ? Éclairez donc nos lanternes. »

Un membre de sa coterie s'était exprimé depuis l'obscurité des visages.

« La beauté du brouillard matinal sur la montagne de la Table, dis-je en découpant une petite pomme verte choisie dans la corbeille à fruits devant moi. Avec son sommet pudiquement couvert, il fait penser à une dame enveloppée dans son châle qui, le jour progressant et la chaleur s'intensifiant, s'en départit… » Je laissai une pelure tomber sur mon assiette. « Pour révéler son adorable décolleté. »

Autour de la table, quelqu'un émit un grognement désapprobateur. D'un geste, Lord Somerton demanda qu'on apporte plus de vin. Georgiana détourna les yeux.

Voulais-je choquer ? Peut-être. Je ne savais pas trop pourquoi je me comportais de la sorte, aiguillonné par le désir obscur de perturber cet auditoire placide, cette complaisance suffocante, le sort qui semblait avoir fait sombrer notre bonne société dans le provincialisme depuis l'arrivée de Lady Dinde la semaine précédente. Moi qui pesais chaque mot que j'employais, qui étais si stratégique, je prenais un malin plaisir à échauffer les esprits. Scandaliser, même. Provoquer pour provoquer.

Si elle fut choquée, Lady Somerton n'en montra rien. Elle pressa doucement ma main dans la sienne, comme si j'avais vécu un deuil et qu'elle cherchait à me réconforter. Un geste de sollicitude plus cruel que n'importe quelle rebuffade. Ses doigts couvraient presque parfaitement les miens. Elle baissa les yeux pour les observer.

« Vous avez des mains d'une délicatesse peu commune, docteur Perry.

– Des mains de chirurgien, madame.

– Elles ont une grâce presque féminine. »

Était-ce du flirt ou une accusation ? Impossible de le savoir. Miss Georgiana avait dit plus ou moins la même chose des années plus tôt ; je me demandai ce qu'elle avait pu raconter à la nouvelle Lady Somerton.

« C'est très curieux, dis-je plus fort que ne l'exigeait notre proximité, car ces mains n'ont pas touché une femme, exception faite de mes patientes, depuis des années. »

Cela se voulait être une plaisanterie, mais sonnait comme un regret. Elle haussa les sourcils.

« Vraiment, monsieur ? N'y a-t-il pas de remède ?

– Les belles femmes sont un fortifiant. Mais croyez-en mon expérience, l'amour est la seule maladie qu'on ne peut espérer guérir. Mon expertise professionnelle me fait dire que la médecine ne peut plus rien pour Lord Somerton. »

Faire rire quelques-uns de mes compagnons de table me détendit.

« Et vous ? demanda Lady Somerton.

– Je travaille à un vaccin. Médecin, guéris-toi toi-même.

– Je n'aurais jamais cru que vous étiez le genre d'*homme*, dit l'évêque Burnett en marquant une longue pause après ce dernier mot, à citer les Évangiles, docteur Perry. »

J'ignorai la remarque, les yeux toujours plongés dans ceux de Lady Somerton. Je me demandai néanmoins ce que savait l'évêque, ce qu'il devinait. Je fus soulagé quand la main d'un domestique s'interposa entre nous, s'empara de mon assiette et brisa le sortilège.

« Vous seriez surpris de voir ce dont les hommes sont capables quand ils sont inspirés par la présence d'une belle femme. »

Je souris à Lady Somerton.

« Ne prête pas attention au docteur Perry, ma chère, dit Lord Charles depuis l'autre bout de la table, assez fort pour que tout le monde l'entende. C'est un médecin des plus remarquables, mais il est parfaitement absurde pour ce qui est du reste. »

J'espérai que personne ne remarquerait le rouge qui me montait aux joues.

J'avais déjà été témoin de cette facette chez lui – cet air supérieur, dédaigneux. Mais je n'avais pas eu à en souffrir. Jusqu'à présent. En société, contrairement à ce qui se passe sur un champ de bataille, l'attaque frontale est plus difficile à parer qu'un assaut indirect ; la brutalité de l'insulte ne me donnait le choix que de partir ou d'en rire. Je ne pouvais pas me permettre de partir.

L'évêque Burnett se leva et fit tinter son verre avec la pointe de son couteau pour porter un toast au bonheur et à la santé du couple. Je leur souhaitai tout le malheur du monde.

Tout au long du dîner, je fus frappé de voir que la bonne humeur de Lord Somerton semblait forcée, fragile, et cela me rendit heureux. J'observai le couple : Lord Somerton était courtois jusqu'à l'excès, souriant, déférent, admirant le bon goût de sa femme, mais ils n'affichaient aucune intimité, ne recouraient à aucune taquinerie ni aucun petit nom affectueux, leur relation entièrement dépourvue de la tendresse simple et généreuse qu'il montrait à ses enfants et moi, nous, les relations intimes de Sa Seigneurie. J'essayais de me consoler ainsi, mais je ne l'avais pas vu avec la première Lady Somerton – cette altération pouvait simplement être la marque d'un homme amoureux.

La conversation portait à présent sur une nouvelle sonate de Beethoven. La mort de Napoléon, le scandale de la valse – à cette époque, il n'y avait que dans les colonies que l'on pouvait encore s'en indigner car le changement y était lent et les conventions s'y retranchaient derrière l'orthodoxie sociale.

Lady Charles était venue accompagnée d'une ribambelle de femmes de chambre et de domestiques, de parents et d'amis. Parmi eux se trouvait sa nièce, une petite chose menue avec le cœur d'un général et des lèvres pincées en un sourire figé. À un autre siècle, ou dotée d'un autre sexe, elle aurait conçu des plans de bataille plutôt que de table, aurait rédigé des lois ou commandé un vapeur sur l'Atlantique. Elle avait l'air dur de ceux pour qui le monde matériel est tout. Comme si elle nous pardonnait notre discussion désinvolte sur l'art, la moralité et les livres, déconcertée par des complexités qu'elle ne reconnaissait ni n'acceptait pas.

Je ne pouvais m'empêcher de remarquer toutes les personnes ennuyeuses que la nouvelle Lady Somerton attirait. Mais les filles Somerton semblaient l'adorer, l'interrogeant sur la mode et les bals de l'Almack's – elles admiraient qu'elle y ait ses entrées – où nous apprîmes qu'elle avait rencontré leur père un soir du mois de mars précédent.

Mais c'était le fiancé de sa nièce qui me fascinait le plus ; il était presque à la mode, ses habits arboraient un style plus ou moins en vogue quoique débraillé – sa cravate pareille à un nœud coulant, sa chemise mal boutonnée, une manchette sortie, l'autre cachée dans la manche. Il ne semblait rien remarquer hormis sa chance d'être fiancé au délicat général à ses côtés. Apparemment, elle était une cousine éloignée qu'il prétendait connaître et aimer depuis une douzaine d'années – *presque toute sa vie !* –, un fait qu'il exposait avec stupéfaction, comme si le destin les avait rapprochés pour son seul bonheur. (De son côté, elle répétait avec une égale persistance ne le connaître que depuis trois ans.)

Il était de ces jeunes hommes qui servaient d'animal domestique aux femmes puissantes – prompts à alimenter les commérages de bon goût et à confirmer les préjugés qui passent pour des opinions chez les matrones qu'ils bichonnaient – et épousaient les filles de leur famille. Un parfait spécimen.

Contre toute attente, pourtant, il nous fit part de la nouvelle la plus intéressante ce soir-là. Il affirmait avoir rencontré au port un marin américain qui lui avait parlé d'un impôt sur le célibat prélevé dans le jeune État du Missouri.

« Cela vous inciterait-il à *vous* marier, docteur Perry ? demanda Lady Somerton. J'ai cru comprendre que vous étiez un célibataire endurci. »

Je me demandai ce qu'on avait pu lui dire d'autre sur moi.

« Il paraît que vous avez brisé bien des cœurs », renchérit la nièce.

Je jetai un coup d'œil à Georgiana qui, heureusement, était absorbée par son propre jeune homme, le capitaine Glover que je reconnaissais du bal de l'année précédente. Une éternité. Un garçon insipide mais inoffensif d'après ce que j'avais pu en voir.

« Je crains plutôt que ce ne soit moi à qui on a brisé le cœur », dis-je.

Lord Somerton ne sembla pas entendre la remarque, mais l'évêque Burnett me dévisagea.

Je fus sauvé de cette discussion par la nièce de Lady Somerton qui soutenait à présent que les romans et les pièces de théâtre farcissaient la tête des jeunes filles de tragédies romantiques qui ne pouvaient qu'avoir une influence néfaste puisque la vie n'avait rien de romantique. Je suggérai que Shakespeare échappait sans doute à cette censure, mais elle pressa les lèvres en un sourire de franche condescendance.

« Elles sont si inégales et vulgaires. Une reine tombe amoureuse d'un âne.

– Bottom.

– C'est bien ce que je dis.

– La beauté de la langue ne le rachète-t-elle pas à vos yeux ?

– Une langue attrayante aggrave les choses en masquant un millier de péchés contre le bon sens. Rien de tout cela ne convient à des jeunes filles, dit-elle.

– Cela a bien convenu à une reine, rétorquai-je tout à trac.

– Une reine est un général en jupon », dit-elle, reprenant une phrase que j'avais souvent entendue de la bouche de Lord Somerton.

Je fus surpris.

C'était une jeune femme à l'apparence intrigante, presque belle ; des traits trop doux qu'on aurait voulu qualifier de *jolis* mais qui ne l'étaient pas vraiment ; à croire qu'ils n'étaient qu'en partie formés, un peu flous à la manière de ceux d'un enfant. Elle avait un air inachevé qui aurait pu lui aller si elle n'avait pas été si lassante, ses opinions si laides. J'essayai en vain de discerner chez elle certaines des qualités de Lady Somerton, qui pas une fois n'intervint pour donner son avis.

Ce ne fut qu'à la fin du dîner qu'elle se pencha vers moi et murmura : « J'espère que ma nièce ne vous a pas trop contrarié, docteur Perry. Vous m'avez l'air de posséder une sensibilité peu commune. J'avais une cousine qui affirmait que la mauvaise poésie la rendait littéralement malade. J'espère que vous vous sentez bien. »

À cet instant, je ne fus pas loin de l'apprécier.

Tandis que les dames se retiraient, je risquai une indiscrétion en proposant une promenade dans les Jardins de la Compagnie à Miss Georgiana quand elle passa devant moi. *Retrouvez-moi dans une heure près des citronniers*, murmurai-je. Elle fronça les sourcils. M'avait-elle entendu, viendrait-elle ? J'avais très envie de m'échapper de cette pièce bondée de monde pour retrouver l'air frais et avoir une conversation sensée avec elle ; j'avais très envie de savoir ce qu'elle pensait de l'épouse de son père.

J'avais tenté de lui parler dans le salon sans y parvenir. J'ignorais si elle avait cherché à respecter le protocole ou à me rabrouer quand elle avait souri poliment avant d'aller saluer un autre invité. J'avais espéré être assis à côté d'elle pendant le dîner, comme nous en avions eu l'habitude, mais Georgiana avait été placée auprès du capitaine Glover durant cette soirée qui semblait surprendre Lord Somerton et lui déplaire – à en juger par son expression – autant qu'à moi.

Elle me battait froid depuis mon retour de l'île Maurice. Je soupçonnais Dantzen d'être responsable de cet éloignement. J'étais néanmoins satisfait de la rumeur qu'il avait fait courir, racontant que j'étais parti à l'île Maurice pour une femme et en était revenu le cœur brisé. Il avait fait semblant d'en révéler plus que nécessaire à quelques commères invétérées telles que Mme Saunders et Cloete et l'histoire de mon escapade mystérieuse avait atterri dans les journaux locaux. À présent, quand j'expliquais aux gens que je m'étais rendu à l'île Maurice pour raison de santé, ils acquiesçaient d'un air entendu. Et parce que je répondais sans détour, bien sûr, personne ne me croyait.

En décembre 1821, les colons anglais ne parlaient que de la découverte de l'électromagnétisme et de la débâcle des colonies espagnoles aux Amériques. Lord Somerton parla d'« une flambée d'indépendance » et de l'influence aussi dangereuse que fâcheuse de l'extrémiste Simón Bolívar tandis que nous nous dirigions vers la cheminée, nos verres à la main. Je ne mentionnai pas qu'enfant, je l'avais rencontré.

« Ça va être le chaos, prophétisa un homme.

– Ils ne sont pas prêts à prendre leur destin en main, dit un autre.

– Les hommes apprennent-ils à se gouverner en étant sous la coupe d'une autre nation ? » demandai-je.

Seul l'éditeur Tom Pringle était de mon avis, mais il ne dit rien et haussa tout juste les sourcils depuis l'autre bout de la pièce où il tirait sur son cigare. J'étais surpris de le voir ici – un rapprochement heureux. À moins que Lord Somerton n'ait cherché par cette invitation à amadouer la presse locale pour le bien de sa nouvelle épouse.

Personne n'évoqua les pendaisons à Constantinople. Nos

regards étaient tournés vers le vapeur américain qui avait traversé l'Atlantique deux ans plus tôt, le *Savannah*. Et les premières descriptions du nouveau continent au bout du monde, l'Antarctique. Et l'agitation grandissante aux Amériques – les combats pour l'indépendance et l'abolition de l'esclavage. Certains craignaient pour l'économie du Cap depuis la mort récente de Napoléon qui avait entraîné une forte chute des prix du porto, du bordeaux et du vin du Cap.

Je devins, comme chaque fois que je suis menacé, raisonneur.

J'insistai sur l'importance d'une presse libre et Lord Somerton cita – ainsi qu'il le faisait souvent – Benjamin Franklin : « Même les Américains l'ont compris, docteur. Ce n'est pas la démocratie qu'on veut, mais *l'apparence* de la démocratie.

– Peut-être que si les Américains avaient connu plus que l'apparence de la démocratie, la leur ne battrait pas de l'aile, dit Tom Pringle. Tout cela ressemble à la guerre.

– On pourrait dire la même chose du massacre de Peterloo, ajoutai-je.

– On peut difficilement parler de massacre quand il s'agit de réprimer une foule d'enragés, docteur, répliqua Lord Somerton sans me regarder.

– On dit qu'il y a eu des centaines de blessés et plusieurs dizaines de morts.

– Si j'admire les cœurs tendres, docteur Perry, j'ai du mal à souffrir les cervelles par trop attendries… »

Les convives éclatèrent de rire.

« Ce n'est pas la tendresse qui conduit soixante mille hommes sur une place pour réclamer d'être représentés au Parlement,

Lord Charles. Et ce ne sera pas par des pétitions tendres qu'ils chercheront à obtenir justice, je vous l'assure.

– Oh, la *justice.* Les Français lui ont donné mauvaise réputation, vous ne pensez pas ?

– On raconte, docteur Perry, que vous étiez ami avec le ministre de Napoléon ?

– C'était mon patient, monsieur.

– Soutenez-vous la République ?

– Je soutiens ce qui est juste, quel que soit le nom qu'on lui donne.

– Bien dit ! » s'exclama le capitaine Glover sans se rendre compte que ces hommes voyaient d'un mauvais œil la défense des droits.

Il toussa dans sa main. Peut-être avait-il raison de s'inquiéter. Peut-être aurais-je dû m'inquiéter davantage.

« Êtes-vous abolitionniste, monsieur ? demanda un membre du cercle de Lady Somerton.

– Je suis un défenseur des droits pour tous les hommes.

– *Et* les femmes, précisa Lord Somerton comme s'il s'agissait d'une plaisanterie.

– Lord Charles m'a dit que vous avez connu Mme Wollstonecraft », dit le fiancé.

Je fus étonné qu'il connaisse son nom et son œuvre.

« Malheureusement non. Mais je suis un grand admirateur de ses écrits.

– Vous défendez donc les droits des femmes ?

– En effet.

– Leurs torts, plutôt ? dit Lord Somerton.

– Sont-ils si différents ? dis-je.

– Les droits et les torts ?

– Les hommes et les femmes, Lord Somerton.

– Étant donné votre profession, vous avez dû remarquer quelques différences. »

Les rires fusèrent.

« Elles sont moins nombreuses qu'on le prétend.

– Il semblerait que vos pouvoirs de discernement aient été affectés par notre climat tropical.

– Peut-être ma vue s'est-elle faite plus perçante. N'avez-vous pas remarqué que chez *certaines* personnes, la différence est quasi *nulle* ? L'existence des hermaphrodites le suggère, en tout cas. »

Le silence se fit alors que j'évoquai ce sujet sensible. Sanna.

« Est-ce que vous ne prendriez pas l'exception pour la règle, docteur Perry ?

– L'exception *prouve* la règle. Elle la teste et la confirme. »

Lord Somerton tourna dédaigneusement la tête pour converser avec le capitaine Glover à sa gauche. Je lui en voulus de cette rebuffade.

Je fixai le gouverneur et abordai le sujet dont nous n'avions jamais parlé, levant la voix pour être entendu par-dessus le murmure des bavardages : « L'esclave malaise affranchie appelée Sanna, par exemple… » Je m'aventurais en terrain miné, mais j'attendis qu'il m'arrête, me fasse dévier de mon cours. « Vous la connaissez sûrement, monsieur ? On dit qu'elle est un des… comment dire… *sujets* préférés des gentlemen du Cap. »

C'était un secret de polichinelle : le plaisir que prenaient ces hommes avec Sanna, le sexe forcé ou tarifé. Je ne lui avais jamais parlé de la nuit où je l'avais croisée à Newlands. La nuit où j'avais voulu lui annoncer que je portais son enfant, un an plus tôt, la nuit où j'avais finalement décidé de partir pour l'île Maurice. Je le soupçonnais de très bien connaître Sanna.

Somerton me regardait comme si j'étais un étranger, froidement, comme s'il se demandait par quel hasard je me trouvais dans cette pièce. J'étais prêt à entendre son indignation. Je fus surpris par l'indifférence feinte des hommes présents.

Ils rirent, prenant mes remarques à la légère. Contrairement à Somerton et Pringle.

Il dut paraître évident que cette dispute dépassait la politique, cette affaire privée devenant de plus en plus publique. Nous risquions gros tous les deux.

Je fus soulagé de voir la soirée s'achever, d'être libre de rejoindre l'obscurité. J'allai dans le jardin et suivis les allées de gravier jusqu'aux citronniers où Georgiana et moi nous étions souvent retrouvés par le passé pour discuter sur un banc ; je m'assis et attendis. L'air était chargé de la puissante odeur de fleurs et de fruits en train de mûrir. Environ une demi-heure s'écoula sous le champ d'étoiles avant que je me décide à partir. Je me levais pour partir quand j'entendis des bruits de pas, levai les yeux et discernai Lord Somerton qui marchait lentement le long des rosiers qui succédaient aux arbres. Je faillis appeler mon ami, mais je le vis s'arrêter, cueillir une fleur, retirer les épines et se retourner pour la donner à sa dame qui émergeait de l'obscurité. Ils firent demi-tour et sa femme posa la tête sur son épaule. Ils marchaient d'un pas tranquille, plein de tendresse.

Je ne bougeai pas d'un pouce, espérant – ce qui m'arrivait rarement – passer inaperçu. Ils disparurent et je m'enfonçai seul dans l'obscurité.

Après ce dîner, je vis peu mon ancien ami.

J'attendis de recevoir sa carte, souhaitant plus ou moins qu'aucune ne vienne, tant nos retrouvailles avaient été douloureuses. Ici comme à Londres, la coutume voulait qu'un homme nouvellement marié envoie des cartons d'invitation aux amis assez respectables pour être gardés à présent que son célibat avait pris fin. Mais rien ne vint. Je n'étais pas surpris.

Nous nous verrions pour les affaires officielles, mais il était clair que je ne faisais plus partie de ses intimes. Il me manquait beaucoup. Je me sentais effacé, ce qui est pire que la solitude. J'avais l'impression d'être un fantôme, invisible, sans un miroir dans lequel me reconnaître. Hormis dans le travail. Le travail était mon miroir.

Mais, comme souvent, le poison servit de remède : ce que je redoutais le plus – la séparation – me revivifia. Renvoyé à mon travail, à mes quelques amis (le journaliste, l'apothicaire), je m'investis dans des activités qui avaient du sens, dans l'effort constant pour comprendre, dans des recherches pouvant déboucher sur des découvertes importantes, loin des bavardages mondains.

Combien de temps avais-je gâché dans l'oisiveté ?

C'était la fin décembre et Noël approchait quand un soir, de retour de l'hôpital, je trouvai sur le guéridon de l'entrée un carton d'invitation – il venait de Lord Somerton. Le soulagement que j'éprouvai – non, la *joie* – m'étonna jusqu'à ce que je m'en saisisse pour voir que dessous, tel un gant assorti, il y en avait un autre de sa femme. Je les déchirai et les jetai au feu.

Après la réception de cette carte, j'accompagnai en quelques occasions la famille de Lord Somerton au théâtre ou à une conférence ; nous dînâmes ensemble une fois ; ces invitations-là, je ne pouvais les refuser. Mais ces soirées étaient tendues. L'esprit raffiné de Lady Somerton semblait par moments trahir ses sentiments réels à mon égard, à croire qu'elle m'avait percé à jour. J'avais parfois l'impression – au mouvement nerveux de son éventail, à la fréquence de ses soupirs et de ses toussotements – que ma présence dans leur loge de théâtre ou à table lui déplaisait, mais si c'était le cas, elle ne fit rien pour s'y opposer.

Nos entrevues étaient de toute façon diluées par la présence d'autres visiteurs, comme si je faisais partie de leur cercle social, mais plus de la famille. Je me demandai si elle était au courant de notre relation. Ce qu'elle avait deviné.

Mes conversations avec elle étaient un prudent pas de deux dans lequel j'éludais les questions sur ma famille et mes origines. Par le passé, Lord Somerton m'aurait protégé, aurait détourné les questions imprudentes, mis un terme à la discussion d'un regard, mais il semblait désormais à peine remarquer que j'étais là. Quand je parlais en privé à Lady Somerton, je sentais bien qu'elle devinait que son mari et moi étions – ou avions été – intimes. Mais elle ne fit aucun commentaire. Ces non-dits planaient au-dessus de nous. Nous dînions sous une épée de Damoclès.

Les efforts que je produisais pour éluder les questions de Lady Somerton devenaient chaque jour plus fatigants. Et en janvier, sans y avoir réfléchi, je les vis de moins en moins et me concentrai sur la supervision du programme de vaccination à Simon's Town et Rondebosch, mes visites à ma patientèle de Caledon, mes expériences sur les plantes dans le laboratoire de M. Poleman, rédigeant des rapports et combattant les empoisonneurs qui se faisaient passer pour des apothicaires.

Mon travail m'absorbait et me consolait.

Je m'organisais pour passer de plus en plus de temps loin de Newlands et de la résidence du gouverneur, m'attardant dans le Heerengracht devant mon bol de café et les petits pains au sucre que Psyché adorait. Il n'y avait pas que la présence de Lady Somerton qui me poussait vers ces activités solitaires, mais aussi les rumeurs qui me parvenaient via Cloete. (Même Dantzen finissait par avouer, si j'insistais, qu'il continuait de les entendre.) On murmurait toujours qu'il existait un attachement contre-nature entre le gouverneur et moi alors que nous ne faisions plus que nous fréquenter de loin. Je soupçonnais l'évêque Burnett ou les pharmaciens (devenus mes ennemis) d'être à l'origine de ces ragots, mais je n'avais aucune preuve. Raison de plus pour quitter la ville, me plonger dans le travail et tourner le dos au monde qui me rejetait. Je gardai mon appartement à Newlands, mais y séjournais rarement.

Même si Lord Somerton et moi apparaissions rarement ensemble en public, notre collaboration professionnelle se renforça alors que notre lien personnel se délitait. J'envoyais des rapports et des demandes, mais je ne m'entretenais presque plus avec lui. Ma patientèle augmenta grâce à ses recommandations, ce qui m'obligea à quitter la ville plus souvent. Je devins riche et très occupé. Je me demandai si son enthousiasme pour mon expertise était le signe de sa contrition ou si c'était un moyen de me tenir à l'écart du Cap. La raison importait peu. Mon travail me consumait. À mon plus grand soulagement. La séparation dura des jours, des semaines, puis un mois.

Je revins à Newlands par une nuit d'été de fin février, trop fatigué pour rejoindre la ville, persuadé que j'y serais seul ; mais à mon plus grand étonnement, la maison était éclairée, un équipage garé devant. La famille profitait d'une soirée tranquille à la campagne ; si je n'avais pas été aussi épuisé, j'aurais poursuivi mon chemin. En l'état, j'espérais me retirer discrètement dans ma chambre, mais je croisai Miss Georgiana dans le vestibule. « Joignez-vous à nous, docteur », dit-elle. Je ne pouvais pas décliner.

Nous étions installés dans la bibliothèque, Psyché sur mes genoux, les femmes occupées à broder et moi à lire. Notre première soirée ensemble depuis leur retour, trois mois plus tôt.

« Votre chien a-t-il un nom ? demanda Lady Somerton en tirant sur son fil.

– Psyché, madame.

– Un nom étrange pour un chien », observa Lord Somerton comme si cela n'avait pas été son idée.

Je me demandai s'il avait pu oublier.

« Vous connaissez l'histoire, mon cher, dit sa femme. Psyché était la plus belle des mortelles au point que même les dieux l'enviaient. Vénus envoya son fils Cupidon l'empoisonner. Mais il tomba amoureux d'elle. Ils se marièrent… »

Elle posa une main sur le bras de son mari.

« L'amour devrait toujours finir par un mariage », dit Georgiana.

J'aurais aimé savoir où se trouvait le capitaine Glover.

« Sauf que l'histoire ne s'arrête pas là, dis-je.

– Effectivement, dit Lady Somerton en me regardant.

– Comment finit-elle ? demanda Georgiana.

– Cupidon étant un dieu et Psyché une mortelle, les dieux se mirent d'accord pour interdire à Psyché de découvrir l'identité de son mari au risque de tout perdre. Le couple vivait heureux jusqu'à ce que quelques jalouses convainquent Psyché que l'homme qu'elle aimait était un monstre. Alors une nuit, pendant que Cupidon dormait, elle alluma une lampe à huile, vit sa véritable forme et le perdit à jamais.

– Comme c'est triste, dit Georgiana.

– Pour sa peine, Psyché devint une déesse immortelle.

– Mais elle resta seule, commenta Lady Somerton.

– Est-ce un prix si énorme à payer ? dis-je.

– Peut-être devrions-nous demander son avis à Psyché, suggéra Lord Charles en regardant la chienne dans mes bras, puis moi.

– Je crains qu'elle ne vous réponde pas, monsieur. Elle est particulièrement discrète.

– Une vertu chez un chien comme chez un homme », dit Lord Somerton.

C'était la première fois qu'il croisait mon regard depuis leur retour, en guise de léger avertissement.

« Je vous l'accorde », dis-je.

Dehors, la nuit avait recouvert la baie, la brise embaumait le gardénia, le bourdonnement paresseux des mouches et des abeilles ainsi que le chant des oiseaux étaient retombés avec, au loin, le fracas aussi beau que dangereux des vagues.

Quand, quelques jours plus tard, nous nous rendîmes au Théâtre africain pour une représentation de *Beaucoup de bruit pour rien*, je sus que quoi que Lady Somerton ait imaginé ou deviné, elle était parvenue à une décision. En montant les marches, elle nous prit, Lord Charles et moi, par le bras, un geste que je compris parfaitement. Elle avait gagné et le savait ; quoi qu'elle sache à mon sujet, elle m'accepterait chez elle – se doutant comme moi que, quel que soit notre passé, je n'avais pas l'affection de son mari.

Quand la lettre du gouverneur arriva plusieurs semaines plus tard, le 18 mars 1822, annonçant ma nomination au poste d'inspecteur médical colonial – le plus haut rang qu'un médecin puisse atteindre dans la colonie –, je savais que j'avais été pardonné, même si je ne savais pas de quoi. Cette nouvelle charge m'honorait, ainsi que la foi qu'elle plaçait en moi. Celle de sauver des vies.

Je m'intéressais de plus en plus aux marchands de remèdes miracles, ceux qui faisaient leur beurre en empoisonnant la population sous couvert de soins.

Lire la presse locale devenait pénible. Axés sur la publicité plus que sur l'information, le *Courant* du Cap et le nouveau et indépendant *South African Commercial Advertiser* faisaient la promotion de « remèdes » vendus en boutique tout en relatant les morts précoces dont je soupçonnais qu'elles étaient causées par ces mêmes palliatifs. En revanche, ces journaux ne dirent pas un mot sur l'émeute récente à la léproserie. Cette presse d'information n'en avait que le nom, mais c'était un signe de civilisation – la marque évidente d'un progrès – que d'avoir une presse libre où les citoyens pouvaient mener un débat d'idées et d'opinions sans être empêchés ou persécutés par le gouvernement.

J'étais au café de Mme Saunders par un matin d'avril, parcourant les journaux au milieu de l'agitation de la rue, quand je lus un article sur la mort d'une jeune mère ; un mois plus tôt, un enfant avait connu le même sort. Furieux, je jetai le journal sur la table, me levai et pris Psyché dans mes bras. « Tout va bien, docteur Perry ? » demanda Mme Saunders depuis l'autre bout de la salle. Je repoussai vivement ma chaise et me frayai un chemin à travers les clients du café. « Non, hurlai-je avant de me diriger vers Tuynhuys. Ça ne va pas. »

Les réformes que j'avais en tête étaient frappées au coin du bon sens ; je cherchais simplement à m'assurer que ceux qui se présentaient comme médecins le soient réellement. Je proposais donc – en tant qu'inspecteur médical colonial – de n'octroyer le droit d'exercer la médecine qu'à ceux qui pouvaient *démontrer* qu'ils avaient fait des études dans ce domaine. (Une contrainte qui ne semblait pas excessive.) Mais là où il y a du profit, il y aura de l'indignation à prouver que l'on est digne d'être rémunéré.

Comme chez la plupart des êtres âpres au gain, le harcèlement et les insultes étaient leurs armes de prédilection ; peinant à convaincre par la raison, ils recouraient aux menaces.

Cloete me fit entrer dans le bureau du gouverneur. Je patientai dans la pièce en passant en revue ces choses autrefois familières – le bureau sur lequel nous nous étions étreints ; la fenêtre à laquelle je m'étais appuyé, le gouverneur derrière moi ; le canapé rayé merveilleusement ferme, parfait pour accueillir nos deux corps. Tout dans cette pièce était chargé de souvenirs.

Quand le gouverneur entra, je sursautai, me levai, heureux d'avoir mis mes bottes avec leurs hauts talons rouges ainsi que mon plus beau manteau. Je posai une main sur la garde de mon épée, l'autre sur le dossier de la chaise. Si Lord Somerton fut déstabilisé de me voir, il n'en laissa rien paraître.

J'allai droit au but. En tant qu'inspecteur médical, je souhaitais ne délivrer de licence qu'aux personnes en mesure de prouver qu'elles avaient été formées à la pratique de la médecine.

« Comment s'y prendraient-elles ? demanda le gouverneur en prenant place derrière son bureau.

– Par les moyens habituels, un diplôme ou une attestation issus d'une faculté européenne suffira. Rien de bien extraordinaire…

– Est-ce vraiment nécessaire, docteur ? » Il avait sûrement entendu les pharmaciens s'exprimer à ce sujet. « C'est un *commerce*.

– C'est un *scandale*.

– Les gens doivent pouvoir être libres de gagner leur vie…

– En risquant celle des autres ? Si l'on autorise les charlatans, les vauriens et autres fraudeurs à pratiquer leur soi-disant médecine au Cap, alors autant faire des confettis de mon diplôme.

– Docteur Perry… »

Son ton conciliant et infantilisant me fit écumer de rage.

« Les compétences ne sont peut-être d'aucune valeur dans ces contrées, mais l'indulgence envers tant d'ignorance a un coût élevé – vous en avez payé le prix, vous ne le savez donc que trop bien. »

Je sus aussitôt que j'avais trop parlé. Je ne voulais pas être cruel en lui rappelant la mort de sa première épouse, mais le convaincre. Un tressaillement parcourut mon ami, que je ne remarquai qu'au mouvement infime de son menton et à l'intérêt soudain qu'il porta à l'un de ses boutons de manchette en laiton.

« Inutile de me faire la leçon sur les coûts ou la gouvernance du Cap, docteur.

– Je voulais seulement… »

Il m'interrompit d'un geste de la main, sans un regard.

« Je sais. Je sais que vous voulez bien faire, mais il y a d'autres intérêts à prendre en compte. Mon travail est de trouver un équilibre. » Il quitta sa manchette des yeux. « Ce sera tout, docteur ?

– Oui, je vous remercie », dis-je, résigné.

J'imaginais que j'agissais par principe, mais il y avait aussi de la vanité dans ma proposition. Un intérêt personnel. Chaque fois qu'il avait validé mes projets par le passé, son approbation avait semblé être le signe d'une allégeance proche de l'amour que nous avions l'un pour l'autre, mais en mieux, puisqu'elle était publique – la honte n'y avait pas sa place. J'espérai que cette collaboration se poursuivrait malgré notre éloignement, porterait ses fruits, grandirait pour devenir quelque chose de bénéfique et durable. Contrairement à l'amour.

Je partis sans être sûr d'avoir été convaincant ni que mes recommandations avaient été entendues. Ce que j'avais proposé semblait très raisonnable, mais je savais que le bon sens ne gagnait pas toujours – ou ne pesait pas lourd face au profit.

Le lendemain, j'envoyai au gouverneur ma proposition formelle de réforme de la médecine et attendis sa réponse, sachant que ces mesures ne seraient efficaces qu'avec son soutien. La proposition était on ne peut plus simple : le code de la médecine de la colonie devait être modifié pour exiger que tous ceux qui voulaient s'installer en tant que médecin, chirurgien ou apothicaire présentent des justificatifs issus d'une université ou d'une faculté européenne. Les personnes qualifiées obtiendraient leur licence. Les autres, non, les empêchant ainsi d'empoisonner leurs patients pour leur enrichissement personnel. En ma qualité d'inspecteur médical, c'est moi qui examinerais ces demandes.

J'attendis donc.

Sans grande surprise, rien ne vint.

On peut juger une culture à sa médecine, à la façon dont elle traite les plus vulnérables – les malades. Au Cap, il y avait parmi les lépreux des esclaves et des servants liés par contrat, affranchis dès lors qu'ils étaient inaptes au travail. Il y avait des maladies vénériennes endémiques, des émeutes à la léproserie et le choléra, qui était l'autre nom de la pauvreté. Il y avait cet esclave accusé d'avoir volé du sucre et jugé par la police locale lors d'une roulette russe alcoolisée, condamné à mort sans même un semblant de procès.

Nous traitons le corps isolément ; c'est notre première erreur. Depuis son entrée dans le monde, un corps n'est pas seul – singulier, mais résolument lié, forgé par le corps qui l'a englobé puis expulsé. Il n'y a que dans la mort. Et pas avant. Que le corps est seul. La santé dépend du traitement du corps lui-même et de ceux qui l'entourent : un système, pour ainsi dire, un genre de congrégation. Je n'avais de foi qu'en cela.

Dans les années qui suivirent le mariage de Lord Somerton j'eus d'amples raisons de souhaiter fuir Le Cap, loin de la politesse froide de la maison du gouverneur, loin de la famille Somerton que j'avais crue mienne à une époque. J'avais beau être le médecin du gouverneur, grâce à mes fonctions d'inspecteur médical colonial et de responsable des vaccinations, les occasions de me trouver ailleurs ne manquaient pas et j'en profitai.

Je ne fus pas mécontent de me mettre en selle ce matin d'automne du mois de mars 1823 pour effectuer les deux jours de voyage jusqu'à Hemel-en-Aarde où je devais inspecter la léproserie que le gouverneur avait établie sur mes conseils six ans plus tôt, quand j'avais pour la première fois abordé la question lors de notre périple vers l'est, quand mes mots s'imprimaient tel un sceau dans de la cire molle, quand Lord Somerton écoutait mes idées et les faisait siennes.

Nous n'en étions plus là.

Dantzen me tendit un paquet plein à craquer tenu par de la ficelle ; j'essayai en vain de décliner.

« Qu'est-ce donc ? » Le papier était huileux et lourd entre mes mains.

« Des provisions pour la route. »

Je prévoyais de faire étape à Caledon pour y passer la nuit. Je n'aurais besoin que de l'eau, du pain et du fromage à pâte dure que j'avais emportés. Je ne voulais pas être ralenti, lui dis-je. En vérité, je ne voulais pas apparaître faible ; je ne voulais pas réfléchir à ce dont je pourrais avoir besoin. Je n'aimais jamais penser à ce genre de chose.

« Le docteur a faim comme tous les hommes », insista Dantzen, agacé par ma vanité. Il caressa l'encolure de mon poney. « C'est moi qui devrai m'occuper de vous si vous rentrez malade, alors je préférerais que cela n'arrive pas. »

S'il avait peur que je devienne contagieux après mon séjour auprès des lépreux, il le cacha bien. Nous avions tous les deux l'habitude de nous déguiser.

Il me donna mon ombrelle, rouge comme la sienne. Psyché aboya après un cheval qui passait.

« Bon, d'accord », dis-je, irrité, en ouvrant la sacoche accrochée à ma selle pour y ranger le paquet.

J'entendais les jappements aigus de Psyché alors que je m'éloignais.

Midi approchait, un soleil plombant cuisait la terre et le garrot luisant de ma monture quand je m'arrêtai pour lui donner à boire et me poser sous un bosquet d'arbres argentés. En descendant de cheval pour me mettre à l'ombre, je fus heureux d'avoir le fromage de chèvre, le pain, l'outre d'eau tirée au puits, le paquet de fruits secs (pommes, pêches), les deux pains au sucre de Mme Saunders et le gros sac de carottes des Jardins de la Compagnie, fraîches et sucrées, préservées dans la fraîcheur du garde-manger. Je bénissais la prévoyance de Dantzen.

J'aurais dû m'habituer à la beauté des lieux étant donné mes fréquentes traversées de cette vallée au fil des ans, mais chaque fois que je gravissais la colline, le panorama qui s'offrait à moi – ces vignes et ces champs de blé qui se déployaient comme du cuivre martelé et de la malachite – me frappait par sa perfection. Hemel-en-Aarde : le ciel et la terre.

Personne ne semblait savoir qui avait baptisé ainsi les lieux, même si j'avais entendu un missionnaire allemand dire combien le nom était approprié : « Les collines qui embrassent la vallée sont si hautes qu'elles semblent toucher le ciel, si bien qu'on ne voit plus que le ciel et la terre. » D'après Dantzen, le nom venait d'un géomètre hollandais qui prétendait y avoir mesuré le ciel et la terre pendant qu'un ange tenait la chaîne d'arpenteur. (Son assistant s'appelait Engel, ange.)

Mais ce que j'avais vu à la léproserie au mois d'octobre précédent – après les émeutes – n'avait rien d'un paradis, bien au contraire. Cette léproserie avait été installée dans un magnifique jardin d'où l'on voyait la mer, suffisamment à l'écart de la ville pour satisfaire les superstitieux qui craignaient la contagion. Pendant un temps, et malgré une absence de supervision médicale, la solution parut idéale. J'avais été optimiste quand avait ouvert le nouvel hôpital trois ans plus tôt, mais en octobre dernier, un certain nombre de patients s'étaient enfuis, se plaignant de mauvais traitements et de malnutrition. Je m'étais déplacé pour enquêter. À ma première visite, j'avais été effaré de trouver les patients confinés dans de petites cellules, allongés sur des brancards sales, trop faibles pour se lever. On les forçait à travailler pour obtenir de la nourriture dont on les privait ensuite. J'avais renvoyé le personnel. L'affaire remontait à six mois. À présent je venais voir où en étaient les choses.

Les conditions s'étaient améliorées, comme je pus le constater lors de cette nouvelle visite effectuée avec M. et Mme Leitner, les missionnaires de Moravie qui le dirigeaient désormais. M. Leitner m'accueillit au portail d'entrée, et après quelques rafraîchissements chez eux, nous fîmes le tour du domaine. Nous visitâmes les jardins, la cuisine. J'étais impressionné et ne me privai pas de le leur dire.

« Vous avez bien travaillé, monsieur Leitner, dis-je. Je vous félicite. Encore quelques ajustements et imaginez un peu le bienfait que ce sera pour vos patients. En ce qui concerne leur régime, par exemple...

– Ils ne manquent de rien, décréta frère Leitner, légèrement sur la défensive, me sembla-t-il. Mme Leitner s'assure que nos malades reçoivent le nécessaire, y compris des pêches séchées pour la digestion quand nous en avons.

– Quelques pêches sont sans effet, dis-je en agitant la main comme pour repousser une mauvaise odeur. Excusez ma franchise. Ces gens ont besoin de suivre un vrai régime alimentaire, c'est capital. »

Alors que nous inspections les bâtiments et l'hôpital, j'expliquai que les patients devaient surtout consommer des légumes. Et en attendant que l'approvisionnement soit régulier, on pouvait leur donner du bœuf.

« Il leur faut aussi du lait, du riz, du sucre et du café tous les jours, poursuivis-je. En même quantité que pour un soldat. »

Pour les femmes, enfants et invalides : de la soupe. M. et Mme Leitner devraient s'assurer que les repas soient servis tous les jours en proportion et qualité adéquates. La viande crue ou la farine étaient totalement prohibées. Il faudrait embaucher deux ou trois cuisiniers et un boulanger (payés correctement, bien sûr) ainsi que deux infirmières pour s'occuper des patients et s'assurer que les médicaments étaient pris comme il faut. J'arrêtai là mes recommandations, ne souhaitant pas abuser de mon autorité.

« J'aimerais que vous m'écriviez toutes les semaines pour me tenir informé de vos progrès, entendu ? »

Leitner était devenu rouge – à cause de la chaleur, supposai-je – mais refusa de s'abriter à l'intérieur quand je le lui proposai. La visite se poursuivit.

« Excusez-moi, docteur, dit-il, mais vous me faites plus penser à une maîtresse de maison organisant son garde-manger avant une fête qu'à un médecin.

– Je parlerais plutôt d'un général inventoriant ses provisions avant la guerre », rétorquai-je.

Alors que nous visitions des maisons de patients, je fus

heureux de constater une nette amélioration depuis ma dernière visite : ces gens semblaient bien mieux et plus propres, absolument pas disposés à la mutinerie ni à la fuite. Mais je notai une chose troublante – ils semblaient tous être dans la même condition physique, ce qui n'arrive a priori jamais, que les gens soient malades ou en bonne santé.

Les hommes et les femmes étaient assis à l'ombre des maisons ou allongés sur des lits, le regard morne, trop immobiles. Les enfants – y compris ceux qui n'étaient pas atteints par la maladie – étaient aussi léthargiques que les vieillards, ne suivaient aucune leçon ni ne jouaient. Je m'accroupis devant une jeune mère ; je tendis la main pour la saluer et fus surpris de trouver la sienne molle et froide. Je me levai.

« Sont-ils tous dans cet état ? demandai-je.

– Nous ne renvoyons pas les gens, même quand ils vont très mal, répondit Leitner.

– J'entends bien. Ce que je veux savoir, c'est si on ne vous a envoyé personne en meilleure forme ?

– Tous les malades sont bienvenus.

– Bienvenus pour mourir.

– Ils reçoivent un enterrement chrétien, docteur. Les derniers sacrements, comme il se doit.

– Je suis sûr que cela leur est d'un grand réconfort.

– Leur âme trouve effectivement le réconfort.

– Je préférerais récolter davantage que leur âme, dis-je avec impatience. Même le Christ *guérissait* les lépreux, non ? Il ne s'est pas contenté d'accueillir leur âme. » Je voyais bien que je l'avais choqué. « S'il vous plaît, parlez-moi de vos patients. »

Son rapport me mit mal à l'aise : sur les cent cinquante-six patients qui résidaient là, beaucoup étaient très faibles et déclinaient. « Douze baptisés et quatorze non baptisés ont perdu la vie », dit-il au sujet de l'année précédente, un taux de mortalité choquant pour n'importe quel hôpital, y compris au Cap. Je ne comprenais pas pourquoi 15 pour cent des patients mouraient chaque année d'une maladie curable.

« Mais la situation s'est améliorée, dit frère Leitner.

– Elle pourrait difficilement aller plus mal.

– Je vous demande pardon ?

– Continuez, je vous prie.

– Cette année, vingt-cinq adultes et cinq enfants ont été baptisés et huit ont reçu l'eucharistie. Dix nous ont quittés.

– *Sont morts*, vous voulez dire.

– Oui, mais nous leur avons annoncé la grande joie à venir. Tous connaissent la vérité portée par l'Évangile. Les gens dont nous avons la charge se pressent à ces rassemblements avec beaucoup de piété. »

Mon interlocuteur rayonnait.

« Étant donné le taux de mortalité, on peut comprendre qu'ils aient envie de prier. »

Leitner loua la bonté chrétienne des propriétaires terriens qui avaient conduit les lépreux jusqu'à eux après les avoir déchargés de leur travail.

Je compris enfin ce qui me gênait. Ce qui n'allait pas. Comme un tableau légèrement de travers sur un mur.

Pas un seul de ces patients n'était à un stade précoce de la maladie ; ils étaient tous gravement malades hormis quelques enfants et leurs parents qui n'étaient pas atteints. Le problème aurait dû me sauter aux yeux. C'était évident.

« Me laisseriez-vous interroger les patients ? » demandai-je.

Leitner eut l'air alarmé.

« Je vous demande pardon ?

– Je voudrais leur parler. J'aimerais qu'ils me disent eux-mêmes quelle est leur situation, comment ils se sont retrouvés ici. J'aimerais parler aux enfants en particulier. » Leitner ne dit rien ; je craignais qu'il refuse. « Je souhaite seulement vérifier un détail de leur parcours, précisai-je, afin de mieux comprendre leur état, leurs besoins. Et vous assister au mieux. »

Il finit par accepter.

Je passai donc la matinée à discuter avec les patients, accroupi à côté d'une femme alitée, avec un homme adossé à un bâtiment, un enfant, et mes doutes furent confirmés : il n'y avait pas un seul esclave parmi eux ; ils étaient tous libres, des domestiques sous contrat ou des Khoi-khoi. Je croyais avoir tout vu, mais tant d'audace m'estomaqua.

Quand je rapportai ma découverte au frère Leitner, il ne sembla pas concerné ; peut-être qu'il ne comprenait pas la gravité de ce que nous avions sous les yeux. Je lui expliquai.

« Tous ces gens sont des hommes et des femmes *libres*, monsieur Leitner, des travailleurs. Ça ne vous paraît pas étrange ? Que seules des personnes libres arrivent ici pour vous demander de l'aide ? Les esclaves tombent malades comme tout le monde.

– Suggérez-vous que la santé des esclaves est supérieure… ?

– Je ne suggère rien. Je constate que les hommes libres sont surtout plus libres de mourir que les esclaves.

– Je ne vous suis pas, docteur.

– Ces gens, vos patients, auraient pu être *sauvés*, un remède aurait pu être efficace s'ils avaient reçu les soins adéquats dès les premiers symptômes de la maladie. Mais rien n'a été fait. Parce qu'ils ne sont pas des *biens* de valeur, leur santé n'intéresse pas ceux qui les envoient ici une fois qu'ils sont trop malades pour travailler. Ils ont été envoyés ici non pas pour recouvrer la santé, mais pour mourir. »

Il faut dire, à son crédit, que Leitner semblait aussi choqué que moi. Il regarda ses patients avec l'air horrifié de celui qui voit des cadavres sur un champ de bataille. Il était livide quand je m'en allai.

Leitner était pétri de bonnes intentions mais sa vocation avait fini par lui nuire. Il était de ces bienfaiteurs ennuyeux, à l'effacement ostentatoire, qui préfèrent ne pas s'encombrer de la justice de ce monde et attendre qu'elle soit rendue dans le suivant. Affublé de son froc noir que ceinturait une corde blanche, il était un modèle de modestie chrétienne ; il y avait de l'affectation dans sa façon de parler tout bas, obligeant ses interlocuteurs à se pencher vers lui et à lui prêter attention – une modestie arrogante. Je décidai de ne pas faire confiance à un homme qui reniait ses appétits, sachant qu'un tel contrôle de soi était un genre de fureur, la douceur déguisant son contraire.

Je m'efforçai donc d'être aimable en envoyant mes recommandations deux mois après ma visite, après avoir remis une commande de médicaments à la léproserie de Hemel-en-Aarde ainsi que des consignes rédigées de ma main et destinées aux Leitner.

Ces mesures semblaient évidentes, mais j'avais appris qu'on négligeait souvent ce qui allait de soi. À l'instar de mon sexe – flagrant et pourtant invisible.

Règles pour le traitement général des lépreux que M. et Mme Leitner doivent prendre en charge :

1. La plus grande attention doit être portée à l'hygiène personnelle des lépreux ; leurs draps et leurs vêtements doivent être changés régulièrement et les malades doivent prendre au moins deux bains par semaine. Les enfants doivent se laver tous les jours…

2. Le régime alimentaire est de la plus haute importance : les aliments salés comme le poisson, etc. doivent être prohibés. Le lait, le riz, les légumes et les fruits doivent être consommés aussi souvent que possible ; du mouton frais et de la soupe tous les jours, sauf avis contraire.

3. Les plaies doivent être nettoyées deux fois par jour à l'eau de goudron, puis bandées avec des pansements au goudron ; les bandes usagées doivent être jetées.

4. La digestion doit être surveillée de près. Les patients atteints de maladie vénérienne doivent être mis à l'isolement et soignés selon les règles prévues.

5. Les cas de lèpre les plus avancés doivent être mis à l'isolement et les malades doivent boire du vin en quantité suffisante (de deux verres à une pinte par jour).

6. Les aliments doivent être lavés et bien cuits. M. et Mme Leitner doivent inspecter les repas presque tous les jours.

L'ordre doit être maintenu sans qu'il faille pour autant recourir à la cruauté ou aux privations. Les patients doivent être considérés non pas comme des prisonniers, mais comme des infortunés. Il est recommandé que les malades aillent à l'école ainsi qu'à l'église, et restent actifs autant que possible.

Mes visites à la léproserie seront fréquentes et je me permettrai d'apporter des changements si nécessaire…

Je concluais en demandant à M. Leitner qu'il *m'écrive toutes les semaines pour me tenir informé des évolutions, succès, difficultés, etc.*

J'espérai qu'il trouverait ces instructions utiles.

Je ne fus pas vraiment surpris quand Lord Somerton me convoqua à la résidence du gouverneur pour me dire qu'il y avait une plainte ; étant donné mes efforts pour réguler ces remèdes de charlatan, des résistances étaient à prévoir. En vérité, je me réjouissais de cette occasion de voir mon ancien ami, même si nos relations n'avaient plus rien d'amical.

« Laissez-moi deviner, dis-je en voyant la lettre sur son bureau. Cela vient des pharmaciens. Ces escrocs. »

Je me laissai tomber dans un fauteuil.

« Hemel-en-Aarde, dit Lord Somerton. Frère Leitner pense que vous avez abusé de votre autorité. Il a écrit au révérend Halbeck pour confirmer que vous n'en avez aucune sur lui.

– Mon Dieu. Quel genre d'homme se préoccupe de son rang quand des vies sont en jeu ?

– C'est précisément dans ces moments qu'ils le font, non ?

– Un soldat se moque du grade de l'homme qui le sauve.

– Pas si sûr. Cela compte beaucoup pour M. Leitner. Vous venez de vous faire un ennemi.

– La lèpre est notre ennemie. »

Il me lut la plainte comme pour mettre les choses au clair : frère Leitner refusait d'autoriser les bains de mer réguliers. Il disait préférer « organiser des *messes* plutôt que des parties de baignade ».

« Des messes funèbres », répliquai-je.

Je m'exprimais avec désinvolture mais mesurais la gravité des accusations. Le révérend Halbeck avait envoyé la lettre au colonel Bird qui l'avait fait suivre à Lord Somerton par courtoisie et, par courtoisie aussi, le gouverneur m'en faisait part. C'était un avertissement.

Si Lord Somerton ne souriait pas, il ne me réprimanda pas non plus. Je croyais qu'il compatissait, s'étant rangé du côté du bon sens par le passé, mais il se contenta de dire : « Prenez garde, docteur. Vous vous faites des ennemis.

– La maladie est ma seule ennemie et honni soit qui mal y pense, ajoutai-je, citant la devise anglo-normande comme une incantation.

– Je crains que le monde ne marche pas ainsi. »

Il avait parlé d'une voix basse inhabituelle, mais il n'en dit pas plus.

« Si la cause en vaut la peine, les ennemis ne me dérangent pas. On juge un homme à ses ennemis et tous les hommes de principes en ont. »

Je me comportais comme si cela ne m'affectait pas, comme si

j'étais indifférent aux attaques personnelles. Comment expliquer que je ne pouvais pas m'abaisser à cela ? J'avais observé combien, dans les affaires des hommes autant que dans la pratique de la médecine, il était capital de se laisser guider uniquement par la raison et de s'élever au-dessus de ses émotions – ce que j'avais fait deux ans plus tôt quand Lord Somerton était rentré avec sa nouvelle épouse, ce que j'avais fait avec l'enfant que j'avais porté. En médecine comme à la guerre, il fallait rester objectif. En tant que médecin, je restais neutre. Afin d'évaluer correctement des symptômes, l'examen doit être mené de manière dépassionnée, désintéressée. Mon oncle avait sacrifié un grand talent sur l'autel de l'intime, cherchant le conflit y compris avec son bon ami Joshua Reynolds, le célèbre peintre. Je ne ferais pas la même erreur.

« Merci de m'avoir prévenu. »

Lord Charles mit du temps à intervenir dans la question des remèdes de charlatan et des licences, mais quand il le fit, cela fut décisif.

Peut-être avait-il saisi l'utilité de ces réformes, peut-être était-il fatigué de mes harangues. Quoi qu'il en soit, le 26 septembre 1823, le bureau du gouverneur publia une ordonnance amendant le code médical en vigueur au Cap pour s'assurer que personne ne puisse pratiquer la médecine sans en avoir les compétences, que ceux qui voulaient s'installer en tant que médecin, chirurgien ou apothicaire détiennent une licence et les documents attestant d'une formation dans ces domaines, qu'il s'agisse d'« un diplôme d'une université ou d'une faculté européennes, ou, dans le cas des chirurgiens, des apothicaires, etc., du certificat habituellement requis ».

Cette proclamation contrôlait également la mise sur le marché des médicaments, afin qu'aucun marchand, commerçant ou revendeur ne puisse délivrer ces soi-disant remèdes sans qu'ils aient été validés au préalable par l'inspecteur médical colonial. À savoir moi.

La foule qui envahit la résidence du gouverneur le lendemain était impressionnante, pareille à une nuée de sauterelles ; aussitôt après la publication de la proclamation, une délégation de soignants ratés se présenta au bureau de Lord Somerton, exigeant des explications, scandalisés que leurs profits puissent être limités pour le bien de tous. Ils avaient beau être idiots, on ne les priverait pas de leur argent si facilement.

Ils n'avaient aucun goût pour la régulation, cet ennemi des charlatans du monde entier. Leurs doléances ne reposaient sur aucun principe, et ils présentaient l'appât au gain comme un droit : ils avaient fait de gros investissements et avaient bien l'intention d'en tirer tout le profit possible.

« Nous avons payé pour importer ces médicaments, hurla un marchand, sur la foi de pouvoir vendre ce qui a été autorisé par les lettres patentes de Sa Majesté, la coutume et l'usage depuis des temps immémoriaux. »

Je jetai de l'huile sur le feu en remarquant que ces usages, loin d'être « immémoriaux », étaient un droit très récent obtenu après que les Britanniques eurent colonisé ces terres moins de vingt ans plus tôt.

« Si ma mémoire ne me fait pas défaut, messieurs, dis-je, empoisonner les patients pour gagner sa vie est un privilège qui vous a été accordé par la Couronne il y a seulement dix-huit ans. Votre rapport au temps est peut-être affecté, mais il me semble que cette durée n'a rien d'immémorial. »

Cette foule faisait peur et ne se dispersa pas facilement, mais j'étais heureux d'être à nouveau uni à Lord Charles. À l'époque, et pendant un moment, nous eûmes l'impression d'être victorieux, invincibles.

CHAPITRE NEUF

Orages sur Cape Town

Le 1er juin 1824, le jour se leva comme n'importe quel jour brumeux d'automne au Cap. C'était un mardi, un de ces jours de la semaine qui ne se distingue pas des autres, ni point de départ ni conclusion, absolument banal. Il nous faudrait du temps pour comprendre que nos vies avaient basculé.

Je dormais encore quand le capitaine John Findlay de l'*Alacrity* contrôla aux aurores, comme à son habitude, les bateaux qui approchaient le port dans l'espoir d'une prime pour l'appréhension de négriers illégaux. En chemise et bas, il ouvrit la fenêtre et jeta un coup d'œil dans la rue tranquille où deux garçons – un Noir, un Jaune, expliqua-t-il plus tard – se tenaient devant un placard collé là. Le capitaine Findlay les interpella, mais ils disparurent dans le brouillard du matin. Il termina de s'habiller et se dirigea vers l'affiche pour la lire et y découvrit les mots calomnieux, soi-disant rédigés par un membre du personnel de Newlands qui nous accusait, Lord Somerton et moi, d'actes contre-nature. Certains racontent que le capitaine aurait déchiré le placard avant de le jeter par terre. D'autres, qu'un cavalier en cape l'emporta.

Lorsque Findlay le signala, il avait disparu.

Et quand j'arrivai au café de Mme Saunders avec Psyché sous le bras, le scandale avait déjà éclaté.

On ne retrouva jamais l'affiche. Aucune copie ne survécut. Peut-être n'a-t-elle jamais existé.

Mais l'histoire resta et s'amplifia.

Pour les besoins de l'enquête officielle menée plus tard dans l'année, le capitaine Findlay reproduisit le contenu du texte (des mots que j'essaie d'oublier sans y parvenir) :

Une personne vivant à Newlands fait savoir… aux pouvoirs publics de cette colonie qu'elle a, à cinq reprises, vu Lord Charles sodomiser le docteur Perry ; Lady Charles… se doutait de quelque chose… ce qui entraîna une dispute et précipita son retour en ville – cette personne est prête à faire une déclaration sous serment.

Si je n'avais pas été bien placé pour savoir que Lord Charles et moi ne nous retrouvions plus jamais seuls à Newlands, que nous parlions rarement en privé (et seulement pour discuter de questions relatives à mon activité au Cap), que nos rapports étaient strictement professionnels depuis trois ans, j'aurais, comme d'autres, pu croire à cette histoire. On y décelait une pointe de vérité, ce qui me peinait. Je m'étais souvent demandé ce que Lady Somerton savait de nos relations passées ; à présent, j'aurais aimé savoir qui d'autre était au courant.

Lady Somerton était-elle à l'origine de cette cabale ? Peut-être cherchait-elle à nous séparer, mais il était peu probable qu'elle veuille détruire l'homme qu'elle aimait, ce que ce placard menaçait de faire. Ou bien était-ce l'évêque Burnett, ou les marchands de panacées ?

Malgré notre brouille, je me rendis aussitôt au bureau du gouverneur, espérant mettre au point une stratégie et être rassuré. Des années plus tôt, Lord Somerton avait affirmé ne pas craindre le scandale en brandissant la devise de sa famille : *Mutare vel timere psemo* – Je dédaigne de changer ou d'avoir peur. Je le lui rappelai en arrivant à la résidence du gouverneur, ce matin-là.

« Il n'est plus question de scandale, docteur Perry, mais de condamnation à mort. »

La sodomie était punie de la peine capitale, nous le savions tous les deux. Le plus simple aurait été de révéler mon identité, mon sexe, de faire savoir que j'étais une femme. Étouffer le scandale en le remplaçant par un autre – n'importe quelle fripouille sait que c'est la meilleure façon d'enterrer une histoire déplaisante.

Aucun de nous n'évoqua cette possibilité. J'étais heureux qu'il ne m'en fasse pas la demande.

Nous avions fait des choix. Je vivrais et mourrais en tant qu'homme. Nous combattrions ces calomnies comme des hommes, ensemble. Ou nous serions pendus.

Je n'assistai pas aux procédures judiciaires durant lesquelles les accusations portées contre nous furent révélées ; c'était inutile : on en parlait partout dans les rues poussiéreuses, dans le froid du Fort, dans les Jardins de la Compagnie bien trop lumineux, au Burgher Senate, à la prison, et bien sûr au Sun, un lieu de mauvaise vie près de la caserne. Le café de Mme Saunders n'était pas non plus épargné par ces conversations. Son mari, le gentil M. Saunders, me témoigna de la sympathie quand j'entrai un matin : « Ça alors, docteur Perry, quelle accusation diabolique ! » Partout où j'allais, il était impossible d'y échapper. Il s'était écoulé tant d'années depuis l'époque où le gouverneur et moi avions été intimes qu'il semblait invraisemblable de suggérer que nous l'étions toujours.

Dantzen me tenait au courant des avancées de l'enquête menée par Fiscal, ce qui me permettait d'être informé sans avoir à assister à ces dépositions pénibles : il me parla du pauvre greffier qui dut, non sans peine, prendre note des déclarations répétitives, demandant au témoin de s'arrêter pour ne rater aucun des termes utilisés dans les accusations portées contre nous, hésitant sur l'orthographe de « sodomie ».

« S-O-D-O-M-I-E, lui indiqua-t-on. Avec un seul "m". »

Apparemment, cela avait provoqué l'hilarité.

Une foule de témoins fut appelée à la barre pour réitérer les attaques formulées dans le placard, jusqu'à ce que ce premier mensonge gagne en autonomie.

Certains témoins – amis ou citoyens prenant garde à ne pas dénigrer les puissants – firent de grands efforts pour ne pas reprendre les termes de ces allégations, demandant s'ils pouvaient « prendre des pincettes afin d'évoquer les détails de l'affaire » ; d'autres voulurent rester ambigus en parlant de nos « pratiques contre-nature ».

Un employé de bureau nommé Thwaite fut mort de honte d'avoir à témoigner contre le gouverneur. « Je ne saurais vous dire les mots exacts, dit-il à contrecœur, mais, il m'a semblé, que cela décrivait Son Excellence et le Dr Perry surpris dans une situation qui serait contre-nature. C'est ce qui m'a semblé, en tout cas. »

« C'est un scandale ! dis-je à Sa Seigneurie.

– Qui ne fait qu'envenimer la situation. L'évêque Burnett prétend que c'est une preuve de culpabilité. »

Je le savais fort affecté. La chaleur et la couleur avaient quitté son visage ; il laissa la porte de son bureau ouverte lors de notre entrevue. S'il avait l'air calme, il n'était pas indifférent à la calomnie. Il trouva des moyens de punir ses détracteurs, de les bâillonner : il ordonna la fermeture de l'imprimerie de George Greig, le rédacteur en chef du *South African Commercial Advertiser*, le premier journal indépendant de la colonie ; puis il menaça de l'envoyer en prison. Quand l'évêque Burnett insinua que Lord Somerton était peut-être lui-même à l'origine du placard afin de gagner la sympathie de la population dans sa campagne pour éradiquer cette presse tout juste naissante, il menaça de faire également arrêter l'évêque.

J'hésitais à rendre visite au gouverneur après que l'affaire eut éclaté, craignant d'alimenter les commérages. Mais, plus effrayé encore à l'idée de ce que pourrait décider mon ami pour faire taire ces ragots, je décidai finalement d'aller le voir tous les jours comme s'il ne s'était rien passé.

« Ces accusations sont graves, dis-je d'une voix forte au cas où l'on nous écouterait, au cas où des domestiques, désignés par Burnett ou Greig pour nous espionner, tendraient l'oreille. Mais chercher à étouffer la presse est plus grave encore.

– La calomnie n'a pas à être protégée.

– La liberté d'expression, si.

– La moquerie n'est pas un mode d'expression significatif, docteur.

– Si les hommes manquent de moyens pacifiques pour exprimer leurs inquiétudes, ils en trouveront de moins pacifiques.

– Est-ce une menace ?

– Une simple observation, monsieur.

– Je refuse que la Couronne et ses représentants soient tournés en ridicule ; cela sème le chaos et la révolution. »

Si Lord Somerton savait qui, à Newlands, nous avait épiés des années plus tôt, qui avait été témoin de notre intimité ou prétendait l'avoir été, il ne m'en dit rien. Pas un mot. Cela remontait à si loin.

Il punit le puissant qui se moquait de lui, mais il ne prit aucune mesure contre le domestique qui affirmait nous avoir vus. Peut-être n'existait-il pas. Peut-être Lord Charles trouvait-il indigne de lui de punir les faibles. Ses ennemis n'y virent aucune vertu. Mais moi, oui.

Une manière d'intégrité.

Cet homme était admirable à maints égards et j'essayai de ne pas prêter attention au reste.

Ce fut Lady Somerton qui proposa que l'on continue comme si rien n'avait changé et insista pour que nous allions tous les trois au Théâtre africain comme prévu le soir où le scandale éclata. Quand le public leva les yeux et nous vit entrer dans la loge du gouverneur, je l'entendis retenir son souffle et posai le regard sur Lady Somerton. Elle se tenait sur le devant, comme pour faire une annonce. *Que savait-elle ? Qu'avait-elle vu ?* Un sourire sur ses lèvres fines. Si elle voulait m'exposer, cela aurait été le bon moment sur cette scène de choix. J'attendis qu'elle parle, qu'elle nous dénonce. Elle inclina la tête gracieusement en direction de la salle. Et s'assit. Avant que le rideau ne se lève et que le drame ne commence.

Les excentricités d'un homme puissant deviennent des bizarreries chez un faible. Une passion pour les chevaux de course passe pour romantique chez celui qui a les moyens de se les offrir ; ce même penchant paraît frivole, absurde et même dépravé chez celui qui ne les a pas. C'est du moins ainsi que les ennemis de Lord Charles le présenteraient dans la presse londonienne, les pur-sang, juments et étalons, qu'il faisait venir de l'étranger, son habitude d'organiser des réunions en même temps que des parties de chasse, son projet de construire un champ de courses. Ce qui autrefois avait paru insouciant semblait désormais irresponsable. Et cela me faisait souffrir. Je ne voulais pas le voir diminué. Je n'avais pas envie de sentir que je devais le protéger, de savoir qu'il ne pouvait pas me protéger.

Désormais, quand je venais lui soumettre des réformes médicales, Lord Somerton me parlait de la rénovation de la salle de bal ; ses caprices semblaient être une distraction, délirants et dépourvus de charme. Son refus de regarder les choses en face me rendait furieux. Sa légèreté avec la presse était celle d'un homme désespéré. Mais sa fierté blessée le rendait sensible à n'importe quel affront ; il repoussait mes conseils, les contestait ou n'y répondait tout simplement pas.

En public nous combattions ensemble le scandale qui n'avait pas tardé à parvenir jusqu'à Londres. Somerton chercha à découvrir l'identité de l'auteur du placard et à interdire la presse locale, comme si la parole elle-même était coupable et à l'origine du problème. Quand on débusqua une caricature de Lord Somerton – avec la légende : « Le Diable fuyant avec Fiscal » – chez George Greig, le gouverneur le fit arrêter et ordonna son expulsion du Cap avec effet immédiat.

Pour ma part, je mettais tous mes efforts à combattre un ennemi bien connu : les apothicaires et leurs faux remèdes très profitables qui, en dépit de l'ordonnance promulguée un an plus tôt, continuaient de tuer des patients tous les jours. Ces meurtriers s'étaient tournés vers les tribunaux pour que soient levées ces restrictions. La force m'avait toujours sauvé par le passé. Contesté, je passais à l'offensive. Mais je m'efforçais de ne pas me mêler à la querelle qui couvait entre mon ami et les protecteurs de la presse libre dont je faisais pourtant partie.

« Comment peux-tu être loyal à un homme déloyal envers des principes qui te sont chers ? me demanda Tom Pringle un soir au Sun, cet affreux pub situé dans le port où je me terrais désormais pour éviter les rencontres fâcheuses.

– Ma fidélité va à la raison.

– À Lord Somerton, plutôt.

– Je suis un homme de science. Je ne fais pas de politique. »

Je n'en croyais pas un mot, et lui non plus.

Mais alors que mon ami se comportait de manière de moins en moins raisonnable, je commençai à douter.

Dans sa fureur, le scandale ne mollissant pas, Somerton voulut punir tous ceux qu'il pouvait. Il bannit de la maison le prétendant de Georgiana, le capitaine Glover. Il menaça d'interdire *sine die* les journaux du Cap. Tout ceci, soi-disant par principe. J'aurais pu lui pardonner ces agissements, les accepter, s'il ne m'avait pas abandonné quand j'avais le plus besoin de lui. Quand j'affrontais les prétendus pharmaciens. Leurs affaires étaient lucratives et il fallut se résoudre à aller au tribunal.

« Que cherchez-vous, au juste, docteur Perry ? » demanda l'apothicaire Friedrich Liesching lorsqu'on se retrouva face à Truter, le juge, qui devait statuer sur la plainte.

Je commençais à me le demander.

« Je veux sauver des vies », dis-je.

Cet effort était chaque jour contrarié. Je n'étais même plus sûr de parvenir à me sauver moi-même.

« Le docteur nous priverait de la source de nos revenus, vociféra l'un de mes adversaires.

– Cela est sans doute moins grave que de priver les gens de leur vie.

– Vous n'avez pas le droit de vous mêler de nos affaires, docteur.

– Et vous n'avez pas le droit de tuer pour le profit, même s'il est vrai que cela arrive tout le temps. »

Le juge Truter se rangea du côté des empoisonneurs, déclarant que j'avais abusé de mon autorité. Mais ce ne fut pas tout. Quand le bureau colonial annula la décision de Truter, mes adversaires virent rouge. Leur rancune fut tenace. Quand je refusai de délivrer une licence d'apothicaire au fils de Liesching qui n'avait reçu aucune formation, son père se plaignit au gouverneur. Quand je dénonçai le sadisme éhonté des gardiens de prison, mon rapport confidentiel destiné à Lord Somerton fuita et je dus passer devant un autre juge comme si le crime était de dénoncer ces crimes. Je ne répondis pas aux convocations, fus menacé d'incarcération. Je n'aurais pas dû être surpris quand on me signifia que j'étais déchu de mon poste d'inspecteur médical colonial pour avoir trop interféré dans les affaires du Cap, qu'on me retirait mon bureau et mon salaire, et que je redevenais simple assistant chirurgien. Je me tournai vers Lord Somerton.

« La commission a considéré que les propos tenus dans votre correspondance officielle étaient excessifs, dit-il.

– Sans cela, rien n'aurait été accompli, rien n'aurait changé.

– La décision est unanime, docteur, dit-il, comme si cela réglait la question.

– Elle n'est pas juste pour autant.

– Et à qui revient-il de déterminer ce qui est juste ou non ? Vous ? »

Rien ne servait de le supplier. Lord Somerton ne se préoccupait pas du tort ou de la raison, à moins qu'il ne soit personnellement touché.

Si je devais retenir un seul point positif de cette abominable affaire qui dura des années et prit différentes formes, c'est que notre ennemi commun nous rappela que nous avions été amis un jour. Notre mauvaise réputation s'étendait du Cap à Coventry ; la rumeur de nos relations contre-nature avait été débattue au Parlement, évoquée dans le *Times*. J'avais beau être blessé que Lord Somerton ne me protège pas du jugement injuste de Fiscal, j'étais heureux de pouvoir converser tous les jours avec lui. Alors que le monde nous tournait le dos, notre compagnie nous suffisait.

L'été qui suivit l'apparition du placard – en décembre 1825 –, Lord Somerton organisa son départ pour l'Angleterre afin d'affronter les accusations portées contre lui devant le Parlement – accusations qui, en plus du scandale de sodomie, portaient désormais sur sa gestion des finances de la colonie, son extrême prodigalité et son irresponsabilité fiscale – et de se retirer de la vie publique. J'appris avec plaisir qu'il m'invitait en ma qualité de médecin des Somerton à regagner Londres, où nous pourrions tout recommencer. Je n'avais pas terminé mes expériences sur les plantes médicinales locales ; je n'en étais encore qu'au début des réformes nécessaires pour améliorer la santé des habitants du Cap, mais je savais que mes jours ici seraient vides sans mon ami à mes côtés et que mes ennemis étaient trop nombreux pour être ignorés.

Si bien que le 23 décembre 1825, trois mois avant que Lord Somerton et sa famille ne partent pour Londres, je plaçai une petite annonce dans le *Courant* pour vendre tous mes « meubles et effets ».

J'avais trente ans. Je repartirais de zéro.

J'étais enfin prêt à rentrer à la maison.

Alors que nous étions en pleins préparatifs, je remarquai combien les traits de mon ami étaient tirés. Il avait vieilli d'une décennie en deux ans et je m'inquiétais pour lui. Sa morosité était flagrante. Il continuait de monter à cheval et de chasser, mais ces activités n'étaient pour lui que d'un réconfort relatif. Il revenait las de ses séjours à Newlands et à la Roundhouse.

Un soir de février, à quelques semaines du départ, nous dînâmes tranquillement tous les deux à Newlands ; nous pouvions nous le permettre à présent. Tout avait déjà été dit sur notre compte.

Je n'y pense presque jamais, à cette soirée. La dernière que nous avons passée ensemble.

Nous nous remémorions le passé, parlions des gens que nous avions connus, quand il mentionna Sanna.

« Tu te souviens d'elle ?

– L'hermaphrodite ? Bien sûr. »

Je ne l'avais pas vue depuis des années.

« Georgiana l'a adoptée juste avant que tu nous quittes, elle a insisté pour qu'on l'embauche comme femme de chambre. Dans un moment de folie, j'ai cru que c'était elle qui t'avait éloigné de nous. Comme par sortilège, dit-il en riant.

– Sanna travaille ici ? » demandai-je, pris de nausée en comprenant soudain ce qui s'était joué sept ans plus tôt, avant que je ne parte pour l'île Maurice.

Il secoua la tête.

« Elle est retournée chez les siens à Port Louis, ou dans un village des environs.

– Je l'ignorais.

– Je pensais que tu le savais. »

Pendant un moment, pas un mot ne fut échangé. Tout était calme – ou presque, puisque mon cœur battait comme s'il allait exploser, comme si j'avais couru une grande distance.

« Pourquoi nous as-tu quittés ?

– Je ne t'ai jamais quitté, toi. Je n'aurais jamais fait ça.

– C'est pourtant ce qui est arrivé. Tu es parti pour l'île Maurice sans prévenir. J'aurais pu te faire passer en cour martiale pour abandon de poste. J'aurais pu te mettre aux fers.

– Et pourquoi ne l'as-tu pas fait ?

– Cela aurait-il changé quoi que ce soit ? »

Je ne sus quoi répondre.

« J'avais de bonnes raisons de partir.

– Une femme en difficulté, as-tu dit.

– C'est cela.

– Est-ce que je la connaissais ?

– Tu la connais bien. »

Il fronça les sourcils comme si je parlais de Georgiana.

« Je ne supportais pas de donner la satisfaction à Burnett…, repris-je.

– De quoi ?

– D'avoir raison.

– Il y a toujours une première fois.

– Il aurait causé ta perte s'il avait su que le médecin du gouverneur portait l'enfant du gouverneur. »

Je n'avais pas prévu de le dire.

Lord Somerton ne sembla pas m'entendre ; il ne dit rien, les yeux rivés sur le feu dans la cheminée.

« Tu étais enceinte. De mon enfant.

– Oui.

– Et aurais-tu l'obligeance de me dire où il se trouve à présent ? »

Le gouverneur ne me regardait toujours pas.

« Je l'ignore. »

Était-ce pour lui faire payer la douleur que j'avais éprouvée à l'époque que je lui faisais cette révélation ? Était-il simplement trop dur de garder ce secret pour moi seul ? Ou espérais-je qu'en lui parlant avant de quitter l'Afrique nous puissions trouver un moyen, si ce n'est de rester, peut-être de retrouver l'enfant pour l'emmener avec nous ? Un espoir fou. Je m'en rends compte aujourd'hui.

« Tu l'ignores », dit-il calmement.

Je savais qu'il ne poserait pas d'autre question.

« Un fils. Adopté par un officier de province, sans doute…

– Tu ne t'es pas donné la peine de le découvrir. » Il leva les yeux vers moi, mais ne sembla pas me voir. « Quel genre de monstre contre-nature…

– J'ai tenté de le récupérer, mais j'étais malade, bien trop malade, et il y avait une épidémie de choléra. Je pensais que nous pourrions partir à sa recherche ensemble. Et puis à mon retour au Cap, tu étais remarié et tout cela semblait… Je n'ai jamais pu aborder le sujet. »

Pendant un long moment, nous sommes restés près du feu en

silence, chacun plongé dans ses pensées, écoutant le crépitement des bûches qui se transformaient en charbon, puis en cendres.

« Mon fils.

– Notre fils. »

Moi qui pouvais être si calculateur, j'avais très mal évalué cette situation. Pour mon ami, une chose comptait plus que la réputation, l'honneur, la richesse ou les chevaux – la famille. Comment avais-je pu l'oublier ? C'est pourtant ce que j'avais fait. Sa pâleur m'effraya.

« Tu dois prendre soin de toi », dis-je.

Il leva la main pour m'ordonner de me taire.

Au bout de quelques minutes, il dit tout bas : « S'il te plaît, va-t'en. »

Je ne savais pas s'il voulait que je quitte la pièce, Newlands ou Le Cap, mais je me doutais que je le découvrirais bien assez tôt. Je me levai.

« Je suis vraiment désolé. »

C'était la vérité. Et je le reste, plus que jamais. Même si je n'avais pas eu d'autre choix à l'époque.

Nous aimons croire que rien n'est impardonnable, que tout peut être racheté par l'amour et la contrition – ainsi que la religion nous l'enseigne –, que l'amour et la compréhension, la raison et le remords peuvent agir comme des baumes. Mais c'est faux. Certains choix sont irrémissibles. Il y a des actes impardonnables.

Le lendemain matin, nos échanges furent limités.

« Nous aurions pu nous marier.

– Je sais.

– Alors pourquoi ? Ton nom était-il si important ? »

Comment pouvais-je admettre que mon nom était tout ce que j'étais, tout ce qui me restait depuis la mort de ma mère ? Il n'y avait personne d'autre.

« Les mots sont tout ce que nous avons, dis-je.

– Non, tu as tort. Ils ne sont qu'un écho. »

Quelle ironie. Mon nom : *Perry. Parry.* Ce jeu de mots involontaire. Tant de choses détruites dans ma tentative de parer les coups du sort, de vivre : mon passé, mon sexe, ma mère, mon enfant, et jusqu'à l'amour. *Parry*, voilà qui est approprié. Du français *parer* ; de l'italien *parare*, « protéger ». Du latin *parare*, qui veut dire « préparer ». Mais rien, bien sûr, n'aurait pu me préparer à cela. À tout ce que je perdrais.

Mais qu'aurais-je pu faire d'autre ? J'aurais tout perdu si j'avais gardé l'enfant : mon travail, ma réputation, mon nom. Tout ce que j'étais. Tout ce que je suis. Mais je compris à cet instant que j'avais déjà tout perdu à l'île Maurice en abandonnant l'enfant.

En accouchant, j'avais éprouvé ce que je n'avais jamais éprouvé au cours de ma vie, de Cork à Londres, d'Édimbourg au Cap : la joie était entrée en moi comme le soleil par une fenêtre ouverte. Je fus abasourdi par le plaisir pur qui me saisit, cette léthargie mielleuse, imprégnée de douceur ; ce souffle laiteux, ce sommeil profond et confiant, le bonheur de l'entendre pleurer en sachant que je pouvais lui offrir tout ce dont il avait besoin. J'avais connu le plaisir profond des activités intellectuelles, l'absorption dans la pensée et l'étude, la chaleur de l'amitié, le soulagement pressant du sexe, mais cette expérience-ci n'avait rien à voir. J'aurais pu passer le reste de mes jours le nez enfoui dans le duvet sombre et soyeux à la base de son crâne, les lèvres collées à sa minuscule oreille, sa bouche sur mon téton, dormant dans mes bras, j'aurais été heureux.

Ce n'était pas pour mon nom ni pour ma réputation que j'avais sacrifié l'enfant, pas pour la vanité, la fierté ou l'ambition professionnelle, pas même par peur de ce que Lord Somerton pourrait faire si je lui présentais un fils dont il ignorait qu'il l'avait engendré. Je n'avais pas fait passer mon nom ou mon rang avant mon enfant, mon fils ; durant ces jours qui suivirent l'accouchement, même délirant de fièvre, je savais, aussi clairement que je le sais aujourd'hui, que cela aurait été un mensonge si j'avais affirmé après toutes ces années que j'étais Margaret Brackley et non le Dr Jonathan Mirandus Perry ; que le faire n'aurait *pas* été une révélation ; cela aurait été un meurtre. Un suicide.

Que sommes-nous, après tout : l'ensemble de nos accomplissements ? Notre nom ? La somme de nos actions ? Je suis la personne que j'ai créée, ce que j'ai fait, ni plus ni moins.

Je n'aurais pas dû être étonné quand on me prévint que les Somerton partiraient à Londres sans moi ; les soutes de l'*Atlas* – ainsi qu'un coursier m'en informa – étaient déjà pleines des possessions du gouverneur. On était sûr que je comprendrais.

Je comprenais.

J'avais vendu mes meubles un mois plus tôt, et je me retrouvais comme ces chevaux moins performants ou ces bagages superflus qu'on abandonne sur le quai. Je justifiai la vente de mes affaires en expliquant que tout ce luxe n'était plus nécessaire maintenant que l'élégance même avait quitté Le Cap.

C'était une histoire ; elle servirait.

Malgré l'épaisse brume qui se pressait contre les fenêtres de la résidence du gouverneur, ce matin du 5 mars 1826, l'allée de gravier était encombrée de cavaliers en cape, de voitures lentes et de visiteurs qui souhaitaient ardemment dire adieu à Lord Somerton et à sa femme avant leur départ. Un calme étonnant régnait à l'intérieur, les voix étaient basses, les malles prêtes, les voitures chargées ; une humeur sombre nous avait gagnés tandis que nous prenions le petit déjeuner pour la dernière fois ensemble dans la salle à manger.

À l'aube, Lord Somerton et moi montâmes en selle et prîmes la tête du cortège comme nous l'avions fait lors de notre expédition vers l'est des années plus tôt, flanqués de fonctionnaires, une douzaine de soutiens derrière nous – les dames suivaient dans les voitures –, et nous traversâmes la ville, les admirateurs du gouverneur applaudissant à notre passage.

J'étais heureux de pouvoir monter dans le canot de Lord Somerton et de sa famille. Je me tins à la proue avec mon ami sans dire un mot. Derrière nous, deux autres canots transportaient ceux qui s'étaient acharnés à lui voler son poste. Une fois à bord du vaisseau, nous observâmes la ville, appuyés au bastingage.

« J'imagine que nous vous verrons à Londres, dit Lady Somerton.

– Je ne rentrerai jamais en Angleterre. Je suis ici chez moi. »

Je restai à bord jusqu'à ce que le capitaine annonce que le navire était prêt à lever l'ancre.

Le rivage grouillait de monde ; une lumière vive perçait les nuages pour éclairer la baie. À onze heures et quart, alors que Lord Charles s'en allait sur l'*Atlas*, le ciel qui avait été couvert une bonne partie de la matinée se dégagea et un observateur rapporterait plus tard que le soleil « brillait d'un éclat plus fort qu'à l'accoutumée comme la gloire d'un homme debout que le souffle de la calomnie pourrait atténuer sans parvenir à la ternir ».

Je ne versai pas une larme ce jour-là. Mais je fus parcouru d'un frisson qu'aucun soleil tropical n'aurait pu réchauffer. Cette sensation ne me quitterait pas pendant des années. Elle est encore en moi. Deux ans plus tard, le 26 septembre 1828, je quitterais Le Cap à mon tour avec Dantzen et Psyché pour rejoindre la garnison sur l'île Maurice en tant que chirurgien de l'état-major. J'espérais ne jamais revenir.

Qu'est-ce qui dure ? Un rayon de soleil sur un parquet. Le goût du gingembre dans le café du matin. Le sucre que l'on croque. Le choc d'une vague froide contre ses mollets. La peau de mon bien-aimé contre la mienne. Se réveiller pour observer le tout petit visage de mon fils, son regard inhumain s'ouvrant au mien comme s'il devinait l'avenir, jamais pardonné. La douceur incomparable de son poing minuscule sur mon sein, la bouche collée à mon mamelon, vivre, vivre. Qu'est-ce qui dure ? Qu'est-ce que l'honneur comparé à ceci : le pouvoir de donner la vie. Si les hommes l'avaient, ils se prendraient pour des dieux. La plupart le font déjà. C'est d'ailleurs peut-être pour cette raison qu'ils dénigrent le corps des femmes capable d'une telle magie, doué d'un tel pouvoir.

C'est étrange, ce dont on se souvient, ce que l'on oublie. Qu'est-ce qui vaut la peine d'être retenu ? Que retiendra-t-on de moi ? Si jamais on se souvient de moi à l'avenir, ce sera sans doute pour avoir sauvé une vie. Quand on m'appela cette nuit-là, ce devait être pour rédiger un certificat de décès.

Il y a tellement de façons de quitter cette vie. Venir au monde offre moins de possibilités. J'ai peu de choses à raconter sur ces dernières années au Cap, mais il y eut cet événement. Peu de temps après le départ de Lord Somerton, je fus appelé une nuit en plein mois de juillet pour m'occuper de l'épouse d'un riche marchand de tabac, qui était en train de mourir en couches.

Je pris mon cheval sous la pluie d'hiver et me rendis à la maison en stuc, éclairée à la bougie et aux lampes à huile comme pour une fête. Je ne pris pas la peine de toquer à la porte ; je suivis les cris jusqu'à une chambre où Mme Wilhemena Munnick était installée, pâle, geignante et agonisante au milieu des draps imbibés de sang. La pièce était pleine de monde et étouffante, puant la boue et la fumée de cigare, la merde, la laine humide et la peur, bondée comme pour un bal de campagne. Il y avait la famille de l'épouse, des amis et les domestiques de la maison. Je les fis sortir et ne gardai que la sage-femme et Munnick, qui – faisant fi des convenances – insistait pour rester au chevet de sa femme.

Je me lavai les mains dans la bassine posée sur le bureau en utilisant le détergent que j'emportais toujours avec moi, impatient tandis que la sage-femme me faisait le récit de l'accouchement qui avait commencé à l'aube sans difficulté et avait mal tourné au coucher du soleil. Je l'interrogeai sur la position du fœtus, sur ce qu'elle avait fait ; je devinai ce qui était arrivé, ayant déjà été témoin de situations similaires. Je lui demandai d'approcher la lampe pendant que je soulevais le drap qui formait une tente sur les jambes de Mme Munnick. Je lui écartai délicatement les genoux qu'elle tenait serrés à cause de la douleur ; son état était pire que ce que j'avais imaginé. Quand je glissai la main jusqu'au col de l'utérus pour voir si je pourrais moi-même extraire l'enfant, je sentis un petit pied ainsi qu'une jambe, l'autre étant coincé dans l'utérus. Il n'y avait plus de doute : le bébé se présentait par le siège. La mère avait perdu les eaux depuis longtemps, s'était épuisée pendant des heures en efforts inutiles, son état aggravé par les toniques censés apaiser la douleur. Je repoussai la jambe dans l'utérus et retirai ma main.

J'exigeai qu'on apporte la liqueur la plus forte de la maison – un bon rhum jamaïcain, découvris-je. Je dis à la femme de chambre de désinfecter la table de la cuisine à l'eau chaude et au savon et de faire boire une bonne rasade de rhum à Mme Munnick.

« Installez-la dans la cuisine, ordonnai-je.

– Faut-il vraiment la déplacer, docteur ? demanda Munnick.

– C'est délicat, mais elle mourra si on ne le fait pas. »

Il acquiesça, sans comprendre les risques que lui et moi prenions.

« Il se peut qu'elle meure, Munnick, sachez-le. Et l'enfant avec elle. Il y a une chance de sauver l'un des deux, par la chirurgie. Elle est faible, mais elle existe. »

Plus tard, on me demanderait si je n'avais pas eu peur pour ma réputation en tentant une opération mortelle ; cela ne me traversa pas l'esprit. Je ne pouvais pas laisser une femme mourir pour protéger mon nom.

En tant que panseur de plaies à l'hôpital St Thomas, j'avais vu une césarienne pratiquée avec succès, le ventre fendu en son milieu le long de la *linea alba* pour révéler la paroi utérine gonflée qui, une fois ouverte à son tour, permettait de retirer le sac amniotique et l'enfant. Mais à St Thomas, l'opération avait été sans danger puisque l'enfant et la mère étaient déjà morts.

La césarienne était rare pour une bonne raison : elle échouait presque toujours ou disons plutôt qu'elle réussissait presque toujours à tuer la mère et l'enfant. Je pouvais compter sur les doigts d'une main le nombre de fois où elle avait réussi au cours du dernier millénaire. Un Suisse dont le métier était de castrer les truies aurait sauvé sa femme par ce moyen en 1500. Deux chirurgiens – un en France, l'autre en Hollande – avaient prétendu y arriver au siècle dernier, ainsi qu'une sage-femme en 1738 en Angleterre. Mais il n'y avait aucune preuve de leurs dires et les gens trouvaient ces récits des plus fantaisistes. Je savais au moins ça : personne n'avait jamais réussi une telle opération en Afrique.

En général, on sacrifiait l'enfant pour sauver la mère en extrayant le fœtus aux forceps, par à-coups ; si elle était trop mal en point, on attendait qu'elle meure, puis on l'ouvrait pour sortir l'enfant. Mais je ne pouvais rester les bras croisés à attendre qu'ils meurent tous les deux.

Mme Munnick délirait sous l'effet de la douleur quand on la déposa sur la table de la cuisine que la sage-femme avait récurée selon mes instructions ; le pelvis surélevé par des coussins, les jambes tenues écartées par des servantes tandis que son mari – confus, mais obéissant – lui tenait les bras et la poitrine dans sa puissante étreinte de fermier pour l'empêcher de se débattre pendant que j'incisais. Je n'avais qu'un flacon de laudanum à lui donner – tout juste bon à soulager un mal de dents. Mais cela l'apaisa un peu et redonna des forces à son mari qui crut qu'elle ne souffrait pas trop. Je lui dis de ne pas la lâcher alors que j'approchai mon scalpel du ventre. Quand la lame pénétra la peau, Mme Munnick hurla et tenta de se redresser, mais son mari la cloua sur la table. Elle ne résista pas.

« Est-elle morte ?

– Pas encore. Faites qu'elle ne bouge pas et peut-être qu'elle s'en sortira. »

Il détourna le regard, mais la sage-femme m'éclaira à l'aide d'une lampe. Je travaillai rapidement, avec une assurance que je ne me connaissais pas. Ma trousse était ouverte sur une chaise à côté de la table. J'avançai à travers les couches géologiques du corps : chacune me rappela les pages des manuels que j'avais étudiés une douzaine d'années plus tôt. J'avais l'impression de me déplacer dans un pays où j'avais vécu autrefois.

Mon scalpel incisa efficacement de l'appendice xiphoïde au pubis, évitant le muscle grand droit, atteignit les fascias. Heureusement, l'utérus gravide avait repoussé les viscères, ce qui me permit de voir distinctement la poche rose vif de la paroi utérine que j'entaillai avec délicatesse et à travers laquelle je glissai un doigt pour guider la lame et faire une autre incision verticale jusqu'à ce que l'utérus s'ouvre et dévoile le fœtus. Le siège, comme je l'avais craint – la tête vers le cœur de la mère, le visage relevé. J'insérai une main à l'intérieur pour trouver les jambes, les suivis jusqu'aux pieds pour m'assurer qu'ils n'étaient pas pris dans le col de l'utérus, puis empoignai les deux jambes ; j'essayai de soulever le bébé de sa cavité de chair, mais il était coincé. Je voulus ensuite retourner le corps, en vain ; il était trop gros pour la poche qui le contenait. J'eus peur d'inciser davantage, peur des dégâts que cela pourrait causer – qu'elle fasse une hémorragie et meure avant que l'enfant ne naisse. Là, sur la table, son enfant à l'intérieur, mes mains plongées en elle, la livrant à la mort. L'enfant impossible à sortir. Du sang coulait autour des incisions ; mon pouls battait à mes oreilles.

« Vous allez peut-être sentir une pression », dis-je à la femme sans connaissance sur la table. « Tenez-la bien ! » hurlai-je à son mari. Je montai sur une chaise, posai une main à plat sur le sternum de la patiente, et de l'autre main, j'attrapai une fois de plus les jambes du bébé et tirai de toutes mes forces.

Mme Munnick gémit et son corps se souleva de la table avant que je lâche prise.

Je calai le talon de ma botte contre le bord de la table, remis la paume de ma main sur le sternum, empoignant fermement les jambes de l'enfant dans l'autre, et tirai une fois de plus vers l'arrière. Je sentis le corps se soulever, sentis les entrailles se déplacer comme si je l'étripais, ce qui était une de mes craintes. Un passage de l'*Iliade* me revint en mémoire : *Patrocle, appuyant son pied sur la poitrine de Sarpédon, retire la lance du corps. Les entrailles échappent par la blessure*[1].

Elle avait le visage gris-bleu à la lueur de la bougie ; elle était en train de mourir, quel autre choix avais-je que de continuer ? J'exerçai une traction supplémentaire et sentis l'enfant bouger. Je plongeai la main gauche au fond de l'utérus à la recherche du crâne, les pieds dans la droite. Je soulevai les jambes pour lui faire faire la culbute vers la poitrine de la mère et sentis que le crâne se libérait enfin ; j'extirpai le bébé, couvert de sang, le corps violacé, visqueux de fluide amniotique, le cordon ombilical pendant comme une corde ou un ruban brillant.

Nous n'en croyions pas nos yeux.

Je donnai une tape au nouveau-né qui se mit à hurler, puis je coupai le cordon dont je fis un nœud avant de tendre l'enfant à Munnick – le visage pâle à cause de la tension, perlant de sueur, l'œil vitreux – et dis : « Vous avez un fils. »

1. Homère, *Iliade*, traduction de Jean-Baptiste Dugas-Montbel, Librairie de Firmin Didot Frères, 1828.

Je recousis Mme Munnick puis la fis remonter dans sa chambre qui avait été nettoyée, et laissai des consignes strictes pour le suivi de la patiente et de sa blessure, lui assurant les meilleures conditions hygiéniques possible pour sa convalescence. J'acceptai ensuite un verre de brandy dans le salon. Je m'enfonçai dans un fauteuil près du feu.

« Comment puis-je vous remercier, docteur ? » demanda Munnick.

Son visage luisait de larmes et de transpiration.

« Prenez soin de votre femme et de votre fils.

– Vous avez toute notre reconnaissance. »

Il glissa une liasse de billets dans ma main, une somme dont j'avais désespérément besoin depuis mon déclassement l'année précédente.

Mais je la refusai.

« Gardez cet argent pour votre famille. Moi je n'en ai pas.

– N'y a-t-il rien que je puisse vous offrir ?

– Invitez-moi au baptême.

– Vous devez bien désirer quelque chose ? »

Je voulais, espérais, convoitais tant de choses : retrouver mon ami, ma réputation, mais mon vœu le plus cher, j'osais à peine le penser, encore moins le formuler.

« Il y a une chose qui compterait beaucoup pour moi.

– Dites et vous l'aurez, déclara Munnick imprudemment.

– Je serais honoré si le deuxième prénom de ce garçon était le mien. Puisque je n'ai pas d'enfant. »

Je ne pouvais pas savoir si l'enfant que j'avais porté vivait encore ni, si c'était le cas, quel nom il portait ; je savais seulement que ce n'était pas le mien. Je n'avais aucun droit de lui donner un nom ou même de savoir comment il s'appelait ou s'il vivait ; j'avais perdu ce droit en l'abandonnant. La perte m'était si familière que cela me venait plus facilement que l'amour, que de me battre pour garder ceux que j'aimais.

« Je vais faire mieux que ça, dit Munnick. Nous lui donnerons votre nom. »

Le 20 août 1826, Jonathan Perry Munnick – mon filleul, mon homonyme, ma presque consolation – fut baptisé à l'église luthérienne évangélique.

Je ne savais pas – je ne le saurais pas avant des années – qui j'avais aidé à venir au monde ce jour-là.

CHAPITRE DIX

La fin de la liaison

Pour ceux qui étaient au Cap, mon transfert sur l'île Maurice dut ressembler à un exil, une punition comme l'a connue Dante quand les guelfes noirs l'obligèrent à quitter Florence. En réalité, j'avais fait ma demande de transfert dès que les projets de Lord Somerton étaient devenus clairs. Dès que je compris que je n'étais plus le bienvenu pour l'accompagner en Angleterre. En septembre 1828 – deux ans et demi après son départ du Cap –, je partis à mon tour.

Je demandai le poste à Maurice pour des raisons personnelles ; je n'osais pas dire lesquelles, n'osais pas même me les avouer ; je n'osais pas espérer, n'osais pas vouloir ce que je voulais par-dessus tout : trouver notre fils. Je croyais pouvoir le reconnaître dans la rue ou parmi les enfants des patients – un garçon de dix ans, ses traits aussi familiers que les miens et ceux de l'homme que j'aimais. Je gardais l'espoir de pouvoir reconnaître sa voix, son visage, d'entendre parler de lui, de ce garçon adopté par la famille d'un officier une décennie plus tôt. Chaque fois qu'on m'appelait chez quelqu'un, j'espérais qu'on me le présenterait. Je priais pour que cela arrive. Pas Dieu exactement, mais n'importe quel principe qui donne la vie, ce qui m'avait aidé à sauver des gens par le passé. Je priais pour le savoir-faire, j'imagine, ou quelque chose qui dépassait le savoir-faire et qui semblait s'emparer de moi quand je faisais bien mon travail.

Je ne dis rien à personne. Pas même à Dantzen qui était pourtant le mieux placé pour me comprendre, lui qu'on avait privé de sa famille, sa femme et son fils de deux ans arrachés à ses bras. Il ne les avait jamais revus. Je le savais uniquement parce qu'il avait frôlé la mort quelques mois après son arrivée à mon service ; il était tombé malade et dans le délire et les rêves hallucinatoires de la fièvre, il avait revécu toute cette épreuve. J'avais vérifié la véracité de ces cauchemars en l'interrogeant plus tard, après sa convalescence. Il sembla surpris, détourna le regard et dit qu'il ne parlait jamais du passé et n'en parlerait plus jamais. Je comprenais.

Je travaillai dur et bien pendant un an sur l'île Maurice, porté chaque jour par l'espoir exceptionnel que je retrouverais mon fils. Mais les mois passant, je commençai à perdre espoir.

Quand on me rappela à Londres un jour de fin août 1829, il avait quasiment disparu.

Peut-être était-ce la brise entrant par la fenêtre ouverte qui fit trembler la lettre dans ma main, mais je savais que non. Dehors, il faisait déjà jour en cette heure matinale. Le bruit des vagues me parvenait ainsi que celui des cloches de vaches tandis que les animaux traversaient les rues de Port Louis sous les directives d'enfants. Le vent était encore frais.

Je posai la main sur la table pour faire cesser le tremblement.

« Tout va bien, monsieur ? » demanda Dantzen.

Il se tenait debout à la table de la cuisine, déchiquetant les petits pains au sucre pour nourrir Psyché. Le chien gourmand était assis sur une chaise en bois et frémissait d'excitation, la truffe en l'air.

« Lord Somerton est gravement malade. »

Je n'osai en dire davantage. Ce n'était pas nécessaire. Je remis la lettre dans son enveloppe et la glissai dans ma poche de manteau.

J'étais reconnaissant à Dantzen de sa discrétion ; il ne dit pas qu'il était désolé ; il ne présenta pas ses condoléances. Une compassion de façade aurait été une malédiction.

Je n'avais pas le temps de demander un congé. La lettre avait mis des mois à arriver ; mon ami était mourant, peut-être était-il même déjà mort ; il me fallait le voir. Dantzen connaissait les risques aussi bien que moi. Dans l'armée, partir sans congé, sans en avoir fait la demande était un délit ; je pouvais perdre mon grade, mon droit d'exercer la médecine, ma réputation retrouvée à laquelle j'avais tant sacrifié ; je pouvais passer en cour martiale, être jeté en prison ; je pouvais tout perdre une fois de plus. Dantzen savait comme moi que c'était la seule solution. C'était l'homme le plus raisonnable que j'aie jamais connu.

Le navire qui m'avait apporté la lettre, le brick *Rifleman*, repartait deux jours plus tard ; je serais à son bord.

Pendant l'année qui suivit mon arrivée à Maurice, je passai peu de temps à réfléchir au passé ; mes patients, mon travail m'occupaient l'esprit, à chaque jour son nouvel oubli, délicieusement absorbé par la force des choses – sutures, chirurgie, les insultes quotidiennes à combattre et qui épuisent un corps, qui ne sont pas la maladie, mais l'indifférence, le manque d'attention à ses besoins.

Puis tout me revint en lisant la lettre à l'écriture familière. Je reconnus aussitôt celle de Georgiana, avec ses boucles déliées, ses mots qui penchaient vers l'arrière, comme pour indiquer une réticence, un scepticisme. Elle m'écrivait au nom de sa belle-mère, ainsi que je l'avais fait pour ma mère plus de vingt ans auparavant alors qu'elle ne pouvait tenir une plume à cause de l'émotion. À mon tour je tremblais. Au moins le sceau de la missive n'était-il pas noir ; c'était un soulagement.

La question des bagages fut vite réglée puisque j'avais vendu la plupart de mes possessions au Cap. Quand je m'étais retrouvé le bec dans l'eau, je n'avais rien racheté.

Certains hommes se réfugient en mer pour échapper aux tourments de la terre ferme ; le voyage les fait se sentir libres. Je n'appartiens pas à cette catégorie. Les tourments ne me dérangent pas s'ils valent la peine d'être apaisés. Je déteste la mer, ou disons plutôt que je déteste la prendre. Il n'y a pas de pire moyen de transport : intimité limitée, solitude inexistante, déplacements restreints, sol instable. Joachim du Bellay, le poète français, a écrit : « Heureux qui, comme Ulysse, a fait un beau voyage. » Je ne me suis jamais reconnu dans ce vers. Je me préparai au piteux état qui m'attendait.

Alors qu'un canot nous amenait au brick ce soir-là, je ne

pus m'empêcher de me remémorer Pline l'Ancien ramant vers le Vésuve qui crachait sa lave jusque dans la mer. Le capitaine proposa de faire demi-tour mais Pline insista : « *Fortes fortuna juvat !* » – La fortune sourit aux audacieux ! Évidemment, il trouva la mort sur cette petite embarcation en faisant l'éloge de la chance. Je priai pour qu'il ne nous arrive pas la même chose. Malgré l'air chaud du soir, les embruns qui nous parvenaient de la proue tandis que nous fendions les flots me firent frissonner. Mon cœur sombrait un peu plus à chaque mouvement de rame. Psyché tressaillait sur mes genoux.

Depuis cette première traversée fatidique jusqu'à Londres pour rencontrer mon oncle des décennies plus tôt, j'avais toujours abhorré ce genre de voyage. Je supposai que celui-ci ne serait pas différent. Si j'y survivais pour voir mon ami, et si lui-même vivait jusqu'à mon arrivée, je le lui dirais : *Il faut beaucoup aimer pour voyager par la mer.*

Autrefois, une de mes plus grandes ambitions était que des inconnus bien nés connaissent mon nom. Napoléon avait entendu parler de mes talents de chirurgien et m'appela sur l'île de Sainte-Hélène où il vivait en exil. Je suis également célèbre pour avoir pratiqué une césarienne avec succès. Était-ce trop demander que ceux qui m'accompagnaient à bord soient plus aux faits de mes talents de chirurgien que du scandale que j'avais provoqué ? Sans aucun doute.

Le premier jour commença bien. Je me réveillai à l'aube au son d'un violon et d'un pipeau. Je m'habillai à la hâte et montai sur le pont pour observer la manœuvre, Psyché sous le bras. Ces notes, cette musique n'étaient pas joyeuses, mais servaient à synchroniser les matelots et cela me réjouit.

Je traînai sur le pont tandis que les hommes levaient l'ancre ; j'observai cette île Maurice que nous quittions. Le panorama changeait à tout instant alors que nous gagnions le large ; l'océan devint bientôt très agité. L'homme à la barre cria *comme ça*, expression à laquelle répondit un autre d'une voix plus grave qui signifiait que le vent était favorable et le cap maintenu.

J'ignorais si je reverrais un jour Maurice. Située à plus de mille six cents kilomètres de la côte est de l'Afrique, entourée de récifs, l'île pourrait être l'incarnation du paradis avant la chute. L'eau près du rivage, claire comme le verre, les plages aussi blanches que des manchettes amidonnées, puis les montagnes qui se dressaient avec la soudaineté et la surprise de la joie, atteignant les six cents mètres, le vert émeraude de l'Irlande.

Là-bas, j'avais affronté les administrateurs coloniaux, vu mourir ceux dont je prenais soin, mais j'avais été heureux, ou du moins plein d'espoir ; chaque jour je me levais gagné par un sentiment d'impatience et l'espoir diffus que je rencontrerais mon destin, changerais de vie. Que je le retrouverais.

Je parcourus donc ce rivage du regard, observai les petites silhouettes sur les quais venues saluer le départ du navire ; je scrutai la foule comme si je pouvais y reconnaître un visage. La douleur qu'occasionna ce départ m'étonna. Je la confondis avec ma terreur de la mer.

J'avais l'impression que c'était l'espérance que je laissais dans mon sillage.

Les ennuis commencèrent dès le premier dîner à bord ; nous nous étions réunis dans la cabine du capitaine pour un repas de célébration – soupe de tortue, cochon grillé, rosbif, pommes de terre, un peu de vin et de brandy – quand un officier de province mentionna Lord Somerton et sa famille. « Vous qui étiez au Cap, vous devez l'avoir connu, docteur Perry », dit l'officier. Cet homme avait passé plusieurs années en Inde si bien qu'il pouvait très bien ne pas avoir entendu parler du scandale. Mais vu le silence qui s'installa autour de la table, s'il n'était au courant de rien, alors il devait bien être le seul.

« Connaît-on jamais personne ? » répondis-je en retournant à ma soupe.

Lady Barnard intervint : « Allons, docteur Perry, vous le connaissiez très bien, n'est-ce pas ? » demanda-t-elle, manifestement choquée par l'ignorance de l'officier.

Elle croyait, comme beaucoup trop de gens, qu'on peut mesurer la valeur d'une personne à la renommée de son entourage. Sa remarque était peut-être innocente. Mais je la pris comme une accusation.

« J'ai connu Lord Somerton ainsi que son épouse, oui », dis-je en étouffant la moindre insinuation par un regard froid.

Mais j'entendais la fausseté dans cette affirmation ; malgré la lettre dans ma poche, cela ressemblait à un mensonge.

« Quel genre d'homme est-ce ? » demanda le capitaine Brine.

Je devinais bien ce qu'ils voulaient savoir, de même que je devinais qu'ils n'oseraient jamais poser la question. Pour une fois, j'étais reconnaissant de la malédiction anglaise des convenances.

« Lord Somerton est un homme des plus remarquables, dis-je en reculant ma chaise. À présent, si vous voulez bien m'excuser. Je dois mettre ma correspondance à jour. »

Après le dîner, ayant besoin de prendre l'air, j'allai marcher sur le pont. La nuit était d'une douceur inhabituelle, mouchetée d'étoiles, les cieux réarrangés sous ces latitudes, comme s'ils réécrivaient notre destin. Les constellations me rappelaient celles que nous avions observées lors du long périple vers l'est. J'eus l'impression de ne pas les avoir vues depuis des années.

Quand le maître de manœuvre me salua, je lui demandai notre position, appris que nous étions à presque deux mille kilomètres de la côte africaine, à deux semaines du Cap et, avec de la chance, douze autres de Londres. Huit mille miles marins à cinq nœuds ; nous arriverions mi-décembre, dans quatre mois, si le temps se maintenait.

J'espérais que mon ami tiendrait jusque-là.

Je me tournai vers l'ouest comme si je pouvais apercevoir la côte africaine dans le noir. Je me l'imaginai, ce terrain aussi familier que mon corps ou celui d'un amant, un corps aimé. Mais j'en connaissais aussi les dangers. Les courants traîtres et les vents imprévisibles, surtout à cette époque de l'année. Je n'avais pas oublié les orages saisonniers appelés *die Kaapse dokter* – mon surnom, fut un temps.

Nous avions justement essuyé l'un de ces orages quand j'arrivai la première fois au Cap une douzaine d'années plus tôt. Sur ce navire aussi, Lord Somerton avait été au centre de la conversation, mais je ne le connaissais pas encore ; le capitaine avait brossé de lui le portrait d'un homme vaniteux et mesquin, arrogant et zélé, davantage préoccupé par ses chevaux, ses chiens et la chasse que par la population dont il avait la charge. Je m'étais alors demandé quel genre de gouverneur c'était.

Je refusai poliment de débarquer au Cap sous prétexte de rapports urgents à terminer. C'était au-dessus de mes forces, alors Dantzen fut mon émissaire. Psyché et moi restâmes à bord pour nous reposer, bercés par le roulis. Je n'aurais pas supporté de poser un pied au Cap pour devoir repartir aussitôt, dans ce lieu dont j'avais fait ma maison pendant tant d'années. Dantzen acheta les journaux – aucun n'annonçait la mort de Lord Somerton. En revanche, on y racontait en des termes solennels la pendaison publique et la dissection de William Burke à Édimbourg. Mon ancien professeur, le Dr Monro, s'était chargé d'ouvrir le corps de Burke, condamné pour avoir tué plusieurs hommes et femmes, et même un enfant, afin de vendre leur cadavre à des anatomistes. On racontait que Monro avait plongé sa plume dans le sang du pendu pour signer le certificat de décès. C'était là un procédé typique de Machiavel : dénigrer sa pratique pour éviter les reproches. Comme si nous n'avions jamais acheté un corps arraché à une tombe chrétienne. Les hypocrites. Nous ne commettions pas de meurtres pour avoir des corps, bien sûr, mais nous ne posions pas non plus de questions. Sans morts, je ne serais pas le chirurgien que je suis. Sans vols. Sans mensonges.

Après notre départ du Cap, je restai dans ma cabine et évitai les autres. Si mes compagnons ignoraient tout du scandale avant cette escale, ils devaient désormais en connaître tous les détails. C'était ici que tout avait commencé. J'aurais sans doute dû m'en douter, mais j'affrontais d'autres tempêtes. Je n'avais pas imaginé pire situation que de voir l'homme que j'aimais en épouser une autre et me repousser.

La mer était haute, mais le vent soufflait bien ; je me réjouissais de notre avancée rapide. « Nous passerons Noël à Londres », affirmait le capitaine Brine.

Le froid oppressant de l'hiver anglais nous cueillit sur les quais de la capitale. Aussi familier qu'il était inhospitalier. Je louai une voiture et me rendis aussitôt chez les Somerton, roulant dans la ville enveloppée de suie et de brouillard ; j'arrivai à Piccadilly à la tombée du soir – les rues luisantes de brume, l'air épais et glacial, une humidité douloureuse imprégnant mon lourd pardessus ; on ne pouvait faire plus éloigné de l'air pur africain que les bruits des chevaux et l'odeur de charbon brûlé. En un instant, j'étais redevenu un étudiant de vingt et un ans, un assistant chirurgien avec la vie devant lui, aussi prometteuse qu'un banquet. Je toquai à la porte laquée de noir et un domestique me fit entrer. Je trouvai Lady Somerton amaigrie et grave ; une robe en satin jaune citron exacerbait son teint rose ; malgré le chagrin, elle semblait s'être épanouie ici, contrairement à son mari.

« Merci d'être venu, docteur Perry. »

Elle me souhaita la bienvenue et me conduisit dans le salon du rez-de-chaussée qui avait été converti en chambre à coucher pour que mon ami n'ait pas à monter les escaliers et puisse observer ce monde qu'il aimait et l'agitation de la rue. La pénombre, le grand feu de cheminée, les épaisseurs de couvertures et l'odeur discrète et douceâtre du laudanum ne laissaient aucun doute : il était là pour mourir ; sa famille se contentait d'attendre. Je n'avais pas été appelé en tant que médecin, pour le guérir, mais en tant qu'ami de la famille pour partager le deuil.

Une colère noire me donna l'envie furieuse de les mettre tous dehors, d'exiger de la lumière, de l'air frais et du vin chaud. Ma peau vibrait de ce courroux, mais j'avais appris avec les années à tempérer mes élans. Toutefois, je ne tolérai pas tant d'obscurité dans la maison, la ville étant déjà bien assez lugubre en cette soirée hivernale de mi-décembre 1829. Céder au chagrin semblait être un luxe, s'absoudre de la responsabilité ou même de la tentative de soigner. « Cet homme n'est pas encore mort », avais-je envie de dire, même si cette chambre en forme de tombeau aurait pu tuer n'importe qui. Je gardai le silence.

Calme, mais éprouvée, se préparant clairement à la mort imminente de son mari, Lady Somerton avait pris l'habitude de dormir sur un canapé à côté du lit afin de pouvoir être présente au cas où il aurait besoin d'elle. Georgiana, qui n'était arrivée qu'une semaine plus tôt, jouait également les gardes-malades. À mon entrée, elle se leva du lit de son père. Elle ne dit pas un mot, mais traversa la pièce, prit ma main dans la sienne et m'attira jusqu'à son père.

À sa respiration difficile, ses lèvres cyanosées, je sus que le cœur était atteint ; sa main droite sans forces portait les traces d'un bistouri – la saignée n'avait fait que l'affaiblir et aggraver la maladie. Je ne l'avais jamais vu aussi mal en point depuis l'année où il avait souffert du typhus.

J'avais peu d'espoir de le guérir, mais je choisis d'y croire. L'espoir est un choix.

Je me penchai vers mon ami, son teint livide, immobile dans le sommeil. Il semblait déjà avoir quitté ce monde. Semblait heureux de le faire. J'approchai une chaise, puis changeai d'avis ; je m'assis sur le lit près de lui, pris sa main dans la mienne, sentant son pouls faible, incapable d'ignorer les signes – sa pâleur, ses traits émaciés, vieillis au-delà du poids des années –, craignant qu'il ne me reconnaisse pas s'il se réveillait. J'essayai d'imaginer cet instant. Son visage à nouveau près du mien.

« Docteur Perry… »

Je sursautai en entendant la voix rauque sortant d'un corps qui paraissait incapable de parler.

« Docteur Perry, répéta-t-il. C'est aimable à vous d'être venu, reprenant les mots qu'il avait prononcés une douzaine d'années plus tôt lors de notre première rencontre à Tuynhuys sous le soleil radieux du Cap. La situation doit être désespérée pour que vous soyez revenu en Angleterre. »

J'avais effectivement juré de ne jamais revenir.

« Non, pas désespérée. J'avais le mal du pays.

– Comme moi. Je me sens mal dans mon pays.

– Je vois cela.

– Mon pays me manque depuis que je l'ai quitté. »

Se souvenait-il qu'un jour il m'avait convoqué chez lui ? Je n'en savais rien et ne pouvais pas poser la question.

« Qu'est-ce qui vous fait souffrir ? demandai-je comme s'il détenait la réponse.

– Plus rien, maintenant que vous êtes là. »

Je ne parvins pas à arrêter mon diagnostic dans les jours et les semaines qui suivirent, mais son pouls rapide et erratique, cette toux terrible qui le laissait souvent sans voix, sa pâleur et ses lèvres bleuies m'incitèrent à le soigner comme s'il était une femme enceinte souffrant de torpeur anxieuse – je m'appliquai à stimuler le cœur et la circulation. (Je sais aujourd'hui qu'il était atteint d'une défaillance cardiaque congestive, mais cette information est inutile désormais.) Je jetai les sédatifs empoisonnés qu'on lui avait donnés, prescrivis des diurétiques ainsi que de légers stimulants pour réguler le cœur – vinaigre, digitale, vin chaud, de la nourriture chaude et copieuse, bœuf, bouillon, ail, épices qui réchauffent. Voyant qu'il reprenait des forces, je lui conseillai de prendre l'air frais et de faire un peu d'exercice, même si ce n'était que pour marcher jusqu'à sa bibliothèque ou sortir dans le jardin et revenir. À ma plus grande surprise, son état s'améliora. Comme si ma présence seule était un tonique.

Après un mois de ce traitement, la crise était passée ; au bout de deux, il retrouva assez de forces pour organiser un fastueux dîner en mon honneur, pareil à ceux qu'il donnait autrefois au Cap ; les mois suivants à Londres passèrent rapidement, dans la joie. Ensemble.

Je pensais que c'était parce qu'elle m'était reconnaissante d'avoir sauvé son mari que Lady Somerton approuvait les longues soirées et les après-midi que nous passions tous les deux, nos sorties à cheval et les dîners à son club dont les enfants et elle-même étaient exclus.

Le premier soir où il proposa que l'on se rende à l'Almack's, je fus alarmé. Pour lui et pour moi. Cela confirmait combien il allait mieux, ce dont je ne pouvais que me réjouir, mais je n'éprouvais pas le désir d'apparaître en public. Le scandale ne remontait qu'à cinq ans et il continuait de défrayer la chronique ; je n'avais pas envie de tester la mémoire ni la générosité de la bonne société. J'espérais que Lady Somerton s'opposerait à cette idée. Mais elle se contenta de ne pas se joindre à nous, affirmant qu'elle préférait passer la soirée au coin du feu. Ce que j'aurais préféré aussi. Mais je ne pouvais rien refuser à mon ami. Tout le monde se comporta comme s'il n'y avait rien de plus naturel, deux amis qui se sont retrouvés et passent une soirée au club, comme si ma présence parmi eux n'avait rien d'extraordinaire.

Je m'habillai avec une certaine appréhension, agacé par Dantzen à qui j'avais demandé son avis à propos de mon gilet pour finalement ne pas en tenir compte ; il me déconseilla de porter le pantalon moulant que j'aimais mais qui n'avait plus la faveur de personne ; l'aspect de mes bottes me tracassait.

Ce serait notre première fois ensemble dans la société londonienne à la mode depuis le scandale. Lord Somerton avait été bien accueilli à son retour du Cap mais *serions-nous* bien accueillis ? Nos noms étaient liés par la calomnie. Je n'étais jamais allé à l'Almack's et jamais je n'aurais reçu d'invitation dans ce club très couru. J'avais des raisons de craindre les humiliations franches ou voilées qu'on pourrait m'y faire subir, mais pas moyen de me dérober. Et pour tout dire, j'étais curieux. L'Almack's était célèbre – notamment pour être très sélect. D'ailleurs, les dames qui géraient la liste des invités savaient très bien faire barrage à l'entrée. Je redoutais cette soirée, mais je voulais voir ce lieu que le général Mirandus avait fréquenté en son temps.

Quand Lady Somerton insista pour que nous sortions nous amuser, affirmant que nous méritions un peu de distraction, je me demandai si elle avait senti ma perplexité et s'en délectait. Georgiana ne dit pas un mot.

Lord Somerton était las ce soir-là en descendant de la voiture qui nous avait déposés devant l'Almack's. J'eus peur que cette sortie soit de trop. Encore mal assuré après sa maladie, il me prit le bras et s'appuya sur moi.

À l'instant où nous franchîmes le pas de la porte, tout le monde se tut. Je fus gagné par une terreur nauséeuse quand on nous annonça à l'entrée de la salle de bal ; dans le silence – qui me rappela celui de mon premier dîner à bord du navire quelques mois plus tôt –, des centaines de visages se tournèrent vers nous avant que la foule ne se mette à applaudir à tout rompre. Ils saluaient le rétablissement de Sa Seigneurie, bien sûr, mais Somerton fit un pas de côté et me désigna d'un geste de la main pour indiquer que c'était moi qu'il fallait féliciter. Il inclina la tête ; j'effectuai une révérence avec un grand geste du bras à l'adresse de la foule, en bon acteur que j'étais. Le remarquable Dr Perry.

Après cela, nous nous rendîmes souvent au club, et Lord Charles organisa des dîners chez lui, à Piccadilly. Je continuai de m'interroger sur ce que Lady Somerton savait de notre passé ; puis un soir, à table – pendant qu'il racontait une de ses histoires du Cap avec animation –, sa femme posa une main sur la mienne et murmura : « Votre présence le transforme, docteur ; c'est un autre homme quand il est avec vous. Ce n'est plus du tout mon mari. » Elle savait donc. Elle ne connaissait peut-être pas mon secret, mais elle connaissait le nôtre.

Si Lady Somerton n'avait jamais été d'une beauté renversante, elle était devenue belle avec l'âge, impressionnante, même ; elle possédait le calme de ces hommes qui, par leur succès, n'ont plus besoin de faire la preuve de leur courage. À l'instar de certains paysages – les falaises de Cornouailles, les vagues de Ballycotton –, elle était immuable. Et avec le temps, elle semblait avoir gagné en force, contrairement à mon ami.

Il y a des gens qui restent des enfants toute leur vie – j'avais vu mourir des hommes qui étaient encore de petits garçons, abasourdis de voir la mort venir les chercher, comme si refuser de grandir les avait immunisés contre elle. Des femmes, quant à elles, continuent à s'accrocher à leur jeunesse, font les coquettes à soixante-cinq ans. Au milieu de sa famille, Lady Somerton était manifestement devenue elle-même. J'avais du mal à ne pas me demander qui je serais devenu si j'avais gardé mon enfant. Notre enfant.

Ces quatorze mois ensemble furent les plus heureux de ma vie, je m'en rends compte aujourd'hui. J'étais de retour à Londres, avec ceux que j'aimais le plus au monde. Nous faisions du cheval dans Hyde Park, assistions à des conférences, allions au théâtre, à des bals et organisions des dîners. Il y eut une visite au domaine familial à Badminton. Nous dînions toutes les semaines au Brook's comme si aucun scandale ne nous avait jamais éclaboussés.

Tard une nuit, après avoir passé la soirée à chanter et boire, alors que nous avions décidé de rentrer à pied sous la lune de printemps, il m'attira sous une porte cochère de manière si abrupte que, le temps d'une seconde, je crus que nous étions attaqués par des voleurs, ce qui était courant à Londres à cette époque. « Qu'y a-t-il ? » demandai-je, mais pour toute réponse il se contenta de poser doucement ses lèvres sur les miennes et d'un coup, nous étions de retour en Afrique. À nouveau jeunes. Si je pleurais, c'était de bonheur.

Nous vivions comme des rois. C'était mon impression tandis que je fourrai une autre grosse et odorante framboise dans ma bouche lors d'un petit déjeuner pris sur la terrasse du domaine familial à Badminton, par un matin de mai 1830. Lord Charles m'avait raconté que son père, le cinquième duc de Beaufort, avait reçu des centaines d'invités dans cet endroit chaque fin de semaine. Il semblait nostalgique. Mais je préférais passer des moments calmes en famille. Des journées chaudes et paresseuses, l'un avec l'autre. De gros bourdons engoncés dans leur veste de fourrure se hissaient au sommet des lavandes. *Il va pleuvoir.*

Voir mon ami tous les matins au petit déjeuner était un plaisir incomparable. Comme de se regarder dans un miroir un bon jour, il me renvoyait une image de moi plus aimable, plus sage, plus intelligent que tout ce que les gens pouvaient s'imaginer à mon sujet. J'étais si heureux que nous soyons restés amis, après tout ce qui nous était arrivé et puisque l'amour est en grande partie constitué d'amitié. Cette rupture nous avait déstabilisés, nous étions pareils à des chariots à trois roues cahotant sur le chemin. Ce vide était désormais comblé.

Le frère cadet de Somerton, Lord FitzRoy, m'avait obtenu un poste en Jamaïque pour justifier l'abandon de celui que j'occupais sur l'île Maurice, mais je retardais mon départ, repoussais de mois en mois la séparation. Le mandat qu'on me proposait avait l'avantage de n'être qu'à trois mois de voyage et je camouflais ma flagrante défection en prétendant que Londres m'avait rappelé pour m'affecter aux Antilles. Mais je rejetais toute tentative de m'éloigner.

Fin décembre 1830, à l'approche du solstice d'hiver, alors que nous étions tous les deux installés près du feu et que le reste de la famille était couché, Lord Charles aborda le sujet de son testament. Peut-être était-ce la date anniversaire de sa maladie ou les jours de plus en plus courts qui le firent se retirer en lui-même à ce moment-là, plus d'un an après mon arrivée à Londres. Même si rien n'avait changé dans nos habitudes, il parlait moins de l'avenir.

« Quand je ne serai plus là, j'aimerais que tu prennes certaines dispositions.

– Si tu veux. Mais en tant que médecin, je commence à croire que tu vivras éternellement.

– C'est étrange. Nos jours sont toujours comptés, mais cela n'a pas le même poids quand tu sais qu'il te reste six mois tout au plus.

– Idioties. On ne peut jamais savoir. Tu as encore de nombreuses années devant toi.

– Je mourrai bientôt. »

Son ton me déstabilisa, mais je l'attribuai au mauvais temps, à cette saison lugubre, à une réminiscence de la maladie. Espérant qu'il retrouverait sa bonne humeur si je consentais à ses désirs, nous discutâmes des funérailles, du testament et de son exécution. J'acceptai de veiller sur Georgiana. Cette nuit-là, j'allai me coucher le cœur lourd.

Mais malgré tous ses funestes pronostics, il s'épanouissait, et moi aussi à son contact.

La mort est une si petite chose. On voit des gens trébucher sur son seuil tout le temps, comme surpris de la trouver dans leur chambre, sur un champ de bataille ou sur le lit de camp d'une infirmerie, sa porte ouverte, presque accueillante. Certains enragent et meurent, d'autres l'accueillent volontiers, certains supplient de mourir, d'autres pleurent, d'aucuns hurlent pour éloigner les êtres qui leur sont chers (« Laissez-moi m'en aller ! »). Je me rappelle une riche jeune femme abattue par la fièvre qui semblait tout juste déconcertée : « C'est tout ? »

Lord Somerton voulait que je l'aide à planifier la sienne. J'ai tenu parole.

Quand la mort vint me chercher, je demandai seulement qu'on épargne à mon corps toute inspection avilissante. La vie non examinée ne valait peut-être pas d'être vécue, mais j'aurais une mort non examinée. Cette once de dignité. Dantzen me l'avait promis : je ne ferais pas l'objet d'une autopsie. Certains insistent pour qu'on brûle leurs papiers, les lettres d'ordre privé. Mon corps était mon journal intime, mon seul texte personnel. Malgré ma correspondance officielle quotidienne et mes notes volumineuses sur mon activité, je n'avais écrit qu'une poignée de lettres à caractère personnel, presque toutes avant l'âge de treize ans. Ma vie privée, je l'ai inscrite là, sur mon corps. Je refusais que des inconnus la lisent.

J'avais aimé la mode et les beaux habits, j'étais comme un paon avec ma soie, mon linge délicat, mes bottes cirées, mais dans la mort, je voulais la simplicité du premier jour, être enveloppé dans les draps de mon lit, puis enterré au cimetière de Kensal Green. (Même s'il m'arrivait de penser que j'aimerais être enterré avec mon épée ainsi qu'une boucle des poils de Psyché, vêtu de mon manteau militaire rouge et chaussé de mes bottes de hussard rutilantes, qui m'avaient accompagné une grande partie de ma vie.)

Le corps est le rapport de notre vie – son récit le plus intime. Si un homme mange ou boit à l'excès, ce sera raconté dans ses articulations, son ventre. Si une femme a enfanté ou pas, souffert de la petite vérole ou posé malencontreusement la main sur une marmite brûlante, ce sera écrit dans le grand livre du corps. Seule la mort efface ce récit, mais pas toujours. En exhumant un corps, on peut lire dans ses os le coup mortel porté au crâne ou un sternum enfoncé, on y lit la vie – à travers la mort.

Je ne voulais pas être lu, je voulais être un volume inconnu, un palimpseste, un secret gardé entre amis.

Ce fut peut-être encore la gratitude qui incita Lady Somerton à accepter que nous passions des vacances à Brighton au mois de février, seuls à l'hôtel Bedford. Lord Charles voulait chevaucher au pied des falaises de craie et dans les Downs qui surplombaient la mer. Des lieux qu'il avait parcourus plus jeune avec le prince de Galles ; il prétendait que l'air marin serait un remontant. « Il n'y a pas de meilleur remède pour un homme – encore meilleur que vous, docteur. »

J'espérais que Lady Somerton l'en dissuaderait mais elle ne formula étonnamment aucune objection quand il aborda le sujet au petit déjeuner.

« Un voyage vous ferait du bien, Charles », dit-elle.

Quand il proposa que nous partions tous les deux en vacances, elle ne protesta pas. Il affirmait qu'il ne voulait pas l'éloigner de Londres en cette période de festivités.

Je ne semblais avoir d'autre choix que d'accompagner mon ami malgré mes craintes pour lui autant que pour moi.

Situé en bord de mer, l'hôtel Bedford ressemblait à un gros gâteau à étages – pierre claire et verre, une véritable pâtisserie – surmonté d'un Union Jack claquant dans la brise, quel que soit le temps. Le bâtiment le plus distingué en ville après l'extravagant pavillon royal du prince régent. Des portiques à colonnes ioniques orientées au sud et à l'ouest encadraient les entrées de la structure majestueuse de cinq étages. L'intérieur n'était pas moins impressionnant avec son hall de style grec et son dôme de verre. Ce matin-là, alors que notre voiture s'arrêtait devant, j'admirai le scintillement de la pierre qui rappelait celui du sel et la colonnade qui se dressait sur trois étages, frangée de marquises, et surmontée de deux autres étages ; j'avais l'impression de pénétrer dans un gâteau de mariage.

Même en ce sinistre mois de février, le ciel était d'un bleu prometteur, pâle, vaste, orné de fines bannières nuageuses. Dans ces conditions, il était difficile de ne pas être joyeux et facile d'oublier le danger.

Nous arrivâmes le lundi de la Saint-Valentin 1831. Les jours s'allongeaient de manière presque imperceptible. Lord Charles avait beau nier, traitant mon inquiétude comme de l'ingérence digne d'une épouse, mon ami était visiblement fatigué. Il trébucha légèrement, faillit tomber en descendant de voiture et me demanda de l'aide pour gravir les marches de l'hôtel. Dans la soirée, il ne dîna pas, refusa même le vin et le thé qui l'auraient réchauffé et alla se coucher, seul.

Il avait insisté pour effectuer d'une traite le trajet de près de cent kilomètres malgré mes avertissements. (« Si je dois mourir, Seigneur, faites que ça ne soit pas à Lewes. ») Cette nuit-là, dans le salon de notre suite, j'imaginai le pire, écoutant sa respiration laborieuse à travers la porte communicante ; quand la pendule sonna minuit, j'étais à bout de forces, malade de peur. Paniqué par mes souvenirs. Mais à l'aube, il me réveilla en frappant à ma porte, reposé, jovial, impatient de parcourir les Downs à cheval, bien que plus précautionneux qu'à l'accoutumée. Il dit en plaisantant qu'il aimerait monter un poney comme celui que Georgiana m'avait choisi au Cap des années plus tôt.

À mon grand soulagement, le premier après-midi fut trop pluvieux pour une sortie à cheval, de sorte que nous revînmes tôt des écuries et fîmes une promenade en ville, passant devant le pavillon royal, ce palace qui avait tout d'une hallucination avec ses dômes et ses minarets, où Lord Charles avait passé de nombreuses soirées heureuses dans sa jeunesse avec son ami le prince régent ; il me décrivit l'édifice, la grande salle de banquet comme un paon à l'envers – des feuilles vert canard peintes sur le plafond en coupole et des murs rouge et indigo, le tout mis en valeur par des chandeliers en cristal. Dans les rues tranquilles, on n'entendait que le bruit de nos bottes qui claquaient sur les pavés tels des sabots. Un bruit solitaire mais réconfortant. Nous avions l'impression d'être seuls au monde. Les seuls survivants d'un naufrage, échoués au milieu de tant de beauté.

« Connais-tu l'histoire de cet endroit ?

– J'imagine que tu vas me la raconter. »

C'est ce qu'il fit, en effet. Il me raconta qu'environ quarante ans plus tôt, en 1786, le prince de Galles était tombé en disgrâce lors de sa première visite en ces lieux. Il aimait les chevaux et le jeu, avait accumulé d'énormes dettes et, défrayant la chronique, il avait dû quitter la ville. Brighton était alors peu connue, loin de Londres, hors des sentiers battus, alors il y acheta une modeste ferme à « rénover » (quel euphémisme !) pour qu'il puisse y retrouver la femme qu'il aimait sans pouvoir l'épouser.

« Elle était roturière ?

– Pire, catholique. »

L'Acte d'établissement avait interdit en 1701 les mariages interreligieux.

« Que lui est-il arrivé ? »

Je rechignai à poser la question, n'étant pas sûr de vouloir connaître la réponse.

« Elle est devenue sa femme. En secret.

– L'amour sort donc toujours vainqueur.

– Parfois, oui. »

Nous étions rentrés à l'hôtel et observions le front de mer où les vagues étaient de plus en plus agitées. Il se mit à pleuvoir, un battement régulier comme un doigt tambourinant sur la vitre, de plus en plus fort, pareil à des cataractes, alors que l'orage s'intensifiait. Le bruit du tonnerre était apaisant, le ciel d'un gris enveloppant et uni. Nous nous sentions protégés, loin du danger. Il posa la main sur mon bras.

« Merci d'être revenu.

– Je ne t'ai jamais quitté.

– J'aurais aimé que nous…

– Non. »

Je n'avais pas envie d'entendre ses regrets, je ne croyais pas aux regrets qui sont une religion pour certains, la mélancolie comme une maîtresse qu'on garde près de soi. Je ne pouvais pas me le permettre. Je vivais dans un monde de faits et je devais m'en débrouiller. Assis à côté de l'homme que j'aimais, non loin de ce pavillon extravagant construit pour abriter un autre amour secret, je me demandai si nous aurions pu faire un autre choix, si nous aurions pu trouver un lieu assez grand pour nous abriter. Si cela était encore possible.

Même si les journées étaient froides et passaient vite – cinq heures de soleil tout au plus –, elles ne manquaient pas de charme.

Chaque matin, nous prenions notre petit déjeuner sur la terrasse qui donnait sur la promenade en front de mer, le paysage marin doux et flou avec sa brume argentée attrapant la lumière qui semblait émaner de l'air tant il était pur. Chaque matin, j'offrais de quoi manger à mon ami, le poussais à avaler du thé chaud, du jambon, des *scotch eggs*, des tartines grillées tartinées de beurre et de marmelade, une rasade de rhum, comme pour l'ancrer dans le monde. Dès que l'heure le permettait, il insistait pour sortir, nous déambulions sur la promenade ou nous rendions aux écuries pour y chercher nos montures puis chevauchions jusqu'aux grandes falaises vertes des Downs. Dans l'après-midi, avant que le jour ne commence à décliner, mon ami faisait une sieste pendant que je lisais les journaux et rattrapais ma correspondance.

La brise marine semblait lui donner des forces ; un matin sur la terrasse couverte de notre chambre en bord de mer, il admira la lumière hivernale et la mer scintillante, de l'argent versé dans le soleil, le cri des mouettes affamées.

« Comment ceci ne pourrait-il par remettre un homme sur pied ? » demanda-t-il tandis que nous sortions marcher sur la grève. Je resserrais mon pardessus autour de moi, remontais le col sur mes oreilles, mais mon ami tourna le visage vers le vent qui arrivait du large. Heureux d'être dehors malgré le froid.

Durant la première semaine, il voulut absolument monter à cheval trois matins consécutifs – mercredi, jeudi, vendredi. Et c'est ce que nous fîmes. Je commençai à croire que, en effet, tout allait bien, qu'il se sentait mieux et que mes craintes étaient infondées. Il montait son cheval et moi, comme toujours, je l'accompagnais.

Le samedi, il rendit visite au roi et à la reine qui séjournaient au pavillon royal, et ce soir-là, ainsi que nous en avions pris l'habitude à Londres, nous regagnâmes nos chambres du Bedford à plus de minuit, soûls et joyeux. Nous chantions, riions comme des écoliers, nous faisions taire réciproquement avant d'éclater de rire à nouveau ou d'entonner une chanson dès que l'un de nous mentionnait la dent de l'âne (un tour que j'avais joué à l'évêque Burnett), nous nous racontions des histoires passées, parlions d'un avenir où nous ne serions plus jamais séparés.

« Je parlerai à mon frère de ton transfert, dit-il, ses mots émoussés tandis qu'il s'affalait dans un fauteuil. Tu devrais être à Londres, pas sur une île perdue au milieu de nulle part, que ce soit les Antilles ou l'océan Indien.

– Ça se discute.

– Je ne peux pas croire que tu préfères ça.

– Il y a des compensations. »

Ivre, il se redressa en s'appuyant sur un coude. Scruta mon visage, peut-être démultiplié par la quantité d'alcool qu'il avait bue.

« Qui ? » demanda-t-il. Sa jalousie était absurde. Il retomba dans le fauteuil. « Oh. »

Pas un mot ne fut prononcé pendant un moment ; il n'y avait rien à dire. Dehors, les vagues venaient murmurer sur le sable. À l'intérieur, le feu crépitait dans l'âtre. J'allai me changer dans ma chambre, revins avec le peignoir qu'il m'avait offert et repris ma place près de la cheminée, près de lui.

« J'ai essayé de le retrouver l'année dernière. J'ai cru y être parvenu à plusieurs reprises.

– J'aurais aimé le connaître.

– Oui. »

Je ne dis pas que cela était la première chose à laquelle je pensais en me réveillant chaque matin depuis douze ans. *J'aimerais le rencontrer aujourd'hui*. C'est toujours le cas.

« As-tu découvert quoi que ce soit ?

– Rien pour l'instant. Mais il me reste l'espoir. Je me suis aperçu qu'on pouvait vivre avec moins. »

Il posa une main sur la mienne.

« Il doit avoir douze ans aujourd'hui, presque treize.

– S'il est toujours de ce monde.

– Oui.

– La mort n'est pas une chose si terrible. Mais tant de choses me manqueront.

– Tu n'es pas en train de mourir.

– Le brouillard. Un bon feu. Monter un bon cheval. Le dernier cigare après un bal réussi. Un beau tir. Me baigner avec toi à Camps Bay.

– Tu détestais te baigner à Camps Bay.

– Des toasts beurrés, continua-t-il. Des prunes fraîches. Le matin. Tu me manqueras. »

Nous avions dépassé le stade de la passion, mais pas celui de l'amour. Quand il me demanda de passer la nuit avec lui, je n'hésitai pas, même si je savais que si nous nous touchions, ce ne serait pas par désir, mais par chagrin.

Si le désir n'était pas mort, il avait un arrière-goût de perte. On ne parla pas. On se déshabilla, je défis les bandages autour de ma poitrine et me couchai. Il se cala contre mon dos, m'enlaça, les mains sur mes seins, et se mit à ronfler.

Dans la nuit, je sentis son étreinte se relâcher et son corps s'écarter de moi ; je me réveillai aux premières heures du jour, terrifié, et je sus avant de le toucher qu'il n'était plus. *Ne me laisse pas ici*, pensai-je, ma première prière depuis des années. *Ne me laisse pas maintenant.*

Un peu plus tard, quand il se retourna dans son sommeil et eut des gaz, je ris et le réveillai. Cela l'agaça. J'étais satisfait.

On joue des tours à notre ambition en endossant de beaux vêtements, en faisant du professionnalisme un point de fierté, comme si l'intime était un joueur de second ordre, une broutille, une question qui n'intéresserait que des hommes de moindre envergure, ceux dont le destin se borne à s'accoupler et à se nourrir, alors que nous sommes tous des animaux. Que gagne-t-on à imiter l'efficacité des machines, bafouant ainsi nos qualités les plus humaines : les sentiments, les émotions, l'appétit, la sympathie, l'empathie, tout ce qui nous distingue des machines que nous commencions à aimer ? J'aimais cet homme, cela suffisait à mon bonheur.

Ce dimanche matin là, le jour était rose et gris pâle, semblable au ventre nacré d'une moule. J'avais espéré que la pluie nous empêcherait de sortir, mais Lord Somerton, en dépit de son épuisement évident, avait hâte de monter à cheval. Le soleil était une petite fleur jaune dans la brume. Il affirma qu'à midi, le ciel serait bientôt aussi bleu qu'un œuf de rouge-gorge ; comme pour lui faire plaisir, le ciel se dégagea et à neuf heures, la brume marine s'était dissipée.

Nous étions le 20 février et ce fut le dernier jour de sa vie ; malgré le froid, il voulut absolument rejoindre les Downs, ces hautes falaises de craie qui surplombent la mer. Il avait les joues rouges et galopait avec hardiesse ; il ne m'avait pas paru aussi fort depuis des années. De retour à l'hôtel, le bon air lui avait effectivement fait du bien. Son visage était toujours de cette teinte vermillon qui est un signe de santé. Mais le soir, il était fiévreux. Je ne m'inquiétai pas outre mesure quand il me dit qu'il était fatigué et qu'il demanda du repos. Il l'avait bien mérité. Il avait soixante-trois ans.

Nous jouâmes aux cartes, discutâmes du dîner que nous organiserions à Londres et de la partie de chasse, du passé et de l'avenir, de Rome où nous pourrions aller cet été ; il s'allongea pour faire la sieste et je lus dans un fauteuil près de la fenêtre. J'avais cru, à tort, qu'il ne pourrait pas mourir si je restais à ses côtés, contrairement à ma mère que j'avais laissée seule. Mais la mort ne déteste pas avoir de la compagnie. La mort aime voir du monde. Regardez les champs de bataille. Je ne le vis pas rendre son dernier souffle.

Quand je voulus le réveiller à l'heure du dîner, il était encore chaud, mais ne respirait plus. Je tombai à genoux près du lit, pressai les lèvres contre sa main et sanglotai. J'avais perdu plus qu'un père. J'avais perdu mon ami.

Les funérailles, qui se tinrent à l'église St Andrew de Hove, furent simples et ne réunirent que les proches dont j'eus l'honneur de faire partie. J'étais le seul à ne pas être de la famille. Son frère, le sixième duc de Beaufort, et son neveu, le marquis de Worcester, étaient présents. Il avait demandé à être enterré simplement et avait voulu que seuls sa famille et ses amis proches le voient quitter ce monde qu'il avait tant aimé. « Je ne veux pas de parade pour mon enterrement » – deux mois plus tôt, il avait insisté pour que je mette ses instructions par écrit. Lady Somerton me fit l'honneur de me demander de lui prendre le bras pour entrer dans l'église, m'appelant (« Où est le Dr Perry ? ») pour que je m'assoie à côté d'elle sur le banc de la famille, au milieu des femmes en deuil.

Le cercueil était orné d'une simple plaque sur laquelle était inscrite une phrase laconique, des mots que m'avait dictés Somerton : *Le très honorable général Lord Charles Somerton, mort le 20 février 1831.* Ce qui était loin d'être suffisant pour un tel homme.

Après la cérémonie, le groupe retourna à l'hôtel Bedford pour y passer la nuit. Tard dans la soirée, Georgiana et moi nous retrouvâmes seuls dans le salon de l'hôtel, après que les autres furent couchés.

« Il va vous manquer.

– Il nous manquera à tous.

– Je me le demande. Parfois, je me dis que j'ai attendu toute ma vie qu'il meure, que sa vie prenne fin pour que la mienne puisse commencer.

– Vous n'êtes pas sérieuse.

– Vous croyez ? » Elle traversa la pièce pour examiner un tableau. « Qu'allez-vous faire à présent, docteur ? demanda-t-elle. Resterez-vous à Londres ?

– Je vais me remettre au travail. Votre oncle m'a généreusement proposé un poste en Jamaïque. Et vous ? Allez-vous vous marier ? »

Je savais que son père s'opposait au capitaine Glover.

« C'est une demande, docteur Perry ?

– Je n'aimerais rien tant, si j'étais en position de vous en faire une, mais…

– Vous ne l'êtes pas », dit-elle, amère.

Je fus surpris par sa sévérité. Et je fus peiné de voir à quel point le désir réprimé l'avait abîmée, avait fragilisé sa vivacité, transformé sa délicatesse en une espèce de force froide. Comme si ses aspirations s'étaient calcifiées jusqu'à former une carapace.

« J'ai longtemps admiré votre franchise, vous savez. Vous étiez le seul à être sincère. C'était un tel soulagement, un choc si plaisant d'entendre quelqu'un parler sans détour. »

Je souris.

« Mais docteur, vous ne l'êtes pas, n'est-ce pas ? *Honnête*. Pas du tout. En général, ce sont les plus malhonnêtes qui mettent en scène leur honnêteté. Les politiciens. Les voleurs. Ceux qui jurent que vous pouvez leur faire confiance. Vous nous avez menti depuis le début. Mais c'est peut-être surtout à vous-même que vous avez menti.

– Je ne suis pas sûr de vous comprendre.

– Je pense que vous savez très bien de quoi je parle. »

Il ne m'était jamais venu à l'esprit que Georgiana ait pu être à l'origine du placard qui avait révélé notre vie secrète. Cela n'avait désormais que peu d'importance.

« Vous êtes fatiguée, Georgiana. Vous êtes en deuil et vous souffrez. Nous reparlerons demain matin.

– J'ai souffert. Nous avons souffert. Et je suis fatiguée. Mais c'est maintenant que je veux parler. »

J'imagine que j'aurais pu tourner les talons et quitter la pièce – j'aurais peut-être dû. Mais j'étais un invité, et Georgiana était la personne que j'aimais le plus au monde après Lord Somerton. Je ne supportais pas l'idée de perdre une autre personne qui m'était chère. Il y en avait si peu.

« Dans ce cas », dis-je.

Je m'assis.

« La racine grecque du mot *passion* signifie *souffrir.* Mais je ne vous apprends rien, j'imagine. Autrefois, j'aurais utilisé cet adjectif pour vous décrire. Le Dr Perry est un homme si *passionné* ; n'est-il pas étrange qu'il ne se soit jamais marié, n'ait jamais pris femme ? Il m'est arrivé d'imaginer que vous aviez une épouse quelque part – quelqu'un de basse extraction, peut-être, que vous auriez rencontré aux bals Arc-en-Ciel, une personne gênante pour qui veut préserver sa réputation ; c'était peut-être d'ailleurs pour cette raison que vous étiez parti pour l'île Maurice du jour au lendemain. Pour vous marier ou vous débarrasser d'un enfant encombrant. »

Si je pâlis à ces mots, elle ne sembla pas le remarquer.

« Il a fallu des années et le scandale suscité par cette affreuse histoire du placard posté sur le pont de Heerengracht pour que je découvre la vérité. »

Mon expression dut trahir mon dégoût, mon horreur.

« Je n'ai pourtant pas ajouté foi à ces racontars. Vous teniez trop à votre réputation, à l'instar de mon père. » Elle se tourna pour regarder par la fenêtre. « Je croyais que vous étiez la seule personne à aimer mon père autant que moi. Il m'est arrivé de penser que je vous aimais uniquement pour être aimée de *lui*, qui vous aimait plus que tout. Je lui reprochais le fait que vous gardiez vos distances avec moi, m'imaginant que c'était sa volonté, comme pour le colonel Glover. Mon père avait bien des qualités, mais son besoin d'être aimé plus que tout autre faisait partie de ses vices. Ce genre d'amour ronge le cœur. Mais cela aussi, vous le savez, n'est-ce pas ? C'est comme ce soleil de plomb africain qui tue tout ce qu'il ne nourrit pas.

– Il se fait tard. »

Mais elle poursuivit comme si je n'avais rien dit : « Je croyais donc que mon père était l'obstacle qui nous séparait, que sans son opposition vous m'auriez demandée en mariage. Quelle bêtise. Ce n'était pas moi que vous aimiez. N'est-ce pas ? »

Elle fit volte-face et me regarda droit dans les yeux.

« Allons, Georgiana. »

Je me levai et me mis à tourner en rond comme son père le faisait. Je m'en aperçus et m'arrêtai

« Ça n'avait rien à voir avec lui. Vous et votre réputation passiez avant tout le reste. »

Elle fit une pause, sans doute dans l'attente d'une réponse. Je n'en avais aucune.

« Aujourd'hui mon père est mort et pendant tout ce temps, j'ai attendu quelqu'un qui n'est pas vraiment là, qui n'existe pas vraiment. Le Dr Perry est un fantôme. Personne. Un simple rôle que vous avez joué. Le charmant médecin. Y a-t-il un corps sous votre manteau rouge, docteur ? Quoi que ce soit ? Que seriez-vous si vous cessiez d'être l'estimé Dr Perry ? Vous êtes-vous jamais posé la question ?

– Sans cesse.

– Et quelle est la réponse ? »

J'avais du mal à parler. La réponse était trop simple, trop évidente.

« Rien. Je ne serais rien. »

Elle revint à la fenêtre, apparemment insatisfaite. Elle effleura distraitement un vase sur le guéridon à côté d'elle.

« Vous ne regrettez pas de ne pas avoir de famille, un foyer ?

– Des regrets ? Non. » Puis, parce que nous avions un jour été amis : « Bien sûr que si.

– Mon père n'était pas aussi intelligent que vous, mais il profitait de la vie ; il était vivant. Pouvez-vous en dire autant ? » Elle pivota, le vase à la main, et, le temps d'un instant, je crus qu'elle allait me le jeter à la figure. « Moi, non. J'ai passé la moitié de ma vie à attendre quelqu'un qui n'existait pas. Comment est-ce possible ?

– Je suis désolé.

– Ce n'est pas suffisant.

– Je sais. »

Elle tourna la tête ; ses épaules tremblaient. Je m'approchai et la pris dans mes bras, non pas comme un amant, mais comme le ferait un frère, des enfants effrayés par un orage, affolés. Chacun de nous pleurant l'homme que nous aimions et que nous avions perdu. « Je sais, dis-je. Je sais. »

Deux semaines plus tard, quand je quittai Londres pour rejoindre la Jamaïque – les accusations d'abandon de poste ayant été levées grâce à l'intervention de Lord FitzRoy –, Georgiana ne vint pas me voir partir. Lady Somerton se chargea de l'excuser (les contraintes du deuil, etc.), mais je comprenais. Je ne fus pas surpris quelques mois plus tard en apprenant par la presse londonienne son mariage au colonel Glover à la Christ Church de Marylebone.

Je leur souhaitai beaucoup de bonheur. Je leur souhaitai d'avoir un enfant. De s'aimer. Qu'y avait-il de plus important ?

Si j'étais pressé de prendre mes nouvelles fonctions en Jamaïque, le voyage pour y arriver m'enthousiasmait moins. L'île avait la particularité malheureuse d'avoir le taux de mortalité le plus élevé de toute l'armée. Je lutterais comme j'avais lutté contre la mort toute ma vie. J'avais hâte de me battre, même si je savais désormais que combattre la mort n'est pas forcément vivre.

Je me demandais ce que retiendrait l'Histoire. Ce dont je me souviendrais, ce que les autres diraient de nous. Est-ce à cela qu'on nous mesure ou à quelque chose de plus simple, plus à l'os, plus proche du corps ? J'avais porté une autre vie en moi, et même si j'ignorais ce qu'il était advenu de cet enfant, pendant un temps, nous avions partagé une peau, nous n'avions été qu'un sous la tente de chair et sous le ciel – lui et moi. Il est étrange de penser que j'ai tout sacrifié pour le bien d'un nom qui n'est même pas le mien.

Cela en valait-il la peine ? Le savons-nous jamais ? Je sais que certaines choses ne changent pas. Le cœur, ce vieux vantard, *je suis je suis je suis,* jusqu'à ce que nous ne soyons plus, jusqu'à ce qu'un jour, il cesse de battre. En attendant, il y a le plaisir de résoudre une énigme, la possibilité de comprendre. Dénicher la pièce manquante, la tenir dans sa main, regarder le lien se faire. Le plaisir d'élucider ce mystère – celui du corps, celui du cœur – demeure inchangé.

Dantzen avait déposé mes affaires dans ma cabine. Cet espace, avec ses murs en bois et les bruits de pas au-dessus de moi, me faisait trop penser à un cercueil, alors je remontai sur le pont pour regarder les gens nous souhaiter bon vent depuis le quai. Les Somerton n'étaient pas venus me voir partir. Lord FitzRoy avait envoyé un mot. Seul Dantzen était présent, avec Psyché sous le bras qui ne cessait d'aboyer. Je levai la main. Je ne supportais pas l'idée de les emmener. Je voyagerais seul.

J'entendis les mousses dénouer les voiles, les hisser, le sifflement des cordages et le grand fracas métallique quand fut levée l'ancre, le claquement de la voilure dans le vent comme un énorme oiseau battant des ailes tout près de nous. Et puis il y eut cette embardée quand les voiles se gonflèrent et que le navire fendit les flots, un va-et-vient et le tangage à l'instant où nous nous éloignions du quai, du rivage, et des vagues qui s'amassent sous la coque et se dispersent, s'amassent et se dispersent, nous portant une fois de plus vers le large. J'essuyai mes joues humides – des embruns, rien de plus.

ÉPILOGUE

Je sais désormais comment s'achèvent les histoires – la mienne, la nôtre, celle de notre fils. Même si cette dernière est trop douloureuse pour être racontée. Certains événements appartiennent au domaine de l'indicible : comme quand un enfant est arraché à ses parents.

Je vivrais encore trente ans après la mort de Lord Charles Somerton, exerçant ce grand don que les vivants négligent trop souvent : le pouvoir de changer les choses. Je trouverais un remède à la syphilis à partir d'une décoction de *plat doom* que j'avais cueilli au Cap ; en Jamaïque, je sauverais des milliers de personnes en contenant la propagation du choléra ; là-bas, je retrouverais mon ami Josias de Cloete. J'occuperais à nouveau le devant de la scène, me ferais à nouveau des ennemis, partirais en poste au Canada où je serais promu au rang le plus haut pour un chirurgien de l'armée, l'équivalent d'un général : inspecteur général des hôpitaux militaires.

Je teindrais à nouveau mes cheveux courts et bouclés pour les avoir roux, comme dans ma jeunesse, et en hiver, je parcourrais les rues de Montréal sur un traîneau tiré par un alezan, enfoui sous des peaux de castor et d'ours, et de lourdes couvertures en laine, Psyché (troisième du nom) à mes côtés. Je vivrais assez longtemps pour voir la reine Victoria être couronnée, les corsets revenir à la mode, la première femme diplômée d'une faculté de médecine, la mort de Goethe et la naissance de Freud, la publication de *L'Origine des espèces*, les États-Unis s'entre-déchirer avant de retrouver leur unité, aussi miraculeusement que le corps qui guérit de lui-même.

L'enfant qui portait mon nom – mon filleul, Jonathan Perry Munnick – serait un fidèle correspondant pendant des années jusqu'à ce qu'il me confie qu'il avait entendu dire que je ressemblais beaucoup à une femme ; je cesserais de lui écrire. Il deviendrait adulte et aurait des enfants qui en auraient à leur tour, qui en auraient à leur tour, et l'un d'eux deviendrait l'architecte de l'apartheid – cette abomination, cet assaut contre la justice et tous les principes qui nous étaient chers, à Lord Somerton et moi. À quoi mesure-t-on une vie ? À la façon dont elle est vécue ou à ce que nous laissons en héritage ?

Qu'est-ce qui fait l'échec ou la réussite d'une vie ? Qu'est-ce qui fait un héros ou une héroïne ? Les actes charitables ou les hauts faits, la richesse ou le respect, la renommée ou la liberté d'esprit, la reconnaissance en son temps ou la notoriété encore vivace des siècles plus tard ? Les vies dont on se souvient sont-elles plus importantes que celles que l'on oublie ? Un mauvais roi devient-il bon si l'on se souvient de lui mille ans après sa mort ? Æthelred le Malavisé n'est finalement pas prêt pour l'éternité. J'ai honoré l'Histoire, j'ai vécu pour elle. Ai-je eu tort ? M'a-t-on trahi ? Me suis-je moi-même trahi ?

Si le sacrifice donne la mesure d'une vie, alors la mienne fut grande. Car j'ai beaucoup sacrifié. J'ai sacrifié tous ceux que j'aimais.

Je mourrai à Londres, au 14 Margaret Street ; mon corps sera enterré à Kensal Green. Mon esprit sans repos continue son voyage.

Comment sais-je comment l'histoire se termine ? Comment s'est-elle terminée pour moi ? Le corps est une histoire que nous nous racontons, comme l'amour ; il semble que la mienne se poursuivra tant qu'il y aura des gens pour l'écouter.

La mort est toujours une révélation ; la mienne ne fait pas exception. Même si l'Histoire, comme à son habitude quand il s'agit des femmes, la rabaissera au rang de femme de chambre, celle qui s'est occupée de moi quand je suis mort de dysenterie le 25 juillet 1865, était en fait infirmière ; c'est elle qui découvrit mon secret, rendit public ce qui avait échappé à beaucoup de gens pendant des années.

Ce qu'elle découvrit ce jour-là était simplement ceci, ce qui aurait dû être évident depuis le début : le héros était une femme. Cette vie héroïque – depuis le début – était la sienne.

REMERCIEMENTS

Ceci est une œuvre de fiction : si les principaux événements décrits ici sont inspirés de faits et de personnes réels, la version que j'en donne est, elle, inventée. Les origines de Margaret Bulkley et l'occasion de sa transformation en James Barry afin de pouvoir suivre une éducation qui n'était pas accessible aux femmes de l'époque, le lieu, le moment de sa formation ainsi que le cursus suivi, l'amitié avec Jobson, le travail du docteur au Cap et ses formidables réussites, la proximité avec Lord Somerset, le voyage jusque chez les Xhosas, le duel, l'accusation de sodomie, la grossesse, le séjour de Barry sur l'île Maurice et son retour plus tard en Angleterre pour sauver la vie de Lord Somerset – tout ceci constitue des faits historiques. La romancière Lily King a écrit : « J'ai emprunté aux vies et aux expériences de ces personnes, mais j'ai raconté une autre histoire. »

À l'occasion, j'ai joué avec la chronologie pour le bien de la dramaturgie. Par exemple, j'ai retenu le général Miranda à Londres afin qu'il s'implique plus longtemps dans l'éducation de James, quand, en fait, il est parti pour le Venezuela le 2 février 1806, vingt jours avant la mort de l'oncle de Margaret. Certains personnages sont un assemblage de plusieurs autres : j'ai composé Dantzen à partir d'un homme qui portait ce nom et un compagnon/domestique de longue date que Dickens surnommait « Black John ». La narration à la première personne est un point de vue peu fiable ; c'est pour ça que je l'ai choisie.

Le sexe étant considéré comme socialement construit, mon roman se fait l'écho d'autres romans sur l'éducation féminine. Plusieurs passages renvoient à des livres de Jane Austen et Elena Ferrante sur l'héroïsme féminin et l'éducation, afin de créer une conversation entre ces œuvres et de nous rappeler que le roman – comme le sexe, le genre, la race – est, jusqu'à un certain point, une construction narrative et que, jusqu'à un certain point, nous pouvons aussi choisir de nous conformer à ces récits, les défier ou les réécrire. Plus précisément, l'incipit de *Northanger Abbey* a influencé mon passage : « Jamais ceux qui croisèrent... » (p. 14) ; *Le nouveau nom* a influencé deux descriptions de Barry à Édimbourg : « Je me présentai à l'université... » (p. 77) et « Je n'avais pas dix-huit ans » (p. 146).

La rédaction du premier jet du livre m'a occupée de 2012 à 2016, et à ce moment-là je ne connaissais pas les impressionnantes recherches menées par Jeremy Dronfield et Michael du Preez montrant que, plusieurs années après le départ d'Édimbourg du Dr Barry, sa mère était toujours en vie, bien qu'en petite forme, de sorte que, dans ma version, elle est décédée. Par ailleurs, les avis des biographes divergent sur l'âge auquel Margaret serait tombée enceinte ; je me range du côté de Rachel Holmes pour qui la grossesse aurait eu lieu en 1819, quand Barry a quitté Le Cap pour se rendre à l'île Maurice sans explication.

Je me suis inspirée des formidables recherches effectuées par des chercheurs et des biographes dont les livres m'ont été d'une aide incommensurable ; j'ai une dette particulière envers *The Secret Life of Dr. James Barry: Victorian England's Most Eminent Surgeon* de Rachel Holmes pour un nombre incalculable de détails. Les descriptions des vêtements portés par Barry (la « veste à rayures émeraude… », p. 93) et de la route vers le roi xhosa (« plus de pierre que de route », p. 206) renvoient aux siennes. Plus tard, j'ai eu la chance de consulter *Dr. James Barry: A Woman Ahead of her Time*, une biographie magistrale de Michael du Preez et Jeremy Dronfield qui a clarifié de nombreuses questions, petites et grandes ; je suis reconnaissante à ses auteurs et j'en recommande la lecture. J'ai également consulté *Jane Austen's England: Daily Life in the Georgian and Regency Periods* de Roy et Lesley Adkins ; *Bolívar: American Liberator* de Marie Arana ; *The Cape Journals of Lady Anne Barnard, 1797-1798* ; *The Political Ideas of the English Romanticists* de Crane Brinton ; *Digging Up the Dead: Uncovering the Life and Times of an Extraordinary Surgeon* de Druin Burch ; *Getting Medieval: Sexualities and Communities, Pre- and Postmodern* de Carol Dinshaw ; *Founding Feminisms in Medieval Studies: Essays in Honor of E. Jane Burns*, édité par Laine E. Doggett et Daniel E. O'Sullivan ; *Our Tempestuous Day: A History of Regency England* de Carolly Erickson ; *Sexing the Body* d'Anne Fausto-Sterling ; *Outlines of the Theory and Practices of Midwifery* d'Alexander Hamilton ; *A Manual of Military Surgery: Or, Hints on the Emergencies of Field, Camp and Hospital* de Samuel David Gross ; *On the Motion of the Heart and Blood in Animal* de William Harvey, traduit par Robert Willis, révisé et édité par Alexander Bowie ; *Neo-/Victorian Biographilia and James Miranda*

Barry: A Study in Transgender and Transgenre d'Ann Heilmann ; *Making Sex: Body and Gender from the Greeks to Freud* de Thomas Laqueur ; « The Vanished Source: Gossip and Absence in the Cape of Good Hope "Placard Scandal" of 1824 » de Kirsten McKenzie, History, université de Sidney, *ANZLH E-Journal, Refereed Paper No. 6* ; *Plantagenet in South Africa: Lord Charles Somerset* d'Anthony Kendal Millar ; *The Science of Woman: Gynaecology and Gender in England, 1800-1929* d'Ornella Moscucci ; *An Elegant Madness: High Society in Regency England* de Venetia Murray ; « No. 36 Castle Street East: A Reconstruction of James Barry's House, painting and printmaking studio, and the making of "The Birth of Pandora" » de Michael Phillips, *The British Art Journal 9.1* (printemps 2008) ; *What Jane Austen Ate and Charles Dickens Knew: From Fox Hunting to Whist – the Facts of Daily Life in 19th-Century England* de Daniel Pool (travail dont on retrouve l'écho dans ma description des docks londoniens) ; *English Society in the 18th Century* de Roy Porter ; *Francisco de Miranda: A Transatlantic Life in the Age of Revolution* de Karen Racine ; « Slave Orchestras and Rainbow Balls: Colonial Culture and Creolisation at the Cape of Good Hope, 1750-1838 » d'Anne Marieke van der Wal, dans *Identity, Intertextuality, and Performance in Early Modern Song Culture* de D. E. van der Poel, Louis P. Grijp et Wim van Anrooij ; *Le Château d'Otrante* d'Horace Walpole ; *Letters Written During a Short Residence in Sweden, Norway, and Denmark* de Mary Wollstonecraft.

La formidable romancière Ellis Avery – et son livre *The Last Nude* –, par sa personnalité et son travail, m'a beaucoup influencée et je lui dois d'avoir eu envie d'écrire un roman historique ;

vous nous manquez. D'autres romans m'ont influencée durant l'écriture : *Euphoria* de Lily King ; *La Fin d'une liaison* de Graham Greene ; *Les Vestiges du jour* de Kazuo Ishiguro ; *Le Livre du sel* de Monique Truong et *Écrit sur le corps* de Jeanette Winterson.

Ce livre n'aurait pas été écrit sans le soutien généreux de nombreuses personnes et institutions : je remercie le College of Physicians of Philadelphia pour la bourse D.C. Wood Institute Travel et pour le temps passé dans la Historical Medical Library et au musée Mütter en 2016 ; l'université du Colorado, pour le Faculty Development Fund qui, en 2014, m'a donné du temps pour des travaux de recherches et de révision, ainsi que pour la précieuse Professional Development Program Grant, en 2012, qui m'a permis d'effectuer des voyages cruciaux ainsi que mes premières recherches ; l'Aspen Summer Words Fellowhsip ; la Sewanee's Walter E. Dakin Fellowship ; mes remerciements les plus profonds à la merveilleuse directrice Louann Reid ainsi qu'à mes collègues et étudiants de l'université d'État du Colorado qui sont une inspiration constante ; je suis particulièrement reconnaissante au Dr Lynn Shutters pour ses articles sur la sexualité et le genre au Moyen Âge, et à Liz van Hoose qui m'a parlé du reliquaire et m'a donné d'excellents conseils que j'ai vainement tenté de suivre. Merci à tous.

Je souhaite également remercier du fond du cœur ma formidable agente, Maria Massie, pour son calme et ses pouvoirs apaisants, qui a parlé de moi (et du Dr Barry) à l'éditrice de mes rêves, Judith Clain. Je suis infiniment reconnaissante de pouvoir travailler avec une éditrice dont j'ai lu et admiré les livres pendant des années tout en écrivant le mien. Ce roman est bien meilleur grâce aux remarques judicieuses et au travail acharné de Miya Kumangai, à la formidable équipe de Little, Brown, à ces saints que sont Michael Noon, Pamela Marshall et Sabrina Callahan ainsi qu'à cet esprit vif qu'est Allan Fallow. Merci aussi à Kimberly Burns et Aileen Boyle.

Je suis redevable aux Writers of the Purple Loins que j'ai essayé de charmer quand j'ai commencé ce travail, espérant les conquérir chapitre après chapitre ; pour les importants conseils médicaux en pleine pandémie, je remercie infiniment le Dr Cris Munoz ; les amis de l'Aspen Summer Words et de Sewanee qui continuent de m'inspirer ; à tous ceux qui se sont engagés pour ce livre – mes remerciements les plus sincères ; merci à l'équipe de la *Kenyon Review*, aux étudiants et aux collègues ; merci à Frank Culbertson, Ted et Kate Kronmiller, Amy et Chris Shank, Céline Leroy et Nathalie Zberro pour leur foi en moi et leur soutien constant ; merci à Nicholas Delbanco qui, il y a longtemps, a parié sur le cheval, et à l'immortel Lee K. Abbott ; merci aussi à Glenda Morgan qui m'a, la première, raconté des histoires inoubliables sur Le Cap.

Mes remerciements les plus sincères à la famille et aux amis qui m'ont soutenue dans les moments difficiles et ont fêté avec moi ceux qui étaient plus heureux : mes parents, Seymour Levy et Virginia Mae Riggs Levy (qui a toujours été une héroïne) ; Howard Levy, Sawnie Morris et Brian Shields, Lisa Schamess, le Dr Amy Weil, Susan Rosen, Steven Schwartz, Emily Hammond, Stephanie G'Schwind, et par-dessus tout, Maureen Stanton, une autrice formidable, ma meilleure amie qui m'inspire tous les jours comme écrivaine et comme personne, qui a toujours gardé la foi et pris mes appels quand j'avais besoin d'aide ; ce livre et moi ne serions pas là sans toi ; mon compagnon adoré, Bill, que je remercie chaque jour d'exister, même si nous constituons le couple le plus improbable ; et notre fille adorée, Sophia, qui – comme William Harvey – a changé ma compréhension de la façon dont fonctionne le cœur humain.

RÉALISATION : NORD COMPO À VILLENEUVE-D'ASCQ
ACHEVÉ D'IMPRIMER SUR ROTO-PAGE
PAR L'IMPRIMERIE FLOCH À MAYENNE
DÉPÔT LÉGAL : AVRIL 2023. N° 1668-05 (103118)
IMPRIMÉ EN FRANCE